고스트 라디오

GHOST RADIO

by Leopoldo Gout

Copyright ⓒ Leopoldo Gout, 2008
Illustrations copyright ⓒ Leopoldo Gout, 2008
Korean Translation Copyright ⓒ MUNHAKDONGNE Publishing Corp., 2010
All rights reserved.

Korean translation rights arranged with HarperCollins Publishers
through EYA(Eric Yang Agency).

이 책의 한국어판 저작권은 Eric Yang Agency를 통해
HarperCollins Publishers와 독점 계약한 (주)문학동네에 있습니다.
저작권법에 의해 한국 내에서 보호를 받는 저작물이므로
무단 전재와 무단 복제를 금합니다.

이 도서의 국립중앙도서관 출판시도서목록(CIP)은
e-CIP 홈페이지(http://www.nl.go.kr/cip.php)에서 이용하실 수 있습니다.
(CIP제어번호: CIP2009003992)

고스트 라디오

레오폴도 가우트 장편소설 | 이원경 옮김

GHOST
RADIO

문학동네

유령은 영혼의 지문이다.

기원전 2500년 바빌론, 무명 씨

프롤로그

어둠 속에서 그것이 움직였다. 만질 수 있는 무언가를 찾아서.

길을 더듬으면서, 본능에 따르면서. 그것에게 남은 건 본능뿐이었다.

과거 어느 시기 어딘가에서는 그것에게도 정체성이 있었다. 세상과 이어주는 개성과 물리적 특성이 있었다. 하지만 지금 그런 것들은 모두 사라졌다. 이제 그것은 하나의 충동에 불과했다. 희미한 형체밖에 없는, 욕망들의 덩어리.

하지만 그것을 에워싼 공허의 형체는 더욱 흐릿했다.

그것은 그 공허 속 어딘가에 자신이 찾는 것이 있음을 알고 계속 움직였다.

그렇게 움직이는 동안 그것의 내면에서 불현듯 낯선 특성이 깨어났다. 그 존재의 감춰진 주름에서 '언어'라고 불리는 것이 나타났다. 그와 더불어 지식과 의식도 생겨났다. 그것의 여정은 본격화되었다.

그것은 이제 '슬픔'이라 부를 수 있는 구름 같은 덩어리를 통과하고는 흐느꼈다. 하지만 곧 '평정'을 통과하자 울음이 그치면서 진정되었다.

안에서 무언가가 따끔거렸다. 그것이 찾는 것이 가까이 있었다. 온 힘을 다해 그쪽으로 밀고 나아갔다. 바늘의 격류를 뚫고 지나가듯 욱신거리는 통증은 점점 더 심해졌다.

그것은 이런 느낌을 즐겼다. 여행이 끝나가고 있음을 알리는 신호였으므로.

그리고 그 생각이 떠오르기도 전에 정말로 여행은 끝났다. 목적지에 다다른 것이다. 이 승리를 만끽하는 동안 새로운 단어가 나타났다. 그토록 절박하게, 그토록 부단히, 그토록 오래 찾았던 이름이었다.

그 단어는…… 라디오였다.

1장

매직 밴드

호아킨은 손가락으로 햄라디오 다이얼의 닳아빠진 가장자리를 문지르듯 돌렸다.

그는 6미터 밴드*에서 얼쩡거리고 있었다. 일명 '매직 밴드'. 송신은 하지 않고 청취만 하면서 들을 만한 대화를, 아마추어 무선사들의 용어를 빌리자면 물 좋은 '래그 추(헝겊 씹기)'를 찾고 있었다. 다음 주에 대한 걱정을 잠시나마 잊게 해줄 소일거리였다.

이 주파수대는 조건만 맞으면 짧은 안테나와 약한 파워로도 아주 먼 거리까지 송수신이 가능하기 때문에 '매직 밴드'라고 불렸고, 그런 까닭에 값싼 장비로 통신의 재미를 느끼려는 고등학생부터 '소프라딕 E층 전파 확산'이나 'F2층 전파 반사' 같은 전문용어를 대수롭지 않게 구사하는 기술자까지 광범위한 애호가들을 끌어들였다.

---

* 초단파 대역의 하단 부분.

오늘 밤에는 '매직 밴드'라는 별명이 무색했다. 단조롭다고 하는 편이 더욱 어울렸다. 대화들은 시시하기 짝이 없었고, 그나마도 너무 드문드문 들렸다.

하지만 카탈리나 해안에 폭풍이 몰려온다는 모스부호 주의보를 막 지나치고 50.24MHz 부근에 이르자 어떤 잡음이 그의 관심을 잡아끌었다.

오래전 가브리엘은 그에게 화이트노이즈*의 신비로움을 알려주었다. 혼돈 속에 감춰진 장엄한 구조물.

지금 흘러나오는 소음은 구조가 뚜렷했다.

호아킨은 스피커 쪽으로 고개를 내밀고 귀를 기울였다. 마음속에서 그 소리가 생명체처럼 살아났다. 파도가 거칠게 휘몰아치는 성난 바다를 공중에서 내려다보는 기분이었다. 이윽고 그 광포한 바다는 딱딱하게 굳어 울퉁불퉁한 바위와 산맥으로 변했다. 곧이어 그것은 다시 단순한 소리에 지나지 않게 되었다. 하지만 어떤 목적을 가지고, 하나의 공통된 목표를 향해 커지고 있었다. 인격을 갈망하는 소리.

스피커에 몸을 더 바짝 기울이자 방이 뒤로 물러났다.

소리가 그를 놀리는 것 같았다. 구조의 격자무늬가 잠시 뒤엉키는가 싶더니 몇 초 후 스르르 풀린 것이다. 그 짧은 결합의 순간이 일으킨 잡음에 호아킨은 등골이 오싹해졌다.

목소리였다.

틀림없는 사람의 목소리였다.

호아킨은 다른 신호가 흘러든 거라고 생각하려 했다. 하지만 그것은

---

* 모든 가청 주파수를 포함하는 백색 소음.

잡음에 섞여든 소리가 아니었다. 잡음이 만들어낸 소리였다.

음소가 여러 개 포착되었고, 자음도 한두 개 들렸다. 하지만 그것들이 한데 엮이지는 않았다. 무슨 말인지 알아들을 수 없었다.

호아킨은 좀더 바짝 다가가 소리에 집중했다.

이윽고 그는 그 오르내리는 억양에서 같은 문장이 되풀이해 들린다는 걸 알아차렸다. 하지만 여전히 음절 하나조차 알아들을 수가 없었다.

좀더 가까이 몸을 숙였다. 이제 그의 귀는 스피커에서 고작 몇 센티미터밖에 떨어져 있지 않았다.

소리의 의미를 찾는 동안 이마에는 주름이 잡히고 근육은 잔뜩 긴장했다. 손에 잡힐 듯했다. 마치 느릿느릿 구르는 공이 점점 다가오는 느낌이었다.

조금만 더……

이 순간, 세상에는 오직 호아킨과 그 소리만이 존재했다.

조금만 더……

필사적인 노력만이 있을 따름이었다.

조금만 더……

첫 단어가 정체를 드러내기 직전, 호아킨은 방 안에 누군가 있는 것을 느꼈다. 무언가가 어깨에 닿았다. 공격하려고 홱 돌아선 그는 웃고 있는 낯익은 얼굴과 마주쳤다. 여자친구 알론드라였다.

"재밌는데? '멕시코에서 가장 무서운 라디오쇼'의 진행자가 어깨에 손만 대도 기절할 듯 놀라고."

"재밌기도 하겠다."

호아킨은 여전히 조금 떨고 있었다.

"겁먹을 때 보면 꼭 만화 캐릭터 같다니까."

"오늘 밤에는 '놀리기 모드'인가보군."

"털 달린 동물 말이야, 만화에 나오는 토끼 있잖아."

"그만 좀 하지?"

"아니, 만화에 나오는 쥐! 눈이 크고 짧은 콧수염을 씰룩거리는 쥐야."

호아킨은 마지못해 피식 웃었다. 긴장감이 가시자 그는 장난스러운 미소를 지으면서 알론드라를 흘겨보았다.

"너도 만화 속 동물이라면 사족을 못 쓰는 여자애였던 게로군."

"그랬나?"

눈을 동그랗게 뜨고 대꾸하는 알론드라야말로 만화 캐릭터 같았다.

"어디 확인해볼까?"

호아킨은 알론드라를 바짝 끌어당겨 그녀의 커다란 갈색 눈동자를 지그시 들여다보았다.

"이젠 털 달린 동물처럼 보이지 않는걸."

"털짐승은 원래 그래. 낮에는 야단법석을 피우고 흥얼흥얼대지만 밤에는 심각해지지. 아주 심각해져."

"정말 그런지 확인해 봐야겠는걸."

그렇게 말하며 알론드라는 그를 침실 쪽으로 끌어당겼다.

한 시간 반 뒤, 호아킨은 옆으로 누워 알론드라의 날씬한 알몸을 바라보았다. 그녀의 몸은 얇은 막 같은 땀에 덮여 번들거렸다. 알론드라가 바짝 다가들면서 그의 눈을 들여다보았다.

"여행 때문에 걱정돼?"

"별로."

"미국에서 네 방송이 안 통할까봐?"

"그런 게 아니라는 거 알잖아."

"알아. '놀리기 모드'가 아직 안 끝난 거야."

호아킨은 빙그레 웃으면서 그녀를 더 가까이 끌어당겼다.

"가브리엘 생각해?"

호아킨은 고개를 끄덕였다. 알론드라가 물어보기 전까지는 그런 줄도 몰랐다. 하지만 최근에 가브리엘 생각이 자주 났다. 어쩌면 텍사스로 돌아가는 여행 때문이리라. 아니면 그냥 그 일이 요맘때 벌어졌기 때문이거나. 이유가 뭐든 간에 지난 며칠 동안 유난히 가브리엘의 존재가 가까이 느껴졌다.

"그럴 줄 알았어. 표정이 그래."

호아킨은 알론드라의 말이 무슨 뜻인지 묻지 않고 그냥 넘어가기로 했다. 그걸 알고 싶은 건지도 확신이 없었다.

"그 이야기 하고 싶어?"

호아킨은 고개를 저었다.

왜 그 이야기를 하고 싶지 않겠는가. 가브리엘, 오늘 밤 라디오에서 들린 목소리, 미국에 가게 된다는 소식을 처음 들었을 때부터 지금까지 스쳐간 수많은 생각들을 이야기하고 싶었다. 하지만 지금은 그럴 수가 없었다. 어쩌면 영원히 그럴지도 몰랐다.

"내가 늘 곁에 있다는 거 알지? 자기가 원하면 언제든."

"좀 자야겠어. 쉽지는 않을 것 같지만."

호아킨은 알론드라를 가슴에 안은 채 몸을 내밀어 불을 껐다. 그가 다시 침대에 눕자 알론드라가 만족스러운 한숨을 내쉬었다. 몇 분 만에 그녀는 숨소리가 잦아들더니 금세 잠이 들었다.

호아킨은 좀처럼 잠들지 못했다. 스피커에서 흘러나온 목소리가 다시 떠올랐다. 다음 주에 대한 걱정이 빚어낸 일종의 환청이라고 믿고 싶었다. 하지만 그런 게 아니라는 걸 알고 있었다. 십팔 년 가까이 그를 괴롭혀온 수수께끼의 답을 이번 여행에서 얻게 될 거라는 첫 표지임을 호아킨은 알고 있었다.

이윽고 잠에 빠져들면서 목소리와 여행에 대한 생각은 물러나고, 최근에 라디오 방송에 소개된 청취자 사연이 떠올랐다.

2장

청취자 전화 2344
목요일 00:23 A.M.

오늘 밤 당신한테 전화를 걸어야 했어요. 거기가 아니더라도…… 누군가에게는 전화해야 했어요…… 내 이야기를 이해해줄 사람에게. 다들 내가 미쳤다고 생각해요. 하지만 맹세코 난 미치지 않았어요. 내 이야기를 믿어줄 사람을 찾지 못하면 그땐 정말로 미쳐버리겠지만.

그 일은 결혼생활이 내리막길로 접어들면서 시작됐어요.

누군가와 가까워질수록 때로는 더 멀어지는 느낌, 그거 알죠? 나랑 남편이 그랬어요. 그이는 마음의 문을 걸어 잠그고 열쇠도 내던져버렸어요. 모든 대화가 말다툼이 되었고, 모든 질문은 비난이 되었죠. 결국 그이는 내가 손만 대도 진저리를 칠 지경이 됐어요.

그날 밤은 정말로 심각했어요. 우린 서로에게 입에 담지 못할 말을 해댔어요. 악의로 가득한 말을 퍼부었죠. 뼛속까지 상처를 입히는 말을 쏟아냈어요.

이런 식으로는 더 못 살겠구나 싶더군요. 그래서 마테오와 호세피나를 데리고 집을 나왔어요. 그러니까, 애들을 헝겊인형처럼 질질 끌고 뛰쳐나갔다고요. 애들이 울고불고 난리도 아니었어요. 하지만 떠나야 했어요. 얼굴에 부딪치는 바람을 느껴야 했어요. 그런 홀가분함은 몇 달 만에 처음이었죠.

그렇게 몇 블록을 지나치자 머리가 맑아지면서 내가 얼마나 미친 짓을 했는지 깨달았어요. 어디로 가지? 이제 뭘 하지?

질문에 대답하기도 전에 저만치 우리를 향해 손을 흔드는 여자가 보이더군요. 직장 동료인 로렌사였어요. 그녀는 걱정스러운 표정으로 달려왔어요.

난 자초지종을 설명하려고 애썼어요. 좀 횡설수설했던 것 같아요. 하지만 로렌사는 안쓰러워하는 얼굴로 고개를 끄덕이고는 한 팔로 내 어깨를 감싸고 나와 아이들을 자기 집으로 데려갔어요.

그녀는 호세피나와 마테오를 빈 방에 데려가 침대에 눕히고 나에게는 차를 한 잔 주었어요. 한참을 속 시원히 울었어요. 로렌사는 내가 어디서 도망쳤는지 알고 있었어요. 그녀의 결혼생활도 엉망이었거든요. 로렌사의 남편을 만난 적은 없지만, 내 남편 못지않게 끔찍한 작자 같더라고요. 아내를 남처럼 대하고 냉정하고…… 하여간 다 똑같았어요.

로렌사에게 넋두리를 늘어놓고 나니 집으로 돌아가면 안 되겠다는 생각이 들더군요. 내 결혼생활은 이미 오래전에 끝장난 거였어요. 그걸 깨닫기까지 오래 걸렸을 뿐이죠. 하지만 여전히 갈 곳은 없었고, 있다 해도 갈 방법이 없었어요.

이번에도 로렌사가 나를 구해줬어요.

자기 부모님이 도시 외곽에 작은 집을 갖고 있다고 하더군요. 부수입이라도 좀 얻으려고 세를 주는 집이래요. 때마침 세입자가 없어서 비어 있다고, 원하면 나랑 아이들이 거기서 머물러도 된다고 했어요.

썩 좋은 집은 아니지만 새로운 거처를 마련할 동안 비바람은 막아줄 거라면서요.

로렌사는 거기라도 가겠냐고 물었어요. 그러겠다고 했죠. 로렌사 집에 오래 머물수록 남편이 찾으러 올 가능성은 높아질 테니까요.

결국 우리는 아이들을 깨워 차에 태우고 컴컴한 어둠 속에 차를 몰았어요.

몇 시간을 달렸어요. 알고 보니 그 집은 도시 외곽이 아니라 삼백 킬로미터나 떨어진 고요한 사막 마을에 있더라고요. 물론 상관없었어요. 차를 타고 있었더니 마음이 진정됐고 사막의 바람 냄새도 달콤했어요.

새벽 두시 무렵, 로렌사가 고속도로에서 빠져나와 자갈길로 차를 몰았어요. 이 킬로미터쯤 더 달린 우리는 어느 공터에 차를 세웠어요. 나는 차에서 아이들을 내리게 하고 주위를 둘러보았어요. 보름달이 사방을 환하게 비추고 있더군요. 선인장이 한두 그루 눈에 띄고 멀리 희미한 산맥의 형체가 보였어요. 하지만 어디에도 집은 없었어요.

어리둥절한 나는 로렌사를 향해 돌아섰지만 그녀와 자동차가 온데간데 없어진 거예요. 심지어 불과 몇 초 전에 우리가 달려왔던 자갈길도 사라져버렸고요.

가장 끔찍한 건…… 아이들까지 없어졌다는 거였어요.

나는 달빛밖에 없는 어둠 속에서 아이들 이름을 미친 듯이, 목청이 터져라 불렀어요. 하지만 내 목소리에 대답하는 건 사막을 가로지르는 바람 소리와 멀리서 들려오는 코요테의 구슬픈 울음소리뿐이었어요.

결국 어찌 해야 좋을지 몰라 무작정 걷기 시작했어요. 걷고 또 걸었어요. 한 발짝 한 발짝 내디딜 때마다 점점 더 힘들어졌죠.

동이 틀 무렵 간신히 고속도로에 다다랐어요. 몇 분 뒤, 지나가던 차를 얻어타고 근처 버스 터미널에 내렸어요. 안에 들어가자마자 공중전화로 달려가 남편한테 전화를 걸었죠.

그런데 놀랍게도 로렌사가 전화를 받는 거예요. 나는 호세피나와 마테오가 무사하냐고 물었어요. 그녀는 별일 없다고 대답하면서 그걸 왜 묻냐고 의아해하더군요.

난 내 아이들이 어디 있는지 알 권리가 있다고 쏘아붙였어요.

그러자 로렌사가 이렇게 말하는 거예요.

"당신 아이들이라뇨? 호세피나와 마테오는 내 아이들이에요."

내가 뭐라고 했는지는 기억나지 않아요. 미친 여자처럼 막 소리를 지르고 울부짖었거든요.

결국 로렌사가 어떤 남자를 바꿔줬어요. '그녀의 남편'이라는 남자였죠. 나는 그 목소리를 대번에 알아차렸어요. 내 남편이었어요.

그 남자는 차분한 목소리로, 생판 모르는 남처럼 나를 대했어요.

3장

되살아나는 과거

"어서 택시에 타, 우리 이러다 비행기 놓치겠어."

알론드라가 재촉했다.

호아킨도 그러고 싶었다. 코앞에 택시가 있었다. 바로 차에 오르면 된다. 하지만 그럴 수가 없었다.

차 때문이었다. 1990년형 포드 토러스, 색상은 메탈릭 그린.

얼핏 든 생각은 택시회사에서 왜 이런 구닥다리 차를 쓰는지였다. 하지만 그런 생각도 똑같은 모델의 차와 오래전 여행에 관한 기억들이 물밀듯이 떠오르면서 금세 밀려났다.

가죽시트 냄새가 나고, 아버지의 목덜미가 보이고, 좌석 밑으로 차가 덜컹거리는 것이 느껴졌다. 기억이 너무 생생해 고통스러울 정도였다. 심지어 낡은 소니 워크맨의 볼륨 노브의 촉감까지 기억났다.

"호아킨, 얼른!"

호아킨은 심호흡을 하고 택시 문손잡이로 손을 뻗었다.

4장

1990년형 메탈릭 그린 포드 토러스

호아킨은 낡은 워크맨으로 이런저런 음악이 녹음된 믹스테이프를 들으며 차창 밖을 바라보았다. 구름 한 점 없는 하늘에 걸린 태양이 강렬하고 눈부신 햇살을 고속도로에 뿌리고 있었다. 너무 환해서 눈을 뜨고 있기가 어려웠다.

그는 볼륨을 최대로 높였다.

또다시 화창한 하루로군. 벌레 시체가 잔뜩 들러붙은 앞유리 너머로 휙휙 스쳐가는 차들을 보며 호아킨은 속으로 중얼거렸다.

전에도 햇살은 이렇게 빛났고, 앞으로도 이렇게 빛날 것이다. 금세 잊어버릴 하루, 특징 없는 하루.

하지만 호아킨은 그런 오늘을 기쁘게 맞이했다.

그는 오늘이, 이 여행이 가능한 한 빨리 끝나기를 바랐다. 아무것도 바뀌지 않고 지금 그대로 멕시코에 돌아가고 싶었다. 전에는 늘 어그러지기만 하던 일들이 지난 몇 주 동안은 웬일인지 술술 풀렸다. 변화를 가져오는 일들, 그를 행복하게 해주는 일들.

호아킨은 이번 여행 때문에 그것들이 조금이라도 어그러지지 않기를 간절히 빌었다.

열다섯 살짜리 아이들은 으레 그런 기도를 한다. 물론 기도가 이루어지는 경우는 거의 없지만.

이번에도 마찬가지였다.

부모님과 함께 멕시코시티를 출발한 후 지금까지 여행은 아주 순조로웠다. 비행기 탑승 지연은 없었다. 세관도 무사히 통과했다. 짐도 수하물 수취대에 가장 먼저 나왔다. 게다가 렌터카를 빌릴 땐 줄조차 설 필요가 없었다.

호아킨의 가족은 도로변에 있는 싸구려 스테이크 식당에서 급히 요기를 하고 휴스턴 시내에 있는 호텔로 향했다.

호아킨은 만사가 이런 식으로 계속 순조롭기를 바랐다. 그때 아버지가 말문을 열었다.

"호텔에 들어가기 전에 시내 관광이나 할까? 우리 아들한테 뒤뷔페*의 작품을 꼭 보여주고 싶구나."

호아킨은 눈살을 찌푸렸다. 아빠의 미술 수업이 또 시작되는군. 어째서 어른들은 언제나 따분한 걸 가르치려 들지?

"아빠, 나 진짜 피곤해." 호아킨은 그 말 한마디면 되길 기대했다.

물론 그럴 리 없었다.

_____

* 프랑스의 화가이자 조각가. 앵포르멜 미술의 대표적인 작가이다. 주로 여러 종류의 정크(폐물)를 쌓아올리는 작품들을 만들었다.

"뒤뷔페는 아빠의 삶을 바꿔놨단다. 너도 그의 작품을 봐야 해."

호아킨은 한숨을 내쉬고 운명을 받아들였다.

열다섯 살이나 먹었는데 가족 여행이라니, 한심했다. 이제는 부모님과 관심사가 너무 달라서 고요하고 텅 빈 우주처럼 광대한 공간을 사이에 두고 서로 떨어져 있는 것만 같았다.

아버지는 아들에게 현대미술의 아름다움을 알려주려고 애썼지만 호아킨은 관심을 보인 적이 없었다. 그에게는 나름의 가치관이 있었다.

호아킨은 테이프를 뒤집어넣고 재생버튼을 눌렀다. 펑크, 헤비메탈, 클래식 록, 일렉트로닉뮤직이 한데 뒤섞여 현실을 깨부수고 황홀한 음악의 세계로 그를 데려갔다.

탠저린 드림*의 〈패드라Phaedra〉가 흘러나왔을 때, 아버지가 루이지애나 가 1100번지 앞에 차를 세웠다. 호아킨은 고개를 들고 뒤뷔페의 〈유령 기념비〉를 바라보았다.

그는 말없이 차에서 내려 조각 쪽으로 걸어갔다. 인간과 동물을 상징하는 기묘하고 불규칙한 형상들의 윤곽이 굵고 검은 선으로 그려져 있었다. 크리스토퍼 프랑케의 무그 신시사이저 소리가 기묘한 형상들을 애무했고, 황갈색 저녁노을이 울퉁불퉁한 테두리를 어루만졌다.

조각에 마음을 빼앗긴 호아킨은 한가운데로 걸어들어가 땅바닥에 책상다리를 하고 주저앉았다. 그리고 고개를 들어 뒤뷔페의 매혹적인 형상들 사이로 흘러가는 구름을 바라보았다.

어슬렁어슬렁 차로 돌아가는 동안 호아킨은 묘한 기분에 사로잡혔다. 마치 숨어 있는 어떤 거대한 물체의 모서리를 훔쳐본 기분이었다.

---

* 1970년대 말부터 활동해온 독일 출신의 일렉트로닉뮤직 밴드.

낯선 존재를 인지하고 찍찍대는 박쥐의 울음소리가 몸에서 나는 것 같았다. 호아킨은 생각했다. 그러니까, 아빠의 수업이 먹혀든 거야? 그게 사실이라 해도 인정하지 않을 거야…… 어림없지.

"뒤뷔페의 작품을 본 소감이 어떠냐?"

아버지가 물었다.

"특별할 거 없는데. 이미 알고 있던 작품이니까."

호아킨은 우물우물 대답하고 이내 입을 다물었다.

호텔에 도착할 때까지 호아킨은 한 마디도 하지 않았다. 그의 부모는 그런 긴 침묵에 익숙했다. 부모님이 십대 아들의 고민을 심오한 고뇌로 여기길 바란 호아킨은 종종 침묵을 이용했다. 하지만 오늘은 달랐다. 그는 평소와 다른 생각에 사로잡혀 있었다.

그 여자애의 이름은 클라우디아 게레로였다.

지난 몇 달 동안 호아킨의 머릿속엔 학교에서 제일 예쁜 여학생인 클라우디아 생각뿐이었다. 심지어 사귀기 전부터 그랬다. 둘은 이번 주말을 함께 보낼 생각이었다…… 부모님의 감시 없이. 그건 모든 십대 남자애들의 꿈이었다. 학교에서 가장 섹시한 여자애와 단둘이 주말을 보내는 것. 하지만 이번 여행 때문에 물거품이 되고 말았다.

호아킨은 부모님을 설득해 집에 남으려 했다. 하지만 부모님은 한 발짝도 물러서지 않았다. 어머니가 말했다.

"할머니가 위독하셔. 앞으로 얼마나 더 사실지 모르잖니?"

불안한 상황이기는 피차 마찬가지였다. 클라우디아와의 관계가 얼마나 오래갈지 알 수 없는 마당에 둘만의 소중한 시간을 날려버리는 건 치명타였다. 게다가 클라우디아의 부모가 딸이 남자 성기를 빨고 있는 폴라로이드 사진 뭉치를 발견한 뒤로는 감시가 심해져서 상황이 더욱 암울했다(가짜 성기라는 건 나중에 밝혀졌지만). 클라우디아는 친구들도 모두 그런 사진을 갖고 있다고 변명했지만 소용없었다.

호아킨이 부모님을 따라가지 않겠다고 우긴 덕에 얻은 것도 있었다. 어머니가 저렴한 전자기타를 사주겠다고 약속한 것이다. 그리고 그 뇌물은 먹혀들었다. 호아킨은 더 고집을 피우지 않았다.

하지만 금세 후회가 밀려왔다. 어째서 그런 하찮은 당근에 넘어갔지? 펜더 빈티지 시리즈인 62년형 스트래토캐스터를 사내라고 조를 수도 있었는데. 최소한 보급형 펜더라도.

호텔에 도착한 호아킨은 부모님이 외출한 사이에 클라우디아에게 전화를 걸었다. 신호음이 두 번 울렸을 때 클라우디아가 전화를 받았다.

호아킨은 곧바로 불평부터 늘어놓았다. 벌써부터 여행이 지겹고, 음식과 호텔도 형편없다고. 무엇보다 다음 날 하루 종일 병원에서 지낼 생각을 하니 짜증나 죽겠다고. 뒤뷔페의 조각에 대해 이야기하고 싶었지만 그 느낌을 설명할 적당한 단어가 떠오르지 않아 결국 다른 이야기를 했다. 너무 당황한 나머지 '사랑해' '보고 싶어' 혹은 '네 가슴을 만지고 싶어' 같은 말도 못 하고 썰렁하게 작별인사만 하고 말았다.

"잘 있어."

잘하는 짓이다, 호아킨은 자책했다.

클라우디아와 통화하고 나자 더 심란해지기만 했다.

한동안 호아킨은 침대에 누워 텔레비전을 보았다. 재미라고는 눈곱만치도 없었다. 저능아들이 떼거지로 나와 펼치는 우스꽝스런 짓거리에 하품만 나왔다. 그는 심야 다큐멘터리에 나온 썩어가는 황무지를 생각하다가 불편한 자세로 잠이 들었다.

이튿날 호텔에서 맛없는 아침을 먹은 뒤, 호아킨의 가족은 포드 자동차를 렌트해 병원으로 향했다. 호아킨은 데드 케네디스*의 노래를 들었다.

능률과 진보는 또다시 우리의 것
이제 우리에게 중성자탄이 있으니
멋지고 빠르게 깨끗이 쓸어버리자

그의 부모는 라디오를 들었다. 토크쇼가 흘러나오고 있었다. 그때 비아프러**의 성난 음성 아래서 어떤 목소리가 들려왔다. 귀담아듣는 게 좋을걸. 호아킨은 테이프를 되감아 다시 틀었다. 이번에는 들리지 않았다. 이상한데, 환청일 거야. 하지만 바로 그 순간, 그의 뇌 속 깊은 곳, 변연계에 잠들어 있던 초자연적 공포가 눈을 떴다.
  위험이 다가오고 있었다.

* 1978년에서 1987년까지 활동한 미국의 대표적인 하드코어 펑크록 밴드.
** 데드 케네디스의 리드 보컬.

5장

1990년형 블랙 볼보 모델 740

가브리엘은 뒷좌석에서 다리를 뻗었다. 그런데 운동화가 가죽시트에 닿으려는 순간……

"누우려거든 신발 벗어라."

가브리엘은 다리를 조금 움직여 시트 밖으로 발만 내밀었다.

"가브리엘, 아빠 지금 농담하는 거 아니다."

"신발이 가죽에 닿지도 않잖아요."

"가브리엘."

가브리엘은 부루퉁한 표정으로 한숨을 내쉬면서 일어나 앉았다.

아빠와 천연가죽시트. 우라질 꼰대. 대체 뭐가 문젠데? 가브리엘은 차창 밖을 바라보며 생각했다. 너무 따분했다. 또다시 부모님과 함께하는 날. '환상적인 스웨덴 드라이빙 머신'을 타고 또 드라이브. 아, 지겨워.

밴드 멤버들과 합주하거나 방에 틀어박혀 엘피LP를 틀어놓고 마리화나나 피우며 빈둥거렸다면 멋진 하루가 되었을 것이다. 하지만 이번에도 따분해 미칠 듯한 드라이브 의식을 견뎌야 했다.

드라이브라니, 다 신형 볼보 터보를 몰고 나가려는 핑계였다. 우라질 꼰대. 우라질 천연가죽. 우라질 스웨덴 자동차공학.

가브리엘은 아빠의 잔소리에 신물이 났다.

아빠의 새 차에서 마음에 드는 거라곤 오로지 엔진 소리뿐이었다. 마음에 드는 소리였다. 가브리엘은 그 소리를 온갖 방법으로 녹음하는 상상에 빠져들었다. 연료탱크에 설탕 1킬로그램을 넣으면 어떤 소리가 날까? 연료탱크가 터지거나 엔진에 염산을 뿌리면 어떤 소리가 날까? 휘발유가 피스톤 속에서 연소하며 터지는 소리를 증폭해 느리게 재생하는 상상도 했다. 가브리엘은 차에는 전혀 관심 없었다. 음악과 소리만이 그의 열정이자…… 강박이었으며, 그의 전문분야였다.

가브리엘의 내면에서 음향 실험에 대한 욕구가 눈뜬 것은 20세기 초 다다이즘 음악가 한스 호이서와 알베르트 사비니오, 1980년대 인더스트리얼록 밴드 스로빙 그리슬과 코일, 신스팝 그룹 아트 오브 노이즈와 OMD를 알게 되면서부터였다. 수많은 아방가르드 밴드에 심취하고 온갖 장르를 섭렵한 가브리엘은 차츰 자신만의 음악관을 형성해나갔다. 그가 작곡을 시작했을 때 만든 곡들 중 하나는 다이애너 로스의 레코드판을 거꾸로 재생해 만든 곡이었다.

딱딱거리는 정전기 소리부터 독일 아방가르드 밴드 아인슈튀르첸데 노이바우텐의 사납고 음울하고 섬뜩하고 거친 음색에 이르기까지, 가브리엘은 모든 소리에 매혹됐다. 또한 기발한 곡 구성과 우아한 사운드 콜라주, 영민한 패러프레이즈*도 즐겼다. 픽시스와 배드 브레인스, 심지어 카펜터스까지 즐겨들었다. 가브리엘은 특정 장르에 얽매이지 않았다. 스트라빈스키를 좋아하는 한편 멕시코 베라크루스 민요인 '하로초'도 좋아했다. 팝송을 즐겨듣는가 하면 극단적인 광란의 퍼포먼스도 좋아했고, 프로그레시브 메탈의 요란하고 강렬한 사운드에 휩싸여 트랜스 상태에 빠지기도 했다. 편식하는 장르가 없었다. 그는 서로 다른 스타일들을 융합해 좀더 의미심장한 무언가를 만들어내야 한다고 믿었다. 가브리엘은 자신이 추구하는 음악이 바로 그런 것이라는 걸 잘 알았다.

그는 뮤지션이 자신의 운명임을 조금도 의심치 않았다. 여태 자퇴하지 않은 건 학교가 여자애들을 만나기에 가장 좋은 곳이기 때문이었다. 물론 부모님의 반대는 말할 것도 없었다. 아들의 음악적인 모험을 대체로 지지해주었지만, 자퇴만은 백만 년이 지나도 용납하지 않을 양반들이었다. 부모님의 지지는 결코 과소평가할 수 없었다. 가브리엘의 음향장비들이 내는 기괴하고 요란한 불협화음을 들으면 누구라도 돌아버릴 것이고, 실제로도 종종 그랬다. 가브리엘의 부모는 음악가가 되려는 아들의 욕망을 언제나 지지해주었다. 단, 그전에 먼저 고등학교를 졸업하고 음악학교에 들어가라는 조건이 붙었다. 만약 가브리엘이 사진을 하고 싶다고 했다면, 진지하게 고민한 다음 미술학교에 들어가라고 했을 것이다. 그래야만 신중하게 판단할 시간을 확보해 나중에 후회할 결정을 내리지 않는다는 것이었다.

"나이 마흔에 직업을 잘못 골랐구나 깨달으면 얼마나 비참할지 상상해보렴. 그때 가서 인생의 방향을 바꾸는 게 얼마나 힘들 것인지만 생각해보면 되는 문제야." 아버지는 늘 이렇게 말했다.

＊하나의 곡을 장식적으로 고쳐쓰거나 다른 연주 형태로 개작하는 것.

그 말이 옳다는 건 가브리엘도 알고 있었다. 뮤지션의 삶이 편할 리 없었다. 대부분 천한 일자리를 전전하며 간신히 입에 풀칠하는 신세로 전락하니까. 그래서 한번은 심드렁하게 대꾸했다.

"그렇게 오래 살 생각은 없는데?"

무심코 내뱉은 그 말 때문에 가브리엘은 정신분석의에게 끌려갔다. 크라우스 박사. 꽤 이름난 의사였던 그는 수염을 기르고, 고집스러워 보이는 입매에 온화하고 사려 깊은 눈을 한 대머리였다. 두번째 상담 날, 가브리엘은 크라우스 박사를 속였다. 종교적 황홀경과 동성애 욕구, 존속살해 본능에 시달리는 환자인 척 연기했다. 그리고 치료가 거듭될수록 연기를 발전시켜 나중에는 폭식증과 집중력 장애 환자 행세도 했다.

가브리엘은 상상의 질병을 더 잘 꾸며내려고 정신의학 책들을 읽었다. 프로이트를 연구해 각종 사례를 조금씩 써먹으면서 크라우스 박사를 당혹감과 절망에 빠뜨리기도 했다. 결국 여섯 달 뒤 박사는 치료를 포기했다. 가브리엘이 박사가 실시한 모든 심리치료요법에 면역되어 있다는 것이 최후 소견이었다.

문외한에게 가브리엘의 음악은 혼돈이자 귀에 들리는 허섭스레기였다. 하지만 음악적 소양을 가진 끈기 있는 사람의 귀에는 그 형태와 구조가 들렸다. 가브리엘의 작곡 능력은 천부적이었다. 그는 기묘하도록 정교한 소리의 풍경을 창조했다. 카논이나 푸가 같은 악곡 형식과 독특한 패러프레이즈를 활용했고, 고전음악과 대중음악을 가리지 않고 다양한 장르를 해석했다. 물론 그의 작업을 이해하는 사람은 많지 않았다. 정식 음악교육을 받지 못한 탓에 기초적인 곡밖에 쓸 줄 몰라 자신의 의도를 온전히 표현하지 못할 때도 부지기수였다.

하지만 상관없었다. 가브리엘은 음악을 느꼈다. 음악은 그의 언어였다. 그는 언어로는 절대 표현할 수 없는 것들을 음색과 음표, 음조로 말했다.

가브리엘이 엔진 소리를 듣는 동안, 아버지는 차의 수많은 장치를 만지작거리고, 핸들을 돌리고, 버튼을 눌러대고, 라디오 채널을 이리저리 돌렸다. 클래식 방송이 금세 전파망원경에 대해 떠드는 천문학자의 인터뷰 방송으로 바뀌었다. 그리고 곧 롤링 스톤스의 〈심퍼시 포 더 데블Sympathy for the Devil〉이 흘러나왔다. 아버지가 고개를 돌려 가브리엘을 보며 물었다.

"진정한 대가의 음악을 들어볼래?"

지금껏 조용히 있던 어머니가 쏘아붙였다.

"바보 같은 소리 말고 운전에나 신경써. 저기 앞에서 달려오는 저밴, 좀 이상해."

"롤링 스톤스는 별로라서." 가브리엘이 말했다.

"무슨 소리냐? 모든 게 롤링 스톤스에서 시작됐어."

"알았어." 가브리엘은 심드렁하게 대꾸했다.

"좋아, 너만 손해지 뭐."

아버지는 다시 라디오 채널을 돌렸다.

그때 어머니를 불안하게 한 회색 밴이 가브리엘의 눈에 들어왔다. 밴이 거칠게 차선을 이탈했다.

배 속 깊은 곳에서 울려나온 듯한 목소리가 라디오에서 흘러나왔다. 귀담아듣는 게 좋을걸……

6장

12:34 P.M.

달려오던 밴 한 대가 제멋대로 요동치고…… 한쪽 바퀴들이 콘크리트 도로 위로 뜨더니…… 전복됐다.

호아킨은 밴 안에서 나뒹구는 여자를 보았다. 그녀는 공포에 사로잡힌 채 눈을 휘둥그레 뜨고 있었다. 자동차가 콘크리트 도로 위에 미끄러지면서 불똥이 날렸다. 그 냄새가 코끝에 닿는 것만 같았다. 그때 귀청이 찢어질 듯 끼이익 하는 소리가 들려 그쪽으로 고개를 돌렸다. 볼보 한 대가 돌진해오고 있었다.

"죽여 죽여 죽여 죽여 약자를 죽여, 오늘 밤."

울부짖는 비아프러의 노랫소리가 귓가에 울려퍼졌다.

그 목소리를 듣고 있자니 이 모든 일이 슬로모션으로 보였다. 기묘한 무감각이 호아킨을 압도했다. 그는 자기 쪽으로 돌진해오는 볼보 운전자의 얼굴을 유심히 보고 있었다. 두려움에 사로잡혀 벌어진 입 때문에 좀 일그러지긴 했어도 즐거운 표정이었다. 어딘가 낯익은 얼굴이었다. 아는 사람인가? 아냐. 일종의 '미래 기억'이 틀림없어. 정작 그게 뭔지도 모르면서 그는 그렇게 생각했다.

이 늘어진 순간에 호아킨의 머리는 엉뚱한 생각으로 가득했다. 이 사고로 할머니 문병이 늦어지겠구나. 몇 시간은 지체되겠지. 짜증나. 하지만 클라우디아에게 사고 이야기를 들려줄 생각을 하니 신나는걸. 클라우디아는 자동차 사고를 끔찍이도 두려워했다. 사고를 설명해주는 동안 클라우디아는 겁을 먹을 테고, 그러면 살살 구슬려서…… 섹스를 할 수 있겠지. 틀림없이 먹혀들 거야.

아, 참. 난 곧 사고를 당하게 되지. 호아킨은 멀리서 자신을 구경하는 기분이었다. 얼굴이 망가질지도 몰라. 그런 나를 클라우디아가 계속 사랑해줄까? 내 얼굴이 흉터투성이가 되어도 계속 나를 원할까?

얼굴만 밝히는 애는 아닐까? 그럴지도 몰라. 호아킨은 클라우디아가 어떻게 나올지 짐작할 수 없었다. 손이나 손가락을 다치면 어쩌지? 다시 여자를 더듬거나 기타를 칠 수 있을 때까지 얼마나 걸릴까? 영영 그럴 수 없게 된다면? 이 사고 때문에 기타를 사주겠다던 엄마의 약속이 바뀌면 안 되는데. 싸구려 기타라도 받고 싶었다. 얼마 전 〈기타 플레이어〉 지에서 중고 펜더를 헐값에 파는 휴스턴 근교의 악기점 광고를 보고 주소를 적어 호주머니에 넣어두었다.

어쩌면 펜더 정도는 생길지도 몰라. 거의 찜해두었던 싸구려 일제가 아니라.

호아킨은 주소를 적어둔 걸 잊고 있었다.

어째서 잊고 있었지?

그 생각이 뇌리를 스치는 순간, 기타 천 대로 파워코드*를 동시에 친 것 같은 소리가 귀청을 때렸다. 뒤틀린 쇳조각들이 사방에서 날아왔다.

다시 기억났다. 아, 참. 난 사고를 당하려던 참이었지.

중력에 이상이 생긴 걸까? 궁금했다.

그리고 온 세상이 캄캄해졌다.

---

* 근음과 5도음 두 개로만 구성된 코드. 록음악에서 많이 사용된다.

7장

12:51 P.M.

가브리엘은 눈을 떴다. 번데기처럼 우그러진 차체 너머, 멀리서 얼굴을 가린 채 비명을 질러대는 여자가 보였다.

"젠장, 젠장! 내 살이 타고 있어, 내 살이 타고 있어! 빨리 와, 로저, 살이 타고 있다고!"

가브리엘은 무슨 일인지 보고 싶었다. 몸을 돌렸다.

칼로 쑤시는 듯한 고통.

그리고 암흑이었다.

십사 분 뒤, 가브리엘은 산소마스크를 쓰고 들것에 누운 상태에서 의식이 돌아왔다. 눈앞의 형체들은 뿌옇게만 보이고, 웅얼거리는 목소리들이 흐릿하게 들렸다.

"앞좌석…… 즉사했는데…… 앰뷸런스를……"

그 목소리에 투덜거리는 다른 목소리가 섞여들었다.

"상상이 가? 자네라면 상사한테 그런 소릴 듣고 가만있겠어?"

첫번째 목소리가 다시 말했다. 이번에는 아까보다 또렷했다.

"자넨 잘못한 거 없어. 하지만 이번 일이 자네 은퇴에 어떤 영향을 끼칠지 생각해야 돼. 가위 좀 줘. 고마워. 우리가 할 수 있는 일은 여기 까지야. 앰뷸런스가 도착하려면 얼마나 걸리지?"

가브리엘은 무슨 얘긴지 알아들을 수가 없었다. 그가 모르는 사람들 이야기를 하는 것 같았다. 메디컬 드라마를 듣는 기분이었다. 그는 계속 귀를 기울였다.

좀더 멀리서 또다른 목소리가 들렸다.

"여기서 지혈을 못 하면 우리가 이 녀석 시체를 치우게 될걸."

가브리엘은 생각했다. 드라마가 마음에 안 드는데. 채널을 돌려야 겠어.

"리모컨은 어디 있죠? 누가 리모컨 좀 줄래요?"

웃음소리가 들렸다. 종일 텔레비전만 보는 놈팡이인가보군, 같은 농담도 들렸다. 가브리엘은 상황을 이해할 수가 없었다. 이윽고 다시 암흑 속으로 빨려들어갔다.

근사하고, 반가운 암흑이었다.

8장

9천 미터 상공에서 들려오는 목소리

암흑……

불이 몇 번 깜빡거리다 켜지자 따스한 빛이 기내를 가득 채웠다.

호아킨은 알론드라를 바라보았다. 그녀는 잠들어 있었다. 그가 얼굴에서 머리카락 한 올을 치워주자 그녀는 평온한 숨을 길게 내쉬었다.

잠든 알론드라는 다른 사람처럼 보였다. 흔들리지 않는 평화로운 영혼. 호아킨도 그녀처럼 되고 싶었다. 하지만 언제나 쉽지 않았고, 비행기 안에서는 아예 불가능했다.

책을 집어들고 읽으려 했지만 집중할 수가 없었다. 그러다 점점 엔진 소리에 관심이 쏠리는 자신을 발견했다. 줄곧 배경음에 불과했던 웅웅거리는 소리는 점점 심부로 다가갈수록 뚜렷한 특징들을 드러내기 시작했다.

책을 내려놓은 호아킨은 고개를 들고 귀를 기울였다. 소리에 집중하자 웅웅거리는 소리에서 숨결 같은 생명의 리듬이 들렸다. 기내를 둘

50

러보았다. 다른 승객들은 아무것도 느끼지 못한 채 자기 일에 바빴다. 읽고, 떠들고, 먹고 마시고 있었다. 그들을 휘감고 있는 교향곡을 알아차리지 못한 채.

호아킨은 그 소리에 이끌려 먼 곳을 바라보았다. 소리는 세속적인 근심으로부터 그를 끌어당겨, 수많은 의미가 층층이 쌓여 있는 기괴한 미지의 세계로 데려갔다. 무심코 지나친 일상의 단면들이 상상조차 못한 불가사의를 내포한 암호로 바뀌는 곳. 엔진 소음 속에 생명의 기운이 도사리고 있다는 느낌이 점점 강해지면서 그는 그 세계로 깊이 끌려들어갔다.

그 진동에 조금이라도 가까이 다가가기 위해 그는 창문에 머리를 댔다. 그러면 더욱 또렷이 들릴 뿐만 아니라 그 리듬과 교감할 수 있을 것 같았다. 그것의 일부가 될 것 같았다.

창문에 귀를 대자 소리의 껍질이 한꺼풀 벗겨졌다. 엔진 소음 속에서 흘러나오던 진동의 리듬이 정체 모를 생명체에서 인간의 리듬으로 뚜렷하게 바뀌었다. 인간의 힘겨운 호흡이었다. 숨을 쉬려고 헐떡이는 인간. 말을 하려는 인간.

호아킨은 창문에 귀를 더 바짝 대고 숨을 죽였다. 듣고 싶었다. 엔진이 하려는 말을 듣고 싶었다.

머릿속에서 이건 진짜가 아니라고, 환청이라는 목소리가 들렸다. 하지만 그는 그런 생각을 잠재우고 더 집중해 귀를 기울였다.

이제 외부 소음은 모두 사라지고 그 기묘하고 힘겨운 숨소리만 남았다. 바싹 말라 갈라진 입술이 서로 쓸리는 소리가 들렸다. 입천장을 훑으면서 미끄러져나오는 혀. 그 입이 보이는 것만 같았다. 어떤 외상을 입어 피투성이가 된 입. 어떤 폭력 행위에 의해 말을 할 수 없게 된 입.

호아킨은 숨을 죽이고 평온한, 진정시키는 메시지를 머릿속으로 보냈다. 상처 입은 입을 가진 그 존재를 달랬다. 그 입을 달래 말을 하도록 도왔다.

처음에 호아킨의 요청은 하나의 느낌, 형태가 없는 제안일 뿐이었다. 하지만 그 존재의 말을 듣고픈 욕망은 곧 언어로 바뀌었다. 머릿속의 생각이었지만 진짜 소리 내어 말한 것 같았다. 머릿속의 문장은 흐릿하고 어수선한 형태를 하고 있었다.

"어서, 제발 말해! 네 목소리가 듣고 싶어. 어서, 어서!"

이번에는 말을 줄이고 핵심적인 요구만 남겼다.

"말해, 어서."

이번에는 더 간단히.

"말해."

호아킨은 머릿속으로 그 말을 되뇌었다.

"말해…… 말해…… 말해……"

그는 기다리면서 귀를 기울였다. 마른 입술이 찢어지는 소리가, 말을 하려고 발악하느라 헐떡이는 숨소리가 들렸다.

"말해…… 말해…… 말해……"

헐떡임은 점점 심해졌다. (존재할 리 없는) 허파에 공기를 채우려는 처절한 안간힘. 숨어 있는 존재가 기어코 호아킨에게 메시지를 전하려는 몸부림. 호아킨은 그 메시지를 알고 싶어 미칠 지경이었다. 이번에는 구슬려보기로 했다.

"그래…… 그래…… 그래……"

헐떡임이 그쳤다. 첫마디를 기다리는 동안 호아킨의 살갗에 소름이 돋았다. 시계 초침 소리가 들렸다.

째깍…… 째깍…… 째깍……

잠시 시간이 멎은 것 같았다. '현재'라는 구름이 호아킨의 주위를 맴돌면서 모성이 깃든 커다란 손으로 그를 감쌌다. 말을 기다리는 동안, 운명에 대한 생각과 가슴속에 묻어둔 고통스런 과거의 안개가 서서히 표면으로 떠올랐다.

호아킨은 눈을 감고 존재와의 교감 속으로 더 깊이, 그 새로운 세상으로 더 깊이 빠져들었다. 이미지들이 머릿속을 스쳐갔다. 고통으로 일그러진 얼굴, 불에 탄 살, 피가 뿌려진 벽.

여전히 그 존재는 말하지 못하고 있었다.

호아킨은 온몸이 팽팽하게 긴장하는 것을 느꼈다. 눈꺼풀에 힘을 주고 두 주먹을 불끈 쥐었다.

그때 비행기가 흔들려 그는 창문에 머리를 부딪쳤다. 기내 조명들이 깜빡거렸다. 호아킨은 의자에 등을 기대고 손으로 머리 옆쪽을 문질렀다. 존재와의 연결이 끊어졌다. 그 생명체는 사라져버렸다.

비행기가 다시 흔들렸다. 무언가가 바닥을 따라 미끄러져오더니 호아킨의 발에 부딪쳤다. 그는 허리를 숙이고 그것을 집어들었다. 아이팟이었다. 헤드폰에서 귀에 익은 노랫말이 흘러나왔다.

"죽여, 약자를 죽여."

9장

앰블런스 안의 데드 케네디스

가브리엘은 자기 몸이 앰뷸런스에 실리는 걸 느꼈다. 흐릿한 눈으로 보니 옆에 또다른 들것이 함께 실리고 있었다. 가브리엘 또래의 소년 이었다. 만신창이였다. 소년은 계속 눈을 깜빡거렸다. 의식을 잃지 않으려고 발버둥치는 것 같았다.

구급대원 두 명이 올라타자 앰뷸런스가 사이렌을 울리며 출발했다.

가브리엘은 소년을 물끄러미 바라보았다. 자기도 그 소년처럼 사나운 몰골인지 궁금했다. 구급대원들이 소년의 팔에 주사바늘을 꽂고 있었다. 하지만 가브리엘은 이 모든 것이 멀게만 느껴졌다. 고통도 마찬가지였다. 다리가 부러진 느낌은 들었지만, 그건 머나먼 나라에서 날아온 전보처럼 외부에서 들어오는 정보일 뿐이었다.

소년이 허밍으로 노래를 부르기 시작했다. 그러지 않으면 죽기라도 할 것처럼. 어쩌면 정말로 그럴지도 몰랐다.

요란한 사이렌 소리 속에서도 가브리엘은 그 허밍 소리가 데드 케네디스의 〈킬 더 푸어 Kill the Poor〉라는 걸 알아차렸다. 요즘 줄곧 머릿속을 맴돌던 노래였다. 기묘한 우연의 일치였다. 가브리엘도 허밍으로 따라 부르기 시작했다. 가브리엘의 목소리를 감지한 소년은 기운이 난 것 같았다. 곧이어 두 소년은 함께 노래를 불렀다.

실직자 수백만이 쫓겨났지만
적어도 우리에겐 놀 곳이 더 많아졌지
온 세상이 약자를 죽이러 간다 오늘 밤
죽여 죽여 죽여 죽여 약자를 죽여, 오늘 밤

가브리엘은 자신과 소년이 그 노래의 정신이나 에너지를 온전히 표출하지 못하고 있다는 걸 알고 있었다. 하지만 이 펑크의 고전을 부르니 마음이 편안해졌다. 마치 이 순간을 위해, 이럴 목적으로 만들어진 노래 같았다. 현기증이 일었다. 짧은 인생에서 처음 느끼는, 그 무엇과도 비길 수 없는 환희가 밀려들었다. 물론 혈관을 따라 흐르는 진통제 때문일 수도 있었지만, 상관없었다. 가브리엘은 그 환희를 만끽했다.

구급대원들은 이 이상한 광경을 보고 웃었다. 하지만 가브리엘은 계속 노래를 불렀다. 어쩌면 이날의 어둠을 무의식적으로 이해했는지도 몰랐다. 무의식 깊은 곳 어딘가에서, 그는 앞으로 닥쳐올 고통과 슬픔을 알고 있었는지도 몰랐다.

하지만 지금은 이 기묘한 이중창만 부를 따름이었다. 가브리엘은 어느 음침한 펑크록 클럽에 있는 환몽에 젖어 있었다. 그는 무대에 서서 마이크에 대고 괴성을 지르며, 광란하는 청중을 내려다보고 있었다. 방황하는 젊은이들의 고통과 환멸을 노래로 대변하고 있었다. 청중은 소리치고 환호했다.

　그는 거기 클럽에 있었다. 심장이 터져라 노래하며. 마침내 가브리엘은 의식을 잃었다.

10장

성 미카엘 병원

눈을 떴을 때 호아킨은 침상에 누워 있었다. 그는 자신이 병원에 있다는 것을, 끔찍한 고통 때문에 정신이 들었다는 것을 깨달았다. 누군가 병실에 있었다. 하얀 옷을 입은 여자였다. 호아킨은 그녀에게 아버지가 어떠냐고 물었다. 간호사는 그에게 눈을 맞추지도 않고 병실을 나서면서 대답했다.

"돌아가셨어요. 어머니도. 두 분 다 돌아가셨어요."

호아킨은 간호사의 얼굴을 보지 못했다. 그녀를 다시 부르려 했지만 아무 소리도 나오지 않았다. 움직일 수조차 없었다.

그후 몇 시간 동안 호아킨은 텅 빈 하얀 벽에 둘러싸여, 깊은 정적 속에 식물인간처럼 누워, 땀에 젖어 부들부들 떨면서 고통에 시달렸다. 마침내 의사가 호출을 받고 도착하자 호아킨은 간호사에게 들은 이야기를 했다. 외과의사는 당황한 것이 역력한 표정으로 말없이 병실을 나갔다.

복도에서 격앙된 목소리가 들려왔다. 하지만 곧 나직하고 사무적인 어조로 바뀌었다. 몇 분 뒤 의사가 돌아왔다.

"병원을 대신해 사과하고 싶구나. 평소에는 이런 적이 없거든. 정말로 미안하다."

"괜찮아요."

호아킨은 대꾸했지만 의사가 왜 그렇게 미안해하는지 알 수가 없었다.

"이런 말이 위로가 될지 모르겠지만, 두 분은 고통 없이 돌아가셨단다. 차가 그렇게 충돌하면 대부분 즉사하거든."

호아킨은 고통 없는 즉사가 왜 위로가 되는지 궁금했다. 그에게는 오히려 섬뜩했다.

"앞으로 힘든 일이 많을 거다. 그러니 아주 강해져야 해."

복도 너머 또다른 하얀 방에서 가브리엘이 눈을 떴다. 의식이 완전히 돌아오기도 전에 그는 소리를 지르기 시작했다. 누구든 와달라고 소리쳤다. 아무도 오지 않았다. 가브리엘은 호출버튼을 찾아서 눌렀다. 잠시 후 간호사가 왔다.

"우리 엄마 아빠는 죽었죠, 그렇죠?"

"난 몰라요. 나중에 의사 선생님한테 물어보세요."

"죽은 거죠?" 가브리엘은 목소리를 높여 다시 물었다.

간호사는 그를 바라보았다. 그녀의 눈동자에 서린 연민과 동정을 보고 가브리엘은 답을 얻었다.

침대 속으로 가라앉는 기분이었다. 눈물에 대한 생각이 머리를 스쳤다. 하지만 한 방울도 흐르지 않았다.

두 소년 모두 부상을 입고 겁에 질린 채 홀로 남았다. 그들의 미래는 삽시간에 완전히 암울해졌다. 호아킨은 휴스턴에 있는 친척이라고는 사고가 나고 몇 시간 뒤 수술을 받은 할머니뿐이었다. 호아킨의 부모가 죽었다는 소식은 수술이 끝나고 나서야 전해졌다. 다들 할머니가 위기를 넘긴 다음 그 끔찍한 소식을 알리려고 기다리는 중이었다. 가브리엘의 친척은 아직 찾지 못한 상황이었다.

가브리엘과 호아킨이 만난 건 며칠이 지난 뒤였다. 둘 다 휠체어를 타고 있었다. 복도까지 휠체어를 밀어주던 간호사들은 두 소년이 잠시 시간을 갖도록 자리를 비켜주었다. 어떻게 그럴 수 있었는지 그 자신도 정확히 알 수 없었지만, 호아킨은 가브리엘이 앰뷸런스에 함께 타고 있던 소년이라는 것을 알아차렸다. 그전에 만난 적이 없었지만 알수 있었다. 호아킨이 먼저 말문을 열었다.

"네가 우리랑 부딪쳤어, 맞지?"

"내가 뭐?"

"우리 차랑 충돌한 볼보에 타고 있었지?"

"넌 포드에 타고 있었지? 간호사들한테 네 이야기 들었어."

"데드 케네디스 좋아해?" 화제를 바꾸고 싶었던 호아킨이 조금 긴장한 표정으로 물었다. 아직은 사고에 대해 이야기할 자신이 없었다.

"좋아하지. 죽여, 약자를 죽여." 가브리엘은 흥얼거렸지만 음정이 맞지 않았다.

호아킨은 앰뷸런스에서 벌어진 일을 가브리엘도 기억하고 있는 것 같아 마음이 놓였다. 환청이 아니었구나. 그는 하이파이브를 하려고 힘겹게 손을 쳐들었다. 가브리엘이 손을 뻗어 그의 손바닥을 툭 쳤다.

"여기에 음악이 좀 나오면 정말 죽여줄 텐데." 호아킨이 말했다.

"병실엔 텔레비전밖에 없어. 구린 라디오라도 있으면 좋을 텐데. 난 음악을 사랑해. 음악이 필요하다고."

"너 악기 연주하지?"

"응. 어떻게 알았어?"

"그냥 알았어."

"기타랑 신시사이저 좀 만지지. 하지만 이젠 다시 연주 못 할지도 몰라. 손가락에 느낌이 없거든." 가브리엘은 오른손을 들어 보이며 말했다.

"언젠가 함께 잼 연주를 해보자고."

그때 가브리엘의 간호사가 돌아왔고, 두 소년의 눈길은 그녀의 날씬하고 탄탄한 다리에 꽂혔다. 무릎 길이 치마에 살짝 가려진 잘빠진 다리를 보자마자 두 소년의 물건이 발딱 섰다. 그들은 서로의 공통점을 깨달았다. 유니폼 속에 늘씬한 다리를 감춘 여자에게 끌린다는 것.

"또 만나." 가브리엘이 멀어져가며 말했다.

"언제든 놀러 오라구." 호아킨이 대꾸했다. 둘 중 아무도 상대의 부상에 대해 묻거나 부모 이야기를 꺼내지 않았음을 생각하면서.

줄곧 볼보의 생존자와 마주칠까 두려웠던 호아킨은 방금 일어난 일에 몹시 놀랐다. 한동안 부모님의 죽음을 온전히 받아들일 수가 없었다. 끔찍한 사고를 당하면 대개 거치는 고통의 단계였다. 부정, 분노, 합리화, 우울, 현실 인정이 마음을 뒤죽박죽 어지럽혔다. 참을 수 없으리만치 암울해질 때면 상대 차의 운전자에 대한 증오와 생존자에 대한 복수심에 이를 갈았다. 커다란 낫으로 그 개자식의 머리통을 잘라 티후아나*의 떠돌이 개떼에게 던져주는 상상도 했다.

하지만 증오의 표적을 만난 순간 분노는 눈 녹듯이 사라져버렸다. 복수의 욕망은 자취를 감추었다. 상대는 그와 마찬가지로 부상당한 가엾은 소년일 뿐이었다. 피붙이를 만난 기분이었다. 호아킨은 소년과 다시 얘기하고 싶어서 조바심이 났으며, 언젠가 함께 음악을 연주하고 싶기까지 했다. 끔찍한 재앙에서 뜻밖의 좋은 일이 생긴 것이다.

암울한 고통의 나날을 보내는 동안 호아킨은 오직 그 생각뿐이었다. 같은 병실 환자들의 동정 어린 눈길을 피해 소리 죽여 흐느끼는 나날이었다. 이따금 수군대는 소리가 들려왔다. "부모를 둘 다 잃었대." "어디 다시 걷겠어." "보나마나 고아원 행일 거야." 호아킨은 못 들은 척했다. 음악이 필요했다, 저들의 목소리를 막아줄 거라면 그 무엇이라도. 하지만 오랫동안 애지중지해온 워크맨은 고속도로에서 산산조각이 났다. 결국 그는 병상에 누운 채 잡생각을 떨치기 위해 텔레비전만 보았다. 다른 환자들이 즐겨보는 드라마와 토크쇼, 오락 프로그램을 꿋꿋이 참으면서.

그렇게 며칠이 지났고 호아킨은 서서히 회복했다.

---

* 미국과의 국경에 인접한 멕시코의 국제관광도시.

11장

헬리콥터의 인사

"병원이라면 질색이야."

호아킨이 여행가방을 침대 위에 던지며 구시렁거렸다.

"호텔이 질색이겠지."

"뭐? 내가 뭐랬는데?"

"'병원'이라고 말했어."

"제길."

호아킨은 고개를 저으며 중얼거렸다. 알론드라가 다가와 어깨와 목덜미를 어루만졌다.

"도착한 뒤부터 줄곧 우울해 보여. 뭐 할 말 있는 건 아니고?"

호아킨은 알론드라에게서 벗어나 여행가방을 열고 마닐라폴더를 꺼내 그 속에 담긴 서류들을 뒤적였다. 찾는 서류가 나오지 않자 짜증이 치민 그는 폴더를 내던졌다.

창가로 걸어가 커튼을 젖혔다. 밤하늘을 배경으로 반짝이는 댈러스

66

의 야경이 펼쳐져 있었다. 미국을 생각할 때면 머릿속에 떠오르는 풍경이었다. 밤하늘을 배경으로 빛나는 마천루들. 하지만 막상 그것들을 보니 괴리감이 들었다. 정말로 미국에서 살고 싶은지 확신이 서지 않았다. 댈러스의 번쩍이는 생소함을 견딜 수 있을지 자신이 없었다.

호아킨은 이번 여행을 일종의 귀향이라고 생각하고 기대했다. 드넓은 세상에서 거둔 '소소한 성공'을 뽐내러 돌아온 탕아. 하지만 자신이 탕아처럼 느껴지지 않았다. 웬걸, 어린애가 된 기분이었다. 밤이 되면 엄마 아빠를 찾으며 우는 가엾고 외로운 아이.

알론드라도 별 도움이 못 되었다. 그녀는 호아킨이 가브리엘에 대해, 고통스럽고도 영광스러웠던 옛 시절에 대해 이야기하고 싶어한다고 생각하고 있었다. 하지만 얘기를 한다 한들 불안은 잦아들지 않을 터였다. 오히려 더욱 악화만 시킬 뿐.

호아킨은 다른 생각에 빠져 있었다. 그와 교감하려고 기를 쓰는 낯선 존재. 멕시코에서도 그것을 느낀 적이 있었다. 어떤 깊고 초월적인 차원의 존재. 돌이켜보건대 호아킨은 그것이 답을 가지고 있다고 생각했다. 그의 삶에서 가장 심오하고 중요한 질문의 답을. 지금은 확신이 서지 않았다.

어쩌면 그것은 그를 끌어당기는 어두운 힘일 수도 있었다. 거미줄 위에 도사리고 먹이를 기다리는 거미. 유혹적인 거미줄. 설령 그것이 파멸을 뜻한다 해도, 죽음을 뜻한다 해도 호아킨은 헤어나올 수가 없었다.

조금 멀리서 헬리콥터 한 대가 한 고층 건물 주변을 맴돌고 있었다. 헬리콥터가 하강하고 회전하면서 라이트가 번쩍거렸다. 문득 그 헬리콥터를 타고 댈러스의 밤하늘을 가르며 날고 싶다는 생각이 들었다.

헬리콥터를 바라보는데 어딘가 이상했다. 라이트의 불빛은 비추고 있지 않았다. 맥동하고 있었다. 낯익은 타입의 맥박이었다.

그것은, 모스부호였다.

호아킨은 조종사의 장난일 거라 생각하며 거의 무의식적으로 신호를 해독했다. 하지만 반쯤 해독해보니 그런 게 아니었다.

그는 팔다리에 소름이 돋아 창가에서 물러났다.

"괜찮은 거야?"

호아킨은 휙 돌아서서 알론드라를 뚫어져라 바라보았다.

"심각해지고 있어."

"뭐가?"

"전부 다."

알론드라가 무슨 말이냐고 물었지만 호아킨은 한 마디도 할 수가 없었다. 머릿속이 다른 말로, 헬리콥터의 맥동하는 불빛이 보낸 말로 가득했다.

그는 발끝으로 걷다시피하며 다시 창가로 갔다. 그리고 헬리콥터를 찾았다. 없었다. 아니, 잠깐. 헬리콥터는 거기 있었다. 그리고 불빛 역시 여전히 맥동하면서 예의 그 불길한 메시지를 반복하고 있었다.

호아킨은 불빛을 유심히 바라보았다. 정말로 모스부호를 보내는 건지, 혹시 엉뚱한 상상의 파편은 아닌지 확인했다. 착각이 아니었다. 게다가 다시 보니 훨씬 더 소름 끼쳤다.

"호아킨, 곧 만나서 얘기하게 될 거다."

일상적이고 평범해 오히려 더 섬뜩한 메시지였다. 마치 티셔츠를 입은 악마처럼.

헬리콥터를 지켜보는 동안 메시지는 계속 되풀이되었다. 메시지가 반복될 때마다 호아킨은 몸서리를 쳤다.

이윽고 불빛이 새로운 신호를 보냈다. "잠시 대기", 호아킨은 또다른 충격에 대비해 마음을 단단히 먹었다. 하지만 이번에도 상투적인 메시지였다.

"안녕. 잘 있기를."

이번 메시지는 한 번뿐이었다. 곧이어 라이트는 평범한 불빛으로 바뀌었고, 헬리콥터는 기수를 돌려 구름 속으로 사라졌다.

12장

음울한 행복

그것은 호아킨의 공포를 느꼈다. 그리고 그 공포가 마음에 들었다. 새로 배운 단어들도 좋았다. 비행기, 엔진, 아이팟, 헬리콥터, 그리고 모스부호. 그 단어들의 맛이 마음에 들었다. 싱싱하고 짜릿한 맛이었다. 그것이 소중히 간직해둔, 호아킨과 처음 교감하던 순간의 맛도 그랬다.

비록 호아킨을 볼 수는 없지만 느낄 수 있었다. 그가 느끼는 혼란스러움, 무언가를 갈망하는 마음이 감지됐다. 그 느낌은 그것에게 동기와 목적을 부여했다.

자신이 보낸 메시지를 호아킨이 수신했음을 알았을 때, 그 느낌은 더욱 강해졌다. 그것은 자신의 광대한 공간 어딘가에서 기쁨에 겨워 비틀거리고 빙빙 돌았다. 전에도 다른 시간, 다른 장소에서 그런 환희를 경험한 적이 있다는 걸 기억해냈다. 그때도 기뻐 날뛰었다. 다른 형태, 다른 모습으로 빙글빙글 돌며 껑충거렸다. 하지만 이번에는 그런

72

생각 따윈 치워버리고 순간에 빠져들었다.

호아킨이 다시 한번 메시지를 받았다는 걸 느낀 그것은 그의 공포를 들이마셨다. 한 모금도 남기지 않고 꿀꺽꿀꺽. 그리고 다시 빙글빙글 돌면서 자신의 위대함에 감탄했다.

불현듯, 환희가 멈췄다.

호아킨이 사라져버렸다.

그것은 혼자였다. 혼자? 이것도 새로운 단어였다. 하지만 고약한 맛이 났다. 그 단어를 삼키자 내면이 공허해지는 느낌이었다.

공허.

역시 맛없는 단어. 내면은 점점 더 공허해졌다. 너무 비어서 움직일 수 없게 되자, 그것은 어딘가에 있는 어두컴컴한 골짜기로 흘러내려 갔다.

산산이 흩어지는 느낌이었다. 포기하고 싶었다.

그때 내면 깊숙이 숨어 있던 힘이 튀어나와 그것을 에너지로 채웠다. 이 새로운 에너지의 정체가 무엇인지 금방 알 수는 없었지만, 그것은 에너지를 반기고 만끽했다.

자신의 세계를 쏘다니던 그것은 호아킨의 공포와 그 사랑스러운 맛을 기억해냈다. 더 맛보고 싶었다. 더 필요했다. 이제 그것은 어떤 일이 있어도, 무슨 일이 일어나도 그 공포를 찾아내 먹어치우리라는 걸 알았다.

13장

미니바, 최대 골칫거리

엘리베이터에서 뛰쳐나온 알론드라는 와트의 방을 찾아 복도를 헤맸다. 몇 번 길을 잘못 든 끝에 가까스로 방을 찾아내 노크했다.

와트는 호텔 목욕가운 차림으로 문을 열어주었다. 한 손에는 칵테일 잔을, 다른 손에는 뚜껑이 열린 마카다미아 깡통을 들고 있었다.

"어서 와, 알론드라. 방금 미니바에서 술 좀 꺼내 마시던 참이야."

그는 알론드라를 방으로 들였다.

"좀?" 알론드라가 키득거렸다.

방에는 각종 전기장비들이 널려 있었다. 침대 위에는 나그라 녹음기가 놓여 있고, 까만 플라스틱 상자에는 마이크가 한가득 꽂혀 있었다. 화장대 위에는 건전지 꾸러미와 충전기들이 놓여 있었다. 그리고 바닥에 놓인 낡은 노트북에는 거미줄처럼 뒤엉킨 USB 케이블로 온갖 기계들이 연결되어 있었다. 알론드라는 검정색 아이팟 말고는 뭐가 뭔지 거의 알지 못했다.

"마실 것 좀 갖다줄까?"

"뭐가 있는데?"

"레드불*하고 보드카."

"우웩." 알론드라가 역겹다는 듯 진저리쳤다.

"마셔봐. 진짜 괜찮다니까."

"아니, 됐어. 보드카는 좋아. 그걸 마실게. 케텔원이었으면 좋겠는데."

와트는 미니바를 열고 선반을 훑어보았다.

"음…… 케텔원, 케텔원…… 아, 있다!" 그가 보드카 병을 꺼내며 물었다. "뭐 좀 넣어서 마실래?"

"얼음이랑…… 음…… 토닉워터?"

와트는 얼음통에서 얼음덩이 몇 개를 움켜쥐고 술병 뚜껑을 따더니, 바텐더처럼 멋들어지게 컵에 부어 알론드라에게 건넸다.

그녀는 술잔을 받아들고 침대 가장자리에 앉아 한 모금 마셨다. 차가운 보드카는 짜릿하고 깔끔했다. 핀란드에서 가본 증기탕이 머릿속에 또렷이 떠올랐다.

"그 녀석은 좀 어때?" 와트가 쾌활한 목소리로 물었다.

"아닌 게 아니라 그것 때문에 여기 내려온 거야."

"그렇군. 무슨 문제라도 있어?"

"걱정스러워."

"뭐가 문젠데? 신경과민 뭐 그런 거야?"

"아니, 그냥 걱정돼."

"좀 알아듣게 말해봐."

---

* 피로 회복 음료.

알론드라는 술을 홀짝이며 핀란드를 떠올리고는 길게 심호흡했다.

"그게 말야……" 그녀는 적당한 말을 찾느라 우물거렸다. "음……
그러니까 그게 말이지…… 음…… 젠장…… 뭐라고 해야 할까……"

"여보세요, 그냥 내뱉으라고. 젠장, '소통장애'로 고민하는 사람은
나 하나로 족해."

와트가 마카다미아 하나를 입에 던져넣고 재촉했다.

"알았어, 말하면 되잖아."

몇 초가 흘렀지만 알론드라는 여전히 말이 없었다. 그녀는 조바심이
서린 와트의 눈을 들여다보았다. 그녀가 언제나 좋아하는 눈이었다.
크고, 짙푸르고, 녹색 반점이 찍힌 눈. 하지만 그 눈을 좋아하는 만큼,
그녀가 하려는 말을 듣고 와트가 말도 안 돼, 하는 표정으로 실눈을 뜨
길 기대했다.

어쨌거나 말해야 했다. 알론드라는 다시 잠깐 핀란드를 떠올렸고,
마침내 입을 열었다.

"호아킨의 정신 상태가 걱정스러워."

예상대로 와트가 실눈을 뜨고 돌아섰다.

"말도 안 되는 소리."

"농담 아냐."

"물론 미친 자식이지. 내 말은, 우리 모두 미쳤다고. 하지만 그 녀석
은 미치지 않았어. 미친 게 아니라고."

"난 잘 모르겠어."

와트는 방 안을 서성이며 주절주절 늘어놓았다. 호아킨에 대해 그가
아는 것과 느끼는 것에 대해, 정신이상과 그 증세에 대해, 체질적으로
나 병리학적으로 호아킨이 그 기준에 맞지 않는 까닭에 대해. 그렇게

78

그는 한참을 떠들어댔다.

알론드라는 와트의 말을 들으려 애썼지만 이내 그 소리는 웅웅거리는 배경음으로 바뀌었다. 와트의 말이 합리적인 것 같았지만 마음의 불안이 너무 커서 받아들여지지가 않았다.

마침내 와트의 이야기가 끝났다.

알론드라는 고개를 들었다. 그녀의 절박함을 감지했는지 와트가 그녀의 어깨를 잡고 눈을 응시하며 말했다.

"호아킨은 멀쩡해. 정말이라니까. 중요한 일을 앞두고 있어서 초조한 것뿐이야. 녀석에게 좀 여유를 줘."

알론드라는 그의 시선을 외면했다.

"알았어, 알았다고." 와트가 달래듯이 말했다. "그럼 이렇게 하자. 내일 그 녀석이랑 단둘이 아침을 먹을게. 뭐라고 하는지 유심히 들어볼게. 마음을 열고 말이야."

알론드라는 침대시트를 내려다보았다. 요즘 그녀가 추구하는 혼잡과 질서의 융합을 완벽하게 반영하는 파란색과 초록색 격자무늬였다. 어쩌면 와트의 말이 옳을지도 몰랐다. 아무 문제 없는 건지도 몰랐다. 쇼에 대한 그녀의 두려움과 걱정, 호아킨과 함께하는 삶에 대한 불안을 그에게 투영하고 있는 건지도 몰랐다. 뭐가 옳은지 알론드라는 확신이 서지 않았다.

"알론드라, 내 말 들었어?"

"호아킨은 내일 너랑 아침 못 먹어. 〈뉴스위크〉지랑 인터뷰가 있거든."

그녀는 파란색과 초록색 침대시트에서 눈을 떼지 않고 대꾸했다.

14장

인터뷰

카페에 들어가기 전에 알론드라에게 전화했다. 께느른하게 늘어지는 목소리가 수화기 너머에서 들려왔다. 그녀는 내가 인터뷰하는 데 같이 가자고 다시 조르려고 전화했다는 걸 알고 있었다.

"알론드라."

"왜 또?"

"분명히 말할게. 난 네가 인터뷰에 함께했으면 좋겠어."

"말했잖아, 나랑 같이 점심 먹으면서 요즘 왜 그러는지 말해주기로 약속하면 따라가겠다고."

"난 아무렇지도 않아. 새로운 방송 때문에 초조한 것뿐이야."

"너도 못 믿을 소리잖아."

"같이 가줄 거야?"

알론드라는 전화를 끊어버렸다.

그녀 말이 맞는지도 모른다. 내게 벌어지는 일을 말해야 한다. 하지

82

만 그 이야기를 하면 알론드라는 겁먹을 게 뻔하다. 그녀는 늘 이런 식이니까.

"네 라디오쇼에나 나오는 헛소리야. 그런 건 방송에서나 떠들라구."

그녀 말이 옳다, 어느 정도는. 내가 〈고스트 라디오〉를 시작한 이유에는 내가 경험한 기묘한 일들이 환청이나 환영에 불과하다는 사실을 스스로에게 납득시키려는 의도도 있었다. 물론 다른 한편으로는 그 경험들을 정당화하려는 마음도 없지 않았다.

이제 몇 분 후면 그런 중요한 사실들을 숨기고, 〈고스트 라디오〉가 '한밤중에 벌어지는 괴기스러운 일들'에 대해 들을 수 있는 끝내주는 방송이라고 홍보해야 한다. 알론드라가 인터뷰에 따라오지 않으려고 한 또다른 이유가 바로 이거다. 그녀는 이런 한심한 짓을 혐오한다. '애인과 같이 일하면서 어려운 점은 없나요?' 같은 얼빠진 질문 따위엔 대답하고 싶어하지 않았다.

그런 사적인 이야기를 낯선 사람에게 털어놓는 알론드라의 모습은 상상할 수 없다. 애초에 그녀는 〈고스트 라디오〉에 참여하는 것도 망설였다. 공동진행자 자리를 제안하면서 그녀를 구슬리느라 진땀깨나 빼야 했다. 그 일이 학자이자 교수로서 자신의 신뢰도에 금이 가게 할 거라는 것이 그녀의 입장이었다. 내가 보기에는 터무니없는 소리였다.

나는 그 방송이 도시괴담 연구에 '생생한' 체험 사례를 제공할 거라며 꼬드겼다. 하지만 결국 그녀가 수락한 까닭은 연구와는 아무 상관이 없었다. 그녀는 내가 〈고스트 라디오〉에 너무 빠져들까봐 두려워하고 있었고, 그래서 나를 거기서 끌어내고 싶어했다. 열성 회의론자 노릇을 하기로 마음먹은 것이었다. 하지만 나는 그녀가 마음속 깊이 괴담을 믿으며 그 때문에 두려워한다는 걸 종종 느꼈다. 알론드라가 비

과학적이거나 초자연적인 이야기를 비웃는 것도 두려움을 떨치기 위해서였다. 그녀는 순환논법*의 달인이었다. 그렇지 않고야 어떻게 진지한 학자 노릇과 도발적인 언더그라운드 잡지의 편집자 노릇을 병행할 수 있겠는가?

알론드라는 그런 미꾸라지 같은 재주를 방송에 써먹었다. 논쟁이 격해지거나 언짢은 상황이 벌어질 것 같으면 교묘한 말솜씨로 두루뭉술하게 넘어갔다. 달아나거나 숨지 않고 늘 우아하게 빠져나가 청취자들의 주목을 끄는 법이 없었다. 많은 이들이 그런 행동을 두고 '쿨하다'는 둥, '고상하다'는 둥 할 것이다. 나라면 다르게 말하겠다. 그것은 '두려움'이라고.

알론드라가 뭐라고 하든 간에, 나는 그것이 그녀가 인터뷰에 따라오지 않은 근본적인 이유라고 확신했다. 그녀는 겁을 내고 있었다.

나는 그런 생각에 빠진 채 카페에 들어섰다. 〈뉴스위크〉지 기자가 거기서 나를 기다리고 있었다. 그를 찾기는 쉬웠다. 탁자 위에 녹음기를 놓아두고 여러 가지 일을 동시에 하고 있었으니까. 휴대전화로 누군가와 통화를 하면서 메모를 하고, 노트북으로 이메일을 확인하고, 정신없이 블랙베리에 문자메시지를 입력하고 있었다. 남은 의자 하나에는 잡지와 신문이 잔뜩 쌓여 있었다.

"호아킨입니다." 나는 악수를 청하며 인사했다.

기자는 내 손을 잡고 힘차게 흔들더니 '만나서 반갑다'라는 뜻으로 말없이 눈을 찡긋했다. 그러고는 '잠시 기다려 달라'라는 뜻으로 잽싸게 손을 들어 보였다. 곧이어 그가 통신기기들을 차례차례 껐다. 조립

---

* 입증되어야 할 명제를 논증의 근거로 삼는 잘못된 논법.

라인의 로봇을 구경하는 기분이었다. 이윽고 그는 의자를 치웠고, 마침내 내 눈을 바라보았다.

"부산 떨어서 죄송합니다. 니콜 키드먼을 인터뷰할 예정인데 그쪽 매니저 나부랭이들이 여간 까탈을 부려야 말이죠."

그 작은 '비밀'을 내게 알려줌으로써 호감을 사려는 수작이었다.

나는 〈뉴스위크〉와의 인터뷰를 성공의 징표로 여기지 않았다. 인기 따위는 관심도 없었다. 오히려 철저히 불신했다. 하지만 더 많은 사람들이 내 방송을 들으려면 이 인터뷰가 꼭 필요했다. 대중문화 소비자로서 나는 〈뉴스위크〉의 관심이 〈고스트 라디오〉가 '도약했음'을 뜻하는 것이라 여겼다. 변두리에서 벗어나 주류로 편입한 것이다.

자신을 '에릭 프루'라고 소개한 기자는 곧바로 내 방송과 티브이 드라마 〈어글리 베티〉를 비교하기 시작했다. 콜롬비아의 원작 드라마를 각색한 〈어글리 베티〉는 벼락같이 미국 티브이의 황금 시간대를 차지했다. 나는 그 드라마와 내 라디오쇼를 라틴아메리카에서 건너왔다는 이유만으로 비교하다니 너무 단순한 게 아니냐고 대꾸했다. 멍청한데다 인종차별적인 냄새를 풍긴다는 말도 덧붙이려다 말았다.

말할걸 그랬나? 아니, 그래봐야 좋을 거 없어.

대신에 나는 외국 문화 소비에 익숙하지 않은 미국 대중이 그런 방송들을 받아들였다는 것 자체가 놀라운 현상이라는 점을 인정했다. '배타적인 나라'라는 말이 목구멍까지 차올랐지만 참았다.

나는 내 방송이 멕시코에서 시작되어 뜻밖의 인기를 끌게 된 과정을 설명했다.

"인기를 실감한 건 한참 뒤였습니다. 음악방송을 진행하면서 노래가 바뀔 때마다 죽음을 주제로 한 글과 감상을 들려줬는데, 청취자 전화를 받기 시작하면서 그 시간의 비중이 점점 커졌죠. 초자연적인 현상에 관해 이야기하고 싶어하는 사람들이 아주 많았습니다. 저는 그들이 마음껏 이야기하도록 내버려두었습니다. 그러자 방송이 진화하더군요. 계속 커지고 확장되면서 전혀 새로운 것으로 바뀌어갔습니다."

(전부 사실은 아니었다. 하지만 늘 그렇게 이야기했다.)

내게 가장 큰 영향을 준 라디오쇼에 대해서도 이야기했다. 당시에는 그걸 깨닫지 못했지만, 교통사고로 부모님을 잃고 휴스턴에서 병원 신세를 지는 동안 알게 된 그 방송에 나는 병적으로 집착했다.

"거기서 들은 괴담들은 지금 떠올려보아도 흥미롭고 때론 오싹할 정도죠. 하지만 제가 훨씬 더 좋아했던 건 그 방송의 형식이었어요. 그런 비극을 겪고도 삶의 의욕을 되찾을 수 있었던 데는 그 방송의 힘이 컸습니다."

"그게 언제였죠?"

"1990년이었습니다."

프루는 고개를 끄덕이고 메모를 했다. 내 쪽에서는 글이 거꾸로 보였지만 뭐라고 썼는지 알 수 있었다. '조사할 것 : 괴담 라디오쇼, 1990년 휴스턴.' "하지만 아까 방송의 형식이 만들어진 건 거의 우연이라고 했잖습니까? 지금 한 이야기로 미뤄보면 다분히 계획적인데요."

"물론 진행자인 제가 쇼를 이끌었을 거라고 생각하시겠죠. 하지만 실은 그 쇼가 저를 이끌었습니다. 불과 일 년 만에 극성스러운 열성 팬들이 생겼는데…… 몇몇은 집착이라 할 정도라…… 아주 골칫거리죠."

프루는 내 방송을 듣는 이들 중에 광적인 청취자가 많아 보인다고 맞장구쳤다. 그리고 그들을 그루피나 사이비종교 추종자들과 비교했다. 내 청취자들이 이교도 집단처럼 군다는 소리를 들은 건 이번이 처음이 아니었다. 나는 고개를 끄덕이며 수긍했다. 그러고는 기자의 다음 질문을 조용히 기다렸다.

"다시 원조 〈고스트 라디오〉 이야기로 돌아갈까요? 당신이 병원에서 들었던 방송 말입니다."

"그러죠."

"그 방송을 혼자 들었습니까? 아니면 다른 환자들 사이에서도 인기였나요?"

"가끔은 혼자 들었습니다. 이따금 친구도 있었고요."

나는 애써 태연히, 두루뭉술하게 대답했다.

"그 친구가 가브리엘이었습니까?"

나는 고개를 끄덕였다. 빌어먹을, 화제가 그쪽으로 흘러가지 않기를 바랐는데. 이 자식은 예습을 해온 게 틀림없어.

"해적 라디오 방송인가를 하다가 죽은 가브리엘 맞죠?"

내 얼굴에서 핏기가 가셨다.

"꼭 그 이야기를 해야겠습니까?"

"당신이 진행하는 라디오쇼에서는 죽음과 유령에 관한 이야기를 하고, 당신은 친구가 라디오 방송을 하다가 죽는 경험을 했습니다. 그 둘은 관련 있어 보이는데요."

프루의 말대로 그것들은 관련이 있었다. 난 그 재앙 같은 사건에 거의 모든 것을 빚지고 있었다. 내겐 여전히 그 상처가 남아 있었다…… 문자 그대로의 의미로도, 비유적인 의미로도. 그리고 나는 가브리엘을 잃었다. 가브리엘…… 이제 녀석은 우리 곁에 없지만 나는 지금도 그를 내 단짝이라고 생각한다.

이제 우리 곁에 없는 존재.

가브리엘에게 어울리지 않는 말이다. 어느 누구도 그 녀석만큼 '우리 곁에' 가까이 있을 수는 없다(적어도 '내 곁에'는). 가브리엘이 죽고 오랜 세월이 흘렀지만 내 주위로 여전히 녀석이 느껴진다. 감상적인 클리셰나 질질 짜는 너절한 회고담이나 늘어놓자고 하는 얘기가 아니다. 가브리엘이 실제로 늘 곁에 있는, 피할 수 없는 존재라는 뜻이다.

"그게 중요하다고 생각하지 않습니까?" 프루의 질문이 나의 회상을 흩뜨려놓았다.

"인터뷰의 초점을 거기 맞추지 않으면 좋겠군요."

"물론 그게 초점이 되진 않을 겁니다. 하지만 그 사건에 관한 몇 가지 사실을 기사에 넣을 거라 가능한 한 정확히 해두는 게 좋을 것 같아서요."

"제게는 고통스러운 기억입니다."

프루는 끈덕지게 물고 늘어졌다.

"알았습니다. 하지만 이건 알아두세요. 당신이 말해주지 않으면 우리가 조사한 사실을 바탕으로 기사를 써야 합니다. 당신에게 통고할 의무도 없죠. 우리한테 정보를 준 사람들이 일방적으로 이야기했을 수도 있으니, 지금 당신 생각을 올바로 반영한 기사를 내보내려고 기회를 드리는 겁니다."

나는 창밖을 바라보았다. 거리에 노숙자 한 명이 괴성을 지르며 걸어가고 있었다. 유리창 너머로 그의 말소리가 들렸다. 그와 같이 걷고 싶었다. 대신 나는 프루 쪽으로 다시 고개를 돌리고 그를 매섭게 노려보며 말했다.

"그 이야기는 이쯤에서 접죠."

몇 초 뒤 프루는 고개를 끄덕이더니, 숨을 들이마시고는 메모를 훑어보았다. 곧이어 노련한 기자답게 평이한 질문으로 바꾸었다.

"당신의 쇼가 성공한 까닭이 뭐라고 생각하십니까?"

"많은 사람들이 흥미로워하는 이야기를 하기 때문이죠. 저는 현대 사회가 테크놀로지의 발전에 지대한 영향을 받는다고 믿습니다. 테크놀로지는 이제 우리가 매일 사용하는 도구 그 이상입니다. 현실을 인식하는 수단, 스스로를 바라보는 수단, 주위 사람들과 관계를 맺는 수단, 인간과 기억을 이어주는 수단이 되었죠. 우리의 공포와 열망, 환상은 테크놀로지를 통해 걸러집니다. 저는 제 방송이 일종의 매개체라고 생각합니다. 과학과 전혀 무관한 것, 즉 신화처럼 설명이 불가능한 것을 사람들과 다시 이어주는 다리 말입니다."

"당신이 러다이트*인 줄은 미처 몰랐군요."

"그건 아니에요. 하지만 인간의 삶에 구글이나 페이스북, 유튜브보다 중요한 것이 있다고는 생각합니다. 다른 소통 방식들이 존재한다는 거죠. 심오한 방식들이요. 그리고 사람들은 각자의 경험을 나누고 싶어합니다."

내 말투엔 가시가 돋쳐 있었다. 하지만 가브리엘의 죽음을 상기시킨 프루에 대한 분노를 떨칠 수가 없었다.

"방송에서는 대개 죽음에 관한 이야기를 하죠?"

"기자님, 제 방송을 들어보신 적은 있습니까?"

"당신 팬들은 시체애호증이라고 불릴 법한 성향을 갖고 있습니다. 죽음에 중독된 거죠. 그 점에 대해서는 어떻게 생각하십니까?"

"무섭고 겁나는 것에 매료되지 않는 문화가 과연 존재하기나 하나요?

---

* 기계화나 자동화에 반대하는 사람.

저는 그저 시대정신에 물꼬를 트고 인간의 잠재의식 속 공포에 형태를 부여할 따름입니다. 하지만 사람들에게 희망도 주죠. 궁극의 희망. 죽음이 끝이 아니라는 희망, 죽음 뒤에도 뭔가가 있다는 희망 말입니다."

"그런 환상을 조장하는 것이 기회주의적이라고 생각하지는 않습니까? 심지어 일종의 정서적 위험으로 느껴질 수도 있지 않을까요?"

"이만 년 동안 인간은 줄곧 유령 이야기를 해왔습니다. 우리는 누구를 위협하거나, 매수하거나, 괴롭히려는 게 아닙니다. 불가사의한 현상을 이해하고 교감할 방법을 찾으려는 거죠. 제길, 이 방송은 청취자들 못지않게 제게도 필요합니다. 그런 광란의 대화가 필요하단 말입니다. 물론 그걸로 삶과 죽음의 비밀을 풀 수 있다는 뜻은 아닙니다. 하지만, 저는 공포처럼 불가사의한 느낌을 통해 우리가 더욱 친밀한 관계를 맺을 수 있다고 굳게 믿습니다."

"죽음에 대한 당신의 그 관심이 단순한 병적 쾌감은 아닐까요?"

"병적 쾌감?" 욕설이 튀어나올 뻔했지만 가까스로 참았다.

그런 비난을 듣는 것이 처음도 아니었건만, 도무지 익숙해지지가 않았다. 그 오만함과 무례함에 언제나 분통이 터졌다. 도대체 내가 죽음에 대해 어떻게 생각하는지 얼마나 안다고 저렇게 지껄여대는 거지?

"제가 아는 병적 쾌감이란 통제할 수 없는 조급한 욕망인데요. 금지된 것, 추악한 것을 훔쳐보려는 욕망 같은 거요. 〈고스트 라디오〉에서 이야기하는 것은 결코 추악하지 않습니다. 오히려 아름다울 때가 많죠."

"하지만 공포영화의 소재로나 어울리는 것들 아닌가요."

"우리는 공포를 그런 식으로 이용하지 않습니다. 사람들을 겁주려는 게 아니에요. 청취자와 전 공포를 주고받으며 함께 이겨냅니다. 그래서 매일 밤이 새롭죠. 〈고스트 라디오〉는 할리우드 공식을 따르지 않습니다. 인간적인 소통에 충실할 뿐입니다. 순수하고 솔직하죠."

프루는 받아적고 나는 계속 이야기했다.

"상투적인 말이긴 하지만, 우리는 모든 것이 불확실한 시대를 살고 있습니다. 지난 수십 년 동안 지구를 휩쓴 전쟁과 재앙 때문에 죽음은 하찮은 것으로 전락했고, 인간의 감성은 무뎌지고 있죠. 하지만 라틴아메리카 문화권에서는 조금 다른 방식으로 죽음과 관계를 맺습니다. 그곳 사람들은 죽음과 어울려 살아갑니다. 옛 친구에게 편지를 쓰듯 죽음에게 글을 쓰고, 예고 없이 찾아오는 주정뱅이를 집 안으로 들이듯 죽음을 맞이하죠."

프루는 인터뷰에 만족한 눈치였다. 하지만 그가 녹음기를 끄려고 손을 뻗자, 나는 그를 제지하고 마지막 생각을 들려주었다.

"걷기처럼 자연스러운 행동도 유심히 살펴보면 순간적으로 몸을 불안정하게 하는 동작이 반복됩니다. 체중을 한쪽 발에서 다른 쪽 발로 옮기는 찰나의 순간 균형을 잃는 거죠. 쓰러지지 않고 몸을 이동하는 법을 익히면서, 거의 동시에 균형을 잃고 되찾으면서 우리는 걷기를 배웁니다. 우리가 끊임없이 삶과 죽음의 균형을 맞추며 살아가는 것도 그와 같죠."

"왜 저한테 그런 말씀을 하시죠?"

나는 빙그레 웃었다.

"당신이 곧 자리에서 일어나 이 카페에서 걸어나갈 테니까요."

프루는 낄낄거리더니 마치 인공두뇌의 지령이라도 받은 듯 온갖 통신기기들에 재접속했다. 몸의 일부 같은 기계들을 켜고 나와 인터뷰하느라 잃어버린 정보를 회복하는 동안 그의 얼굴은 환해지고 눈은 희번

덕거렸다. 현실이 그의 주위에서 산산이 흩어지는 것 같았다.

프루는 소지품을 챙겨들고 카페에서 걸어나갔다. 걸음을 내디딜 때마다 균형을 잃었다가 되찾으면서.

그가 사라지자마자 중요한 사실 하나가 다시 떠올랐다. 이 인터뷰 때문에 가브리엘의 죽음이 알려질 거라는 것. 나 혼자 간직하고 싶었던 기억이었는데. 기분이 언짢았다. 그것도 몹시.

하지만 내가 뭘 할 수 있겠는가? 나는 그 이야기가 잡지에 실리는 것을 막을 수 없다. 그 이야기는 사실이니까.

문득 확실한 해결책이 떠올랐다. 〈뉴스위크〉의 특종을 가로채자. 선수를 치는 거야. 〈고스트 라디오〉의 미국 첫 방송 때 그 이야기를 내 입으로 말하는 거다.

15장

고백

남은 방송시간은 고작 십 분이었다. 기회는 지금뿐이었다. 나는 심호흡을 하고 말문을 열었다.

청취자 여러분, 우린 오늘 처음 만났습니다. 하지만 방송을 마치기 전에 제 이야기를 하나 들려드릴까 합니다. 아주 개인적인 이야기입니다. 저는 이 이야기를 통해 우리가 좀더 가까워지길 바랍니다. 그리고 여러분이 아무리 황당한 사연을 털어놓아도, 이곳 〈고스트 라디오〉에서는 절대로 비웃음을 사지 않는다는 걸 알려드리고 싶습니다. 제게도 황당한 사연이 많거든요.

다시 스튜디오로 돌아오니 기분이 좋았다. 알론드라도 방송을 즐기는 것 같았고, 와트는 여느 때처럼 어딘가 나사가 풀린 표정이었다. 이런 이야기를 해도 괜찮을 듯싶었다. 오늘 방송은 지금까진 성공적이었다. 청취자 전화는 대부분 정치에 관한 것이었다. 하지만 그래도 기분이 좋았다. 이 마지막 이야기가 분위기를 바꿔놓을 것은 분명했다.

다시 마음이 차분해져서 다행이었다. 뜻밖의 일들에 시달린 지난 며칠간 감정과 생각을 제대로 다스리지 못했다. 하지만 지금은 나를 완벽하게 다스릴 수 있는 곳에서, 내가 좋아하는 일을 하고 있었다. 한밤중에 진실을 들려주는 것.

어렸을 적 저는 친구 가브리엘과 함께 '로스 데스무에르토스'*라는 밴드를 결성했습니다. 라틴록과 펑크를 비롯해 익스페리멘탈과 프로그레시브 음악을 연주하는 밴드였죠. 어쩌면 여러분 중에 우릴 기억하는 분들이 있을지도 모르겠군요. 당시 휴스턴 지역에 팬이 꽤 많았거든요. 비록 우리가 만든 음악은 괴상했지만, 중독성이 있었다고 말해도 허풍은 아닐 겁니다. 우리는 특이한 소리를 '찾아내서' 녹음했고, 그 소리를 곡에 사용했습니다. 우리에겐 아주 다양한 곳에서 채집한 소리 샘플이 있었죠. 처음에는 그저 함께 연주하는 것이 목적이었습니다. 우리의 허접한 악기와 장비로 모든 가능성을 탐구해보자는 생각이었죠. 하지만 그런 실험들 너머에는 우리의 음악세계에 영향을 끼친 비극이 자리하고 있었습니다. 당연히 영향을 받을 수밖에 없었죠. 제 부모님은 교통사고로 돌아가셨습니다. 가브리엘의 부모님도 같은 사고로 돌아가셨고요. 가브리엘과 저만 살아남았습니다. 그 사고를 겪고 병원 신세를 진 뒤에도 우리는 계속 엮였습니다. 저는 휴스턴의 할머니 댁에서 지냈고, 가브리엘은 거기서 몇 블록 떨어진 이모 댁에서 한동안 살았습니다. 간수 없는 감옥 같은 묘한 환경에서 함께 자란 거죠.

---

* 영어의 '죽은 자(death)'와 스페인어의 '죽은 자들(muertos)'을 합성한 이름.

둘 다 지독한 말썽꾸러기였지만 언제나 가브리엘이 한 수 위였습니다. 녀석은 아무것도 겁내지 않았습니다. 어디 새로운 마약 좀 없나 혈안이 되어 있었고, 전혀 그럴 만한 곳이 아닌데도 위험한 짓을 벌였습니다. 사고를 치고 싶어서 안달이었죠. 한마디로 망나니였습니다. 우린 함께 마리화나를 피울 때면 완전히 뻑이 갈 때까지 했습니다. 그러다보니 어디서 뭘 했는지 기억하지 못할 때가 많아서 가브리엘은 환각상태에서 벌인 일들을 폴라로이드 사진으로 남기기 시작했습니다. 다음 날 아침 주머니에서 사진이 나오면 녀석은 '사라진 날들의 일기장'이라고 부르던 것에 꽂아두었죠. 저도 언제나 함께하고 싶었지만 녀석이 그런 괴팍한 짓을 혼자만 해서 종종 따돌림 받는 기분이었습니다. 가브리엘은 잠자리도 가리지 않았습니다. 유치장이나 늙은 창녀의 침대, 부잣집 수영장, 심지어 동물원의 원숭이 우리도 녀석에게는 똑같은 잠자리일 뿐이었죠. 저는 늘 집으로 돌아가서 잤고요.

가브리엘의 이모조차 두 손 두 발 다 들자 녀석은 유목민처럼 살기 시작했습니다. 아무 데서나 잤죠. 우리 집이나 다른 친구들의 집, 여자친구의 집, 낯선 사람의 집, 심지어 공원 벤치에서 잘 때도 있었습니다. 얼마 후에는 버려진 건물에 사는 무단 입주자가 되더군요. 저도 곧 녀석을 따라 들어갔습니다. 우리의 기괴한 동거가 시작된 거죠.

내 이야기에 알론드라와 와트는 점점 당황하고 안절부절못했다. 나의 공개 고백을 멍청한 짓으로 여기는 게 틀림없었다. 하지만 내 계획을 미리 말했더라도 결과는 마찬가지였을 것이다. 언쟁을 벌이다가 결국 마음대로 하라고 했을 테니까. 이번 일은 그들이 판단할 문제가 아니었다. 물론 예고 없이 이렇게 불쑥 이야기를 한 건 그들에 대한 모욕이었다. 나도 알고 있었다. 그들의 의견 따위는 신경도 쓰지 않는다는 뜻이니까.

미안하지만, 이번에는 그랬다.

우리는 꿈을 향해 열정을 쏟았습니다. 하나의 사명으로 의기투합한 두 명의 뮤지션이었죠. 우린 스스로를 스트라빈스키와 프랑켄슈타인 박사가 뒤섞인 존재로 여기면서 멜로디와 온갖 생명체들이 내는 소리로 혼합된 잡종 음악을 만들었습니다. 거미가 개미를 먹어치우는 소리, 암사마귀가 교미하면서 수컷의 머리를 뜯어먹는 소리 따위를 증폭해서 사용했죠. 상상할 수 있는 모든 소리를 녹음했고, 한발 더 나아가 자가제작한 '전파 망원경'으로 채집한 잡음을 그 소리와 믹싱했습니다. 오래된 전기부품을 모아서 만든 그 안테나는 라디오 신호를 수신하여 왜곡하는 장치였습니다. 허접한 시퀀서를 이용해 그런 잡음으로 일정한 패턴을 만든 다음, 거기에 다른 많은 소음과 기타, 퍼커션, 신시사이저 같은 악기 소리들을 덧입혔죠. 모두 우리가 추구하던 음악 실험의 일환이었습니다. 나중에는 컴퓨터 프로그램과 미디 샘플러, 보코더를 활용해 소리의 레퍼토리를 넓혔습니다.

알론드라와 와트가 점점 더 멀어져가는 것 같았다. 나는 그들이 무얼 의아해하는지 알고 있었다. 〈고스트 라디오〉에서 내가 만들어낸 캐릭터를 스스로 망가뜨리려는 까닭이 궁금했을 것이다. 두 사람은 그 캐릭터를 좋아했다. 먹혀들었으니까. 그는 청취자들에게 먹혀들었다. 이따금 폭발할 듯 격정적이고, 때로는 차분하고, 가끔은 신비로운 침묵에 빠져드는 존재.

그러나 그가 어떤 존재였든지 간에 그는 고백 따위를 하는 사람은 아니었다. 감상적으로 흐를 소지가 있는 사적인 부분은 피했다. 그는 라디오쇼의 스타가 아니었다. 그는 통로에 불과했다. 맞아들이는 목소리. 그는 캠프파이어를 밝히고 어서 불 주위로 모이라고 말하는 존재였다.

나도 그를 좋아했다.

하지만 오늘 밤에는 그를 치워둬야 했다.

단순히 〈뉴스위크〉 기사 때문만은 아니었다. 나도 방금 깨달았다. 진실 때문이었다. 미국판 〈고스트 라디오〉가 대담한 진실 선언으로 출범하면 내가 바라는 방송이 될 것 같았다. 그리고 어쩌면, 그 방송이 내가 찾던 답을 줄지도 몰랐다.

알론드라는 도톰한 입술에 챕스틱을 신경질적으로 발랐다. 나는 그녀가 그 자리를 피할 수만 있다면 피 한 바가지라도 뽑아줄 거라는 걸 알고 있었다. 하지만 그녀는 나를 버리고 떠날 용기가 없었다. 특히 이제부터 내가 하려는 이야기에 대해 꼬치꼬치 캐묻기 시작한 뒤부터는 더욱 그랬다.

비록 온갖 망나니짓을 다 하고 다녔지만 우리는 순수했습니다. 학창시절에는 학교에서 미친놈 취급을 받았죠. 하지만 우리가 음악을 만들자 다들 태도가 바뀌더군요. 우리를 무시하고 우습게 보던 애들의 얼굴에서 놀라움과 호감, 당혹감을 보니 신이 났습니다. 총각딱지를 떼는 건 금방이었습니다. 열혈 팬들이 점점 늘어나 기회가 많았거든요.

수많은 케이블과 핸들, 버튼으로 이루어진 장비들에 둘러싸인 와트가 겸연쩍은 미소를 지었다.

부모님의 죽음이 우리를 하나로 묶어주었습니다. 그런 상황에서 발전하는 관계란 굉장히 공고한데 그걸 어떻게 설명해야 할지 모르겠군요. 우리는 우리만의 세계를 창조했고, 공연을 통해 그 세계를 청중에게 보여주었습니다. 음악으로 이루어진 그랑기뇰*이랄까요. 무대 위에서 우리는 환상과 악몽을 펼쳐 보였습니다. 문자메시지로 시간과 장소를 알려 순식간에 군중을 모으는 플래시몹이라는 개념도 없던 시절이었지만, 우리는 아이스크림 트럭 확성기나 전단지, 요란한 광고판 같은 원시적 도구를 이용해 사람들을 끌어모아 독특한 장소에서 즉흥 콘서트나 다름없는 공연을 펼쳤습니다.

　　나는 한참 동안 물을 마셨다. 알론드라는 증오와 연민이 뒤섞인 표정으로 나를 바라보았다. 반면 와트는 체념한 듯 주머니칼로 손톱을 깎고 있었다.

　　매번 공연을 하거나 퍼포먼스를 펼쳐 보일 때마다 우리는 자신을 넘어서려고 노력했습니다. 산업화 시대의 밴드와 노이즈 그룹들의 음악에 여전히 열광했지만, 솔직히 말하면 우리 음악이 그런 전설적인 뮤지션들의 업적보다 한 걸음 앞서 나아갔다고 믿었습니다. 윌리엄 블레이크와 앨리스터 크롤리, 엘리파스 레비**의 글을 파고들었고, 온갖 죽음의 의식에 탐닉했

---

* 19세기 프랑스 파리에서 유행했던 섬뜩한 연극. 기괴한 호러 쇼를 일컫는 말로 쓰인다.
** 윌리엄 블레이크는 18세기 영국의 신비주의 시인이고, 앨리스터 크롤리는 영국 출신의 마법사이자 동반성단기사단 총수로 20세기 대중문화에 지대한 영향을 미친 인물이다. 엘리파스 레비는 프랑스의 신비주의 마술사이다.

죠. 외국 신문들의 부고란에서 무작위로 글을 고른 다음 그 내용에서 영감을 받아 망자를 기리는 곡을 쓰기도 했습니다. 종종 지극히 시적인 구절들이 발견됐거든요.

청취자 전화가 밀려들기 시작했다. 나가 뒈지라고 욕하려는 건지, 격려하거나 단순히 질문하려는 건지, 비슷한 경험을 이야기하려는 건지, 조롱하려는 건지 알 길이 없었다. 전부 무시해버렸다.

한번은 기타와 음향장비를 교내 방송 스피커에 연결하고 연주한 적이 있었습니다. 그 바람에 엄청난 폭동이 일어나 화재가 발생하고 수십 명이 체포되었죠. 우리는 공공장소와 버려진 건물, 오래된 교회를 비롯해 혼란과 혼돈을 야기할 수 있는 곳이라면 어디서든 공연했습니다. 그래서 끊임없이 문제를 일으켰고, 달아나거나 숨거나 체포되는 것이 일상이 됐죠. 덕분에 추종자만 계속 늘어났지만요. 직접 제작한 시디를 팔아 번 돈으로는 더 많은 장비를 구입해 음향 시스템을 향상시켰습니다. 전속력으로 달리는 열차에 올라탄 기분이었죠. 아마 다들 우리가 나락을 향해 폭주하고 있다고 생각했을 겁니다.

알론드라의 얼굴에 묘한, 마치 축구에 젬병인 아들을 둔 엄마 같은 표정이 번졌다. 사랑하는 사람의 얼굴에서 결코 보고 싶지 않은, 부끄러움과 연민이 뒤섞인 표정. 하지만 나는 멈출 수 없었다. 이야기는 이제 거의 끝을 향해 가고 있었다.

어느 날 밤, 우리는 멕시코 국경 근처에 있는 어느 대학의 버려진 방송국에 잠입했습니다. 그리고 아스텍에서 섬겼던 죽은 전사들의 신 테오야옴키의 제단을 즉석에서 세웠습니다. 물론 정확한 고증에 따라 만든 건 아니었습니다. 그리고 방송 송출기에 장비를 연결하고 음악을 내보냈습니다. 대부분의 팬들이, 아니 어쩌면 모든 팬들이 그 음악을 들으면서 도취 상태에 빠졌다는 사실은 나중에 알았죠. 그로부터 십일 분이 지난 새벽 두시 정각 갑자기 전류가 폭주했습니다. 사건 조사가 한 번도 이뤄지지 않아 정확한 원인은 여전히 불명이지만, 십중팔구 음향장비가 일으킨 누전 때문이었을 겁니다. 그날 밤 비가 와서 사방에 물이 흥건했거든요. 평소보다 부주의하게 처신한 걸 두고 사람들은 우리가 일부러 사고를 일으켰다고 여기더군요. 가끔은 저도 가브리엘이 의식적으로든 무의식적으로든 그런 일이 벌어지길 바란 건 아니었을까 생각합니다. 사건이 발생한 시각은 정확합니다. 온 방송국을 통틀어 가장 첨단 기계 같았던 디지털시계가 깜박이면서 두시를 알리고 있었거든요. 제가 7미터를 날아가기 전에 마지막으로 본 건 가브리엘이었습니다.

그후 벌어진 일은 일부러 무덤덤하게 이야기했다. 우리는 구급대원들에게 구조되었고, 병원에 도착했을 때 가브리엘은 이미 죽은 상태였다고. 나는 마이크를 끄고 물을 마셨다. 이게 데킬라였으면 좋겠다고 생각하면서. 그리고 자리에서 일어나 스튜디오 밖으로 나갔다. 알론드라와 와트는 따라오지 않았다.

잠시 후, 핑크 플로이드의 〈샤인 온 유 크레이지 다이아몬드Shine on You Crazy Diamond〉가 모니터에 뜨더니 음악이 흘러나왔다. 디제이가 방송중에 헛소리를 지껄이는 건 욕을 먹으면 그만이지만, 생방송에 정적이 흐르는 건 용납이 안 될 일이었다.

스튜디오의 문이 열리더니 와트가 나왔다.

"대체 이게 뭔 지랄이야? 다음엔 뭘 할 건데? 자위할 때 무슨 상상을 하는지 알려줄 거야? 치질 이야기라도 하려고? 너 때문에 우린 망했어."

"그럴 수밖에 없었어."

"어째서?"

나는 그에게 차 열쇠를 건넸다.

"알론드라한테 줘. 난 걸어서 호텔로 돌아갈 테니까."

그리고 나는 떠났다.

16장

나의 또다른 여자친구

걷다보니 해방감과 함께 우쭐한 기분이 들었다. 호텔 방문을 열고 안으로 들어가는 내 발걸음도 스프링이 달린 듯 가벼웠다. 알론드라는 침대에 걸터앉아 있었다. 싸늘한 눈길로 나를 맞이한 그녀는 한동안 말이 없었다.

마침내 그녀가 입을 열었다.

"자기를 이해할 수가 없어. 도무지 이해가 안 돼."

나는 〈뉴스위크〉 인터뷰에 관해 이야기했다.

"그걸로는 설명이 안 돼. 전혀. 방송중에 그 이야기는 절대 꺼내지 않겠다고 했잖아."

"나 때문에 화난 게 아니로군."

"아니라고?"

알론드라는 벌떡 일어나더니 완전히 뚜껑이 열린 표정으로 나를 노려보았다.

"그래. 화난 게 아니라 질투하는 거야."

"질투? 질투 좋아하시네!" 알론드라가 한층 더 표독스런 표정으로 소리 질렀다.

"진정하고 좀 생각해봐. 지난 며칠 동안 넌 내게 가브리엘 이야기를 해달라고 졸랐어. 그런데 오늘 내가 어떻게 했지? '다른 여자친구'에게 그 녀석 이야기를 했어."

"청취자들 말이지."

알론드라가 누그러진 얼굴로 말했다.

나는 고개를 끄덕였다.

"정말 어이없지 않아? 누군지도 모르는 사람들에게 질투를 느끼다니."

"모르겠어. 하지만 어떤 사람들은 내가 들어도 섹시하단 말이야."

알론드라가 웃음을 터뜨렸다.

"자, 이리 와."

알론드라가 내게로 다가왔다. 나는 두 팔을 그녀의 몸에 두르고 가까이 끌어당겼다.

"정말로 어이없는 게 뭔지 알아?" 나는 다정하게 말했다. "네가 나한테 가장 중요한 사람이 아닐 수도 있다고 생각한다는 거야."

그녀가 내 품 안에서 녹아들었고, 우리는 함께 침대 위로 쓰러졌다.

첫 방송의 청취율을 확인하기도 전에 우리 앞에 탄탄대로가 열렸다. 방송사로부터 비싸긴 하지만 몰개성하기 그지없는 아파트 한 채를 제공받았고, 각종 광고 게시판과 잡지, 버스에 우리 방송의 광고가 등장하기 시작한 것이다. 한동안은 모든 것이 유망하고 환히 빛나고 정상적으로 보였다. 하지만 나는 오래가지 않을 거라고 생각했다.

　내 생각이 옳았다.

17장

청취자 전화 1288, 00:22 A.M.
샌디의 음악

"내 목소리가 나오는 건가요? 내가 방송을 탄 게 맞나요?"

"네. 지금 방송에 나가고 있습니다."

"어머, 너무 떨려요. 이렇게 떨릴 줄은 몰랐어요."

"전화하신 분 성함이 어떻게 되죠? 어디 사나요?"

"내 이름은 샌디고, 애머릴로에 살아요."

"좋아요, 샌디. 오늘 밤 우리를 어디로 데려가주실 건가요?"

"이 이야기는 아무한테도 한 적이 없어요. 사람들이 날 미쳤다고 생각할까봐서요. 하지만 다른 청취자들의 사연을 듣다보니…… 음…… 그냥 털어놔야겠다는 생각이 들더라고요."

"그래서 〈고스트 라디오〉가 여기 있는 거예요."

"와, 너무 긴장돼요. 내가 정말 방송을 탄 건가요?"

"샌디, 일단 숨을 깊이 들이마셔요. 자, 그리고 이야기를 시작해주세요."

"좋아요…… 알았어요…… 고등학교 시절에 겪은 일이에요. 친구 몇 명이랑 어느 파티에 갔어요. 화끈한 파티가 아니라 그냥 애들 파티였죠. 그런데 꽤 늦게까지 놀았어요. 차를 몰고 집으로 향한 게 거의 새벽 한두 시쯤이었으니까요.

차에는 네 명이 타고 있었어요. 나랑 내 남자친구 제이크, 내 단짝 토니와 그애 남자친구 카슨이었죠. 파티가 열린 곳이 좀 이상한 동네라서 우리 중에 지리를 잘 아는 사람이 없었어요. 그래서 도중에 길을 잃고 말았죠.

단순히 길을 잃은 것만이 아니었어요. 이상했어요. 주위를 둘러보니 거대한 산업단지를 헤매고 있지 뭐예요. 창고와 공장들로 이루어진 곳 말이에요. 그런데 거기서 벗어날 수가 없었어요. 그 산업단지는 마치 끝없이 펼쳐져 있는 것 같았어요.

아무리 오랫동안 차를 몰아도, 수없이 모퉁이를 돌아도, 우린 여전히 썰렁한 거리를 달리면서 텅 빈 거대한 건물들 앞을 지나고 있었어요. 이상하고 섬뜩하게 생긴 건물들이었죠. 그런 건물은 한 번도 본 적이 없었어요. 그리고 순식간에 공포가 우리를 집어삼키기 시작했어요.

제이크와 카슨은 우리를 웃기려고 노력했죠. 하지만 목소리에는 겁먹은 기색이 역력했어요. 무슨 뜻인지 알죠? 그 또래 남자애들의 겁먹은 목소리 말이에요."

"물론 알죠, 샌디. 그래서 어떻게 됐나요?"

"그 소리를 처음 들은 건 아마 토니였을 거예요. 음, 내가 먼저였나? 아니, 토니가 확실해요. 걔가 했던 말이 지금도 또렷이 기억나거든요. '샌디, 방금 그 소리 들었어?' 그 한마디와 떨리던 목소리가 어제 일처럼 생생해요."

"그게 무슨 소리였죠?"

"처음엔 토니가 잘못 들은 줄 알았어요. 하지만 귀를 기울이고 잘 들어보니 나한테도 그 소리가 들리는 거예요."

"샌디, 그게 무슨 소리였나요?"

"그러니까, 아이스크림 트럭에서 트는 음악 알죠? 내 말은, 그 노래 말고 그 음악이 들리는 느낌 말이에요. 아, 그걸 뭐라고 부르더라, 어쨌든 내 말뜻 알겠죠?"

"글쎄요."

"아무튼 그런 노래였어요. 그런데 슬펐어요. 그렇게 슬픈 음악은 처음이었어요. 울음과 비명이 동시에 터져나오는 노래였죠. 달리고 또 달리면서 뒤돌아보고 싶지 않게 하는 노래라고 해야 할까요. 그런데 토니는 나보다 더 심각한 상태였어요. 그앤 차에서 내리겠다고 소리소리 지르기 시작했어요. 차에서 당장 내려야 한다는 거예요.

하지만 미친 짓이었어요. 거기서 내려서 어디로 가겠어요? 우린 길을 잃은 처지였어요. 거기가 어딘지도 몰랐어요. 그래서 겁에 질린 채 말없이 계속 차를 몰았죠. 음악은 계속 들려왔고, 토니는 차에서 내리겠다고 비명을 질러댔어요.

그 상태로 얼마나 헤맸는지는 모르겠지만, 동틀 무렵 겨우 나가는 길을 찾아 집에 돌아왔어요. 기진맥진해서 침대에 누웠는데 또다시 그 음악이 들리는 거예요. 아주 잠깐, 십 초…… 아니, 이십 초 정도? 마지막으로 내게 닿으려는 것 같았어요. 마치 잘 자라고 인사하려는 것처럼."

"정말 무서운데요, 샌디."

"잠깐만요, 아직 안 끝났어요."

110

"잠시 후 광고가 나가야 해서요. 샌디에게는 삼십 초 더 드리죠."

"고마워요. 그후 몇 년간 창고와 공장이 있던 그곳을 찾으려 했지만 결국 못 찾았어요. 존재하지 않는 곳이었던 거예요."

"유령 산업단지와 세상에서 가장 슬픈 음악에 대한 이야기였습니다. 〈고스트 라디오〉는 다섯시까지 여러분과 함께합니다. 참여를 원하시는 분은 광고가 끝난 뒤 알려드릴 번호로 전화주십시오."

18장

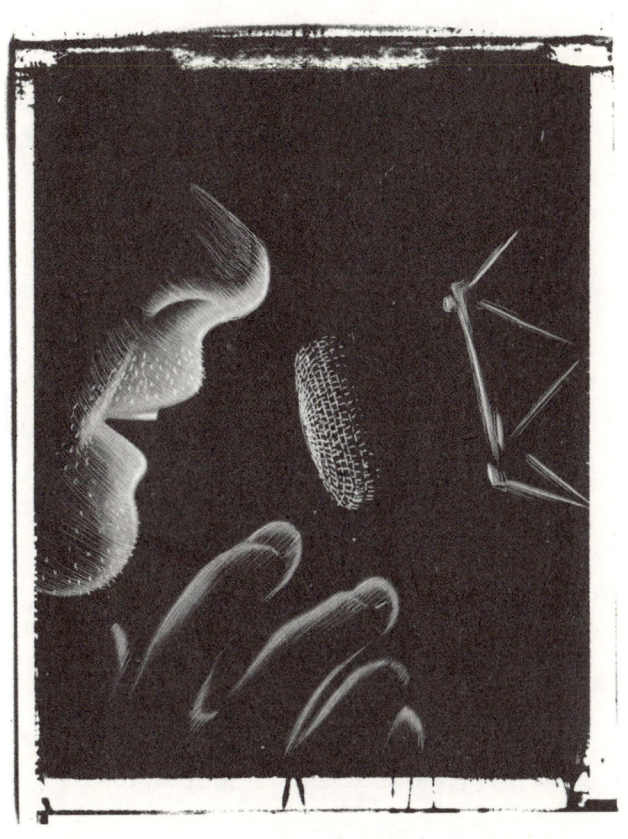

관습의 감옥

나는 이 이야기를 작문노트에, 잉크로 쓰고 있다. 지워버리지도, 고 쳐쓰지도 않을 것이다.

그저 진실의 커다란 토사물에 지나지 않을 이야기.

그런데 어디서부터 시작하지?

나는 나에 대해 이야기하는 걸 좋아하지 않는다. 나에 대해 생각하는 것조차 싫어한다. 하지만 가끔은 잡초와 그루터기를 뽑아 과거의 정원을 파헤칠 필요가 있다. 가장 큰 뿌리를 찾기 위해서라면.

나는 내 삶의 뿌리와 모든 문제들이 아빠가 엄마와 결혼하기로 마음 먹은 순간부터 자라기 시작했다고 믿는다.

아빠는 사회적 관습과 체면을 중시하는 집안에서 태어났다. 무엇을 하느냐보다 어떻게 하느냐가 더 중요한 집안. 당신은 그런 가풍을 증오했다. 그래서 엄마와 결혼함으로써 자신의 뜻을 확실히 보여주었고, 결국 집안에서 쫓겨나 부친의 유언장에서 지워졌다.

114

아빠 집안에서 봤을 때 엄마는 하찮은 원주민 여자였다. 아무도 아니었고, 아무것도 아니었다. 그런 여자와 결혼한 것은 '없던 일'이나 다름없었다.

그들은 다른 여자를 마음에 두고 있었다. 마를린 쾨니히라는, 그들이 바라는 이상적인 여자였다. 교양 있고, 구김살 없고, 평판이 좋은 여자. 게다가 영국 귀족가문과 먼 친척관계이기도 했다. 아빠네 가족은 그 점에 홀딱 반했다!

'현모양처'가 될 만한 여자였다. 쾨니히 양도 몹시 그러고 싶어했다. 아빠는 그녀의 부모가 사는 5번가 아파트를 들락거리던 때깔 좋은 구혼자 무리에서도 눈에 띄는 존재였다. '브래들리 가문'이나 '칼턴 가문' 자제들은 쾨니히 양에게 이따금 '친절하다'거나 '다정하다'는 인상만 줄 뿐 호감은 얻지 못했다. 아빠는 어딘가 달랐다. 보헤미안의 기질을 지닌 과학자. 그 두 가지 특성은 쾨니히 양의 가슴에 새침데기 사교계 처녀가 품을 만한 강렬한 욕망을 불어넣었다.

아빠는 그 결혼을 진지하게 고려했다. 학계의 미끄러운 장대를 타고 올라가야 하는 당신에게 쾨니히 양의 뛰어난 사교 능력은 유용했다. 그녀는 기업가 집안인 스펜서 가문과도 가까운 사이였다. 아빠에게는 연구 자금이 필요했다. 그들은 그 돈을 대줄 수 있는 사람들이었다.

아빠가 그녀를 사랑했냐고? 그건 아니다. 하지만 과학자였던 당신은 감정보다는 실용주의가 더 합리적인 결혼 기준이라고 생각했다.

그래서 세미나에 참석하려고 멕시코로 떠나던 날, 일주일 뒤에 돌아와 쾨니히 양에게 청혼하리라 다짐했다.

그리고 십 년 동안 돌아오지 않았다.

그날 아빠는 국립자치대학교에서 열린 끈 이론* 세미나의 토론자로 참석하고 있었고, 엄마는 청중 사이에 앉아 있었다. 엄마가 그 세미나에 간 것은 어디까지나 즉흥적인 결정이었다. 마침 비가 오고 있었고, 엄마는 버스를 놓쳤다. 그다음은 말 안 해도 알 것이다.

사실 엄마는 물리학 전문가도 아니었고, 솔직히 말하면 그 주제에 관심도 없었지만 날카로운 질문들로 끊임없이 토론자들을 공격했다. 세미나가 끝날 즈음 아빠의 가슴속엔 분노와 호기심이 동시에 들끓고 있었다. 대체 저 여자는 누구야? 그녀의 단순한 상식이 그의 발표를, 멕시코 사람들이 '사자死者의 날'에 만드는 종잇조각처럼 난도질한 것이었다. 그날 저녁 지하철역까지 엄마를 쫓아간 아빠는 두 번 다시 그녀 곁을 떠나지 않았다.

두 분에 따르면, 첫눈에 반한 사랑이었다.

뭘들 어떠하리.

은행가와 결혼한 쾨니히 양은 그후 이십 년 동안 베티포드 병원**을 수없이 들락거렸다.

엄마와 아빠는 신문 1면에 실린 그녀의 이름을 볼 때마다 빙그레 웃는다.

그리고 이 동화 같은 사랑이 꽃피는 세상에 내가 태어났다. 잉어들만 사는 평온한 연못에 침범한 뱀장어처럼. 나는 부모님의 기대나 바람을 충족시키지 않았다. 거의 태어날 때부터, 나를 당신들의 사랑이 완벽하게 구현된 눈부신 존재로 만들려는 시도와 싸웠다.

나는 짜증의 여왕이었다. '싫어' 공주. 분노의 여제.

엄마 아빠는 내가 뭘 하든 거의 무시했다. 다시 내면으로 침잠해 당

---

* 공간을 점유하는 끈이 우주 구성의 기본 단위라고 보는 물리학 이론.
** 미국 대통령 제럴드 포드의 아내 베티 포드가 설립한 마약 및 알코올중독 치료센터.

신들만의 아름다운 로맨스를 즐기느라 바빴다. 실제로도 아름다웠던 그들의 관계를 유지시켜준 것은 어느 한쪽으로 치우치지 않는 배려와 애정이었다. 물론 욕정도 한몫했을 테고.

어처구니없지만 사실이다. 내 눈으로 그 통속적인 멜로드라마를 거의 다 목격했으니까.

무모한 사랑을 위해 아빠는 당신이 받을 유산을 날려버렸을지 모르지만, 엄마도 이 정신 나간 아일랜드 남자를 따르려고 의대 중퇴를 감수했다. 얼마 후 아빠는 동료들이 아둔하고 무능하다고 불평하면서 하버드 대학의 양자물리학 교수직을 때려쳤다. 둘은 멕시코시티 근교의 새끈한 동네인 콜로니아 로마에서 소박한 교사 월급으로 근근이 살아가야 했다. 결국 아빠가 다시 미국으로 돌아가기로 마음먹을 때까지. 몇 가지 새로운 이론을 옛 동료들에게 선보이고 싶다는 것이 명목이었지만, 더 중요한 이유는 연구 지원금이었다. 대학 관계자들에게 알랑거릴 줄도 모르고 정치가와 기회주의자를 지독히 경멸하는 문제투성이 미국인이 멕시코에서 그런 지원을 받는다는 건 하늘의 별 따기였다.

엄마는 미국에 안 가면 안 되느냐고 졸랐다. 엄마는 당신이 사는 도시를 사랑했고, 듣도 보도 못한 미국의 교외보다는 거기서 사는 것이 이치에 닿는 일이었다. 하지만 이번만큼은 아빠가 고집을 꺾지 않았다. 아빠는 돌아갈 때가 되었다고 확신하면서, 직업적 이유 때문만이 아니라 매듭짓지 못한 집안 문제도 처리해야 한다고 설득했다. 그리고 미국의 간섭주의 정책을 '효과적으로' 저지하려면 돌아가야 한다고 했다.

베트남.

"여기서는 전쟁에 아무리 반대해도 소용없어. 하지만 내가 미국에서 교수가 되면 단순한 비판으로 그치지 않을 수 있어. 미국 학계에 직접적인 영향을 미칠 테니까."

엄마는 헛소리라고 생각했다. 이상주의자 남편의 또다른 몽상이었다. 줄곧 참고 살아왔지만 여전히 그런 소리만 들으면 울화가 치밀었다. 그럼에도 엄마는 남편 뜻에 따랐다. 몇 달 동안 우리는 얼마 안 되는 짐을 싸고 나머지는 다 팔아 처분한 뒤 보스턴 행 비행기에 올랐다.

그때부터 내 삶은 요동쳤다. 고등학교, 대학교, 여드름투성이 남자친구들, 이불을 뒤집어쓰고 읽은 만화책 수천만 권, 미치광이 저격수들, 정치적 올바름, 진을 채운 보온병, 손잡고 돌아다니는 과체중의 연인들, 먼 나라의 전쟁, 불량 콘돔, 엑스터시, 더 큐어*, 게걸스런 성욕에 눈 뜨고 정신없이 즐기다 저지른 사건사고들, 한두 차례의 체포, 도스토옙스키와 부코우스키**. 평범한 삶에서 점점 벗어나던 나는 마침내 내 참된 욕망을 학술적, 직업적 차원에서 충족시켜줄 길을 찾았다. 오랫동안 부정했지만 내 진정한 열정을 쏟아부을 대상은 결국 만화책이었다. 만화를 읽고, 그리고, 발표하는 것. 더불어 만화를 연구하는 것. 안 될 것이 무엇이겠는가? 만화는 연구할 가치가 충분하다. 나는 만화가 대중적인 표현수단이 될 수 있음을 깨달았다. 사람들의 열망과 이상, 공포를 그림으로 표현하는 것. 더구나 값도 싸고 구하기도 쉽다.

비록 만화책에 빠져 어린 시절을 보냈지만 집에서는 마음대로 읽을 수가 없었다. 『칼리만의 모험』이나 『미키마우스』 같은 유치한 만화부

---

* 1976년에 결성되어 지금까지 왕성한 활동을 하고 있는 록밴드. 글램록과 고스록, 뉴웨이브를 독특한 스타일로 믹스한 어둡고 음침한 음악을 선보여왔다.

** 미국의 시인이자 소설가. 대표작으로 술주정뱅이 백인 노동자 헨리 치나스키의 이야기인 『우체국』 『팩토텀』 『여자들』이 있으며, 자전적인 영화 〈술고래〉의 시나리오를 직접 썼다.

터『땡땡의 모험』『슈퍼맨』『아스테릭스』『코르토 말테제』까지 그림이 다섯 개가 넘는 책은 모두 검열 대상이었다. 예외 따위는 없었다. 말풍선이 그려진 책은 모조리 빼앗겼으며, 심지어 창 밖으로 내던져지기까지 했다.

"만화는 저능아나 문맹자가 보는 오락거리다." 아빠의 지론이었다.

이렇게 금지시키니 더 끌릴 수밖에.

나는 내가 정한 주제를 열심히 연구하고 그렸다. 흔히 만화는 정치 선전의 도구나 상품 광고와 종교 교육의 수단, 대중 통제나 교화 장치 같은 가장 기초적이고 저급한 목적으로 사용되지만, 내가 보기에는 매스미디어의 정보 독점과 국가의 사상 억압, 책을 펴는 것조차 귀찮아하는 사람들의 정신적 게으름을 타파하는 데도 이용할 수 있었다. 물론 재미있는 만화를 읽음으로써 인류가 억압의 굴레를 벗을 수 있다고까지 생각한 건 아니었다. 다만 만화에 담긴 의미가 지극히 단순하더라도 그 안에 중요한 가치가 존재한다고 굳게 믿은 것이었다. 내가 마르크스와 프로이트, 호치민을 처음 알게 된 것도 멕시코 만화가 리우스*의 만화를 보고 나서였다. 그가 나를 공산주의자로 만든 건 아니지만, 그의 작품은 내게 전혀 다른 배움의 장을 열어주었다.

물론 이런 내 생각이 전혀 새로운 논리가 아니라는 점은 인정한다. 다른 여러 사람들도 비슷한 주장을 펼쳐왔다. 그리고 개중 다수는 젊은 날의 열정에 대한 정당화일 뿐이었다. 나는 더 깊이 연구하고 싶었다. 그래서 미술사를 파헤치기 시작했으며, 큰 수고를 들이지 않고도 멕시코의 벽화가 디에고 리베라, 시케이로스, 오로스코**를 비롯해 판

---

* 사제가 되기 위해 신학교를 다니다 1954년부터 신문 만화가로 변신해 제3세계 민중의 입장을 대변하는 새로운 만화운동을 주도했다.

화가 호세 과달루페 포사다를 재발견했다. 그리고 콜럼버스 이전의 고대 상형문자 전통까지 연구해 멕시코 문화의 흥미로운 풍경을 제시하는 시각적 기준을 마련했다. 그런 개념들로 무장한 나는 멕시코로 돌아가 언더그라운드 잡지와 만화를 만드는 다양한 그룹들과 만났다. 그후 몇 달은 그들의 작품을 정리하고 연구하는 시간이었다. 마침내 남부끄러울 것 없는 주제를 정하기 위한 연구가 충분히 이루어졌을 무렵, 나는 어느덧 만화잡지 〈갈리토 코믹스〉의 연재만화 공동 작업에 참여하고 있었고 알베르토 메히아와 동거하기 시작했다. 그는 유명 화가를 꿈꾸었지만, 먹고살기 위해 연재만화나 신문의 정치 풍자만화를 그리고 있었다. 나와 알베르토가 헤어지기까지는 만화 몇 페이지를 그리는 시간조차 걸리지 않았다. 호아킨을 만난 건 그 무렵이었다.

연애를 하려고 멕시코에 간 건 아니었지만, 호아킨을 만날 줄은 몰랐다. 그를 만난 날은 아주 이상하게 시작되었다.

아침에 눈을 뜨자 기묘한 환상이 보였다. 아주 특이한 방식으로 배열된 글자들이 머릿속에 가득 찼다. 나는 그것들을 메모지에 옮겨적었다.

E

N

I

TNUJAA

B

N

** 멕시코 미술계의 3대 거장. 세 사람 모두 멕시코혁명에 참여했으며 벽화운동을 전개했다.

그 글자들을 뚫어져라 바라보았지만 아무 의미도 찾을 수가 없었다. 무엇과 관련된 글자인지 전혀 감이 오지 않았다. 하지만 중요해 보였다. 아주 중요해 보였다. 무시하고 만화 일을 하려 했지만 글자들이 머릿속에 맴돌았다. 몇 분이 지나지 않아 눈길이 다시 메모지로 쏠렸다. 그 글자들, 그 패턴에 거의 종교적인 의미가 담겨 있는 것 같았다. 거부할 수 없는 초월적인 힘. 그런 경험은 난생처음이었다.

그 글자들은 아무렇게나 늘어놓은 것처럼 보였다. 낱말이 되지 않았다. 심지어 발음할 수조차 없었다. 그냥 글자들일 뿐이었다. 그 패턴에도 어떤 명확한 의미가 없는 것 같았다. 하지만 나는 그것이 무언가를 뜻한다는 걸 직감했다.

이제껏 살아오면서 그렇게 중요한 것은 본 적이 없는 느낌이었다. 이 글자들을 위해 죽이리라. 이 글자들을 위해 신전들을 세우리라. 이 글자들이 말을 할 수 있다면, 그것들이 시키는 대로 무엇이든 하리라.

기괴한 일이었다. 나는 흥분이나 광기에 사로잡히는 법이 없는 사람이었다. 만화에 대한 나의 사랑은 깊고 강했지만, 이 느낌에는 비할 바가 못 되었다. 이건, 엄청났다.

나는 그 느낌이 씻겨나가기를 바라면서 샤워를 했다. 하지만 물이 살갗을 때리는 동안에도 머릿속에는 온통 글자 생각뿐이었다. 그 생각이 나를 놓아주지 않았다. 당장이라도 욕실 밖으로 뛰쳐나가 다시 책상으로 달려가서 메모지를 움켜쥐고 아기처럼 품에 안고 싶었다. 하지만 그 욕구와 싸우면서 더운물을 틀었다. 이 미친 욕구가 증기가 되어 내 영혼에서 날아가버리길 바라는 마음에서였다.

증기가 콧구멍에 가득 차자 욕구는 서서히 잦아들었다. 오후에 다시 만화를 그렸고, 저녁이 되자 알베르토가 주최한 파티의 손님들이 도착하기 시작했다. 그 글자 생각은 거의 잊혀졌다.

19장

알론드라와의 만남

알론드라를 만나면서 내 삶은 완전히 바뀌었다. 그녀를 처음 만난 건 언더그라운드 만화를 그리는 몇몇 지인이 벌인 파티에서였다. 간밤에 잠을 설쳐 피곤했던 터라 외출이 썩 내키지 않았다. 그런 파티에 갈 때면 언제나 스스로에게 던지는 질문이 있다. 뭐 하러 가는 건데? 집으로 돌아올 때면 대개 같은 대답을 되뇌었다. 다신 가나봐라. 몇 달 만에 만난 친구들은 술과 마리화나에 떡이 된 채 나를 맞이했다. 나는 골빈 멍청이들의 품에 안긴 화끈한 여자들을 구경하면서 감자칩으로 허기를 달래고, 위에 다다르기도 전부터 간을 부식시킬 듯한 독주를 마셨다.

문제의 그날, 나는 부엌 구석의 의자를 발견하고는 좀비 슈퍼히어로 만화를 그리는 만화가 옆에 앉았다. 나는 애써 관심 있는 척하며 그의 말에 귀를 기울였다.

"좀비는 고전적인 영웅처럼 약점과 걱정거리, 문제를 안고 있어. 스탠 리*의 작품들처럼 말이지."

"어떤 초능력이 있는데?" 내가 물었다.

"이미 죽었으니 불사신인 셈이잖아. 묘지에 살면서 밤에만 나타나거든. 그는 민주주의를 수호하고 자기 여자친구를 보호하지."

"좀비가 왜 민주주의를 걱정하는데?"

"현대적인 정의의 사도니까."

"아, 그렇군." 나는 가까스로 웃음을 참았다.

그때 머리부터 발끝까지 시커멓게 차려입고 도톰한 입술까지 까맣게 칠한 여자가 다가오더니 빙그레 웃으며 물었다.

"요즘 좀보는 어떻게 지내셔?"

출신지를 짐작할 수 없는 묘한 억양이었다.

"불의에 맞서 세상을 지키고 있지."

"민주주의를 수호하려고 적들과 싸우면서?"

검은 옷의 여자가 공모의 눈길을 내게 보냈다.

"호아킨과 만난 적 있어? 이 친구, 디제이야."

"디제이?" 그녀는 싸늘한 눈빛으로 나를 훑어보며 물었다.

나는 굳이 대답하지 않았다. 내 일에 대해 이야기하고 싶지 않았다.

"전에 알고 지내던 디제이가 있었어요. 그런데 달려오는 기차에 뛰어들어 자살했죠." 그녀가 말했다.

나는 그 말을 어떻게 받아들여야 좋을지 몰랐다. 적대감인가? 아니면 조롱? 알 수가 없었다.

대꾸할 말이 떠오르지 않아 나는 그녀의 이름을 물어보았다.

---

*『스파이더맨』『헐크』『엑스맨』등의 원작을 그린 마블코믹스의 전설적인 만화가.

"알론드라."

도전적인 말투였다.

"당신도 좀비 전문가인가요?"

나는 재치 있게 들리길 바라며 물었다.

"전문 분야가 한두 가지가 아니죠. 하지만 좀비는 별로 취미 없네요."

좀보의 창조자는 알론드라의 빈정거림을 알아채고 안색이 변했다. 나는 때를 놓치지 않고 맞장구쳤다.

"솔직히 좀보라는 멍청한 이름이 가장 큰 문제인 것 같진 않나요?"

그가 당황한 눈빛으로 나를 노려보았다. 쉽게 욱하는 멍청한 만화가라는 본모습이 드러날까 화를 참는 기색이 역력했다. 그는 애써 미소 지으면서 맥없이 대꾸했다.

"일부러 멍청하게 지은 거라구."

"그나마 이름은 개중 덜 한심한 거예요. 정말이라니까요. 난 좀보의 모험을 거의 다 읽었거든요." 알론드라가 내 쪽으로 다가오면서 말했다.

"그래도 점점 진화하고 있다고."

"점점 더 구려지던데? 물론 좀비한테는 그게 어울리겠지만."

만화가는 잔뜩 풀이 죽어 터덜터덜 멀어져갔다.

이미 나는 알론드라의 모든 것이 마음에 들었다. 그녀의 얼굴, 고풍스러운 검정 레이스 드레스, 머리카락, 손, 그리고 오래된 슈퍼맨 만화 영화 사운드트랙에서 뽑아낸 것 같은 말투까지.

"그쪽은 뭐 하는 분인가요?" 내가 물었다.

"맞혀봐요." 그녀의 눈동자에 장난기가 어른거렸다.

"음, 대놓고 고스족처럼 차려입은 걸 보니 고스록 밴드 멤버는 아니

126

겠군요."

"훌륭해요."

"배우라고 보기에는 너무 냉소적이고."

"지나치게 냉소적이죠."

"누군가의 팔을 붙잡고 여기 오기에는 너무 자주적이고."

"맞아요. 내 팔은 자유로워요."

"그리고 이 모임은 언더그라운드 만화가들의 파티니까 당신도 그들 중 하나가 틀림없어요."

"멋진 추리예요, 셜록 홈스."

나는 정중하게 허리 숙여 인사했다.

"손님 명단에서 힌트를 얻었나보군요."

나는 고개를 끄덕였다.

"그걸 못 봤다면 뭐라고 추측했겠어요?"

"연쇄살인범?" 내 입에서 불쑥 튀어나온 대답이었다.

그녀는 웃음을 터뜨렸고, 살짝 무장해제를 한 듯했다.

대화는 점점 편안하고 느긋해졌다.

우리는 만화책과 힙합, 정치와 음식, 온갖 웹사이트와 멕시코시티의 범죄율에 관해 이야기했다. 그녀는 이 도시로 날아올 때 탔던 비행기에서 있었던 이야기도 조금 했다.

"배고파요?" 그녀의 말투는 진지했다.

"지금은 전혀. 뭐가 들었는지 여기 널려 있던 썩은 내 나는 봉지 때문에 입맛이 싹 사라졌어요."

"그럼 나랑 같이 제대로 된 음식을 먹으러 가요."

그녀는 말없이 아파트 현관으로 걸어갔다. 나는 그녀를 따라나섰다.

우리가 문턱을 넘어설 때 알베르토가 다가왔다.

"어디 가려고?" 그가 알론드라에게 물었다.

"여기 내 친구 호아킨이랑 저녁 먹으러."

나와 알베르토는 한동안 알고 지내던 사이였다. 사실 그를 내 방송에 초청한 적이 있었는데, 그때까지만 해도 문화계 인사를 불러다놓고 이야기를 나누는 전통적인 양식에 따라 방송을 했다. 지금 그는 열받았지만 애써 태연한 척하고 있었다. 가까스로.

당시 알론드라의 쌀쌀맞은 태도는 신선하면서도 조금 매정해 보였다. 알베르토의 불쌍한 처지가 남 일 같지 않았다. 과거엔 나도 몇 번 '그 자식' 신세였다. 차인 적 없는 사람이 어디 있겠는가.

"나도 같이 가도 돼?" 알베르토가 소심하게 물었다.

"넌 손님들 곁에 있어야 하잖아."

알론드라가 대답했다. 말은 그렇게 했어도 '됐어'라고 쏘아붙인 거나 마찬가지였다.

"언제 돌아올 건데?"

"몰라. 내 물건들이 여기 있으니 어차피 돌아올 거야. 기다리지 마."

나는 잘 있으라고 인사했지만 알베르토는 대꾸가 없었다. 조용히 집을 나선 우리는 내 차에 오를 때까지 아무 말도 하지 않았다.

"왜 그랬죠? 내가 보기엔 좀 너무하던데."

"평소대로 한 거예요." 알론드라는 대답하자마자 곧바로 물었다. "우리 어디 갈까요?"

타코를 먹기로 하고 나는 그녀를 차르코 데 라스 라나스로 데려갔다. 다시 대화를 시작하기가 쉽지 않았는데, 전적으로 내 탓이었다. 나는 줄곧 해명을 기다리고 있었으니까.

알론드라는 한동안 파푸아뉴기니의 민간 신화와 전설에 관해 이야기했다. 나는 관심 있는 척했지만 집중할 수가 없었다. 결국 그녀의 말을 끊고 물었다.

"아까 거기서 알베르토의 태도가 심각해 보였어요. 왜 그랬던 건가요? 질투하는 것처럼 굴던데."

"네, 그랬을 거예요."

"그 친구가 그럴 이유라도 있나요?"

"사람들이 한심한 짓을 하는 이유는 차고 넘치거든요." 그녀가 심드렁하게 대답했다.

"내가 보기에는 당신이 그 친구와 그 패거리랑 한동안 지낸 시간 때문이에요. 당신한테 집착이나 애정을 느끼게 된 거죠. 그래서 당신이 파티 도중에 나와버리자 실망한 거고요."

나는 비난처럼 들리지 않도록 신중하게 말을 골라가며 이야기했다.

"그럴지도 모르죠."

"하지만 당신 생각은 다르군요."

그녀가 고개를 끄덕였다.

"그럼 뭐라고 생각하는데요?"

"알베르토랑 몇 번 섹스했기 때문이죠, 뭐." 그녀는 비프스테이크 타코를 베어물며 말했다.

그 말에 하마터면 내 컵의 호르차타*가 코로 들어갈 뻔했다.

"뭐라고요?"

"당신이 아는 줄 알았는데. 하지만 걱정 말아요. 아무 관계도 아니

---

* 아몬드와 참깨, 쌀 따위를 갈아서 만든 음료.

니까."

"내가 살던 곳에서는 여자가 다른 남자와 그런 짓을 하면 목숨이 위태로울 수도 있어요." 물론 알베르토와 나의 경우가 그런 거라 생각하고 한 말은 아니었다.

"심각하게 받아들이지 말아요. 다 그런 거 아닌가요? 난 그의 집에서 살아요. 이젠 지겨워졌고. 흔한 일이죠."

"하지만 그래도……"

"내가 무슨 불륜을 저지르는 것도 아니잖아요, 호아킨. 어서 타코나 먹어요."

시간이 갈수록 점점 더 매력적이고 황홀하고 위험스러워 보이는 이 여자를 어떻게 대해야 좋을지 알 수가 없었다.

알론드라는 재빨리 화제를 바꾸었다. 더는 알베르토 이야기를 하고 싶지 않은 눈치였다. 솔직히 말하자면, 나는 기뻤다. 식사를 마치고 차로 돌아가면서 그녀는 어디 가고 싶은 곳이 있냐고 물었고, 내가 술집에 가자고 하자 순순히 응했다. 나는 그녀를 데리고 메델린 가에 있는 후미진 술집으로 갔다. 음악가, 화가, 조직폭력배, 정치가를 비롯해 온갖 놈팡이들이 찾아와 술을 마시고 새벽까지 춤추며 노는 허름한 차고였다. 귀청이 찢어질 정도로 시끄럽지만 분위기는 그럴싸했다. 알론드라도 마음에 들어하는 것 같았다.

클럽 안이 너무 더워서 나는 그날 밤 내내 입고 있던 재킷을 벗었다. 알론드라의 시선이 내 팔뚝에 와 닿았다. 나의 괴상한 문신을 보고 눈썹을 치켜뜨는 사람이 종종 있었지만 알론드라의 반응은 너무도 뜻밖이었다.

그녀는 내 팔을 붙잡더니 좀더 밝은 클럽 구석으로 끌고 갔다. 그리고 문신을 유심히 살펴보았다. 근심 어린 눈빛, 심지어 두려움이 얼굴에 떠올랐다.

"마음에 안 들어요?" 내가 조심스레 물었다.

"이 문신, 무슨 뜻이죠?" 그녀의 눈은 휘둥그레져 있었고 입술은 떨렸다.

"나도 모른다고 말하면 믿겠어요?"

"어떻게 그럴 수가 있죠?"

"예전에 사고 좀 치고 다녔거든요. 그날 밤도 사고를 쳤는데, 아침에 깨보니 팔뚝에 이 문신이 있더라고요."

알론드라는 내 눈동자 깊은 곳을 들여다보았다. 영원 같은 시간이 흐른 뒤, 그녀가 물었다.

"예감이라는 거, 믿어요?"

"글쎄요, 모르겠는데요."

"난 안 믿었어요. 하지만 이젠 믿어요." 그녀가 내 뺨에 입을 맞췄다.

단지 나의 괴상한 문신 때문에? 나는 문신을 내려다보면서 그것이 이 아가씨에게 무슨 의미가 있을지 궁금했다. 내겐 아무 의미도 없었다. 이상하게 배열된 글자들일 뿐.

E

N

I

TNUJAA

B

N

새벽 네시쯤 우리는 술집을 나왔다. 나는 한마디도 할 필요가 없었다. 우린 차를 몰고 국립대학 캠퍼스에 있는 조각공원으로 가 해가 뜨길 기다리며 서로의 꿈과 악몽에 대해 이야기했다.

아침 여덟시에 그녀를 집까지 데려다주었다. 그때까지 나는 그녀와 이야기만 했다. 물론 술집에서 뺨에 입맞춤은 한 번 받았지만. 그날 밤 알베르토는 잠을 설쳤을 것이다.

그후 며칠 동안 나는 알론드라를 여러 번 더 만났다. 우리는 그 도시에서 잘 알려지지 않은, 알론드라가 좋아하는 곳들을, 사원과 폐허, 오래된 술집과 무너져가는 가게들을 찾아다녔다.

두번째 만나던 날 우린 오후를 내 침대에서 함께 보냈고, 그후부터 도시 곳곳의 싸구려 호텔과 모텔을 찾아다녔다. 내 아파트로 갈 수도 있었지만, 그런 곳들이 알론드라가 탐사하고 싶어하는 도시의 매력적인 장소이기 때문이었다.

나는 매일 그녀를 설득하려고 애썼다. 내 집에 와서 함께 살자고, 알베르토의 집에서 완전히 나오라고. 그리고 오래지 않아 알베르토와 나의 처지가 뒤바뀐 기분이 들었다. 알론드라와 사귀게 되자 이제는 내가 그녀와 알베르토가 함께 뒹구는 악몽을 꾸고 분노에 시달렸다. 알론드라는 여전히 그의 집에서 잤다. 나는 둘 사이에 아무 일도 없다고 믿었지만 일말의 불안감에 늘 괴로웠다. 알론드라는 알베르토와 만화책 한 권을 공동 작업하고 있어서 그와 함께 지내는 것이 편리하다고 했지만 결국 알베르토의 눈물 어린 애원에 그녀도 신물이 났다.

나랑 여행을 다녀온 뒤 어느 날 아침, 그녀는 여행가방 두 개를 들고 내 아파트에 나타났다. 우리는 함께 간단히 샤워를 했다. 나는 기뻐서 어쩔 줄 몰랐지만 머릿속에서 어떤 목소리가 계속 들려왔다. "조심해."
알론드라는 아무런 약속도 하지 않았지만 딱히 경고를 하지도 않았다.
우리의 관계에는 단정도, 확신도 없었다. 나는 이 정도면 만족한다고
자위했지만 사실은 더 많은 것을 원했다. 내가 밤 시간대에 일하는 건
우리 둘 다에게 아주 편리했다. 그녀는 만화를 그리고, 다양한 책들을
편집하고 발행하면서 계속 언더그라운드 만화 신에서 활동했다.

　내가 하는 일과 〈고스트 라디오〉가 어떤 방송이고, 그것이 겪은 예
기치 않은 변화에 대해서는 이미 알론드라에게 대강 이야기한 터였다.
나는 매일 밤 이야깃거리를 제공하는 심야 청취자들 덕분에 전문 방송
인으로 살아갈 수 있다고 설명했다. 그리고 알론드라에 대한 믿음이
생기자, 방송에 나오는 괴담이 이따금 내 삶과 묘하게 공명한다는 고
백도 하게 되었다. 어떻게 보자면 방송이 이런 식으로 바뀐 게 순전히
우연은 아닌 것 같다고.

　그 말을 듣고 처음에 알론드라가 무슨 생각을 했을지는 뻔하다. 나
를 얼빠진 놈으로 여겼을 것이다. 아니, 고스걸이라면 다소간 지니고
있는 시체애호 성향에 호소하려고 지어낸 괴담쯤으로 치부했을 가능
성이 더 높다. 어쨌든 그녀의 미적 취향이 유령 이야기나 초자연적 현
상에 대한 관심으로 바뀌지는 않았다. 나 역시 날마다 듣는 이야기들
의 중요성이나 진위 여부를 남에게 납득시키는 건 중요하게 생각하지
않았고. 애초부터 청취자 사연이 진짜냐 아니냐에는 관심 없었다. 그
런 이야기를 논리적으로 설명하면서 착각이나 오류를 집어내는 것은
하등 중요한 일이 아니었다. 내 흥미는 거기에 내포된 근심과 두려움,
욕망을 파헤치는 데 있었다. 가끔은 단순히 인간관계나 돈 문제에 관
한 이야기가, 때로는 오이디푸스 콤플렉스와 관련한 끔찍한 사연이 등

장했다. 물론 장난전화를 솎아내야 할 때도 있었고, 매일 밤 미치광이들이 방송에 대고 광기를 발산하기도 했다. 한마디로 즐거운 동시에 짜증나는 일이었다.

그럼에도 내가 직면한 진짜 문제는 온전히 나만의 것이었다. 그게 무엇인지 이해하지 못해 명확하게 설명할 순 없었지만. 허세 부리는 것처럼 들릴지 모르지만, 나는 늘 죽음의 유혹에 시달렸다.

20장

문신

문신에 관한 우연의 일치 때문에 내가 겁먹었을 거라고 생각하는 사람도 있을 것이다. 나는 운명이라는 걸 믿어본 적이 없다. 그런데 이번 일은 운명 같았다. 아니, 그 이상이었다. 숙명. 하지만 웬일인지 두렵지가 않았다.

　호아킨은 지적이고, 느긋하고, 자유분방해 보였다. 내가 매력을 느끼는 요소들을 모두 가지고 있었다. 더구나 숙명이라는 느낌이 들자 위험해 보이기까지 했다. 남들이 무슨 헛소리를 지껄이건 간에, 그런 매력을 거부할 수 있는 여자는 없다. 그런데도 나는 우리의 관계가 오래가리라 기대하지 않았다. 계속 멕시코를 여행할 생각이었고, 혼자 돌아다니고 싶었다. 누구와도 동행할 생각이 없었으며, 여행 일정을 변경하고 싶지도 않았다. 연애질 따위에 한눈파느라 내 삶의 목표를 잊을 마음은 추호도 없었다. 호아킨에게 오악사카에 가서 몬테 알반과 미틀라, 사칠라*를 둘러본 다음 프란시스코 톨레도**를 인터뷰하고,

어쩌면 그의 작업실에서 일할지도 모른다는 내 계획을 알려줄 때 쌀쌀 맞다 못해 매정하게 말한 것도 그런 이유에서였다. 처음엔 호아킨도 묵묵히 받아들이는 것 같았다. 하지만 침묵은 오래가지 않았다. 어쩌다 내가 설득당했는지는 지금도 모르겠지만, 호아킨은 우리가 서로를 방해하지 않으면서 함께 여행할 수 있다고 장담했다. 굳이 내가 설명하거나 다툴 필요 없이 언제든 찢어져도 된다고 했다. 결국 우리는 오악사카에 들른 뒤에도 계속 함께 다녔다. 멕시코 남부를 가로질러 치아파스 주로 가 국경을 넘어 과테말라와 벨리즈에 갔다가 킨타나로오 주를 통해 다시 멕시코로 돌아왔다. 그리고 메리다에서 며칠 지낸 뒤 캄페체로 갔다가 마지막으로 베라크루스에 들렀다.

마침 호아킨이 라디오 방송을 잠시 쉬던 시기였다. 그의 방송은 몇 차례 상을 탔고, 뜻밖에도 인터넷과 공중파 모두에서 추종자를 양산하고 있었다. 나는 그런 구닥다리 방송이 왜 그렇게 인기가 있는지 모르겠다고, 대놓고 말했다. 아직도 유령 이야기를 즐겨듣는 사람이 있단 말야? 더구나 화려한 영상과 스펙터클, 특수효과가 판치는 시대에 그런 이야기를 끈기 있게 듣고 반응하는 순진한 사람들이 있다니. 참으로 기묘한 현상이었다.

물론 나도 큰소리칠 입장은 아니었다. 만화도 절망적인 퇴물이기는 마찬가지였으니까. 그래도 만화에는 품위가 있지만 라디오는 저속해 보였다. 적어도 나는 그렇게 생각했다.

그런데, 호아킨과 그의 방송에 대한 내 생각은 모두 틀렸다. 나는 호아킨과의 여행을 즐겼다. 연구 목표도 모두 달성했고, 내가 모르던 멕

---

* 모두 멕시코 남부 오악사카에 있는 사포텍 문명의 유적지.
** 멕시코 현대미술을 대표하는 예술가.

시코의 많은 면면을 발견했다. 그러는 동안 호아킨의 괴상한 버릇까지 좋아하게 되었다.

긴장할 때면 나오는 이상한 기침 소리. 술에 취하면 고집스러워지는 말투. 심지어 나를 바라보는 끈적끈적한 눈빛에도 압도되었다. 호아킨이 곁에 없으면 그리움이 밀려들었다. 맞다, 나는 사랑에 빠졌다. 완전히, 그것도 홀딱 빠져들었다. 그런 내 모습이 조금 싫긴 했지만.

여행에서 돌아왔을 때는 이사 여부를 놓고 한순간도 고민하지 않았다. 곧장 짐을 쌌다. 그의 아파트로 들어가 눌러사는 것이 세상에서 가장 당연한 일 같았다.

여행하는 동안 우린 방송에 관해 많은 이야기를 나눴다. 호아킨은 자기 쇼가 진화하고 변모한 과정을 들려주었다.

"하지만 어째서 사람들이 유령 이야기를 끊임없이 듣는 거야?"

내가 묻자 호아킨이 대답했다.

"넌 눈이 아름다워."

"솔직히 이해가 안 돼. 전부 같은 이야기잖아."

"호랑이 눈 같아."

"다들 지겨워해야 당연한 거 아냐?"

"밀림 속에서 반짝이는 눈."

"지금 네 방송 이야기를 하고 있잖아."

"지금 내가 하는 이야기가 더 재미있는데."

그는 새롱거리듯 눈썹을 치켜올리며 말했다.

한 시간 뒤, 벗어던진 옷가지가 널린 방바닥에 누워 나는 호아킨에게 그 쇼에 관해 이야기해달라고 졸랐다.

"우리의 관심사는 비슷해. 네가 만화책에서 찾는 건 내가 라디오에서 하려는 것과 크게 다르지 않아. 둘 다 매력적인 구닥다리의 전형이지. 내가 보기에 그 매력은……"

"뻔한 이야기는 됐으니까 진짜 네 생각을 말해줘."

"알았어, 알았다고. 난 내가 하는 일이 일종의 고해성사라고 생각해. 종교적인 비유가 못마땅하다면 정신분석의의 소파라고 해두지. 사람들은 자신의 근심과 두려움을 이야기하려고 우리에게 전화해. 마음속으로 상상한 것이나 실제로 자신에게 벌어진 일, 혹은 벌어지길 바라는 일에 대해 이야기하고 싶어하지. 이야기가 재밌으면 모두가 즐겨. 설령 시시해도 최소한 전화 건 사람은 가슴이 후련해지지. 그리고 청취자들이 바라는 건 그런 이야기가 주는 놀라움이지. 자발성의 힘, 예측불가, 다른 사람들의 비밀이 선사하는 무한한 가능성 같은 것들 말이야."

"실망시키고 싶지는 않지만, 그건 닥터 필이 자신의 저질 토크쇼를 정당화하는 논리와 똑같이 들려.* 그게 자기가 추구하는 거야?"

호아킨을 자극하려는 속셈도 있었지만 정말로 궁금해서 물어본 말이었다.

"오호라, 말싸움이 하고 싶나보군. 차라리 몸싸움으로 결판내자."

"호아킨."

"3판 2승제야."

"내 질문에 대답해."

"물론 그런 몸싸움에서는 패자도 승자지."

---

* 미국에서 대단한 인기를 누리고 있는 라이프 카운슬러. 〈오프라 윈프리 쇼〉에서 명성을 얻기 시작해 자신의 이름을 내건 〈닥터 필 쇼〉를 진행하고 있다. 여러 권의 자기계발서를 집필, 베스트셀러를 기록한 작가이기도 하다.

그는 예의 그 끈적한 눈빛으로 능글맞게 말했다.

"말싸움은 자신 없나보지?"

"난 몸싸움이 더 재밌거든."

나는 방바닥에서 일어나 옷을 입기 시작했다.

"옷 입고 하면 재미없는데."

"네가 말만 잘하면 도로 벗을 수도 있어."

호아킨이 싱긋 웃었다.

"알았어, 대답해줄게." 그가 웃음을 터뜨렸다. "근데 뭘 물어봤더라?"

내가 대답을 들은 건 그러고 나서도 며칠 동안 몇 번의 오르가슴에 다다르고 나서였다.

"대개 난 사람들이 이야기하도록 내버려둬. 그러다보면 놀랍게도 스스로들 이야기를 풀어나가더라고. 나는 내가 청취자에 더 가까운 입장이라고 생각해. 그런 이야기를 들으면서 즐기거든."

"하지만 전화 건 사람들이 이따금 재미 삼아 난장을 친다면서? 의심을 품고, 조롱하고, 심지어 가장 은밀한 속내와 두려움을 털어놓은 사람들에게 욕설을 퍼부을 때도 있다고 했잖아. 그렇게 악에 받쳐 싸워대는 건 어떻게 말릴 건데?"

"상관 안 하는데? 그건 전화 건 사람들 몫이거든. 청취자 대부분은 자기가 뭘 할 건지 알고 있어. 내가 할 일은 어느 선까지는 서로 존중하라고 요청하거나 추잡한 전화를 걸러내려고 노력하는 것뿐이야. 그렇게 해도 종종 싸움이 벌어지지만, 그것도 방송의 일부지. 방송에서 자기 이야기를 털어놓고 격려만 기대하는 순진한 사람은 아무도 없어."

며칠 동안 거친 섹스를 즐기는 사이사이, 나는 호아킨에게 우리의 섹스만큼이나 공격적인 질문을 퍼부었다. 그의 쇼가 비윤리적이고, 기회주의적이고, 말이 안 된다는 걸 납득시키려거나 그의 신념을 의심한 것은 결코 아니었다. 호기심 때문이었다. 호아킨은 단순한 논리와 의심할 수 없는 진정성으로 나를 무장 해제시켰다. 그리고 젠장할 그 끈적끈적한 눈빛. 그는 자기 일에 대해 흔들림이 없었고, 죽음의 유혹은 그의 신념을 강화시켰다. 종종 청취자들의 사연을 의심하면서도 그들에게 묘한 존경심을 느끼는 것 같았다.

"중요한 건 내가 그들을 믿느냐 믿지 않느냐야."

호아킨이 언제나 하는 말이었다.

우리가 이야기하는 동안 호아킨은 틈만 나면 자기 일과 내가 집착하는 언더그라운드 만화 사이의 공통점을 지적했다. 둘 다 새로운 표현의 경로를 열어주는 매체이며 고유한 언어, 즉 대중적이고 자발적이고 역동적이고 원색적인 은어로 말한다는 것이었다. 또한 둘 다 케케묵은 장르에서 파생된 도발적인 장르이며, 충격을 소통의 도구로 사용한다고 했다.

나는 차츰차츰 거의 자각도 못 하는 사이에 멕시코에 자리를 잡아가고 있었다. 전에도 여행은 많이 했지만 누군가의 강요나 현실적인 이유가 아닌 나만의 의지로 삶의 터전을 정한 것은 이번이 처음이었다. 몇 차례 면접을 본 끝에 어느 사립대학의 정치학과 교수로 임용될 수 있었다. 대단한 자리도 아니고 보수도 시원찮았지만 상관없었다. 나는 여전히 여러 만화가와 함께 일했고, 그중에는 알베르토도 있었다. 그는 내 옛 애인이라는 이유로 특별 대접을 받아야 한다고 생각했다. 나는 짜증이 났고 호아킨은 꼭지가 돌았다.

나는 질투라는 게 싫다. 도무지 이해할 수가 없다. 하지만 호아킨은 질투할 때마저 매력적이었다. 끈적거리는 눈빛에 새로운 빛이 감돌았다.

사랑. 그 묘한 마법.

맞다. 우리는 사랑에 빠졌다. 하지만 그걸 어떻게 표현하지? 끔찍하게 상투적인 말들밖에 없는데.

사랑을 말이나 글로 표현하는 것은 꼴사나운 짓이다. 사랑을 값싼 감정으로 전락시킨다. 그건 아무도 이해할 수 없는 감정이다. 사랑한다고 느낄 때조차.

이를테면 섹스할 때 상대가 내게 자길 사랑하냐고 물으면 나는 당황스럽다. 낯선 사람들로 가득 찬 강당에서 나의 가장 은밀한 감정을 공개 토론하는 것처럼 당혹스럽다.

하지만 노력하겠다고 나 자신과 약속했다. 여기서. 이 작문노트에서. 하지만 아무래도 못하겠다. 그러니 다시 객관적인 사실들을 이야기하련다.

잠깐. 호아킨에 대한 내 감정을 설명하는 단어 하나가 떠올랐다.

문신.

나는 줄곧 어떤 문신에 이끌렸고, 사랑으로 내 마음에 문신을 새겼다.

좋아, 그거면 충분해. 더 주절거리면 클리셰의 세계로 힘겹게 돌아설 테니까. 다시 사실들을 이야기하자. 그게 내가 잘하는 거니까.

우리의 일상은 비정상적이었다. 호아킨은 라디오 방송이 끝나는 새벽에 돌아왔다. 그럴 때면 거의 언제나 나를 깨웠고, 우리는 함께 있었다. 글자 그대로 '함께'였다. 그리고 한두 시간 뒤 아침을 먹고 정오까지 잤다. 잠에서 깨면 나는 학교로 출근했고, 내가 돌아오면 우리는 그가 방송국으로 가는 밤 열시까지 함께 있었다. 그러고 나서 나는 만화를 그리고, 친구들을 만나고, 내 삶이 요구하는 여러 가지 일을 했다.

우리의 삶은 완벽하게 조화로웠다. 그런데 어느 날 호아킨이 변화를 갖자고 제안했다. 나더러 쇼를 함께 진행하자는 것이었다. 나는 쓸데없는 짓이라고 생각했다. 우리의 관계는 멋졌다. 그걸 왜 망치려는 거지?

"네가 필요하니까." 호아킨이 말했다. "넌 그 방송에 엄청난 도움을 줄 수 있어. 함께 있고 싶어서가 절대 아냐. 너의 지식과 회의적인 태도, 통찰력과 재치가 방송의 질을 높여줄 거야. 지금 얼마나 놀라운 일들이 벌어지고 있는지 알아? 인기가 점점 높아지고, 스폰서와 돈이 계속 밀려들고 있다고."

"난 지금 이대로가 좋아. 망치기 싫어."

나는 그가 나를 설득하려 들지 않으리라 확신하고 '소리 어바웃 드레스덴'*의 〈데드십, 다크십 Deadship, Darkship〉를 틀고 볼륨을 높였다.

오늘 밤 눈이 자꾸 떠지려 해(처음이야)
나는 베개로 눈을 덮으려 하네
피와 녹과 빛의 파편들처럼 눈부신
거짓과 증오의 황혼

우리는 밀고 당기고, 당기고 밀었다. 그가 부탁할수록 나는 더 매몰차게 거절했다. 그러던 어느 날 밤, 하도 고집을 부리기에 내가 모질게 쏘아붙였다.

"지금 넌 내가 너 없는 시간에 나만의 삶을 누려서 질투하는 것 이상 이하도 아니야."

---

* 1997년 미국에서 결성된 사인조 인디록 밴드.

그리고 말이 끝나자마자 집 밖으로 뛰쳐나갔다.

하지만 그저 쇼였다. 이미 그날 아침 승낙하기로 마음먹은 터였다. 단지 그의 마음을 조금 아프게 하고 싶었다.

처음에는 〈고스트 라디오〉가 흥미로운 경험이 될 거라고 생각했다. 만화 일로부터의 가벼운 일탈. 그때는 과거 호아킨에게 어떤 끔찍한 일이 있었고, 그것이 여전히 진행중이라는 걸 몰랐다. 내게 그 방송은 일거리일 뿐이었다. 하지만 오래지 않아 그 방송이 호아킨에게는 일 이상이라는 걸 깨달았다. 훨씬 더 의미심장한 것임을.

21장

청취자 전화 2305, 금요일 01:35 A.M.
병사

여자의 목소리는 작고 가냘팠다. 하지만 마음에 들었다. 그래서 좀
더 크게 말해달라고 부탁하고 싶지 않았다. 나는 와트에게 송출 감도
를 높이라고 했다. 레이스처럼 부드러운 그녀의 모음 발음이 잘 들리
도록.

제 아들 라몬은 이라크에 가기 싫어했어요. 그래서 늘 이렇게 말했죠.
그 사람들이 나나 우리 가족, 내가 아는 모든 사람에게 무슨 짓을 한 것
도 아니잖아. 그들을 죽이고 싶지 않아.
결국 군대는 우리 애를 이라크로 보냈고, 라몬은 어쩔 도리가 없었어요.
4월 17일 밤 저는 비명을 지르며 깨어났어요. 자고 있던 남편은 눈을
감은 채 중얼거렸죠.
"괜찮아, 도로 자."
하지만 저는 너무 불안해서 라몬의 방으로 갔어요. 그런데 그애가 거기

서 있는 거예요. 마치 무언가를 기다리고 있는 것 같았어요.

"라몬, 여기서 뭐 하니?"

제가 물었어요. 최악의 상황이 머릿속에 떠올랐어요.

"그냥 인사하러 왔어. 엄마가 너무 보고 싶어서."

차분한 목소리였어요. 엄마가 겁낼까봐 그런다는 걸 느낄 수 있었어요.

"그러지 말고 솔직히 말해봐. 왜 여기 있는 거니?"

"에이, 엄마. 날 만나서 반갑지 않아?"

"장난치지 마." 저는 라몬을 다그쳤어요. "나쁜 소식을 가져온 거지? 그래서 이렇게 유령처럼 나타난 거지?"

"자꾸 그러면 갈 거야, 엄마."

"가지 마. 엄마한테 사실대로 말해줘."

"싫어. 엄마는 의심이 너무 많아. 그냥 돌아갈래."

그때 부엌에서 요란한 소리가 들렸어요. 놀라서 뒤를 돌아봤다가 다시 고개를 돌렸는데 아들이 없어졌어요. 사라져버렸어요. 저는 그애 침대에 쓰러져 밤새 울었어요. 다음 날 아침 남편이 무슨 일이냐고 묻더군요. 밤새 라몬의 방에서 울어 눈이 퉁퉁 부었거든요. 저는 간밤의 이야기를 남편에게 말했어요. 하지만 몇 마디 하기도 전에 현관문 두드리는 소리가 들리더군요. 나가보니 정복을 차려입은 장교 두 명이 심각한 표정으로 서 있었어요.

22장

습관과 변화

"고스족 그 비슷한 것만 봐도 이제 신물이 나."

나는 호아킨에게 말했다.

그 이상은 말하고 싶지 않았다. 까만 립스틱을 바른 내 입술이 지금 이 상황에 더없이 적절한 아이러니를 더해주고 있었다.

그런 차림을 하면 정말 근사했다. 하지만 그것도 옛날 얘기였다. 이 제 내가 그러고 다니는 건 습관일 뿐이었다. 유니폼이 된 것이다.

가끔은 늙어서까지 검은 옷과 군화, 코르셋을 고수하리라 다짐하다 가도 내일 당장 치워버려야지 생각한다.

내가 지겹다고 한 건 그런 옷이 보통 사람들에게는 단순한 옷 이상 이라는 사실 때문이다. 그것들은 이데올로기나 가치관, 도시의 이교 도, 유치한 악마숭배 같은 온갖 허섭스레기이다.

토론은 그날 오후 내 불평을 듣고 있던 호아킨이 하던 일을 멈추면 서 시작되었다. 그는 멍한 표정으로 나를 바라보더니, 자신이 내 스타

150

일을 그토록 좋아하는 이유를 논리적으로 설명하려고 애썼다.

그는 내 옷차림 하나하나에 담긴 빅토리아 시대의 유산과 사도마조히즘적인 함의를 조목조목 끄집어냈다. 부드럽고 여성적인 레이스와 딱딱하고 남성적인 밀리터리 장신구, 요염하고 열정적인 느낌과 차갑고 음울한 죽음의 분위기, 가톨릭 학교 여학생의 짧은 주름치마와 역십자가의 대조. 그의 섬세한 관찰력은 인상적일 정도였다. 다크사이더* 복장의 사회사에 대해서는 나도 관심은 있었지만 수백, 아니 수천 번은 들은 이야기라 그 말을 가로막았다.

"그냥 이 옷차림이 섹시해서 좋아한다고 말하시지?"

말하고 나니 조금 미안해졌다. 하지만 확실히 선을 그어야 했고, 그때 그 자리에서 시작하기로 마음먹었다.

우리는 점점 둘만의 친밀하고 사적인 공간에서 벗어나 라디오 스타로 변해가고 있었다. 나는 우리가 마이크를 통해 세상에 드러나는 방식을 엄격히 규제해야 한다고 느꼈다. 호아킨은 그 문제로 고민하지 않았다. 이미 또다른 자아를 만들어냈기 때문이다. 광적일 때도 있지만 차분할 때도 있고, 남의 이야기를 끈기 있게 들을 줄 알며 방송을 자기과시의 기회로 여기지 않는 존재. 하지만 나는 우리 쇼가 우스꽝스러운 연극으로, 우리가 관객 앞에 기괴한 연인으로 등장하는 그로테스크한 보드빌로 변질될까 전전긍긍했다. 짐 배커와 태미 배커**의 모습이 자꾸 눈앞에 어른거렸다. 하지만 호아킨에게 그 이야기를 하자 그는 웃음을 터뜨리며 대꾸했다.

"너, 속으로는 태미 배커가 되고 싶은 거 아냐?"

---

* 어둠을 숭배하는 집단.
** 텔레비전 방송을 이용해 복음을 전파했던 부부 전도자.

내가 호들갑을 떨었다는 건 나도 안다. 어쩌면 좀 신경과민이었는지도 모른다. 하지만 자립심이 강한 사람은 타인의 계획에 곁다리로 끼게 되면 불안을 느낀다.

그건 기본적인 생존 본능이다.

내가 〈고스트 라디오〉에 동참하기로 마음먹은 건 대학교로 돌아가 연구할 소재가 생길 것 같아서였다. 물론 재미있을 것 같기도 했다. 하지만 단단히 경계하지 않으면 낭패를 볼 수도 있었다.

사실을 말하자면, 재미있었다. 방송을 하고 있을 때면 마치 〈스타트렉〉의 에피소드에 출연하는 기분이었다. 우리는 세상으로부터 고립된 공간에서 온갖 이야기를 들었다. 그리고 그 이야기들에 대해 코멘트를 하고 거의 고함을 칠 때까지 언쟁을 벌였다. 사실 그런 이야기의 주제는 대부분 외로움이나 근원적인 공포, 부모에게 버림받은 상처, 엘렉트라 콤플렉스, 성적 좌절감, 정신적 고통 따위였다. 그것들이야말로 우리 방송에 사연을 털어놓는 사람들의 진짜 두려움이라는 건 천재가 아니어도 알 수 있었다. 투명한 유령이나 추파카브라*, 미라, 촉수 달린 괴수 같은 온갖 흉측한 괴물들, 이런 것들은 본질적으로 모두 일상적인 공포와 트라우마의 반영이었다. 많은 이야기에서 분명히 드러나는 이런 사실은 하나의 깨달음이었다.

호아킨은 나의 논지를 이해했지만 언제나 동의하는 건 아니었다.

"유령은 그냥 유령일 뿐이기도 해."

어쩌면 방송을 위해 그가 그런 태도를 부러 취했던 건지도 모른다. 모든 사연을 심리 분석해야만 흥미로운 방송이 되는 건 아니다. 그리

---

* 아메리카 대륙에 출몰하는 것으로 보고된 미확인 생물로, 가축들의 피를 빨아먹는다고 한다.

고 호아킨의 방송은 흥미진진했다.

호아킨의 감정 변화를 지켜보는 것도 재미있었다. 그는 열광과 우쭐 댐, 몰입과 흥분을 넘나들었다. 가끔 사연들을 듣다 일종의 트랜스 상 태에 빠지기도 했다. 그럴 때마다 나는 신경이 곤두섰다.

처음에는 나를 놀래키려고 연기하는 줄 알았다. 하지만 곧 절대로 그런 게 아니라는 걸 깨달았다. 그는 정말로 변성의식 상태*에 빠졌고, 그럴 때면 현실세계와 완전히 다른 곳에 가 있었다.

결국 나는 시도 때도 없이 불가해한 현상의 세계로 들어가는 그의 여행에 익숙해졌다. 호아킨은 현실과 초현실의 경계를 뒤덮은 안개를 뚫고 들어가는 능력이 있었다. 그런 모습이 조금은 무섭고 한편으로는 경이로웠다. 하지만 간섭하지 않는 게 낫겠다고 판단했다. 그냥 모른 체하기로 했다. 물론 늘 그러기는 어려웠지만.

얼마 지나지 않아 〈고스트 라디오〉는 나의 집이 되었다. 편안함을 느끼면서 두려움 없이 나를 표현할 수 있는 공간. 우리의 소박한 방송 은 목소리들이 달리는 터널이요 고속도로였다. 가끔은 나도 운전대를 잡았고, 때로는 그냥 승객으로 머물렀다. 나름대로 쇼에서 자리를 잡 은 것이다. 스태프와 사이좋게 지내면서 진행 회의에도 참여했다. 대 학의 동료 교수들과의 관계보다 몇 배는 더 좋았다. 그들과는 인사나 주고받을 뿐 사적인 관계는 생각할 수도 없었으니까.

지금껏 내 삶이 그랬듯 처음에는 이것도 그저 스쳐가는 단계일 거라 고만 여겼다. 금세 때가 오면 모든 게 변할 거라고 확신했다. 과거의 모든 단계와 달리 내 삶이 정말로 만족스러웠음에도, 다른 결과는 상

---

* 외부 자극이 인간의 수용 범위를 넘어설 때 일상의식이 특별한 상태에 드는 것.

상할 수 없었다. 새로운 변화를 겪고 싶지 않았다. 여행가방을 질질 끌고 사람들에게 작별인사를 하면서, 가져갈 수 없는 것들로 쓰레기봉지를 채우는 짓을 또다시 하기는 싫었다.

어느 날 오후, 이제 내 집이기도 한 호아킨의 아파트에서 커피를 마시며 그 문제를 생각하다가 창밖을 내다보았다. 공원에서 다투는 남녀가 눈에 띄었다. 남자가 껴안으려 하자 여자는 그를 밀쳤다. 처음에는 살살 밀더니 점점 세게 밀었다. 그는 요란한 몸짓으로 가지 말라고 애원했다. 그녀가 심드렁한 표정으로 등을 돌리고 걸어가자 그는 뒤따라 달려가 붙잡았다. 그리고 다시 두 손을 흔들어대며 주절거렸는데, 닫힌 창문 밖에서 벌어지는 일이라 뭐라고 떠드는지까지는 알 수 없었지만 점점 목소리가 높아지고 있었다. 창문을 통해 그의 이야기가 들릴 것만 같았다. 물론 엿듣고 싶지 않았다. 떠나는 여자를 붙잡으려고 무슨 소릴 지껄이는지 알 바 아니었다. 남자는 지나가는 사람들이 구경해도 개의치 않는 눈치였다. 수치심이나 품위는 이미 사라지고 그 여자를 차지하려는 절박한 심정만이 남아 있었다. 그녀는 딱딱하게 굳은 얼굴로 땅만 내려다보았다. 난감해하는 게 아니라 쌀쌀맞게 모든 접촉을 거부하는 것이었다. 그녀는 두 손을 들어 자신을 건드리지도 못하게 했다. 그리고 마침내 뒤돌아 떠나갔다. 멍하니 그녀를 바라보는 그의 어깨가 처졌다.

그들의 이별에 내 마음이 동요했다. 왜 그랬는지는 모르겠다. 자꾸만 두 남녀가 생각났다. 남자의 엄청난 슬픔과 여자의 무관심. 나는 집안을 거닐면서 새삼스레 주위를 유심히 살펴보았다. 햇살이 쏟아져 들어오는 넓은 창문들과 나무 바닥, 부엌과 아늑한 침실. 이곳을 떠나기는 어려울 것 같았다. 나 자신을 호아킨에게서 떼어놓기는 훨씬 더 어

154

려울 것 같았다. 이튿날 집에 돌아온 그의 첫마디는 이랬다.

"환경을 바꿔보고 싶지 않아?"

〈고스트 라디오〉를 미국에서 시험해볼 기회가 생긴 듯했다. 어쩌면 메이저 방송사와의 계약으로 이어질 수도 있는 기회.

그때는 미국으로 돌아가자는 제안이 썩 끌리지 않았지만 완전히 배제하고 있었던 것도 아니었다. 언젠가는 돌아가야 할 거라고 생각했다. 하지만 당장 돌아가는 건 중요한 무언가와의 관계를 끊고, 소중한 경험을 희생하고, 많은 아이디어와 계획을 포기하는 것처럼 느껴졌다. 무엇보다 멕시코를 떠난다고 생각하니 엄마가 떠올랐다. 아빠를 따라 미국으로 가서 평생을 불행하게 살았던 여인. 그 역사가 되풀이되는 건가? 내 유전자에 그런 운명이 새겨져 있는 걸까?

"자기 혼자 가야 할 거야. 난 여기 남을 테니까."

내 대답은 그랬다. 감정적이 되고 싶진 않았다.

옳은 판단이라는 확신은 없었다. 하지만 그렇게 말해야 했다. 물론 그가 순순히 받아들일 리는 없었다.

몇 주 동안 우리는 미국행의 장단점을 놓고 언쟁을 벌였다. 호아킨에게 그 일은 대단한 기회였다. 그런 엄청난 행운을 포기하라고 요구하자니 죄책감이 밀려들었다. 그의 입장도 마찬가지였다. 나와 헤어지기 싫었지만 같이 가자고 강요하고 싶어하지는 않았다. 결론이 어떻게 나건 우리 둘 다 패자인 셈이었다. 호아킨은 멕시코에 만연한 폭력과 유괴, 비참한 생활상, 환경오염을 들먹였다.

"정말로 자기 같은 소수 인종이 차별받는 살벌한 나라에서 살고 싶어? 천대받는 소외 계층을 위해 방송하고 싶은 거야?" 내가 물었다.

"나한테 잔머리 굴리지 마."

"사실을 이야기하는 거야."

"하지만 진짜 중요한 사실은 빼먹었지."

나는 성난 눈빛을 누그러뜨리려고 애쓰면서 그를 바라보았다.

"뭘 두려워하는 거야, 알론드라?"

대들고 싶었지만 그의 말이 맞다는 걸 나는 알고 있었다. 나는 두려웠다. 하지만 왜? 무엇이?

나는 천천히 고개를 저으면서 바닥만 내려다보았다.

아무것도 해결되지 않았다. 말다툼은 계속되었다. 호아킨은 점점 더 집요하게 졸랐고 나는 망설였다. 몇 가지는 인정했지만 다 받아들이지는 않았다. 아직은 굴복하지 않았다. 하지만 마음속에서 작은 목소리가 들려오고 있었다. 결국…… 내가 굴복할 거라고.

미국 행에 얽힌 온갖 문제로 골머리를 앓는 와중에, 호아킨이 나를 새로운 〈고스트 라디오〉의 일원으로 염두에 두고 있다는 걸 알게 되었다. 알고 보니 방송을 사들인 회사가 방송 형식이 바뀌는 걸 원치 않고, 나의 참여를 기본 조건으로 내건 것이었다. 내가 미국인이기 때문이었다. 나는 두 문화를 이어주는 고리였다. 호아킨은 차마 그 회사가 '나'를 원한다는 말을 하지 못했다. 당연히 너무 심한 부담을 줄까봐 걱정한 것이다. 대신 에둘러 말했지만.

"저들은 우리 팀 전부를 원해. 우리 프로그램의 형식을 고스란히 써먹으려는 거야."

"그럼 자기랑 와트가 다른 사람을 찾으면 되겠네."

나는 호아킨에게 며칠 동안 이 문제에 대해 얘기하지 말아달라고 부탁했다. 미국으로 돌아간다거나 변화니 문화 이식이니 하는 이야기는 더 듣고 싶지가 않았다. 혼자서 장단점을 고민해볼 필요가 있었다. 생각할 시간이 필요했다.

23장

계약

나는 악마에게 영혼을 팔았다.

상투적이고 케케묵은 표현이었지만 더없이 적절했다. 시시콜콜 설명하지는 않겠다. 누군가에게 스카우트 제의를 받을 때 계약서니 노조니 고용보장이니 보험혜택 같은 자질구레한 조건을 따지는 건 하품만 난다. 다 집어치우고 하나만 물어보면 된다. 얼마 줄 건데?

돈밖에 모르는 철저한 이기주의자로 보일지도 모르지만 어쩌라고? 내 평생 처음으로 누군가의 부추김으로 야심이 꿈틀거렸다. 다른 수많은 일들과 마찬가지로 그 사건도 한 통의 이메일을 받으면서 시작되었다. 댄 포스터라는 남자가 보낸, 인터미디어 엔터프라이스라는 주소를 사용하는 이메일이었다. 늘 그렇듯 나는 정중하게 답장했다. 댄은 몇 주 동안 계속 이메일을 보내왔다. 처음에는 그저 내 방송에 대해 논평하고 진행 방식에 대해 의견을 피력하는 평범한 팬 같았다. 그러다 어느 날, 그는 나를 만나러 멕시코로 날아와 스카우트를 제의했다. 속전

속결이었다.

댄 포스터는 미국 전역으로 방송되는 프로그램과 엄청난 보수, 아파트와 자동차를 제시했다. 하지만 알고 보니 거대 미디어 그룹의 회장이자 CEO인 그는 이 모든 일을 하나의 사명처럼, 격변하는 사회에서 한 번도 시도된 적 없는 모험으로 여기고 있었다.

"우린 장벽이란 장벽은 모두 허물걸세. 미국의 온 국민이 라디오로 자네 목소리를 듣고 전세계 사람들이 인터넷으로 그 방송을 청취할 뿐만 아니라, 자네가 사후세계의 장벽은 물론이요, 이제껏 아무도 넘보지 못한 언어와 문화의 장벽까지 뚫게 될 거라는 뜻일세. 그게 히스패닉 사회에 어떤 의미일지 상상이 가나?"

나는 그 의미를 상상하며 고개를 끄덕였지만 죄다 추상적으로만 다가왔다. 더구나 이 분야의 개척자가 되고 싶은 마음도 없었다. 내 삶은 혼돈까지는 아니어도 이것저것 신경쓸 일이 많았다. 댄 포스터는 그 프로그램이 나를 히스패닉 방송 혁명의 총사령관으로 만들어줄 것처럼 이야기했다. 나는 그 점이 못마땅하다고 말했다.

"자네 동포들에게 새로운 길을 열어주는 일이네."

"솔직히 저는 세상을 바꾸려고 라디오 방송에 뛰어든 게 아닙니다."

"자넨 영웅이 될 거라고."

물론 나도 종종 우스꽝스러운 공상을 하지만 영웅이 되는 망상에 빠진 적은 없었다. 더구나 방송실에 앉아 있는 영웅이라니.

"회장님, 우리 방송은 유령 이야기나 괴담을 다루는 별볼일 없는 방송입니다. 독립선언문을 발표하는 곳이 아니라고요."

"알고 있네. 하지만 날 믿어보게. 틀림없이 혁명적인 사건이 될 테니까."

반박해봐야 소용없을 듯했다. 그에게는 멕시코인이 진행하는 라디오 방송의 성공이 획기적인 사건이었다. 내게는 셀마 헤이엑이나 기예르모 델 토로, 알레한드로 곤살레스 이냐리투 같은 멕시코 출신 영화배우와 감독이 할리우드에서 활동한다는 사실보다 더 대단해 보이지도 않았다. 하지만 댄은 우리 방송이 더 의미심장할 뿐만 아니라 전복적인 사건이 될 거라고 믿는 눈치였다.

우리는 돈 이야기로 넘어갔다.

나는 방송을 돈벌이로 여기지 않았다. 현재 수입으로도 충분히 잘살았다. 하지만 인터미디어의 제안은 매우 인상적이었다. 그들이 제시한 금액은 장난이 아니었다.

댄은 내가 '검증 기간'을 거쳐야 할 거라고 말했지만, 회사에서 대대적인 홍보로 밀어주면 금세 유명 인사가 될 거라고 장담했다. 나는 반신반의했다.

내가 처음 라디오 방송에 관심을 가진 것은 로큰롤을 연주하기에는 너무 늙고 죽기에는 너무 젊은 나이에 이르렀다는 사실을 인정했을 때였다. 데스무에르토스가 해체된 뒤 수많은 밴드와 연주하면서 수백 곡을 녹음했지만 한 번도 만족을 느끼지 못했다. 가브리엘과 함께 만들어내던 소리를 재현할 수가 없었다. 어떻게 해보아도 우리의 음악적 기준에 미치지 못하는 것 같았다.

그리고 이제 가브리엘은 내 곁에 없었다.

녀석 없이 음악을 만드는 것은 일처럼 느껴졌다.

나에게 라디오 방송은 반추의 공간이었다. 방송하는 동안에 나는 음악과 문학에 흠뻑 빠져들어갔다. 나는 청취자들과 함께 내 방송을 들었다. 나 자신과 그들에게 글을 읽어주고, 생판 모르는 사람들과 온갖 생각을 주고받았다. 그야말로 완벽한 매체였다. 강렬하고, 열띠고, 상호적이고, 금방이라도 휘발될 듯 불안정했다. 스튜디오에서 첫 방송을 하던 그 순간, 나는 마치 타임캡슐 속에, 감각이 상실되는 방 안에 들어온 느낌이었다. 그 어떤 것도, 어느 누구도 나를 건드리지 못하도록 보호해주는 거품 안에 들어온 것 같았다. 어슴푸레한 어둠과 번쩍번쩍한 방송장비, '방송중ON AIR' 불빛 때문에 자궁 같은 아늑함이, 우주에 홀로 남은 듯한 고독이 느껴졌다. 현실로부터 완전히 고립되어 우주 공간에 붕 떠 있는 기분. 나와 인간세계를 이어주는 것이라고는 청취자들의 형체 없는 목소리뿐이었다. 온 사방이 이 세상의 것 같지 않은 기운, 그래, 말하자면 유령 같은 무언가에 휩싸인 것 같았다. 나는 온 세상을 만지고 그 소리를 들을 수 있지만, 내 존재는 유령처럼 모호했다. 넘쳐나는 전파의 향연 속에서 나는 그저 하나의 목소리에 지나지 않았다. 그곳은 소리와 음성이 우리를 이끌어주는 눈먼 자들의 세상, 우리의 이야기에 따라 모양이 변하는 공간이었다. 그 공간은 우리가 설명하고, 논평하고, 모욕하고, 여담을 늘어놓는 것에 따라 형상이 바뀌었다. 마치 매일 밤 정처 없이 떠도는 유령이 되어 다른 유령들의 목소리를 듣는 것 같았다. 자신이 죽었다는 것도 잊은 채 유령 이야기를 늘어놓는 유령들.

어느 날 나는 방송에서 에드거 앨런 포의 「고자질하는 심장」의 한 부분을 낭독했다. 청취자들의 반응은 열화와 같았다. 전화가 쇄도했다. 이미 그 이야기를 알고 있던 몇몇 청취자는 "돼지우리 같은 방송을 심도 있는 토론의 장으로 승화시켰다"고 칭찬했다.

어리거나 무식한 청취자들은 포가 누군지, 지방대학 교수냐고 혹은 쇼핑몰에서 사인회도 하느냐고 물었다. 그때부터 놀라운 일이 벌어졌다. 내가 읽어준 글에 자극받은 일부 청취자들이 전화를 걸어 자기가 겪은 불가사의한 일이나 기괴한 사건을 이야기하기 시작한 것이다.

"안녕하세요. 난 마누엘이라고, 시내에서 공사중인 건물의 경비원으로 일하고 있습니다. 도저히 못 참고 전화했어요. 아까 읽어준 이야기가 너무 좋아서요. 작가 이름도 벌써 적어놨소. 그 책을 사려고요. 하지만 정말로 하고 싶은 이야기는 따로 있습니다. 바로 내가 겪은 일입니다."

나는 마흔두 살입니다. 이십 년쯤 전 공사판에서 노가다꾼으로 일했을 때의 이야기를 해볼까 합니다. 어느 날 밤 현장에서 내 친척 아저씨랑 밤늦도록 연장 근무를 할 때였어요. 물에 갠 시멘트를 외바퀴 손수레에 가득 싣고 판자를 대서 만든 길을 따라 3층까지 올라가야 했죠. 그런데 그 일자리를 마련해준 친척 아저씨가 데킬라 한 병을 꺼내며 말하더군요. "어이, 조카. 한잔할래? 몸 좀 덥혀줄 거야!" 난 근무중 음주는 안 된다며 거절했어요. 말썽이 생길 수도 있고, 높은 데서 떨어질 수도 있거든요. 근데 계속 권하더군요. "걱정 마. 부담 가질 필요 없어. 취하려는 게 아니라 추위 좀 떨치자는데, 뭘."

당시에 나도 술깨나 마셨죠. 지금은 끊었지만.

마지막으로 마신 건 오 년 전쯤이었고 다시는 입에 댈 생각 없습니다. 어쨌든 그날 아저씨 이야길 듣고 보니 일리가 있더군요. 더구나 그 양반은 십장만큼 중요한 자리에 있어 별 문제 없겠지 싶었습니다. 그래서 한잔 마시고 시멘트를 옮기기 시작했어요. 밑으로 내려와서 다시 아저씨 앞을 지나가는데 한잔 더 권하기에 또 마셨죠. 그렇게 다섯 번을 마시니 술이 머리끝까지 올라 노래를 부르고 헛소리가 나오더군요. 그리고 나는 떨어졌습니다. 손수레 속으로 자빠져 몇 미터 굴러가다 2미터 아래로 추락한 거죠. 그 바람에 콘크리트 반죽을 뒤집어썼고요. 온몸이 부서질듯 아픈 것이 다시는 움직이지 못할 것만 같더군요. 그때 아저씨의 요란한 웃음소리가 들렸어요. 휑한 벽으로 둘러싸인 공사장에 그 소리가 쩌렁쩌렁 울려퍼지더군요. 마침내 아저씨가 웃음을 그치고는 내가 살아 있는지 확인하러 내려왔습니다. 내 몸에 묻은 시멘트를 닦아주면서 일으켜세워줬죠.

"이제 보니 순 병신이로구먼."

아저씨는 같은 말을 되풀이하면서 계속 놀렸습니다.

온몸이 욱신거리고 짜증이 나서 그만하라고 몇 번이나 말했는데 들은 척도 않더군요. 그런 식으로 추락한 내 꼴이 웃겨 죽겠는 모양이더라구요. 나를 데리고 올라가면서도 계속 놀려댔어요. 그런데 도중에 아저씨가 미끄러지면서 머리를 부딪치더니 내가 추락한 바로 그 자리로 떨어져버렸어요. 비틀비틀 내려가 살펴봤죠. 아저씨는 움직이지 않았어요. 눈은 뜨고 있는데 숨을 쉬지 않는 것 같았습니다. 난 그 영감탱이에게 소리쳤어요.

"꼴좋다, 개자식아! 마지막에 웃는 사람은 나라고!"

그러고는 화를 주체하지 못하고 손수레의 시멘트를 부어버렸습니다. 곧 정신이 들자 끔찍한 일을 저질렀다는 걸 깨달았어요. 감방에 갈 수도 있는 짓이었죠. 그래서 시멘트를 더 가져와 부었습니다. 그런데 두번째로 시멘트를 가득 날라와 붓는데 아저씨가 꿈틀거리기 시작하는 겁니다. 겁에 질린 나는 부랴부랴 시멘트를 다시 가득 담아와 쏟아부었습니다. 그러고는 조심스럽게 판판히 다졌죠. 이튿날 아침에 보니 시멘트가 굳어 바닥이 아주 깔끔해졌더군요. 원래 계획보다 약간 높아졌지만 다행히 눈에 띌 정도는 아니었어요. 그날 찾아온 건축가가 왜 벌써 바닥을 골랐냐고 물었어요. 아주 피가 마르더군요. 나는 계단을 놓기 전에 바닥이 완성되어야 한다고 아저씨가 그랬다고 거짓말을 했습니다. 건축가는 미심쩍어하는 눈빛으로 아저씨는 어디 있냐고 묻더군요.

"모르겠는데요. 어젯밤에 혼자 집에 가셨어요." 나는 대답했습니다.

"그 양반 만나면 내가 보잔다고 전해요."

"왜요? 바닥이 잘못되었나요?" 내가 물었죠.

"바닥은 괜찮아요. 서둘러 계단을 놓아야 해서 그러는 거요."

그후 아저씨를 본 사람은 없었습니다. 어떤 사람들은 바람이 나서 도망갔다고 여기더군요. 아주머니는 그런 소문을 납득하지 못했어요. 남편이 평생 바람을 피운 적도, 외박한 적도 없었으니까요. 몇 달 뒤 아주머니는 남편이 미국으로 갔거나 강도를 당해 죽은 거라는 소문을 받아들이더군요.

난 그 공사장에서 계속 일했습니다. 그러던 어느 날 밤, 갑자기 입에서 피와 데킬라 맛이 나서 깼습니다. 물로 입을 여러 번 헹궜는데도 가시지 않았어요. 오히려 숙부가 묻혀 있는 장소를 지나칠 때마다 그 맛은 점점 강해졌어요. 가끔은 숨이 막히고, 때로는 구역질도 났습니다. 병원에도 여러 번 갔고 별별 치료를 다 받아봤지만 원인을 찾지 못했어요. 저는 하루종일 민트 껌을 씹고, 양파와 마늘을 날로 먹었습니다. 하지만 피 맛 때문에 아무 맛도 느낄 수가 없었어요. 절박해진 나는 이를 몽땅 뽑았습니다. 그러면 나을 것 같았는데 똑같았죠. 건물이 완공된 뒤에도 오랫동안 같은 증상에 시달렸습니다. 지금 그곳에 사는 사람들은 계단을 오를 때마다 내 친척 아저씨를 밟고 지나간다는 사실을 상상도 못 할걸요. 사실 어제 거기 가서 친척 아저씨의 시체가 시멘트 속에 묻혀 있다고 온 세상에 소리칠 뻔했습니다. 겁이 나서 그만뒀지만요. 하지만 방금 당신이 들려준 이야기가 어떤 표지로 느껴졌습니다. 결국 털어놓아야 할 이야기인 게죠.

166

"방송을 통해 사연을 함께 나눠주셔서 감사합니다. 그런데 이 문제를 어떻게 처리해야 좋을지 모르겠군요. 경찰에 자수하실 생각인가요?"

"아뇨. 왜 그래야 하죠?"

"친척분을 살해했으니까요."

"난 아무도 죽이지 않았어요. 그 양반은 사고로 떨어진 거예요."

"하지만 선생님이 시멘트로 덮었잖습니까?"

"그땐 이미 죽어 있었다니까."

"그건 압니다만, 시멘트 때문에 죽었을 수도 있잖아요. 선생님이 저한테 거짓말을 하는지 어떻게 압니까?"

"그거야 당신 문제고."

남자가 대꾸했다. 나는 그가 전화를 끊으면서 데킬라와 피 맛을 느꼈을 거라고 상상했다.

방송에서 포의 글을 낭독하기로 마음먹었을 때만 해도 이런 식의 반응은 전혀 예상치 못했다. 내 방송을 듣는 사람들이 라디오를 통해 '범죄의 증인'이 될 줄은 상상도 못 한 것이다.

"우리가 이 이야기를 듣는 동안에도 계속 전화가 오고 있군요."

청취자 전화는 끊이지 않았다. 처음에는 하룻밤에 몇 통씩 걸려왔지만 금세 폭주하기 시작했다. 자신의 경험담을 이야기하거나 다른 청취자 사연에 의견을 말하려는 사람이 수천 명에 이르렀다. 오래지 않아 쇄도하는 전화를 나 혼자 감당하기가 어려워졌다. 그러자 방송국에서 관심을 보였다. 처음에는 전속 사운드 엔지니어를 배정해주었고(그전까지는 그 시간대에 근무하는 사람 아무나와 일해야 했다), 곧이어 청취자 전화를 받고 점점 늘어나는 일거리를 담당할 보조들을 붙여주었다. 무엇보다 눈에 띄는 변화는 방송국 동료와 상사들이 나를 존중하기 시작했다는 점이었다. 잔잔하고 고요했던 나의 오아시스, 내가 정처 없이 떠다니던 칠흑같이 까만 고요의 바다가 분주하게 돌아가는 개미집으로 변했다. 물론 쥐 죽은 듯 고요하게 시간이 느릿느릿 흘러가는 날도 여전히 있었지만, 우리가 〈고스트 라디오〉라고 부르기 시작한 방송은 같은 분야, 동 시간대에서 줄곧 최고 청취율을 기록했다. 멕시코 전역뿐 아니라 세계 곳곳에서 청취자 전화가 밀려들었다. 미국에 사는 라틴아메리카 사람들이 밤마다 이야기를 쏟아내더니, 오스트레일리아나 나미비아 같은 머나먼 나라에서도 전화가 걸려왔다. 방송국 간부들의 얼굴에 웃음꽃이 피었고, 나도 마찬가지였다. 나는 아무것도 바꾸지 않았지만, 변화가 찾아왔다…… 복수와 함께.

24장

기묘한 대화

인터미디어와 손잡고 시작한 새로운 방송은 초기의 방송과 확연히 달랐다. 사무실은 더 근사하고 커피는 더 맛있었으며, 보수도 엄청나게 좋아졌다. 그러나 한 가지만은 똑같았다. 청취자들. 그들은 여전히 기괴하면서도 솔직하고 우스꽝스러운 사연을 들려주었다.

호아킨은 그런 뒤죽박죽이 좋았다. 미국에서 사는 것에 대한 두려움도 서서히 사라졌다. 하지만 2번 회선으로 이상한 전화가 걸려온 날 밤, 그 두려움은 다시 찾아왔다.

"이름을 밝히지 않는 청취자의 전화입니다." 호아킨이 2번 회선의 버튼을 누르며 말했다. "자, 익명의 청취자 분, 말씀하세요. 지금 연결됐습니다."

끝나지 않을 것만 같은 침묵이 흘렀다.

대개 이런 상황이면 호아킨은 곧바로 소리쳤다. "전화 주신 분, 듣고 계십니까?" 만약 곧바로 대답이 없으면 전화를 끊어버렸다. 하지만 이번에 호아킨은 조용히 앉아 있었다. 말하라고 재촉하지도, 전화가 끊어졌는지 확인하지도 않았다.

"다른 전화 받아!" 와트가 속삭이며 재우쳤다.

호아킨은 대꾸하지 않았다. 알론드라가 한마디하려는 듯 입을 벌리자, 호아킨이 기다리라고 손짓했다.

정적.

초침 소리가 들렸다.

째깍…… 째깍…… 째깍……

귀에 거슬리는 쉰 목소리가 스피커에서 흘러나왔다.

"호아킨, 너랑 다시 이야기할 수 있어서 기쁘다."

"다시라뇨?"

"우린 오랜 친구잖아."

"친구 목소리라면 제가 못 알아들을 리가 없죠."

"난 죽음을 봤어."

"무슨 일이 있었는지 이야기해보세요."

"방금 말한 대로야. 죽음을 봤다고. 나한테는 아무 일도 없었어. 죽음의 손아귀에 붙잡혀 끌려가지도, 살려는 의지를 잃지도 않았지. 그저 죽음의 얼굴을 보았을 뿐이야. 그 독기 어린 주둥이가 내 코앞에서 깩깩 비명을 지르더군."

"〈에일리언 3〉처럼 말인가요?"

"아니, 전혀 달라."

"그럼 〈에일리언 1〉처럼?" 호아킨이 웃음을 참으며 물었다.

"너도 그를 봤어, 호아킨. 그는 널 기억해."

호아킨의 호기심에 불이 댕겨졌다.

"청취자 분께선 이런 출현에 대해 어떻게 설명하겠습니까?" 옆에 있던 알론드라가 끼어들었다.

"나라면 그걸 한 번의 출현이 아닌 되풀이되는 사건이라고 부르겠어. 지금은 이 정도만 알려주지."

"죽음을 종종 보나요?" 호아킨의 질문이었다.

"자주."

호아킨은 등골이 오싹했다. 이 전화는 그를 몹시 불안하게 하고 있었다. 평범한 전화가 아니었다. 주의를 요구했다. 호아킨은 와트를 힐 끗 보았다. 그는 먹던 음식을 입에 문 채 꼼짝도 않고 모니터를 응시하고 있었다. 쥐 소리를 들었다고 생각한 고양이처럼.

"나는 특별한 존재야. 네가 이제껏 대화를 나눈 어느 누구와도 달라. 나는 〈고스트 라디오〉의 처음이자 끝, 알파이자 오메가야. 밤마다 너를 기다리면서 변모하고 변형되는 존재지."

호아킨은 팔이 마비된 기분이었다. 팔다리를 펴거나 일어서고 싶었지만 옴짝달싹할 수가 없었다. 문득 시선의 끝자락, 벽에 드리워진 탁자 그림자에 변화가 느껴졌다. 그 부분만 다른 조명을 비춘 듯 그림자가 달라 보였다. 한순간 그 모습이…… 묘비로 바뀌는 것처럼 보였다. 호아킨이 눈을 끔뻑이자 그것은 다시 탁자 모양으로 바뀌었다. 하지만 그는 자신의 시야 주변에서 그림자가 장난치는 것을 인식하고 있었다. 눈앞에서 물체가 그림자로 바뀌고, 그림자가 물체로 바뀌었다.

그사이 정체불명의 청취자는 이야기를 계속했다.

"이 장소에 있는 것은 특권이야. 삶과 죽음의 중간…… 천국과 지옥의 중간."

"연옥이군요." 알론드라가 대꾸했다.

"아냐, 아가씨. 그건 예수쟁이들이 잠자리에서나 지껄이는 이야기고. 내가 사는 곳에서는 전화도 걸고, 텔레비전도 보고, 패스트푸드도 먹을 수 있어."

"두 세계의 가장 좋은 점만 있나보군요." 알론드라가 이죽거렸다.

"물론 가장 나쁜 것들이 있는 곳이기도 하지." 목소리가 덧붙였다.

호아킨의 눈에 송장의 얼굴이 보였다. 근육이 드러난 채 해골에 살점이 덜렁덜렁 매달려 있는 얼굴. 그는 눈살을 찌푸렸다.

"짐승에게 산 채로 먹히는 네 모습을, 머리통이 씹히는 모습을 상상해봐. 넌 의식이 있어. 짐승의 이빨이 머릿가죽을 파고들어 두개골에 붙어 있던 살을 뜯어내는 걸 느끼지. 지난 십 년 동안 난 그런 느낌과 함께 살았어."

호아킨은 소스라쳤다. 손바닥이 땀으로 흥건했다. 그는 두리번거렸다. 반쯤은 누군가가 자신을 바라보고 있기를 기대하면서.

"이제 내 이야기에 관심이 생겼나, 호아킨?" 전화를 걸어온 자가 물었다.

"물론입니다." 호아킨이 대답했다. "그런데 제 생각엔 전화 주신 분이 거짓말을 하고 있는 것 같은데요."

"불바다에서 영원히 타는 느낌이 어떨지 상상해봐. 불이 살갗에 처음 닿을 때의 그 뜨거움을 매순간 느끼며 고통받으면서, 영원히 산 채로 요리되는 그 기분을 생각해보라고. 그 고통에 익숙해질 가능성이라고는 전혀 없는 상태로 말이야."

목소리의 말이 끝나기도 전에 호아킨의 눈앞에서 스튜디오 안의 그림자가 창문으로 변했고, 그 지옥도가 펼쳐졌다. 어린 시절 그에게 악몽을 선사한 귀스타브 도레*의 『신곡』 삽화와 맞먹는 풍경이었다. 그는 지금 무슨 일이 벌어지고 있는 건지 이해할 수가 없었다. 그 이미지들에 고통받는 사람이 자기뿐인지 확인하려고 신경질적으로 눈을 깜빡이며 두리번거렸다. 극심한 정신적 고통이 호아킨을 집어삼켰다. 지금껏 본 적도, 느낀 적도 없는 고통이었다. 부모님이 죽은 뒤 몇 년 동안 극도로 생생한 악몽에 시달리며 불면증을 앓은 건 사실이었다. 하지만 이미 오래전에 극복한 일이었다. 어느 날 그는 두 번 다시 겁먹지 않기로 결심했다. 두려움을 용납하지 않겠노라고, 모든 악몽에 냉정하게 맞서겠노라고. 일어날 수 있는 가장 나쁜 일은 이미 겪은 상황이었다. 그렇게 그는 마음의 짐을 벗었다.

그런데 여자친구 알론드라와 친구인 와트가 곁에 있는 지금, 그 해묵은 공포가 다시 돌아오고 있었다.

"방금 내 말 들었나요?" 호아킨은 마음을 가라앉히려 애쓰면서 물었다.

"내가 무슨 거짓말을 한다고 생각하지?"

"난 당신이 텔레비전을 볼 수도 없고, 패스트푸드를 먹을 수도 없다고 생각하거든요. 이렇게 전화를 건 것도 운이 좋아서겠죠."

전화를 건 자는 말이 없었다. 하지만 이번에 와트는 데드 에어**라고 경고하지 않았다.

"동화 하나 들려줄까?" 마침내 목소리가 입을 열었다. "옛날 옛적에

---

* 19세기 말 프랑스의 판화가. 『신곡』뿐 아니라 성서, 『돈키호테』의 삽화를 그린 것으로도 유명하다.
** 방송중에 아무 말도 음악도 나오지 않아 공백이 생기는 것을 일컫는 방송용어.

아직 소년 티도 벗지 못한 한 젊은이가 완벽한 특권의 세상에 살고 있었어. 가장 아름다운 여자들과 사랑을 나누며 성에 눈을 뜨고, 마음속으로 바라기만 하면 뭐든 이루어지는 세상이었지. 그는 마음만 먹으면 아무리 높은 산꼭대기라도 오를 수 있는 능력과 재주가 있었어. 그런데 그의 세계가 무너져버린 거야. 어둡고 위험한 세상에 홀로 버려진 그는 범죄자와 타락한 자들에게 시달렸어. 이제 어린애가 아닌 젊은이는 백조로 변신해 황량한 세상에서 스스로를 구원했지."

"백조? 안데르센의 동화 『백조 왕자』와 비슷하군요." 호아킨은 그 이야기가 어렴풋이 떠올랐다.

"바로 그렇지."

"이 미친놈 전화 그냥 끊어버려."

알론드라가 호아킨의 귀에 속삭였다. 마이크를 손으로 덮고 있었지만 방송에 대고 고함을 지르고 싶은 표정이었다.

호아킨은 고개를 저었다.

"잘 모르는 청취자 분들을 위해 설명하자면, 그 이야기는 무시무시하고 가학적이고 야비한 동화입니다. 아주 제대로죠.

이야기에서 열한 명의 나무랄 데 없고 행실 바른 왕자들은 사악한 계모의 질투에 희생됩니다. 그녀는 왕을 부추겨 왕자들을 궁에서 내쫓습니다. 기이한 마법을 써서 왕자들을 백조로 둔갑시킨 거죠.

맞아요, 백조는 천상의 구원을 상징합니다. 끔찍한 처벌로 보이지만 사실은 구원이죠.

밤이 되면 백조들은 다시 사람으로 변했습니다. 마지막에 가서 왕자들의 하나밖에 없는 누이는 묘지에서 뜯어온 쐐기풀로 오빠들을 위해 옷을 짓죠. 백조들이 그 옷을 입자 마법이 풀리고, 왕자들은 자유를 얻게 됩니다. 남들이 뭐라 하건 제가 보기에는 사악한 이야기예요. 부조리한 교훈이 담긴, 불의에 관한 슬픈 이야기죠."

와트와 알론드라가 집게손가락으로 목을 긋는 시늉을 하며 열심히 신호를 보내고 있었다. 알론드라가 호아킨에게 내민 종이에는 이렇게 적혀 있었다.

'전화 끊어. 당장!'

호아킨은 자신을 방해하지 말라고 다시 손짓했다.

"좋아, 내 친구 호아킨. 스태프들이 나를 못마땅하게 여기는 것 같으니 이쯤에서 그만 널 놓아주지. 하지만 떠나기 전에 한마디만 하겠어. 호아킨, 곧 만나서 얘기하게 될 거다. 잘 있기를."

이윽고 사방이 고요해졌다.

다시, 데드 에어였다.

호아킨은 몇 달 전 그날 밤처럼 몸서리쳤다. 그날 밤, 헬리콥터가 불빛으로 보낸 모스부호와 같은 메시지였다. 하지만 묘하게도, 그의 머릿속에는 또다른 밤의 기억도 떠올랐다. 운명의 밤.

25장

어느 날 밤 방송국에서

거대한 뇌우가 형성되고 있었다. 하늘은 잿빛에서 누런 겨자색으로 바뀌었고, 대기는 오존 냄새로 가득했다.

호아킨은 이번 계획이 성급하고 미흡하다고 생각했다. 하지만 되돌아갈 순 없었다. 가브리엘이 용납하지 않을 터였다. 호아킨도 그렇게까지 할 마음은 없었다. 지금껏 수많은 공연을 했지만 이토록 들뜬 가브리엘의 모습은 처음이었기 때문이다. '데스무에르토스의 라디오 멕시코 실황 공연'이라는 가제를 붙인 이번 콘서트는 방송 탈환을 기치로 내세운 퍼포먼스였다. 그들은 미국에서 멕시코로 몰래 넘어가는 역이민자처럼 국경을 넘었다. 그것도 이번 공연이 내세운 기치의 하나였다. '모든 것을 뒤집어엎어라.' 그들은 몇 가지 장비와 함께 잼세션에 사용할 도구들이 담긴 가방 몇 개를 들고 갔다.

멕시코 쪽에서는 세 명의 팬이 기다리고 있었다. 콜레트, 펠리시아노, 마르틴은 지난 일 년 동안 호아킨과 가브리엘의 음악을 열렬히 추

종해온 젊은이들이었다. 애초에 이 콘서트를 제안하고 교통편을 제공
하기로 한 것도 그들이었다. 그곳까지 가는 동안 가브리엘은 줄곧 폴
라로이드 사진을 찍었다. 그의 영상 일기에 붙일 새로운 사진들이었
다. 한 장 한 장이 어젯밤을 떠올리게 하는 흔적이었다. 지난 밤 편의
점을 습격한 호아킨은 가브리엘이 망을 보는 가운데 커다란 코트에 폴
라로이드 필름을 잔뜩 쑤셔넣었다.

간간이 내리는 비 말고는 국경을 넘는 데 별 어려움은 없었다. 그들
은 계획대로 고속도로변의 한 주유소에서 콜레트와 펠리시아노, 마르
틴과 접선했다. 비는 이미 그쳐 있었다. 하지만 아스팔트 도로는 미끄
러웠고, 여기저기 깊은 웅덩이가 고여 있었다.

마르틴은 낡은 폴크스바겐 밴의 운전석에 앉아 있었다. 펠리시아노
는 차 앞에서 서성거렸다. 그리고 콜레트는 매력적인 자태로 보닛에
기대어 서 있었다. 까맣게 염색한 머리가 방금 내린 비에 젖어 아직 촉
촉했다. 그들은 호아킨과 가브리엘을 열렬히 반겼다. 하지만 호아킨은
콜레트의 조심스러운 태도를 느낄 수 있었다. 눈웃음 속에 감춰진 경
계의 눈빛이 매혹적이었다.

몇 달 전 콜레트와 친구들은 앙카라의 어느 감옥에서 열린 아르메니
아 펑크록 공연의 방송을 불법적으로 지원한 적이 있었다. 마르틴은 한
대학 소유의 방송국에 다니고 있었는데, 이 년 전에 시작된 파업이 아
직 해결되지 않은 상태였다. 전에 가브리엘과 호아킨은 그에게 방송장
비를 어떻게 사용하는지 아는 것처럼 말했다. 사실은 쥐뿔도 몰랐지만.

마르틴은 그들에게 방송국에 잠입하면 해야 할 일을 알려주었다.

"모두 멀쩡하지만 한동안 사용하지 않은 장비들이거든요." 방송 송
출 원리를 설명해놓은 도표를 보여주며 그가 말했다. 그리고 전기회로

도를 몇 장 보여주면서 전부 다 작동시켜야 한다고도 강조했다. "안 그러면 파티 초장부터 문제가 생길 거예요."

원래 마르틴도 함께 잠입할 예정이었지만 계획이 바뀌었다. 그는 입구에서 망을 보다가 공연이 끝나면 모두를 차에 태우기로 했다.

펠리시아노는 우려를 표명했다. 준비 시간이 부족했다는 것이다. 그날 밤에 공연을 방송하려면 일이 복잡하고 위험해질 터였다.

"하지만 겁이 난다고 공연을 포기하면 진짜 쪽팔릴 텐데."

"지난 이 주 동안 이번 공연을 사람들에게 비밀리에 알려왔어. 그러니 오늘밤 해야 돼." 폴라로이드 사진기로 모두를 찍고 있던 가브리엘이 거들었다. "게다가 오늘 같은 밤에 연주하는 것보다 더 완벽한 공연은 없을 거야."

호아킨은 말이 별로 없었다. 그는 콜레트에게서 눈을 떼지 못했다. 까맣고 냉혹한 눈동자와 촉촉한 입술에 완전히 빠져 있었다. 그녀의 억양은 독특했다. 정체를 알 수는 없었지만 익숙한 느낌이었다. 그녀는 이따금 호아킨을 향해 도발적인 미소를 지어 보였지만, 대개 무관심한 표정이었다.

그들은 타코 식당에 가서 남은 문제를 매듭짓기로 했다. 저녁을 먹는 동안 가브리엘은 방송국 점령이 자신에게 큰 도약이 되는 경력으로 남을 거라고, 공연 실황은 시디로 구워 자신의 폴라로이드 컬렉션이 담긴 부클릿과 묶어 판매할 거라고 했다.

"우리의 목표는 모든 방송국을 탈환하는 거야. 라디오를 사람들에게 돌려주는, 그야말로 대대적인 반란이지. 대기업의 횡포와 쓰레기 같은 인기순위에서 해방시키는 거라구."

호아킨도 그런 생각에는 동의했지만 투사처럼 떠벌리는 가브리엘의 모습에 놀랐다. 가브리엘의 말투는 가식적이었다. 콜레트의 환심을 사려는 수작이었다. 그렇게 꼬시는 것이 가브리엘의 스타일이었다.

식사를 마친 펠리시아노와 마르틴과 콜레트는 이번 계획에서 각자 맡은 일을 논의했다. 펠리시아노가 차로 방송국까지 태워다주면 그들은 바깥 담장을 넘기로 했다. 마르틴은 입구에서 망을 보고, 방송국을 잘 아는 콜레트가 함께 안에 들어가 엔지니어 역할을 하기로 했다.

"음향장비는 사용법이 복잡한데 다룰 줄은 아는 거야?" 호아킨이 콜레트에게 물었다.

"응, 여름에 보스턴의 한 방송국에서 일했을 때 배웠거든." 그녀는 얼굴에 늘어진 머리카락을 손등으로 치우며 대답했다.

호아킨은 그녀와 친해질 때까지 멕시코를 떠나지 않겠다고 다짐했다.

"그럼 됐어. 완벽해." 가브리엘이 다시 콜레트의 사진을 찍으며 말했다.

역시, 가브리엘도 그녀를 좋아하고 있었다. 틀림없었다. 호아킨이 선수치려면 빨리 손을 써야 했다.

식사가 거의 끝나갈 무렵, 주정뱅이 하나가 다가오더니 꽃을 팔았다.

"이 귀여운 숙녀분께 선물하시우." 남자는 얼근한 미소를 지었다.

가브리엘이 꽃 한 송이를 받아들고 1달러를 건넸다. 그의 눈은 콜레트에게서 떨어질 줄 몰랐다.

"아스텍 사회에서 꽃은 여신께 바치는 공물이었지."

가브리엘은 꽃을 콜레트에게 주었다.

호아킨은 눈알을 굴렸다.

콜레트는 심드렁해했다. 가브리엘이 한 이야기가 정말인지 미심쩍어하는 눈치였다.

"아스텍 사람들이 여신에게 꽃을 바쳤다고? 설마."

논쟁이 벌어졌다. 가브리엘은 언변이 뛰어났지만 콜레트는 그의 공격을 모두 받아넘겼다. 결국 그녀의 논리적인 반박에 가브리엘의 허풍도 잠잠해졌다.

그러는 동안 호아킨은 냅킨에 장미를 그렸다. 중간부터 전기 케이블로 바뀌어 끝이 둘로 갈라진 플러그로 마무리되는 꽃대 부분은 특별히 더 공을 들였다.

호아킨은 완성된 그림을 콜레트에게 건네면서 가브리엘의 말투를 흉내냈다.

"꽃 그림은 현대사회에서 빈털터리 남자가 최고로 화끈한 아가씨의 환심을 사려고 바치는 공물이지."

"그런 사실이라면 나도 반박할 수 없겠는걸." 콜레트가 그림을 받아들면서 대꾸했다.

그림을 살펴보는 그녀의 이마에 주름이 잡혔다. 호아킨에게는 그 모습이 한층 더 귀여워 보였다.

"아주 근사해. 문신으로 새기면 멋지겠어."

고스걸에게 받을 수 있는 최고의 칭찬이었다.

콜레트는 냅킨을 접고는 몸에 딱 달라붙어 매력적인 청바지의 뒷주머니에 넣었다. 그들은 식당을 나섰다. 가브리엘이 준 장미는 식탁 위에 덩그러니 놓여 있었다. 1라운드, 호아킨의 승리.

전기가 가득한 사막의 대기 때문에 호아킨의 머리카락은 밴 내부에 들러붙었다. 방송국에 도착하자 그들은 차에서 내려 계획대로 찢어졌다. 건물 관리인은 보이지 않았다. 호아킨이 먼저 담장을 훌쩍 넘었다. 이어서 콜레트가 무용수처럼 뛰어넘었다. 군화를 신은 무용수였다. 마지막은 가브리엘이었다. 개 짖는 소리가 들렸다.

"마르틴 얘기로는 개가 없다고 했잖아?" 호아킨이 투덜거렸다.

"없으니까 없다고 했겠지." 콜레트가 대답했다.

"뭔가가 이쪽으로 오면서 짖고 있어." 가브리엘이 말했다.

"그럼 개가 있나보지." 콜레트가 대꾸했다.

그때 침을 흘려대며 맹렬하게 짖는 거대한 맹견 두 마리가 모퉁이를 돌아 튀어나왔다. 세 사람은 달아나기 시작했다. 그 순간 호아킨의 가슴에 묘한 환희가 차올랐다. 앞에서는 가브리엘이 뛰어가고, 뒤에서는 자갈을 밟는 군화발 소리가 들려왔다. 그리고 더 뒤에서 개들이 으르렁거리고 있었다.

살아 있다는 느낌이었다. 생생하고, 다급하고, 강렬한 느낌.

저만치 벽에 기대놓은 사다리가 보였다. 가브리엘이 사다리를 밟고 올라갔다. 호아킨은 콜레트를 먼저 올려보내고는 개들을 다른 방향으로 유인하며 달렸다.

그는 건물 뒤쪽에 있는 벽돌 담장을 향해 달려갔다. 펄쩍 뛰어 꼭대기에 올라갈 생각이었다. 하지만 막상 뛰어오르는데 등에 맨 가방이 움직이는 바람에 균형을 잃고 미끄러져 벽에 머리를 부딪쳤다. 개 한 마리가 그를 덮쳐 귀 부근의 머리를 물더니 이내 놓아주고 조금 물러섰다. 호아킨은 고개를 들었다. 고통과 두려움에 사로잡혀 정신이 혼미했다. 개의 주둥이가 코앞에서 얼쩡거렸다. 나직이 으르렁거리는 소리가 짐승의 목구멍 깊은 곳에서 흘러나왔다. 호아킨은 얼어붙었다. 벗어날 방법을 떠올리려고 애썼지만, 조금이라도 움직이면 오히려 개를 더 자극할 뿐이었다. 보나마나 이번에는 얼굴을 노릴 터였다. 호아킨은 완전히 무방비 상태였다. 그의 목숨이 짐승의 본능과 기분에 달려 있었다.

살아 있다는 건 좋은 거야. 이상하게도 그 순간, 그런 생각이 들었다.

호아킨은 개를 바라보았다. 침이 질질 흘러내리는 주둥이와 감정이라고는 담겨 있지 않은 눈동자. 그때 문득 어떤 생각이 떠올랐다. 터무니없었지만 어쩐지 통할 것 같았다.

"돌아가." 그가 명령조로 말했다.

그 말을 알아듣기라도 한 듯 개가 고개를 숙였다. 으르렁거리던 소리도 잦아들었다.

"돌아가." 호아킨은 단호하게 같은 말을 되풀이했다.

개가 주둥이를 다물고 천천히 물러났다. 호아킨은 씩 웃고는 일어섰다. 아드레날린이 상처의 고통을 누그러뜨렸다. 그는 여전히 콜레트와 가브리엘이 매달려 있는 사다리로 돌아왔다.

"어떻게 된 거야?"

"개들은 갔어." 호아킨이 대답했다.

사다리에서 뛰어내린 콜레트가 호아킨의 상처를 보고 깜짝 놀랐다. 그녀는 그의 얼굴을 살살 어루만졌다.

"개가 한 짓이야?"

"나한테 키스하려고 했는데 실패했지."

콜레트가 키득거리더니 정색을 하고 가브리엘에게 말했다.

"여기서 그만둬야 할 것 같아. 가엾은 네 친구 좀 봐."

"금 좀 갔다고 뭘 그래? 호아킨은 금방 나을 거야. 살짝 물렸다고 포기할 순 없어. 안 그래?"

"난 멀쩡해. 어서 들어가자."

"개들이 또 오면 어쩌려고?"

"내가 짐승을 다룰 줄 알잖아." 호아킨이 자신 있게 대답했다.

하지만 전에는 그런 능력이 있는 줄 몰랐다.

"여기서 개를 본 건 처음이란 말야." 콜레트가 다시 말했다.

"파업하는 사람들이 침입자를 감시하려고 데려다놨겠지. 우리 같은 침입자."

가브리엘은 손쉽게 문을 열었다. 자물쇠 따기는 그가 가진 많은 재주 중 하나였다. 세 사람 모두 건물 안으로 들어갔다. 난장판이었다. 창문은 온통 금이 가거나 깨져 있었고, 사방에 물이 고여 있었다. 바닥에는 서류와 책, 파일들이 널려 있었다. 한동안 버려져 있던 게 틀림없었다.

"아까 그놈들이 감시견이라면 사료가 아까울 지경이군." 호아킨이 말했다.

"네 머리통에 기스만 내고 사라진 걸 보면 얼마나 무능한 놈들인지 알 만해." 가브리엘이 맞장구쳤다.

어둠 속에서 콜레트는 마르틴이 알려준 대로 가브리엘과 호아킨을 안내했다. 마침내 변압기가 나타났다. 가브리엘은 이리저리 얽힌 전기 케이블을 훑어보면서 마르틴의 도표와 일치하는지 확인했다. 작업을 완료하자 그는 폴라로이드 사진을 몇 장 찍었고, 그들은 다 같이 방송실로 향했다.

"마르틴이 일층에는 절대로 불을 켜지 말랬어."

방송실에 도착한 그들을 맞이한 것은 습기와 오물의 악취였다. 화장실에서 계속 흘러나온 물 때문에 카펫은 흠뻑 젖었고 벽은 곰팡이 천지였다. 콜레트가 신경질적으로 전등 스위치를 올리자 방 전체가 환해졌다. 가브리엘과 호아킨은 가방에서 장비를 꺼냈다. 모든 기계가 축

축했지만 제대로 작동은 하는 것 같았다. 그들은 서둘러 조악한 제단을 만들고 기괴한 물건들을 올려놓았다.

여기 오기 전까지도 호아킨은 제단을 만들어야 한다는 가브리엘의 말을 이해할 수 없었다. 하지만 제단을 세운 지금, 그것은 없어서는 안 될 존재처럼 보였다. 제단이 없으면 모든 일이 무의미할 것 같았다.

가브리엘이 미국에서 가져온 물건들을 조심스럽게 배치하자 호아킨도 거들었다. 손전등, 수상쩍은 액체가 들어 있는 낡은 퀵클린* 병, 장난감 병정, 오래된 동전, 인형 집, 괴상한 머리장신구, 나이프, 나무를 깎아 만든 심벌, 그림 등 구닥다리 잡동사니들이었다.

"뭐 하는 거야?" 콜레트가 물었다.

"보면 몰라? 신들에게 우릴 굽어 살펴달라고 청하는 거야."

"젠장, 또 그놈의 아스텍 타령이구나. 재수없게 생긴 물건들을 늘어놓은 게 꼭 지진이나 쭈그렁 할망구가 꾸며놓은 아스텍 제단 같아."

"멋진데! 바로 그게 우리 의도야." 가브리엘이 웃으며 대꾸했다.

기타를 연결하다가 가브리엘이 움찔했다. 손으로 전기가 흘러들어 간 것이었다.

"이런 니미!" 그가 소리쳤다.

"오늘 밤, 기타는 고문도구가 되리라." 호아킨의 말이었다.

"죽은 전사들의 고통이 우리 손가락을 통해 조금은 느껴질 거야."

"손가락으로만 느껴지는 게 아닐 거라고 장담하겠어."

"흑요석 칼로 제 심장을 도려냈던 전사들이라면 찌릿찌릿 전기 오르는 칼을 더 좋아할걸." 콜레트의 목소리가 통제실 스피커를 통해 들

---

* 각종 세제 및 청소 서비스를 판매하는 업체.

려왔다.

"하수도 물이 넘쳐흐르는 이 염병할 스튜디오 냄새를 맡느니 차라리 심장을 도려내는 편이 낫겠어." 호아킨이 말했다.

"사실 아스텍의 하수도 구조는……"

가브리엘이 그녀의 말을 잘랐다.

"알았어, 아가씨. 아스텍 역사수업은 나중에 하고 방송 전문가 솜씨나 좀 보여주시지."

콜레트는 콘솔 전원을 켜고는, 슬라이더를 움직여 기타와 카세트테이프, 신시사이저, 드럼머신의 신호를 믹싱하기 시작했다.

그녀를 지켜보던 호아킨은 후끈 달아올랐다. 그녀의 손이 기계 위에서 춤추듯 움직이는 모습. 소리가 마음에 들지 않을 때 고개를 갸우뚱하는 모습. 그리고 마음에 드는 소리를 건졌을 때 얼굴에 슬며시 번지는 장난꾸러기 같은 미소.

새벽 한시 삼십분 무렵 모든 준비는 완료됐다. 가브리엘이 마이크를 잡았다. 하지만 첫마디를 내뱉자마자 앰프에서 퍽 소리가 나면서 사방이 컴컴해졌다. 어느 퓨즈가 나갔는지 알아내는 건 오래 걸리지 않았지만 예비 퓨즈를 찾을 수가 없었다. 호아킨은 어둠 속에 앉아 낙담했다. 머리에서는 여전히 피가 흐르고 있었다. 개에게 물린 자리가 욱신거렸지만, 상처를 닦거나 감쌀 만한 것이 전혀 없었다. 가브리엘은 포기하지 않았다. 그는 두꺼운 전선을 찾아 퓨즈 대신 연결했다. 다시 불이 들어왔다. 새벽 한시 사십구분쯤 방송이 시작되었다.

스튜디오에 빨간 불이 들어오자 가브리엘이 읊조렸다.

"약속대로 우리 데스무에르토스가 멕시코의 전파를 해방시키겠다."

연주가 시작되었다. 첫 곡은 오로지 벌레 소리로만 만든 강렬한 퍼커션을 입힌, 분노로 가득 찬 고전적인 펑크 곡 〈들리지 못하고 사라진 목소리들〉이었다. 오프닝 곡으로 더없이 완벽했다. 청취자들은 당연히 흥분했고 더 강렬한 음악을 원했다. 호아킨은 만족하지 못했다. 소리가 단조로운 느낌이었다. 그는 콜레트에게 베이스를 조정하고 모니터를 낮추고 리버브(잔향효과)를 높이라고 손짓했다. 그녀는 얼굴에 드리워진 머리카락을 손등으로 치우면서 지시에 따랐다.

이어서 그들은 〈민간인들 사이에 숨겨진 죽음〉을 연주했다. 스크래치가 들어간 아프로 캐리비안 스타일의 곡으로, 공격적인 보컬이 말러에게 영감을 받아 합성한 현악 선율과 점차로 대위對位를 이루었다. 그때까지 호아킨과 가브리엘은 죽은 전사들의 혼이 씐 듯 연주하면서 트랜스 상태에 빠져 있었다.

26장

도취

백 명에서 백오십 명가량의 젊은이들이 작은 광장에 모여 있었다. 고물 마츠다 자동차의 라디오는 앰프에 연결되어 있었다. 몇몇은 자정부터 거기 있었다. 동네사람들은 그들이 무얼 기다리는지 알 수 없었다. 집회를 해산시키려고 십여 명의 경찰이 초조하게 대기중이었지만, 섣불리 개입하지 말라는 지시를 받은 상태였다. 이 수상쩍은 즉흥 집회에 모인 자들은 보나마나 환각 파티를 벌이면서 술이나 마시려는 게 분명했다. 경찰들은 언제든 그들을 체포할 태세였다.

갑자기 누군가가 마츠다 지붕으로 뛰어오르더니 소리쳤다.

"그들이 왔다, 이 개자식들아!"

첫 곡이 시작되자마자 광란이 벌어졌다. 차 앞에 모여 있던 무리가 스피커에서 터져나오는 음악에 맞춰 분노 가득한 동작으로 미쳐 날뛰기 시작했다. 그 광경이 너무나도 강렬해서 경찰들은 두려움에 꽁꽁 얼어붙었다. UFO 착륙을 목격하기라도 하듯 옆에서 멍하니 바라볼

뿐이었다. 광란의 무리는 춤을 추는 굶주린 야수 같았다. 그들은 근처 거리에서 구경하는 몇 안 되는 행인들을 금방이라도 공격할 것처럼 위협해댔다. 무리 중 누군가가 병을 던졌다. 이어서 더 많은 병이 날아오더니 돌멩이 하나가 가게 창문을 깨고 들어갔다. 경찰이 행동을 개시한 건 바로 그때였다.

다른 도시에서도 같은 광경이 펼쳐졌다. 열 곳이라는 소문도 있고, 백 곳이 넘는다는 얘기도 있었다. 확실히는 알 수 없었다. 분명한 건 데스무에르토스의 콘서트가 '라디오 멕시코'를 통해 방송된 몇 분 동안 해방된 에너지가 지울 수 없는 흔적을 남겼다는 점이었다. 정치가, 사회운동가, 학부모, 시사평론가 할 것 없이 모두 이 광란의 폭력 사태를 비난했다. 그러나 그날 밤 거기 있었던 사람이라면 어느 누구도 그 완벽한 도취와 소란, 해방의 순간을 죽는 날까지 잊지 못하리란 걸 부정할 수 없었다.

27장

착오

콜레트의 얼굴은 납빛이었다.

"밖에 경찰이 몰려왔어. 달아나야 해. 당장!"

"어이, 지금 분위기가 한창 달아올랐다고. 난 아무 데도 안 가."

"나도 남을 거야." 호아킨이 말했다. "하지만 넌 도망쳐. 저쪽 캐비닛 두 개를 밀어서 문을 막고 화장실 창문으로 빠져나가."

호아킨은 혼란과 두려움 때문에 휘둥그레진 콜레트의 눈을 바라보았다.

"어서." 그가 다시 파워코드를 치면서 차분히 말했다.

"이만 하면 될까?" 콜레트는 캐비닛 두 개를 밀어 두짝문을 가로막고 물었다.

호아킨은 커다란 나무 진열장을 가리켰다. 콜레트는 고개를 끄덕이고 진열장을 문 쪽으로 밀었다. 진열장이 바닥에 긁혀 끽끽 소리가 났다. 호아킨은 그 소리가 마음에 들었다. 그 소리가 마이크에 잡히기를 바랐다.

　콜레트가 진열장을 넘어뜨리자 장이 우당탕 문에 부딪혔다. 그 소리는 확실히 마이크에 잡혔다.

　콜레트는 걱정스러운 눈빛으로 다시 호아킨을 바라보았다. 그는 고개를 끄덕이고 그녀가 화장실을 향해, 작은 창문을 향해, 자유를 향해 달려가는 모습을 지켜보았다.

　이제 둘만 남은 호아킨과 가브리엘은 〈죽음의 전설〉을 연주했다. 일분에 180비트라 그 자체로 현기증 나는 텍스처에 장례행렬 소리 같은 음산한 소음을 덧씌운 곡이었다. 그들의 음악이 이토록 생동감 넘치고 강렬하게 들린 적은 없었다.

　새벽 두시, 갑작스런 전류 폭주와 함께 음향장비가 폭발했다. 그날 밤 호아킨은 이미 소소한 감전을 여러 번 당했지만, 이번에는 팔과 등, 목이 뻣뻣해지면서 온몸의 근육이 돌처럼 딱딱해졌다. 살갗에서 연기가 피어오르고 입에서 불꽃이 뿜어져나오더니, 복부에 강한 타격과 함께 몸이 공중에 떴다. 그 순간 짧은 정적이 흘렀고, 곧…… **철썩**…… 축축한 바닥에 떨어지자 숨이 막혔다. 서서히, 눈앞이 흐려졌다. 세상이 사라지고 이윽고 어둠이 주위를 에워쌌다.

　호아킨은 매스티프들*이 스튜디오로 들어와 그의 몸에 코를 대고 킁킁대는 소리를 들었다. 그때 무언가 다른 소리…… 멀고…… 불분명한 소리가 들렸다. 목소리인가? 음악? 정체를 알아내려고 기를 쓰는데, 천장으로 몸이 떠오르는 느낌이 들었다. 밑을 내려다보니 가브리엘이 바닥에 누워 있었다. 개들이 그의 가슴과 얼굴, 사타구니를 물

---

*　몸집이 크고 털이 짧은 영국산 맹견.

어뜰었다.

호아킨은 바닥에 누워 있는…… 꼼짝도 않고 있는 자기 몸뚱이도 보았다.

경찰이 스튜디오로 들이닥쳤다. 그들은 바닥에 쓰러져 있는 호아킨과 가브리엘을 발견하고 구급대원을 불렀다.

밑에서 벌어지는 광경을 지켜보는 호아킨은 이상하게도 차분했다. 갑자기 주위의 모든 것이 변했다. 축축한 방송국은 사라지고 광활한 북극의 풍경이 펼쳐졌다. 발밑에서 눈이 뽀드득거리는 느낌이었다. 저 멀리 뾰족한 빙산들이 우뚝우뚝 솟아 있었다.

왜 그러는지도 모른 채, 그는 가장 가까운 눈 더미를 오르기 시작했다.

앞으로 힘겹게 나아가는 동안 몸이 떨렸고, 점점 걸음을 내딛기가 힘들어졌다. 20미터도 채 못 갔는데, 몸이 눈 속으로 빠지고 있었다. 처음에는 발목, 곧이어 무릎, 이제는 거의 허리까지 잠겼다. 호아킨은 계속 전진했다. 어디로 가는지, 왜 가야 하는지도 모르면서. 마침내 눈이 가슴까지 차오르자 아예 움직일 수가 없었다. 그는 앞으로 나아가려고 온힘을 다해 발버둥쳤다.

무언가가 갈라지는 굉음이 울려퍼지고 눈 더미가 그를 덮쳤다. 얼음 이불 수백 장이 머리 위에 쌓이는 기분이었다. 숨 막히는 공포에 사로잡힌 채 호아킨은 눈 속에서 빠져나오려고 몸부림쳤다.

갑자기 사지에 걸리는 것이 없어졌다.

발밑의 눈이 사라지자 호아킨은 자신이 추락하는 것을 느꼈다. 그의 몸은 끝없이 떨어졌다. 추락하는 동안 가브리엘의 목소리가 들렸다.

"왜 항상 모든 일을 망쳐놓는 거지, 호아킨? 여긴 네가 있을 곳이 아냐. 여기 있으면 안 돼. 여길 보면 안 된단 말이야."

호아킨은 계속 떨어졌다. 가브리엘의 목소리가 사라지고 음악이 들렸다. 증기기관차와 피스톤이 연상되는 기이한 음악이었다. 철컹, 쉬익, 쿵쿵, 끼익.

이윽고 호아킨은 땅에 부딪쳤다. 아주 세게.

눈을 떠보니 양손에 제세동기*를 든 구급대원이 쭈그리고 앉아 그를 굽어보고 있었다. 구급대원은 부상자를 진정시키기 위해 뭐라고 말했지만 호아킨은 알아듣지 못했고, 곧 의식을 잃었다.

그후 일주일 동안 팬들 사이에 어떤 소문이 돌았다. 로스데스무에르토스가 다시는 연주하지 않을 거라고.

---

* 전기 충격으로 심장을 소생시키는 장치.

28장

청취자 전화 3307, 화요일, 04:02 A.M.
유령 신부

"내 이름은 '양'이지만 그냥 '조'라고 불러주세요."

"반갑습니다, 양—조. 오늘 〈고스트 라디오〉에 어떤 사연을 들려주실 거죠?"

"내가 아는 사람들 이야기요."

"어떤 사람들이죠?"

"좋은 사람들은 아니에요. 죽은 사람과 거래하는 자들이거든요."

"죽은 사람과 거래한다고요? 무슨 뜻이죠?"

"죽은 사람이 원하는…… 그러니까…… 특별한 것을 제공하는 거죠."

"양, 아니 조, 내가 말을 놓쳐서요. 뭘 원한다고요? 무슨 뜻인가요?"

"중국 서부 산시성에 아주 오래된 풍습이 있거든요. 젊은 남자가 결혼을 못 하고 죽으면 신부와 함께 매장하는 풍습이죠. 물론 죽은 신부랑요. 이런 이야기 들어본 적 있나요?"

200

"이번이 처음인데요." 호아킨이 대답했다.

"그러니까 그 사람들은…… 그자들은 여자를 제공하는 거예요. 음…… 영혼결혼식을 위한 여자 시신 말이에요."

"아."

"처녀 총각이 동시에 죽으면 그자들은 처녀의 가족을 찾아가 약간의 돈을 주고 시신을 사온 다음 결혼식을 치르고 두 시신을 함께 묻어요."

"죽은 여자를 구할 형편이 안 되면 어떻게 하죠?"

"그럴 때는 다른 방법이 있어요. 이 마을 저 마을 돌아다니면서 결혼 상대를 찾는다고 속여 아가씨나 여자애를 사는 거죠."

"그런 다음에는?"

"사온 여자들을 죽입니다."

"소름 끼치는 이야기네요. 〈고스트 라디오〉보다는 '국제인권감시기구'에 알릴 문제가 아닐까요." 알론드라가 말했다.

"진짜 이야기는 지금부터예요. 내가 아는 한 남자가 그 일을 한 적이 있어요. 황토 산악지대 전역에 신부를 제공하면서 큰돈을 벌었죠. 그 풍습을 유지시키려고 물불을 안 가렸어요. 만 위안에서 만 이천 위안, 달러로는 만 삼천 달러에서 이만 달러 정도에 젊은 여자를 사서 시신을 두 배 가격으로 팔았죠. 동료들과 함께 다른 지방의 창녀나 여자애를 납치해 죽이면 벌이가 훨씬 더 좋았고요. 수요가 적을 때는 젊은 총각을 몇 명 죽인 다음 나중에 그 불쌍한 사내들에게 유령 신부를 제공하는 방법도 썼어요.

그런데 그 남자가 샌프란시스코에 있는 우리집으로 전화를 걸어온 거예요. 마침 난 돈이 필요했는데 거금을 주겠다고 하더라고요. 나는 좋다고 하고 그의 일을 돕기 위해 중국으로 날아갔어요. 내 선조의 고향으로 가게 된 거죠."

"그와는 어떻게 아는 사이인가요?"

그 남자는 내 숙부되는 사람이에요. 어쨌거나 작년 여름은 눈코 뜰 새 없을 정도로 호황이었어요. 나는 주로 사무를 맡고, 숙부는 동료들과 함께 신부를 구하러 다니는 식이었죠. 그런데 하루는 숙부가 나더러 내몽골의 외딴 농촌에 가서 '리'라는 이름의 아가씨를 사오라는 거예요. 나는 어떻게 해야 하는지 설명을 듣고 곧 그곳으로 떠나 마을의 한 오두막에서 여자의 아버지와 거래를 하게 됐어요. 내가 따님이랑 결혼할 거라고 했고, 마침내 거래는 성사되었죠. 만 천 위안을 지불하고 여자를 데려왔어요. 그런데 처음 만날 때부터 그 아가씨에게서는 역겨운 야크* 젖 냄새가 났어요.

이제 숙부에게 돌아가는 긴 여행을 떠나려는데 그녀가 그러더군요. "나한테 무슨 짓을 하려는지 다 알아요." 숙부처럼 아무렇지도 않은 척하려 했지만 영 마음이 무겁더라고요. 집에 도착한 나는 리를 묶어놓고 숙부를 불러 처리하라고 했습니다. 그런데 숙부가 당신이 너무 바쁘니 직접 하라고 지시하라는 거예요. 정말 내키지 않지만 용기를 끌어모아 그녀의 목을 졸랐어요. 시신이 손상되지 않기 때문에 선호되는 방식이죠. 그리고 죽은 리를 커다란 아이스박스에 넣었고, 이튿날 그녀는 죽은 신랑과 함께 땅에 묻혔습니다. 대개는 거기서 모든 일이 끝나죠. 그런데 그녀를 묻은 날 밤 아이스박스에서 이상한 소리가 들리는 거예요. 아이스박스 안에 쥐나 뭐 다른 게 있다고 생각하고 몽둥이를 들고 다가갔어요. 헌데 뚜껑을 열자마자 도깨비상자의 인형처럼 리가 튀어나왔어요. 기겁을 하고 자빠진 내 앞

---

* 중앙아시아에 서식하는 털이 긴 소.

202

에 선 리의 유령이 말하더군요.

"신랑이 마음에 안 들어. 난 이미 다른 신랑을 골라놨어."

그러더니 내게 다가오는 거였습니다.

"당신을 원해."

그녀의 입에서 나는 썩은 야크 젖 냄새에 구역질이 치밀었어요. 벌떡 일어나 비명을 지르며 뛰쳐나갔지만 냄새는 계속 쫓아왔습니다. 버스와 기차를 타고 베이징으로 가는 동안에도 따라오더니, 샌프란시스코로 돌아가는 비행기 안에까지 따라오더군요. 옆에 앉은 승객이 못 견디겠다면서 승무원에게 자리를 바꿔달랠 정도였어요. 하지만 난 사람들의 불평에 신경쓸 겨를이 없었어요. 살이 쭈글쭈글해지고 내장이 흐물흐물해지면서 온몸이 서서히 썩어들어가고 있었거든요. 이제 겨우 서른두 살이지만, 미국에 도착했을 때는 예순 살로 보일 정도로 처참한 몰골이었죠. 눈도 침침했고 수전증 환자처럼 손이 떨렸어요. 아무리 고개를 돌려도 눈앞에 리가 계속 나타났어요. 집에 돌아가서도 너무 무서워 혼자 있지를 못했어요. 왜 그랬는지는 모르겠지만 있는 돈을 끌어모아 호텔에 방을 잡았죠. 불이란 불은 모두, 잡화점에서 사온 라디오와 텔레비전까지 켜놓았어요. 의자에 앉아 벽에 등을 기대고 리가 나타나지 않기만 간절히 바랐어요.

하지만 소용없었어요. 침대 위에 뻣뻣이 누워 있는 모습으로 리가 나타났거든요. 나는 공포에 질렸지만 옴짝달싹할 수 없었어요. 그녀는 딱 한마디만 하더군요. "여기서 당신을 기다릴게." 난 완전히 진이 빠져 절망적인 심정으로 포기하고 멍하니 앉아 그녀를 바라보기만 했어요. 결국 그녀와 죽음의 포옹을 하게 되리라는 것을 알고 있었거든요.

"그래서 어떻게 달아났나요, 조?"

"달아나지 못했어요, 지금도 의자에 앉아 리를 보고 있어요. 그냥 누군가에게 말하고 싶어서 전화한 거예요."

그리고 전화는 끊겼다.

29장

경찰 작전

멕시코 북서부 사막에 뇌우가 몰아치던 밤, 호아킨은 죽었다 다시 살아났다.

B급 영화나 인기 호러소설에나 나올 법한 사건이었다. 하지만 멕시코 경찰은 이 기적 같은 일에 놀라지 않았다. 호아킨이 심각한 부상을 입고 의식을 잃은 채 가죽 타는 냄새를 풍기며 방송국에서 실려나올 때조차 그들은 그의 오른 손목에 수갑을 채워 들것에 묶어놓았다. 만일의 경우에 대비해서.

심지어 응급실에서 개인 병실로 옮겨지는 동안에도 그들은 의사들의 항의를 무시하고 호아킨을 수갑으로 침대나 수도관에 계속 묶어두었다.

지난 주말 이리네오 판토하 경찰국장은 경관 두 명의 장례식에 참석했다. 그는 자신이 승산 없는 싸움을 하고 있음을 알고 있었다. 그에겐 마약조직 소탕에 필요한 정보도, 배짱도 없었다. 미국의 여러 도시에 마약을 공급하는 조직들은 멕시코시티를 중간 기착지로 활용하고 있었다. 판토하가 경찰국장 자리에 오른 것은 순전히 경쟁자가 없기 때문이었다. 가장 용감하고 유능한 경찰들, 뇌물 수수 가능성이 거의 없는 경찰들은 차례차례 살해당했다. 판토하도 몇 번의 위기를 가까스로 넘겼다. 그는 아침마다 버릇처럼 거울 속의 자신에게 작별인사를 했다. 다시는 못 볼지도 모른다는 걸 알고 있어서였다.

대학 라디오 방송국이 점령당했다는 소식을 들은 것은 새벽 한시 사십분이었다. 판토하는 침대에서 뛰쳐나왔다. 이건 어떤 신호야, 그는 생각했다. 몇 분 뒤 순찰차 한 대가 그를 태우고 작전 본부로 달려갔다. 그가 받은 보고에 따르면 방송국을 점령한 자들은 록 뮤지션이며 '그저 난동을 피우는 것이 목적인 외국인'인 듯했다. 판토하는 그 정보를 전혀 다르게 해석했다. 그를 모욕하려고 적들이 꾸민 농간이라고. 그가 보기에는 단순한 무단침입사건이 아니었다. 십대들의 장난도 아니었다. 이 도시를 점령하려는 사악한 세력의 소행이었다.

경찰국장은 이번 일을 기회로 여겼다. 어쩌면 이 도시가 마약조직의 놀이터가 아니라는 것을 보여줄 마지막 기회가 될지도 몰랐다. 그는 기다리거나 협상하지 않기로 마음먹었다. 부하들은 그의 태도에 놀랐지만, 일단 명령이 내려지자 아무도 반대하지 않았다.

"극도로 위험한 범죄자들이니 사살해도 무방하다. 의료진을 대기시키도록 하고."

그 말을 믿은 사람은 없었지만 다들 총격전을 준비했다. 그런데 공교롭게도 그들을 맞이한 것은 총알세례가 아니라 폭발이었다. 가브리엘과 호아킨을 감전시킨 누전 때문에 발생한 폭발.

몇 시간 뒤 판토하는 기자회견을 열었다. 그는 이름과 신분이 밝혀지지 않은 생존자가 국제적으로 악명 높은 킬러라고 주장했다. 태평양 마약조직에 고용된 자이며, 방송을 장악하려는 음모의 일환으로 방송국에 침입했다는 것이었다. 이번 사건에 대한 설명은 그뿐이었다.

기자들은 이 터무니없는 주장에 딴죽을 걸지 않았다. 괜찮은 뉴스거리였고, 그래서 그들은 곧장 본사로 달려갔다.

30장

구출

병원에서 눈을 떴을 때 호아킨은 당장이라도 가브리엘이 나타나기를 기대했다. 불에 타서 흉측한 몰골이지만 살아 있는 가브리엘. 그는 싱긋 웃으면서 "이번에도 탈출 성공이야"라고 농담을 건네는 가브리엘을 상상했다. 물론 가브리엘은 죽었다. 호아킨은 알고 있었다. 하지만 곧 다시 만날 거라는 느낌을 떨칠 수가 없었다.

방송국에서 음향장비가 폭발해서 공중에 떠올랐을 때, 그는 가브리엘의 죽음을 예감했다. 하지만 공식적으로 전해듣지는 못했다. 호아킨은 거기에 매달렸다. 누군가가 병실에 들어와 가브리엘이 죽지 않았다고 말해주기를 부질없이 소망했다. 헛된 망상이라는 건 알고 있었지만, 그것만이 그를 버티게 해주었다.

처음 의식을 되찾았을 때는 말을 할 수가 없었다. 손에 붕대가 감겨 있어서 뭐라고 쓸 수도 없었다. 호아킨은 격렬한 히스테리를 일으켰고, 간호병 여럿이 달려들어 몸을 누르고 강력한 진정제를 투여해야 했다. 난폭한 살인마라는 소문 때문에 불안해하던 병원 전체는 다시 한번 공포에 떨었다.

호아킨은 자기 손이 어떤 상태인지, 다시 쓸 수 있을지 없을지도 알 수 없었다. 감전사고로 사지를 잃을 수도 있다는 건 알고 있었다. 전에 팔 한 짝을 잃은 사람 이야기도 들은 터였다. 최악의 상황이 머릿속에 그려졌다. 이따금 의사들은 식물인간 앞인 듯 그를 에워싸고 거침없이 떠들었다. "이 자식 성대가 맛이 간 게 틀림없어"라는 말도 들렸다.

호아킨은 소리치려고, 비명을 지르려고 필사적으로 애썼지만 목만 아프고 격렬한 기침이 터져나왔다. 그럴 때면 냉담한 의사들은 추잡한 농담을 던지며 조롱했고, 두 담당 간호사는 떠나가라 웃음을 터뜨렸다. 혼란스런 가운데서도 호아킨은 자신의 처지가 우스꽝스러워 보였다. 그는 속으로 중얼거렸다. 여기서 나가면 다시 밴드를 결성해야지. 밴드 이름을 '맛이 간 성대'라고 지으면 재밌겠어.

어느 날 판토하가 병원에 들렀다. 아침 내내 수갑과 씨름하느라 호아킨은 손목의 상처가 다시 벌어져 있었다. 경찰 두 명이 판토하를 따라 들어왔다. 그들은 호아킨의 이름과 거주지, 공범들의 은신처를 캐물으면서 실토하라고 다그쳤다.

"지금 자백하는 게 좋을걸. 지체할수록 손목만 더 아플 테니까."

경찰 한 명이 느물느물하게 웃으며 말했다.

판토하는 입을 다문 채 호아킨을 노려보았다. 호아킨은 그가 무슨 생각을 하는지 궁금했다. 그는 말할 수가 없었다. 판토하의 눈은 표정 없이 싸늘했다. 그 눈빛은 호아킨을 꿰뚫고…… 지나갔다. 판토하는 자기 부하가 계속 심문하는 동안 꼼짝도 않고 선 채 기다렸다. 그러다 마침내……

"용의자와 잠시 단둘이 있고 싶네." 판토하가 차분한 목소리로 두 경찰에게 말했다.

부하들이 자리를 뜨자 판토하의 눈에 희미하게 생기가 돌았다. 그가 호아킨에게 물었다.

"넌 대체 누구야?" 판토하가 물었다.

호아킨은 차가운 눈빛으로 응수하려고 애썼다.

"질문에 대답해." 판토하가 다시 말했다.

호아킨은 눈 하나 깜짝 하지 않았다. 까짓것, 한 판 붙어보지 뭐. 눈빛으로 적개심을 쏘아보내려 애쓰며 속으로 중얼거렸다. 자신의 눈빛이 판토하의 강철 무기에 상대가 되지 않는다는 건 알고 있었지만, 말 없는 무저항이 그 약점을 극복해주길 기대했기 때문이었다.

판토하는 몇 초 동안 노려보더니 곧 등을 돌리고 병실 밖으로 나갔다.

호아킨은 한숨을 내쉬면서 이 작은 승리를 만끽했다. 하지만 곧 자신이 처한 이 기이하기 짝이 없는 상황에 마음이 무거워졌다. 그는 부상의 고통에 시달리는 가운데 마약조직의 일원이라는 혐의를 받고 있었다. 원하는 건 가브리엘의 죽음을 애도하는 것뿐이지만 상황이 허락하지 않았다. 새로운 싸움이 기다리고 있었다. 하지만 가브리엘이라면 오히려 이런 상황을 즐겼으리라. 가브리엘은 감상적인 모습을 보이는 법이 없었다. 이 상황도 폴라로이드 일기를 장식하는 새로운 한 페이지가 되었을 것이다. '범죄의 달인 호아킨'이라는 제목으로. 그런 생각을 하자 한순간 가브리엘이 다시 살아난 것만 같았다. 장난스럽고 불경스러운 가브리엘의 영혼이 아주 가까이 느껴졌다.

호아킨은 다시 한숨을 쉬었다. 이번에는 안도나 만족의 한숨이 아닌, 북받쳐오르는 막막함의 한숨이었다.

212

이야기를 나눌 사람이 그리웠다.

하지만 과거에 병원 신세를 질 때와 달리 이번에는 병원 직원들의 호의나 친절을 기대할 수 없었다. 대부분 호아킨을 피했다. 식사를 가져다주는 간호사들은 말 한마디 없이 식판만 놓아두고 황급히 나갔다. 마치 그가 끔찍한 전염병이라도 앓고 있어 두려워하기라도 하듯. 이따금 자는 척할 때면 간호사들이 소곤대는 소리가 들렸다. 그가 망치와 쇠톱으로 사람들의 머리를 자르고 온 가족을 몰살하는 악명 높은 살인마이자 마약 거래상이라는 말을 경찰에게 들었다는 것이었다. 심지어 어떤 간호사는 AK-47 소총으로 무장한 부대가 두목을 구출하려고 병원을 부수고 쳐들어와 총을 난사하고 수류탄을 던져 의사들을 죽이면 어떡하냐며 큰 소리로 떠들었다. 심지어 병원 간부들이 시와 주, 연방 정부에 경비 강화를 요청했다는 소문까지 돌았다.

호아킨은 앞으로 무슨 일이 벌어질지 몰랐지만, 자신의 정체를 숨기는 것이 가장 중요하다는 건 알고 있었다. 한동안 사람들은 가브리엘을 그 지역의 악명 높은 흉악범인 '더 랫'*이라고 부르면서 그의 죽음에 기뻐했다. 호아킨에게는 아직 별명이 붙지 않았다. 하지만 그를 속죄양으로 삼을 것은 뻔했으며, 호아킨은 자신을 방어할 수 있는 처지가 아니었다. 그가 바랄 수 있는 건 경비가 삼엄한 감옥에 오랫동안 머무는 것뿐이었다. 상황이 급변해 수사 당국이 실수를 깨닫지 않는 한.

이 주 동안 병원에서 지낸 호아킨은 다시 걷고 말할 수 있게 되었다. 하지만 회복됐다는 기색을 드러내지 않기 위해 극도로 조심했다. 아픈 척하는 것이 조금이라도 유리하다는 판단이었다. 물론 여전히 부상은

---

* '쥐새끼' 혹은 '비열한 놈'이라는 뜻.

심각하고 몸은 약했지만, 그는 이미 탈출을 계획하고 있었다. 여러 가지 방법을 생각해보았다. 하지만 죄다 위험하고 비현실적이었으며, 안타깝게도 후디니*가 아니고서는 불가능한 방법들이었다. 어쩌면 의사로 변장해 정문으로 걸어나가거나, 침대보를 연결해 만든 밧줄을 타고 창문을 통해 내려갈 수 있지 않을까.

그는 감시의 눈길이 느슨할 때를 눈여겨보았고, 수갑이 채워져 있지 않거나 침대에 묶여 있지 않을 때도 염두에 두었다. 화장실에 들어가 있을 때가 가장 적당해 보였다. 그는 혼자 남는 기회가 날 때마다 시간을 재보았다. 불행히도 그리 길지 않았다. 오히려 날마다 경비는 점점 더 삼엄해졌고, 최근엔 방탄조끼와 헬멧, 기관총, 스키마스크로 얼굴을 가린 특공대원들도 눈에 띄었다.

그러던 어느 날 아침, 아침밥을 먹고 있는데 복도에서 폭발음이 들렸다. 처음에는 근처 건물을 폭파하거나 개보수하는 거라 생각했다. 그런데 곧이어 더 큰 폭발음이 병실 가까이에서 들렸다. 곧 고함 소리와 총성이 이어졌다. 그리고 몇 번의 폭발이 더 일어났다.

병실 문을 통해 울부짖는 소리와 명령 내리는 소리, 살려달라는 비명이 들려왔고, 그 사이로 삐삑거리고 지직거리는 무전기 소리도 흘러들어왔다. 호아킨은 본능적으로 침대에서 뛰쳐나오려다 손목에 채워진 수갑 때문에 침대 가장자리에 대롱대롱 매달렸고, 그 바람에…… 수갑이 손목의 살을 짓이기며 파고들었다. 가까스로 몸을 추슬러 다시 침대에 올라가는 동안 아비규환은 점점 가까워졌다.

소름 끼치는 소리였다. 원시시대의 짐승 소리 같았다. 액션영화처럼

---

* 탈출 묘기로 유명한 미국의 마술사.

또렷하고 매끈한 소리가 아니라 온갖 소리가 뒤섞인, 처절하고 추악한 소리였다. 호아킨의 머릿속에 두 가지 생각이 떠올랐다. 첫째, 병실 밖에서 사람들이 목숨 걸고 싸운다는 것. 둘째, 그들이 이쪽으로 오고 있다는 것.

침대로 기어올라가 상황을 판단하려고 애썼다. 저들은 누구지? 어째서 싸우는 거지? 하지만 머리가 제대로 돌아가지 않았다. 복도에서 들려오는 소리 때문에 이성적인 사고는 사라지고 살고 싶다는 절박한 욕망만 가득 찼다. 호아킨은 비명을 지르면서 수갑을 잡아당겼다. 부질없는 짓이었다. 그는 후디니가 아니었다. 탈출할 방법은 없었다. 결국 그는 베개를 베고 누워서 눈을 감고 운명을 받아들이기로 했다.

몇 분 동안 그 상태로 상념에 잠겼다. 그때 문이 벌컥 열리는 소리가 들렸다. 호아킨은 그쪽으로 고개를 돌리고 살짝 눈을 떴다. 기관총을 들고 다가오는 남자가 보였다.

호아킨은 눈을 꽉 감았다. 방바닥을 가로질러 다가오는 군화 소리가 들리더니 곧이어 목소리가 말했다.

"널 구하러 왔다."

아는 목소리 같았지만 지금은 아무것도 확신할 수가 없었다. 너무 무서워 낯선 사내의 얼굴을 똑바로 볼 엄두가 나지 않았다. 호아킨은 계속 눈을 꽉 감았다. 절그럭거리는 열쇠 꾸러미 소리가 들리더니 몇 초 후 그의 손에서 수갑이 풀렸다.

"눈 떠, 멍청아. 어서 일어나." 사내가 재촉했다.

호아킨은 시키는 대로 했다. 하지만 자신을 구해준 자를 똑바로 볼 수가 없었다. 배낭 하나가 그의 발치에 떨어졌다.

"옷 입어."

어지럽고 정신없는 와중에 겨우 일어선 호아킨은 가방에서 바지와 셔츠를 꺼냈다. 한눈에 그 옷들을 알아볼 수 있었다. 가브리엘의 옷이었다. 손에 감긴 붕대 때문에 조심조심 셔츠를 입는데 다시 문이 벌컥 열렸다. 경찰 세 명이 뛰어들어와 사방으로 총을 겨누었다. 호아킨은 잽싸게 바닥에 엎드려 양손으로 얼굴을 가렸다. 경찰들이 제각각 두서없이 소리쳤다.

"꼼짝 마!"

"손들어!"

"바닥에 엎드려! 당장!"

호아킨은 손가락 사이로 세 경찰이 각각 방아쇠에 손가락을 걸고 측면을 엄호하며 한 걸음씩 다가오는 모습을 보았다. 이윽고 모든 총구가 호아킨을 향했다.

"널 풀어준 자식, 어디 있어?"

호아킨은 그 미지의 구조자가 어디로 갔는지 알 수 없었지만 멀리 가지는 못했을 거라고 확신했다. 바로 그때 판토하가 다른 경찰 한 명을 대동하고 들어왔다.

세 경찰이 옆으로 비켜 길을 내주었다. 판토하의 말은 한마디뿐이었다.

"놈은 어디 있나?"

호아킨은 가까이 다가오는 경찰국장을 보기 위해 살짝 고개를 들었다. 그 순간 갈비뼈에 발길질이 느껴졌다.

"움직이지 마, 이 개자식!" 경찰 하나가 나직이 으르렁거렸다.

호아킨이 첫 총성을 들은 것은 바로 그때였다. 그를 걷어찼던 경찰이 목에서 피를 뿜으며 쓰러졌다. 나머지 경찰들은 숨을 곳을 찾아 부리나케 뛰어가면서 마구잡이로 총을 쏘아댔고, 그 와중에 한 명이 실수로 판토하를 밀쳤다. 경찰국장은 뒤로 자빠졌고, 허둥지둥 일어서다가 어깨에 총 한 발을 맞았다. 어지럽게 뒤엉킨 총성과 비명에 귀청이 터져나갈 듯했다. 경찰 한 명은 얼굴에, 다른 한 명은 다리에 총을 맞았다. 호아킨은 침대 밑으로 기어들어갔다. 거기 숨어서 보니 나머지 경찰도 총에 맞아 벽에 내동댕이쳐졌다. 고통과 절망으로 얼굴이 잔뜩 일그러진 채 경찰은 벽을 피로 도배하다시피 하며, 천천히 바닥으로 미끄러져 내려왔다. 그의 몸뚱이는 몇 번 경련하더니 곧 잠잠해졌다. 모두 쓰러지자 총을 쏜 자가 나타났다. 아까 그 사내였다.

"거기서 나오지 않으면 쥐새끼들에게 붙잡혀."

하지만 호아킨은 마비된 듯 옴짝달싹할 수가 없었다. 침대 밑에서 보이는 거라고는 판토하에게 다가가는 총잡이의 다리뿐이었다. 경찰국장은 지혈을 하느라 한 손으로 상처를 누르면서 헐떡이고 있었다. 호아킨은 판토하의 얼굴을 똑똑히 볼 수 있었다. 그의 눈빛은 고통에서 분노로, 이어서 공포로 순식간에 바뀌었다.

"걱정 마, 이리네오. 고통은 그리 오래가지 않을 테니까. 넌 알고 있었어. 오늘이 어떻게 끝날지 처음부터 알고 있었단 말이지. 오늘 아침에 거울을 보며 생각했지? 마침내 그 순간이 온 거다. 인생이 언제 끝날지 안다니, 엿같지 않아?"

가브리엘의 목소리 같았다. 하지만 두려움에 사로잡힌 호아킨은 자신의 감각을 믿을 수가 없었다.

사내가 판토하의 이마에 총을 겨누더니 발사했다. 한 발, 두 발, 세발. 호아킨은 그 광경을 지켜볼 수가 없었다. 눈을 감고 기다렸다. 바로 그때 손 하나가 그의 어깨를 움켜쥐었다.

"이제 가야 해." 살인자가 말했다.

호아킨의 눈은 여전히 감겨 있었다. 눈을 떴을 때도 일부러 다른 곳을 보았다. 얼마간은 이 뜻밖의 구조자에게 자신이 그의 얼굴을 보지 않았음을 알리기 위해서였다. 그래야 혹시 다시 체포되어도 그를 지목하는 일은 없을 테니까. 하지만 그토록 끔찍한 짓을 저지른 자의 눈을 차마 보기가 두렵기 때문이기도 했다. 가브리엘의 목소리를 닮은 사내. 상상조차 못 한 두려움이었다. 당시에는 터무니없게 느껴졌지만 결국 익숙해져버린 두려움.

총잡이 옆에서 걷는 동안 호아킨은 만트라처럼 계속 되뇌었다. "가브리엘은 살인하지 않았어. 가브리엘은 마약조직원이 아냐. 가브리엘은 죽었어." 그래야만 생각을 정리할 수 있을 것 같았다. 킬러의 도움을 받아 병원에서 탈출했다는 사실만으로도 이미 충분히 충격적이었다. 거기에 형이상학적 고민들까지 더해지면 감당할 수 없을 터였다.

사내는 호아킨을 끌고 복도로 나갔다. 혼돈에 휩싸인 이수라장이었다. 연기와 고함 소리 사이로 사이렌 소리가 들렸다. 어디로 갈 몸 상태가 아니었던 호아킨은 걸음을 내디딜 때마다 온몸이 부서질 듯 아팠고, 현기증에 더해 욕지기까지 치밀었다. 시야가 터널처럼 좁다랗고 아득하게 느껴졌다. 그리고 그는 의식을 잃었다. 어째서 아무도 그들을 막아서지 않는지 이해할 수가 없었다. 얼마간 시간이 흐르자 햇살이 느껴졌다.

두 사람은 밖으로 나와 인도를 걸었다. 시동이 걸린 시보레 밴 한 대가 길가에서 기다리고 있었다. 사내는 호아킨을 차에 밀어넣고는 운전사에게 뭐라고 지시했다. 문을 닫자 차가 출발했다. 호아킨은 백미러로 사내가 평온하게 걸어가는 뒷모습을 보았다. 그를 뒤쫓는 이는 아무도 없었다.

기진맥진한 호아킨이 한 말은 이게 다였다.

"도착하면 깨워주세요."

그러나 어디로 가고 있는지 짐작조차 할 수 없었다.

31장

궁전의 도시로 귀환하다

호아킨은 몇 시간 동안 내리 잤다. 눈을 떴을 때 차창 밖으로 처음 본 것은 표지판이었다. 멕시코시티에 온 것을 환영합니다.

그런데 그가 기억하는 멕시코시티가 아니었다. 도시는 형언할 수 없으리만치 무시무시하고 거대한 괴물, 잿빛과 황토색으로 이루어진 흉측한 덩어리로 변해 있었다. 어린 시절에 보았던 멕시코시티는 유독물질로 이루어진 진창 아래 묻혀 사라지고 없었다. 호아킨은 눈앞에 펼쳐진 광경을 믿을 수가 없었다. 열병 환자의 악몽 속 같았다.

호아킨은 부모를 여읜 후 줄곧 멕시코시티로 돌아오고 싶어했다. 옛집과 학교, 소칼로 광장과 소나 로사 지구가 꿈에 나올 정도였다. 그는 온몸에 퍼져나가는 느낌들을 상상했다. 향수, 두려움, 혹은 욕구. 하지만 도시의 거리로 들어서는 지금으로서는 그저 피곤하고 허기질 따름이었다.

운전사가 그에게 물병을 건넸다. 몇 모금 마신 뒤 호아킨은 운전사를 관찰했다. 잘 다듬은 구레나룻과 계피색 피부, 파란 눈. 그는 운전을 하는 내내 줄담배를 피워댔다.

휴대전화가 여러 번 울렸지만 운전사는 힐끔 내려다보기만 할 뿐 받지 않았다.

호아킨은 운전사와 대화하고 싶지 않았다. 경찰의 손아귀에서 그를 해방시켜준 킬러와 이 남자가 어떤 관계인지는 알 수 없지만 틀림없이 부하일 것이다. 잠시 하찮은 운전사 노릇을 하는 또다른 킬러임이 분명했다.

호아킨은 병원에서 지내는 동안 침묵에 익숙해졌다. 침묵이 좋았지, 그는 속으로 중얼거렸다. 침묵은 위안을 주었다. 침묵은 그의 새로운 신앙이었다.

물론 침묵하는 동안에도 생각은 멋대로 내달리고 있었다. 의문이 자꾸 머릿속에 떠올랐다. 어째서 날 구출한 걸까? 이자들은 누구지? 어디로 데려가는 거야? 운전사에게 물어볼 수는 없었다. 호아킨은 자신의 정체가 아직 드러나지 않았다는 사실이 유일한 희망이라고 느꼈다. 만약 그의 정체를 의심한 마약조직의 윗대가리들이 엉뚱한 사람을 데려왔다는 걸 깨달으면 끔찍한 일이 벌어질 터였다. 그 까다로운 사업가들이 이런 실수를 웃어넘길 리 만무했다. 더구나 구출 작전을 벌이는 동안 많은 경찰이 죽었고, 얼마인지도 모를 더 많은 사람들이 죽었다. 호아킨은 전부 자기 탓이라는 생각에 괴로웠다.

누가 이번 일을 저질렀는지는 모르지만 죽기 살기로 덤벼든 것만은 틀림없었다. 병원에서 총격전을 겪은 뒤 호아킨은 이번 일이 장난이 아니라고, 그들이 자신을 중요한 존재로 여긴다고 생각했다. 자신이 아무도 해치지 않았다는 것과, 어떤 면에서는 자신도 이 끔찍한 범죄의 희생자라는 사실만이 유일한 위안이었다.

호아킨은 SUV 차량의 차창 너머로 흉터 같은, 서글프고 무표정한 빌딩들의 도시를 바라보았다. 유명한 궁전들의 도시, 꽃들이 만발한 정원과 장엄한 건물들의 도시는 어디로 간 걸까? 어쩌면 그가 기억하는 멕시코시티는 애초부터 존재하지 않았는지도 몰랐다. 오랜 세월 군어져 마침내 신화처럼 되어버린 유년기의 환상. 실망스러웠다. 참담할 지경이었다. 하지만 지금은 그런 상념에 젖을 때가 아니었다. 더 중요한 걱정거리가 있었다.

병원에서 탈출할 생각에 온종일 궁리했을 때처럼 지금 그는 움직이는 차에서 어떻게 뛰어내릴지 고민했다. 아냐, 혼잡한 거리에 도착할 때까지 기다렸다가 신호 대기 때 뛰어내려 군중 속으로 숨는 편이 나을까? 설마 사람들을 향해 총을 쏘지는 않겠지? 그때 문득 병원에서 벌어진 일이 생각나자 희망이 사라졌다. 이자들은 물불을 가리지 않았다.

낯익은 거리들이 차창 밖으로 스쳐갔다. 혼잡한 교통과 지독한 매연, 길모퉁이에서 자동차 유리를 닦는 아이들은 낯선 풍경이었지만, 차츰 고향 도시로 돌아온 느낌이 들었다. 시내로 들어서자 알라메다 광장과 예술궁전, 광업궁전*을 비롯해 엽서에 등장하는 온갖 명소가 나타났다. 마침내 상처 입은 거대 도시가 그 신비로운 매력과 함께 되살아났다. 다 잘될 거라는 생각이 밀려들었다. 여기서는 나한테 나쁜 일이 일어날 수 없어. 마약조직 두목과 킬러조차 이 거리에서는 날 해치지 못해. 이곳은 내 도시야. 여기서는 내가 왕이라고. 그런 생각에

---

* 예술궁전은 1934년에 완공된 화려한 궁전으로 현재는 오페라 극장이나 공연장으로 쓰이고 있다. 광업궁전은 19세기에 건축된, 왕립 광업 세미나가 열리던 궁전으로 오늘날에는 매년 국제 도서 박람회장으로 사용되고 있다.

용기를 얻은 호아킨은 자신을 태운 SUV가 가리발디 광장의 비좁은 도로를 구불구불 달릴 때도 평정심을 잃지 않았다.

갑자기 운전사가 차를 세우더니 시동을 끄고 다시 담뱃불을 붙였다.

"다 왔습니다."

호아킨은 애써 태연한 표정으로 그를 바라보았다. 그리고 사내의 말이 무슨 뜻인지 알아들었다는 듯이 고개를 끄덕였다.

"저 호텔로 가서 며칠 숨어 지내세요. 어쩌면 몇 주가 될지도 모릅니다. 사람들의 이목을 끌지 않도록 조심하십시오. 경찰의 수색작전은 곧 끝날 겁니다. 아무튼 당신은 운이 좋아요. 저들은 당신에 대해 아무것도 모르거든요."

"그게 다인가요?"

마침내 호아킨이 입을 열었다. 더 길게 물어보고 싶었지만 가까스로 억눌렀다.

운전사가 구름 같은 담배연기 사이로 대답했다.

"걱정 마십시오. 누군가가 당신의 뒤를 봐줄 테니까요."

호아킨은 그 말이 무슨 뜻인지 묻고 싶었지만 운전사는 벌써 시동을 건 후였다. 호아킨은 그의 눈에서 더는 지체할 시간이 없다는 뜻을 읽었다.

"호텔에서도 당신이 오는 걸 알고 있습니다."

호아킨은 차에서 내렸다. 이제 어디든 원하는 곳으로 갈 수 있었다. 어디로 갈지 생각해보았다. 차에서 멀어지는 동안 친구나 친척의 집을 떠올려보았지만 아무도 생각나지 않아 결국 호텔로 향했다. 떠나기 전 운전사가 소리쳤다.

"때가 되면 그가 연락할 겁니다."

그러더니 차창을 올리고 출발했다.

호아킨은 호텔로 들어가 접수대를 찾았다. 나이 지긋한 남자가 그에게 열쇠를 건넸다.

"303호실입니다. 손님께 휴식이 필요할 거라 했습니다."

"네, 정말이지 쓰러지기 일보 직전이에요. 그런데 우선 뭘 좀 먹고 싶어요."

하지만 생각해보니 돈이 한 푼도 없었다.

그의 마음을 읽기라도 한 듯, 남자는 두툼한 봉투를 내밀었다.

"손님께 전해드리라고 하더군요."

조심스레 봉투를 열어보니 굵은 고무줄로 묶은 빳빳한 지폐 다발이 들어 있었다. 메모도 있었다.

받아 둬. 보답은 나중에 해야 할 거야.

서명은 없었다. 그러나 설명은 불가능했지만 이 모든 일에 가브리엘이 연관되어 있다는 느낌을 떨칠 수가 없었다. 지금은 지치고 배고프기만 했다. 쓸데없는 생각은 치워버리고 호아킨은 돈을 주머니에 넣고 열쇠를 받은 다음 곧장 식당으로 향했다.

32장

끝없는 변이

"난 현실과 친하지 않습니다."

"근사한 시작인데요." 호아킨이 키득거리며 대꾸했다.

"그런가요…… 하지만 인생살이에는 좋지 않아요."

전화를 건 청취자의 말투에서 애써 감춘 절망감이 느껴졌다.

호아킨에게는 익숙한 톤이었다.

"동병상련의 웃음이랄까요. 나도 현실과 친하지 않거든요."

호아킨은 전화를 걸어온 청취자가 긴장을 좀 풀길 바라며 농담을 건넸다.

"도무지 감당할 수가 없어요. 그래서 대개는 내가 미친 거라고 인정해버리죠. 광기에 사로잡혀 모든 걸 잊어버릴 날을 꿈꾸면서요."

"정확히 무슨 일이 벌어지는 건가요?"

"처음엔 가구부터 시작됐어요. 매일 잠에서 깨면 가구가 바뀌어 있는 거죠. 하루는 가죽 소파, 다음날은 자선가게에서 파는 초라한 천 소파였죠. 식탁, 의자, 벽걸이 그림, 모두 바뀌었어요. 가구가 아예 없는 날도 있었어요. 침실 바닥에 담요 한 장만 깔려 있고, 다른 방에는 낡은 전등 몇 개만 남아 있는 거죠. 게다가 아침에 어떤 가구가 눈앞에 나타나든 하나같이 낯익어 보여요. 내력이 똑똑히 기억나거든요. 친구가 골라줬다거나 층계로 끌고 올라왔다거나. 전부 기억나죠."

호아킨은 그의 목소리가 마음에 들었다. 근사한 바리톤. 라디오 방송에 딱 어울렸다. 다른 청취자들 목소리도 이렇게 근사하면 좋을 텐데.

"하지만 예전에 썼던 가구도 생각나요. 지금도 이 아파트를 꾸몄을 때의 모습을 육백 개 이상 또렷이 기억해요. 모두 일주일 사이에 벌어진 일이죠. 이사 온 첫 주요."

"그리고 무슨 일이 일어났나요?"

"그게 삶의 다른 영역으로 번지기 시작했어요. 처음에는 친구들이었죠. 잠에서 깨면 완전히 다른 친구들이 생겼어요. 죽은 친구가 다음날 멀쩡하게 나타날 때도 있었고, 어떤 날은 내가 유부남이었다가 다음날은 독신이었어요. 심지어 게이일 때도 있었어요. 그것들 각각이 전부 또렷한 기억들과 연결되어 있었어요. 분명히 내가 살았던 삶…… 하지만 살지 않았던 삶이죠. 그러고는 모든 게 바뀌기 시작하더군요. 직장, 가족, 심지어 내가 고향이라고 부르던 도시까지. 전부 바뀌었어요. 모조리. 날마다 눈을 뜨면 전혀 다른 삶이 펼쳐졌고, 다음날 아침에 새로운 삶이 시작될 걸 알면서 잠들었어요. 지난주에는 사형수 감방에서 깨어난 날도 있었어요."

순수한 양자 요동*의 세계에 사는 남자. 호아킨은 이런 사람을 만나

* 현대 물리학에 따르면 평평한 공간을 점점 확대해 들어가면 끓는 용암처럼 난잡한 상태에 이르는데, 불확정성의 원리에 따라 이렇듯 수많은 확률이 존재하는 상황을 양자 요동

본 적이 없었다. 이런 전화를 받아본 적도 없었다. 그는 청취자들에게서 귀가 솔깃해지는 사연을 들을 때면 언제나 즐거웠다. 설령 이 남자가 거짓말을 하고 있다 해도 멋진 이야기인 것만은 틀림없었다. 그것이야말로 라디오의 묘미였다.

"그런데 지난 며칠 사이 더 악화되었어요. 전에는 하루에 단 하나의 현실만 유지됐어요. 그나마 다행이었죠. 하지만 며칠 전부터 달라졌어요. 이제는 뜬금없이 수시로 바뀌어서 매순간 내가 누군지, 어디 있는지 알기가 어려워요. 하지만 또다른 나는 다 알고 있죠."

호아킨은 한숨을 푹 내쉬었다. 이야기가 점점 지루해지고 있었다.

"잭, 우린 당신 이야기를 좋아해요. 하지만 매번 똑같은 사연은 곤란하다구요. 당신은 이번 달에만 벌써 세 번이나 전화해서 같은 이야기를 하지 않았나요."

"그런가요, 죄송해요. 그런데 전에 한 번도 전화한 적이 없는데요. 〈고스트 라디오〉도 오늘 밤에 처음 들었고요."

"그거 괜찮은 반전인데요. 하지만 이야기가 재미있어질 것 같진 않단 말이죠. 새로운 거리가 생기면 다시 전화주세요, 잭."

"난 아직 이름을 말하지 않았는데."

전화가 끊겼다.

호아킨은 커피를 한 모금 마시고 씩 웃었다. 그는 변화하는 현실을 매주 보고하는 샘의 전화를 좋아했다. 호아킨은 그가 다시 전화하길 기대했다. 〈고스트 라디오〉에는 버트 같은 청취자가 더 많이 필요했다. 호아킨은 다음에 팀의 전화가 걸려오면 그의 아내 필리스와 통화

또는 양자 거품이라고 한다.

할 수 있기를 기대했다. 새러의 사연도 좋았다. 하지만 그녀가 다시는
전화하지 않기를 바랐다.

33장

미스 위키피디아와 도시괴담

아무리 전화가 많이 걸려와도, 아무리 논쟁이 뜨거워도, 아무리 눈물 어린 고백을 들어도 청취자의 목소리에 집중하기 어려운 밤들이 있었다. 그런 밤이면 나는 멍하니 잡념의 바다를 떠돌았다. 방송과는 아무 상관 없는 생각들이 머릿속에 가득했다. 같이 잤던 여자, 전에 먹었던 근사한 음식, 치아파스 해변에서 보낸 서늘한 여름 저녁의 추억. 낡아빠진 방송실에서 늙어가는 삶이 무슨 의미가 있을까? 방송계의 명사가 된들 무슨 소용인가? 어쩌면 죽을 때까지 마이크만 붙잡고 사는 또 한 명의 역겨운 늙은이로 전락할지도 모르는데. 그런 생각이 들면 커피를 열댓 잔 들이켜고 찬물로 세수했다. 정신 차릴 때 쓰는 온갖 방법을 동원했다. 그러나 아무것도 소용없었다.

아니, 꼭 그렇지는 않다. 한 가지는 늘 먹혀들었다. 끝내주는 사연. 온 스튜디오를 충전시키는 사연. 그날 밤 나는 조금 어질어질했다. 감기 기운 때문에 몸이 처지는가보다고 생각했다.

전화 한 통이 걸려왔다. 시시했다. 충전은 개뿔.

그는 '친구의 친구'가 쩨끈한 금발 아가씨를 만나 클럽에 데려간 이야기를 했다. 몇 시간 동안 욕정을 불태운 다음 여자가 수면제 따위를 넣은 샴페인으로 건배했고, 다음 날 아침……

"아파서 눈을 떠보니 옆구리에 이상한 상처가 있었다?"

내가 그의 말을 잘랐다.

"우와, 맞아요."

나는 못 참고 말을 이었다.

"암시장에 내다 팔려고 신장 하나를 떼어간 거죠."

"맞아요."

"그런 걸 '도시괴담'이라고 부르죠. '내 친구의 친구가 당한 일인데'라는 말을 곧이곧대로 믿는 순진한 사람들이 입에서 입으로 전하는 이야기랍니다."

나는 일부러 이죽거렸다.

"아뇨, 진짜예요. 내 친구의 친구가 정말로 겪은 일이라니까요."

"그 정체불명의 친구의 친구에게는 무슨 일이든 생길 수 있죠. 그런 일들은 언제나 우리가 모르는 곳에서 벌어지고 입증할 방법이 전혀 없으니까요. 끊임없이 돌고도는 괴담. 우리 시대의 구전 설화죠."

"농담 아니에요. 진짜로 있었던 일이라고요. 날 못 믿는 건가요?"

"내가 못 믿겠는 건 그런 헛소리를 아직도 믿는 사람들이 있다는 겁니다. 방금 당신이 들려준 이야기는 나도 전에 들었어요. 변형된 버전도 몇 가지 있죠. 그중 하나는 그 쩨끈한 아가씨가 호텔방 거울에 '에이즈의 세상에 온 걸 환영해'라고 그 친구의 친구에게 메시지를 남겼다는 이야기죠. 나머지는 모두 당신이 들려준 이야기처럼 장기를 훔쳐가는 이야기고요. 그것들이 일 퍼센트라도 사실이라면 그 금발 아가씨는 괴담의 주인공이 아니라 진짜 연쇄살인범이겠죠. 그렇다면 나도 청취자들에게 아무하고나 자는 금발 아가씨를 절대로, 절대로 믿지 말라고 경고하는 수밖에 없을 겁니다. 다행히도 현실세계에서는, 적어도 내가 사는 세상에서는 그런 끔찍한 일을 당할 가능성이 지극히 낮지만요."

"지금 나를 비웃는군요."

"네."

"니미럴."

"난 그런 헛소리를 믿는 사람은 누구든 비웃을 거예요. 당신이 그런 이야기를 믿으면 당신 친구와 당신 친구의 친구가 또다른 개소리를 지껄이고 다닐 테니까요. 그래서 결국 나 같은 사람들이 피해를 보게 되거든요. 멍청이가 아닌 사람들 말이죠."

"어떤 면에서 그런 이야기와 우스갯소리는 많은 공통점을 갖고 있어요." 알론드라가 험악한 분위기를 가라앉히려고 끼어들었다. "둘 다 돌고돌기 때문에 출처를 밝힐 필요 없이 누구나 들은 대로 전하거든요. 대개 교훈이나 조롱으로 상대의 반응을 끌어내는 게 목적이고요. 우스갯소리는 재밌고 도시괴담은 섬뜩하다는 점만 다르죠."

그러나 알론드라의 개입도 내 기분을 바꾸지는 못했다. 나는 그녀가 '짜증의 소용돌이'라고 부르는 상태로 들어섰다. 점점 분노가 끓어오르고, 온 세상이 내 뚜껑을 열어젖히려고 음모를 꾸미는 상태. 내 생각일 수도 있지만.

"웃기지 마, 웃기는 소리 하지 말라고. 내 이야기는 진짜야. 정말로 벌어진 일이었어. 그리고 미스 위키피디아는 끼어들지 마쇼." 전화를 건 청취자가 씩씩거렸다.

"미스 위키피디아?"

알론드라가 손가락으로 '기침 버튼'*을 누르고 나직이 되뇌었다.

나는 곧바로 쏘아붙였다.

"안됐지만 당신은 속은 겁니다. 위키피디아 이야기가 나와서 말인데, 전화하기 전에 참조하는 것도 나쁘지 않죠. 그리고 여담이지만, 내 동료 알론드라는 도시괴담 연구로 박사학위를 받은 재원이에요."

알론드라가 눈살을 찌푸렸다. 그녀는 자기 방어를 남이 대신 해주는 것을 싫어했으며, 학위를 무슨 훈장처럼 과시하는 것도 질색을 했다.

"잘났다, 멍청한 년!" 청취자가 소리쳤다.

"저런, 어린애처럼 잘 속는 것도 딱한데 여성혐오증까지 있군요. 어쩌다 그렇게 됐는지 말해보세요. 엄마의 사랑을 못 받고 자랐나요?" 내가 차분히 맞받아쳤다.

"우라질 개자식, 나가 뒈—"

삑.

와트가 청취자의 마지막 말을 끊어버렸다.

나는 매일 밤 그런 말다툼을 벌였다. 하룻밤에 여러 번일 때도 있었다. 대개는 무시해버렸지만, 이따금 내 형체 없는 목소리가 아닌 나와 직접 싸우려고 덤비는 청취자는 개인적으로 상대해주었다. 때리고, 갈기고, 걷어차고 싶어서였다. 아름다운 것을 포획해 흉측하게 일그러뜨리고 싶어서였다.

그런 기분에 젖어 있을 때 2번 회선으로 전화 한 통이 걸려왔다.

---

* 방송중에 잠시 마이크를 끄는 기능을 하는 버튼.

"호아킨 씨, 얼마 전에 겪은 일을 이야기하고 싶어 전화했습니다."

아내는 일 년 전에 첫 아들 에드워드를 낳았습니다. 우린 그애가 생후 십일 개월이 되었을 때부터 자기 방에 혼자 재우기로 했습니다. 부모라면 누구나 힘들어하는 변화죠. 우리도 수차례 시도 끝에 가까스로 성공했습니다. 아이가 울어도 곧장 달려가 안아주지 않고 가만히 듣기만 할 수 있게 되었죠. 밤에는 베이비 모니터*를 켜놓고 에드워드가 칭얼대면서 엄마 아빠를 부르다가 잠드는 소리를 들었습니다. 그러던 어느 날 밤, 모니터에서 어른 목소리 같은 소리를 듣고 눈을 떴습니다. 처음에는 아내가 아기를 살펴보러 간 줄 알았는데, 그녀는 내 옆에 자고 있었고 모니터에서 들린 목소리는 아내의 목소리와 달랐습니다. 꿈이었나 싶었지만 그래도 아들 방에 가봤죠. 에드워드는 자고 있지 않았습니다. 말똥말똥 눈을 뜨고 무릎을 꿇은 채 아기 침대 한쪽을 붙잡고 있었습니다. 그 자세로 꼼짝도 않는 아이를 보니 조금 무섭더군요. 평소에는 눈만 뜨면 삼 초 만에 울음을 터뜨리거나 엄마 아빠를 찾았거든요. 이번에는 전혀 달랐습니다. 내가 옆에 있다는 것조차 느끼지 못하는 듯 가만히 있더군요. 놀라운 일이었죠. 하지만 날마다 아이 때문에 놀라고 걱정할 일은 그것 말고도 아주 많았습니다. 밥을 먹고, 기어다니고, 걸음마를 하고, 말을 배우고, 안전하게 장난감 갖고 노는 등 모든 것이 놀라움 그 자체였습니다. 그 이상한 목소리는 수많은 기억 중 하나가 되어 잊어버렸습니다. 다시 듣게 되기 전까지는.

그날 나는 깨어 있어서 그 소리를 똑똑히 들었습니다. 알아들을 수 없는 괴상한 말을 웅얼거리는 것 같더군요. 어느 나라 말이었는지는 모르지만,

---

* 다른 방에 있는 아기의 소리를 전해주는 기계.

짐승처럼 그르렁거리던 그 소리를 잊을 수가 없습니다. 몇 초 동안 마비된 난 일어서거나 말을 할 수도 없었습니다. 곧장 아들의 방으로 달려갔습니다. 하지만 아기 침대를 보기도 전에 무언가 끔찍한 일이 벌어졌음을 직감했죠. 그때 방구석으로 부리나케 사라지는 그림자 비슷한 것이 언뜻 보였습니다. 그리고 에드워드는 온데간데없었습니다. 나는 미친 사람처럼 비명을 지르면서 도와달라고 소리쳤습니다. 방으로 달려온 아내는 영문도 모르면서 덩달아 비명을 질러댔습니다. 우린 지금도 아이를 찾고 있고, 여전히 포기하지 않았습니다. 나는 내가 들은 그 정체불명의 목소리가 에드워드를 데려갔다고 믿습니다.

몇 초 동안 아무도 말하지 않았다. 길게만 느껴지는 몇 초였다. 우리 중 누구라도 그 이야기를 또다른 도시괴담으로 전락시킬 수도 있었다. '생물학적 호소력'에 힘입어 돌고도는 허무맹랑한 이야기. 감정을 담고 거기에 자연발생적인 요소들이 더해져 신빙성이 높아지고 계속 살이 붙어 그럴싸해진 이야기라고 몰아붙일 수도 있었다. 하지만 아무도 그러지 않았다. 우리 모두 그런 이야기가 아니라고 느끼고 있었다.

나는 서툰 위로의 말로 그 청취자의 슬픔을 달래려 했다. 그러나 그는 이미 전화를 끊은 뒤였다.

그때부터 방송의 분위기가 바뀌었다. 점점 더 음울하고 심각해지더니 그런 분위기는 방송이 끝날 때까지 밤새 이어졌다. 방송국이 아니라 장례식장에 앉아 있는 기분이었다. 사실 그 짐승 같은 목소리와 아이의 실종을 연관 짓는 것은 무리였으며, 신빙성도 떨어지고 논리적이지도 않았다. 하지만 그럼에도 의심할 수가 없었다.

진짜 같았다.

34장

청취자 전화 2412, 금요일 02:15 A.M.
빙벽

"작년에 내가 겪은 일에 대해 이야기하고 싶습니다. 엄밀히 따지면 유령 이야기는 아닙니다. 물론 전혀 아니라고 할 수는 없습니다만."

"재밌겠는데요. 들려주세요." 호아킨이 말했다.

긴 한숨이 스피커에서 흘러나왔다. 이윽고 청취자가 입을 열었다.

나는 평생 바다를 누볐습니다. 어릴 때 아버지에게 항해술을 배웠죠. 내 아버지가 할아버지에게서 배운 것처럼. 우리 집안은 북극의 차가운 바다를 터전으로 살아갔는데, 열여섯 살부터 거대한 빙산과 부빙 사이로 화물선을 모는 일은 내 몫이 됐습니다. 그렇게 신나는 일이 없더군요. 머잖아 난 북극에서 가장 위험한 바닷길도 훤히 꿰뚫게 되었습니다. 나처럼 위성항법장치 같은 첨단장비의 힘을 빌리지 않고 작은 배로 항해할 수 있는 뱃사람은 드물걸요. 1990년 소련이 붕괴되자 우리처럼 북극해를 훤히 꿰는 사람들에게는 새로운 시장이 열리고 전례 없는 돈벌이 기회가 찾아왔습니다. 나도 남의 밑에서 일하는 생활을 청산하고 배 한 척을 마련하고 나중에 한 척 더 살 정도였으니까요. 믿기지 않는 행운이었습니다. 물론 단순히 운이 좋아서가 아니라, 얼음바다를 두려워하지 않고 웬만한 뱃사람은 엄두도 못 내는 바닷길로 다녔기 때문이죠. 업계 사람들은 모두 날 전문가로 인정했습니다. 북극의 부빙들 사이로 미로처럼 나 있는 좁은 길은 아무나 다닐 수 없거든요. 하지만 동료와 고객들이 솜씨 좋고 노련한 항해술에 감탄해도 아내만은 날 무모한 사람으로 여겼습니다. 틈만 나면 경쟁자들처럼 안전한 길로 다니라고 내게 애원했죠. 남들과 똑같이 하면 고객이 떠나고 우리가 누리던 풍요가 사라진다는 걸 모르는 것 같았습니다. 그리고 돈 문제를 넘어 내가 바다로 나가는 진짜 이유를 이해하지 못했어요. 얼음과 맞서 싸우는 흥분, 아무도 감히 도전하지 못한 새로운 길을 뚫는 쾌감, 배가 얼음 아가리 같은 빙산들에서 빠져나올 때 느끼는 희열. 그래서 바다가 전혀 위험하지 않다는 걸 알려주려고 아내를 데려가기로 마음먹었습니다. 솔직히 능력을 과시하고 싶은 마음도 있었죠. 얼음바다를 항해하거나 북극 항구에 발을 디뎌본 적이 없던 아내는 두려워했습니다. 온갖 방법으로 으르고 달래고 속여서 간신히 배에 태워야 했어요. 얼마 후 아내에게 남편이 어떻게 바다를 누비는지, 너무 좁아서 끈처럼 보이는 부빙 사이를 어떻게 지나는지 보여주었습니다. 난 선체가 얼음에 긁히는 소리를 언제나 재미있어했지만 아내는 두려움에 사로잡혔습니다. 당연했죠. 선원들은 나를 잘 알고 신뢰했습니다. 물론 얼음에 갇힐 위험이 항상 존재한다는 걸 모르는 선원은 없었어요.

의자에 앉은 호아킨의 몸이 점점 가라앉았다. 그는 두 손으로 얼굴을 가리고 눈을 감은 채 이야기에 귀를 기울였다. 갑자기 온몸이 심하게 떨리는 느낌이 들었다. 그는 무슨 일이 벌어지고 있는지 금세 깨달았다. 전에도 이런 경험을 한 적이 있었다. 불안한 마음으로 천천히 눈을 뜨자 그가 서 있는 곳은 선박 갑판 위였다. 스튜디오, 알론드라, 와트, 방송국, 건물, 도시는 모두 사라지고 없었다. 옆에서 주위를 둘러보는 선장의 얼굴에는 근심의 빛이 역력했다. 추웠다. 호아킨은 움직일 수가 없었다. 몸이 말을 듣지 않았다. 그는 심호흡을 하면서 침착해지려고 애썼다. 사연을 말하는 청취자와는 고작 몇 걸음 떨어져 있었다. 하지만 그는 호아킨이 투명인간인 듯 그를 투과해 바라보았다. 이 세계에서 나는 유령이야. 그런 생각을 하자 오싹한 쾌감이 밀려들었다.

항구를 떠난 지 이틀째 되던 밤, 꾸불꾸불하고 긴 협로가 나타났습니다. 나는 안전하다고 판단했습니다. 적어도 두어 시간은 길이 열려 있을 것 같았거든요. 그 정도면 멀리 돌아가느라 고생하지 않고 지름길을 통과하기에 충분한 시간이었습니다. 하지만 그 길로 들어섰는데 예상보다 훨씬 빨리 얼음이 움직이기 시작했어요. 빠져나갈 방법을 궁리하던 나는 전속력으로 전진하는 게 최선이라고 판단했습니다. 아내는 자고 있었습니다. 한동안 힘겹게 나아가던 배가 갑자기 정지했습니다. 다들 갑판 위에서 정신없이 뛰어다니고 난리도 아니었죠. 나는 앞으로 무슨 일이 벌어질지 너무 잘 알고 있었지만 받아들일 수가 없었습니다. 그래서 엔진을 더 세게 돌렸어요. 엔진이 굉음을 토해냈지만 배는 꿈쩍도 하지 않았습니다. 그사이 사방에서 얼음이 몰려들었습니다.

호아킨은 선장이 갑판으로 나오는 모습을 지켜보았다. 얼음이 사방에서 배를 에워싸는 소리가 들렸다. 좁은 바닷길은 이미 사라진 뒤였다. 배의 양쪽 뱃전이 얼음에 눌려 신음했다.

나는 아내를 찾으려고 뛰어내려갔습니다. 얼음이 움직임을 멈추고 다시 길이 열릴 거라고 믿고 싶었지만 부질없는 바람이란 걸 알고 있었죠. 사방에서 고함 소리가 들렸습니다. 선실에 도착해보니 아내는 공포에 사로잡혀 침대에 꼼짝 않고 앉아 있었습니다. 아내를 달래고 안심시키고 싶었지만 절망적으로 바라볼 수밖에 없더군요. 상황이 예상보다 훨씬 더 빠르게 악화되었습니다. 배가 부서지기 시작한 거죠. 아내에게 달려가 붙잡으려 했지만 그럴 수가 없었습니다. 선실이 갑자기 둘로 쪼개졌거든요. 공간의 형태가 한순간에 바뀌었습니다. 입방체의 가운데가 갈라져 평행사변형이 되었어요. 갈라진 틈으로 떨어진 침대는 금세 물속으로 사라져버렸습니다. 내가 서 있던 계단은 위로 솟구쳐 내 두 다리가 목재 사이에 끼었고요. 사방에서 선체 우그러지는 소리가 들려왔습니다. 비명 소리 같았어요. 거대한 바다 괴물이 우리 모두를 느긋하게 먹어치우는 느낌이었죠. 괴수가 다시 울부짖자 배가 뒤틀리고 부서지면서 몸이 위로 솟구쳤습니다. 그때 무언가를 느꼈습니다. 마치…… 내 몸을 휘감는 거대한 손가락들 같았어요.

호아킨 주위의 갑판이 폭발하면서 작은 나뭇조각들이 물보라처럼 날렸다. 아래쪽 선실에서부터 폭발 소리가 들리면서 발밑이 우르르 떨렸다. 몇몇 선원이 뱃전 난간을 넘어 부빙 위로 뛰어내렸다. 위험하다는 것은 다들 알고 있었다. 얼음바다에 빠지면 일 분도 버틸 수 없을 터였다.

다시 폭발음과 함께 배가 흔들렸다. 그 바람에 호아킨은 쓰러졌다. 그는 다시 벌떡 일어나 난간을 향해 전속력으로 달려갔다. 얼음 위에 누워 있는 선장이 보였다. 그의 두 발은 괴상하게 뒤틀려 있었다. 그리고 무언가의…… 마치 두 팔처럼 보이는 것의 그림자가 선장에게서 물러나고 있었다. 배가 요동치자 호아킨은 난간 너머로 날아갔다. 그는 공중에서 버둥거리다가 선장 옆에 떨어졌다. 호아킨은 차가운 얼음 위로 굴러가 꼼짝 않고 누워 별빛 총총한 하늘을 바라보았다.

길고 가느다란 두 팔이 물속에서 나오는 걸 보았어요. 허무맹랑한 소리로 들리겠지만, 그것이 나를 움켜잡더니 얼음 위로 던졌습니다. 그것이 내 목숨을 구했어요. 살고 싶은 마음은 없었지만요. 그날 밤 배와 함께 물속으로 가라앉지 않고 이틀 동안 빙산 위에 기절해 있었던 것이 내겐 잔인한 형벌이었습니다. 결국 노르웨이 쇄빙선에 구조되었어요. 아내는 찾지 못했습니다. 선원들도 모두 목숨을 잃었죠. 배가 침몰할 때 빠져나온 자들마저 부빙 위에서 얼어 죽었어요. 병원에서는 내가 곧 다시 걷게 될 거라더군요. 나 역시 그날이 오길 바랍니다. 그래야 걸어서 북극에 되돌아갈 수 있을 테니까요. 설령 걷지 못한다 해도 기회만 닿으면 그 바다에 몸을 던질 생각입니다. 그날 밤 진 빚을 갚아야 하니까요.

청취자의 마지막 말이 들리는 순간 호아킨의 유체이탈도 끝났다. 눈 깜짝할 사이에 북극의 밤은 사라지고 스튜디오의 뿌연 불빛이 나타났다. 자살 계획을 공표한 청취자는 더 말이 없었다. 와트와 알론드라가 기대 어린 표정으로 호아킨을 바라보고 있었다. 하지만 그는 입을 뗄 수도, 파리를 쫓으려고 손 하나 까딱할 기력도 없었다.

마침내 호아킨은 입을 열었다.

"정말이지 참담한 이야기로군요. 하지만 당신이 살아남은 건 형벌이 아니라 새 삶을 시작할 기회이자 특혜가 아닐까요. 모든 걸 잃은 상황에서도 절대 포기하면 안 됩니다."

호아킨은 자신이 한 말을 한마디도 믿지 않았다. 사실 그도 청취자의 결심이 옳다고 생각했다. 하지만 방송중에 그런 말을 할 수는 없었다. 아마 그도 호아킨이 거짓말을 한다고 생각했을 것이다. 어쩌면 온 세상이 알아챘으리라.

실제로 얼음장 같은 북극 기후에 노출된 것처럼 호아킨은 손발이 곱고 몸이 와들와들 떨렸다. 격렬하지는 않지만 멈출 수가 없었다. 청취자는 죽기 전에 자신의 이야기를 꼭 들려주고 싶었다고, 그 이야기가 아내와 배처럼 사라지지 않게 하려면 누군가에게 말해야 했다고 하고는 전화를 끊었다. 와트가 광고를 내보냈다.

호아킨은 여전히 떨고 있었다.

"왜 그래?" 알론드라가 물었다.

"난 거기 있었어, 그 얼음 위에. 또다시 그 일이 일어난 거야."

"아무래도 병원에 가보는 게 좋겠어."

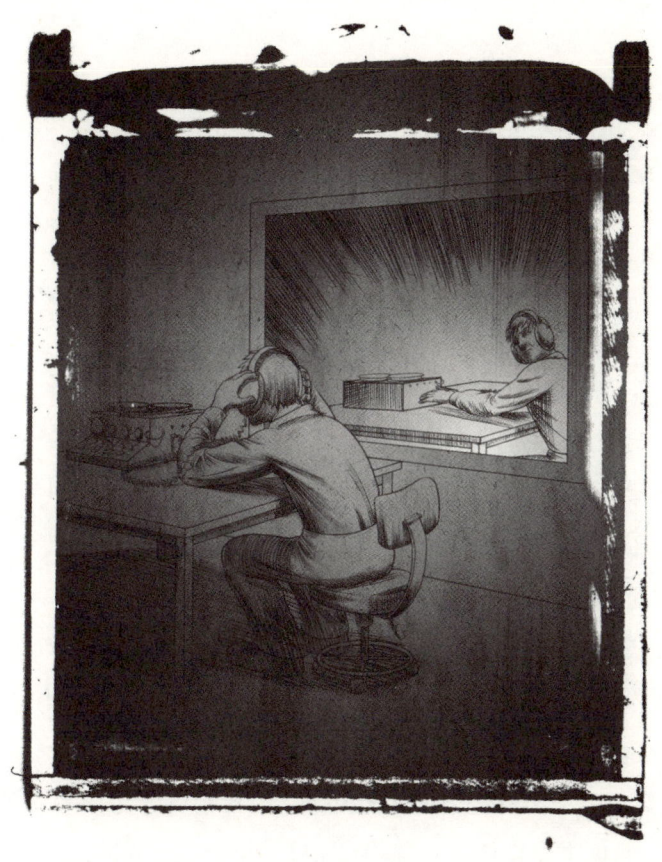

35장

<고스트 라디오>의 기원

이 늦은 시간에 내가 무얼 하고 있는지 모르겠다. 요즘 들어 백일몽에 시달려 미칠 지경이다. 하지만 오늘 밤엔 이런 혼란스러운 기분에 잠겨 있기보다는, 〈고스트 라디오〉의 탄생으로 이어진 일련의 사건들을 회상하고 있다.

〈고스트 라디오〉는 내 삶의 기묘한 시기에 시작되었다. 가브리엘이 죽고 수년이 흘렀는데도 사건의 검은 장막이 여전히 내 주위에 드리워진 채 눈부시게 환한 날조차 어둠으로 물들이던 시기였다.

나는 멕시코시티 근처 믹스코악에 살면서 잡다한 방송 일을 하고 있었다. 땜빵 프로듀서나 객원 아나운서, 임시 디제이나 토크쇼 보조 진행자 등 닥치는 대로 일했다. 나는 중심을 잃고 방황하고 있었다. 일이 없을 때는 멕시코시티의 음침한 술집을 전전하면서 온 세상에 시비를 걸었다. 나는 어둠을, 어둠과 함께 찾아오는 모든 것을 들이마셨다.

나는 밤마다 마셨다. 가브리엘과의 추억, 우리의 음악적 야망, 나를 여기로 데려온 사건들을 머릿속에서 지워버리려고. 몽롱한 취기와 고독에 내 삶도 뿌옇게 흐려졌다. 하지만 투사 본능이 나를 앞으로 내몰았다. 내 운명을 향해 내몰았다.

어느 날 밤 심야 클럽에서 나와 다음 술집을 찾으려고 거리를 배회하는데 리무진 한 대가 다가와 내 옆에 섰다. 한 남자가 차창 밖으로 고개를 내밀더니 나를 불렀다. 왠지 모르게 귀에 익은 목소리였다. 그의 얼굴은 알아볼 수가 없었다. 남자는 나더러 리무진에 타라고 거듭 권했다. 나는 술을 더 마셔야겠다고 중얼거리면서 비틀비틀 거리로 향했다. 그런데 내 뒤에서 차문이 열렸고, 곧이어 억센 팔뚝이 바이스 같은 아귀힘으로 나를 붙잡고 리무진 쪽으로 끌고 갔다. 순식간에 벌어진 일이었다.

정신을 차려보니 나는 리무진 뒷좌석에 앉아 있었다. 남자는 자신을 '더 랫'이라고 소개했지만, 그에게선 가브리엘을 연상시키는 무언가가 느껴졌다.

그후 밤새 무슨 일이 있었는지는 기억나지 않는다. 술집과 여자들, 통증 따위가 흐릿하게 떠오를 뿐. 노래를 부르고 연주를 한 건 생각난다. 나를 격려하던 '더 랫'의 목소리도.

"이제 자네에겐 진짜 삶이 펼쳐질 거야. 과거는 서막이었을 뿐이야. 미래를 준비하라고, 친구."

그가 그 말을 몇 번이고 되풀이했던 것 같다. 아니, 한 번만 말했는지도 모른다. 확실치 않다.

이튿날 내 집 침대에서 눈을 떴을 때 팔뚝에 무지근한 통증이 느껴졌다. 내려다보니 팔에 붕대가 감겨 있었다. 붕대를 벗겨내고 나는 충격에 얼떨떨해졌다. 이상한 문신이 팔뚝에 새겨져 있었다. 글자들을 기묘한 패턴으로 배열한 문신이었다.

E
N
I
TNUJAA
B
N

그로부터 얼마 지나지 않아 지방의 한 라디오 방송국이 내게 정식 디제이 자리를 제의했다. 첫 방송을 하던 날, 나는 한 통의 전보를 받았다.

호아킨,
새 일자리 축하한다. 과거는 서막이었을 뿐이야.

—더 랫

몇 달 뒤, 유령에 관한 전화가 처음으로 걸려왔다.

36장

왜 와트인가?

알론드라를 만나기 전에 호아킨은 엘레나와 사귀었다. 전직 프로 테니스 선수였던 엘레나는 아름답고 야심찬 방송인이었다. 두 사람은 프로모션 투어 기간에 라디오 방송국에서 만났다. 엘레나를 본 순간 호아킨은 반드시 그녀와 사귀겠다고 결심했다. 두 사람은 공통점이 별로 없었지만 함께 지내는 시간은 언제나 즐거웠다. 특히 집 안에서는.

엘레나는 건강미가 넘치고 보기 드문 관능미를 소유한 여자였지만 지적 수준은 거의 바닥인 아가씨였다. 호아킨은 그녀와 대화할 때마다 인내심의 한계를 느끼면서 화를 억눌렀다. 요컨대 끝내주는 잠자리만 아니면 당장이라도 차버릴 여자였다.

어느 날 밤, 잔뜩 겁먹은 엘레나가 호아킨에게 전화를 걸어왔다. 전부터 괴롭혀오던 이상한 남자가 엽총처럼 보이는 기다란 무기를 겨누고 있다는 것이었다. 때마침 호아킨이 방송국에 나가지 않는 일요일이었다. 일요일 밤은 한 주 중에서 그가 편히 잘 수 있는 드문 시간이었다. 진짜 위급 상황이 아니라면 이 소중한 시간에 엘레나든 누구든 구하러 가고 싶지 않았다. 더구나 그날 밤은 엘레나의 망상이라는 느낌이 강하게 들었다. 그녀의 허영심이 빚어낸 공황발작.

사실 엘레나는 텔레비전에 자주 나오지도 않았다. 오후 뉴스에서 더듬더듬 일기예보를 하고 아침 프로에서 시답잖은 농담을 지껄이는 게 고작이었다. 그런데도 그녀는 밤낮으로 쫓아다니는 팬들을 거느리고 있다는 착각에 빠져 살았다. 사람들로 붐비는 식당에 가서 커다란 선글라스를 벗기만 해도 지배인이 부랴부랴 특별석을 마련해줄 거라고 믿었다. 하지만 현실은 지배인이 그녀를 쓱 훑어보고 대기자 명단 맨 밑에 이름을 적는 경우가 대부분이었다.

엘레나가 이런 일로 호아킨에게 전화한 게 처음도 아니었다. 벌써 다섯번째였다. 심지어 그가 방송중일 때 전화가 온 것도 몇 번이나 됐다. 경찰도 신고를 받고 여러 차례 출동했지만 그녀가 말한 스토커가 잡힌 적은 한 번도 없었다.

호아킨은 헛소리 좀 작작하라고 쏘아붙이고 다시 잠을 청하고 싶었다. 하지만 매번 엘레나를 달래고 전화를 끊으면 곧바로 다시 전화가 걸려왔다. 네 번이나 더 전화를 받고 나자 거절할 수가 없어졌다. 마지못해 침대에서 일어난 호아킨은 차를 타고 그녀의 아파트로 달려갔다. 망원 조준기가 달린 무기로 그녀를 위협하는 스토커를 찾으려고 몇 시간이나 주변을 수색했지만 허사였다. 기분도 엉망이고 목도 뻣뻣했다. 지칠 대로 지친 호아킨은 엘레나의 노이로제에 신물이 난다고 말할 참이었다. 그런데 현관문이 열리자마자 엘레나가 달려들어 그를 휘감았다. 그녀의 몸은 펄펄 끓는 것처럼 뜨거웠다. 호아킨은 엘레나를 밀쳐내고 싶었지만 미처 그러기도 전에 그녀의 골반이 그의 아랫도리에 치대고 들어왔다. 몸을 떼려고 애썼지만 뜻대로 되지 않았다. 결국 그는 엘레나의 관능미에 무릎을 꿇었다. 호아킨은 남은 밤을 그녀와 함께 했다. 나쁘지 않은 보상이었다. 비슷한 일로 훨씬 더 시시한 보상을 받은 적도 있으니까. 하지만 아무리 섹스가 근사해도 그는 두 번 다시 상상 속 스토커 이야기에 넘어가지 않으리라 다짐했다.

새벽 네시 무렵 호아킨은 갈증으로 잠에서 깼다. 물을 마시러 가는데, 이상한 소리가 들렸다. 창밖을 내다보니 녹음기처럼 보이는 장치를 든 웬 남자가 나뭇잎이 듬성듬성해 훤히 드러난 나뭇가지에 걸터앉아 있었다.

"이런 미친놈! 야 이 자식, 거기서 뭐 하는 거야?" 호아킨이 소리쳤다.

남자는 나무 위에서 선잠이 든 듯했다. 호아킨의 고함에 그는 균형을 잃고 미끄러지더니 땅에서 2미터 정도 높이에 대롱대롱 매달렸다. 녹음기는 한쪽 어깨에 겨우 걸려 있었다.

"개자식, 죽여버리겠어!" 호아킨은 그자를 잡으러 가려고 바지를 찾으면서 소리쳤다.

집에서 나와보니 남자는 여전히 같은 곳에 매달려 있었다. 호아킨이 펄쩍 뛰어 사내의 다리를 붙잡자 남자는 호아킨 위로 떨어졌다. 맨발로 뛰어나온 호아킨이 그 충격으로 잠시 얼떨떨해진 사이 사내가 달아나려 했지만 호아킨은 놓치지 않고 다리를 걸었다. 넘어진 사내는 싸우려 들지 않았다.

"때리지 마세요! 그냥 소리만 녹음한 거예요."

"웃기고 자빠졌네. 감옥에 처넣어주지, 변태 새끼! 운 좋은 줄 알아. 네놈이 나무 위에 있을 때 총을 쏠 수도 있었어. 지금도 마음만 먹으면 죽도록 팰 수 있어."

호아킨은 헐떡이면서 사내의 옆에 앉았다. 그자의 어깨에는 여전히 녹음기가 매달려 있었다. 하는 짓으로 보아 싸움꾼은 아닌 듯했다.

"물론 변태처럼 보이겠지만 절대로 아니에요. 그냥 소리를 수집하고 있는 거라고요."

"소리를 수집해?" 호아킨은 진심으로 놀랐다.

"사람들의 소리를 녹음해요. 온갖 움직임과 활동하는 소리 말이에요."

"몰래?"

"몰래 해야 돼요. 그래야 진짜 소리를 수집할 수 있으니까."

그 말을 듣는 순간 호아킨의 마음이 흔들렸다. 과거에 그도 가브리엘과 자주 그런 짓을 했다. 소리를 '찾아내' 수집하기. 몰래 수집할 때도 많았다. 주로 벌레와 새, 네발짐승을 비롯한 자연의 소리가 탐구 대상이었지만 사람과 기계, 거리의 소음을 녹음할 때도 있었다. 물론 그 때문에 말썽도 자주 일어났다.

수집한 소리를 분류하고 정리한 다음에는 가장 멋진 것들을 다듬고 편집해서 샘플로 만들었다. 그렇게 그들은 몇 년간 방대한 음향 샘플을 축적했다. 그 소리 창고는 자부심의 원천이었으며, 그들이 연주하는 음악에 독특한 가치를 부여했다.

호아킨의 분노는 점점 사그라들었다. 이 스토커를 유치장에 처넣는 것보다 그가 하는 일에 더 관심이 쏠렸다. 우연치고는 절묘했다. 차라리 음모나 마술 같았다. 인구 2천만 명이 넘고 덩치와 생김새가 가지각색인 범죄자가 수천 명에 이르는 멕시코시티에서, 과거의 그와 가브리엘처럼 소리에 미친 사람과 맞닥뜨리는 것이 과연 가능한 일인가? 그럴 확률이 얼마나 될까? 1만 분의 일? 10만 분의 일? 거의 불가능했다. 지금껏 살아오면서 겪은 다른 모든 우연을 생각해보았다. 가끔은 그런 우연들의 이면에 일종의 '보이지 않는 손'이 존재한다는 느낌이 들었다. 미지의 목적을 가지고 그의 운명을 조종하는 무엇, 혹은 어떤 존재. 호아킨은 종교가 없었다. 하지만 종종 자신의 삶이 기묘한 법칙에 지배된다는 걸 부정하지는 못했다. 혼돈 속의 질서. 무분별 속의 분별. 숙명.

호아킨은 사내가 등에 맨 가방을 빼앗아서는 허락도 없이 내용물을 뒤지기 시작했다.

"그래야 마음이 놓인다면, 얼마든지 뒤져보세요." 스토커가 말했다.

"뭘 갖고 다니는지 보려는 거야. 어떤 장비를 사용하는지."

가방 안에는 녹음기와 마이크가 여러 개 들어 있었는데 그중 하나는 엘레나가 본, 길게 늘어나는 근사한 붐마이크였다. 고성능 이어폰과 공책도 보였다.

"봐도 돼?" 호아킨은 인상을 쓰고 공책을 흔들면서 물었다.

"물론이죠."

호아킨은 온갖 메모가 적힌 공책을 훌훌 넘겨보았다. 녹음 환경과 대상, 시간 따위를 꼼꼼히 적어놓은 기록장이었다. 갖가지 기술적인 설명과 지도도 곁들여 있었다. 필체는 한결같았고, 단단했고, 단호했다. 그렇게 우직한 필체의 소유자라면 절대로 나쁜 짓 따윈 하지 않을 것 같았다.

"이게 얼마나 위험한 짓인지 알기나 해?" 그가 사내에게 물었다.

"하지만 그럴 만한 가치가 있죠."

"선정 기준이 뭐야? 녹음할 대상을 어떻게 고르지?"

"마음을 끄는 무언가가 보일 때까지 사람들을 관찰해요. 걸음걸이, 식사 습관, 말투, 웃음소리 등등 무엇이든 될 수 있죠. 딱 꼬집어 말하기는 힘들어요. 선정 기준이 아주 유연한 셈이죠."

"하지만 넌 내 여자친구를 괴롭히고 있어. 그건 그만뒀으면 좋겠는데."

"남을 괴롭힐 생각은 조금도 없어요. 그 아가씨가 내는 소리를 녹음했을 뿐이에요. 그 소리들이 그분한테 필요한 것도 아니고, 내가 갖고 있다고 해도 신경쓰일 일은 없을 거예요."

호아킨은 그의 심정을 이해한다고, 사실은 그가 채집한 소리를 들어보고 싶다고 말하고 싶었다. 하지만 경직된 눈빛을 누그러뜨리지는 않았다.

"내가 경찰에 넘기면 넌 유치장에서 밤을 보내게 될 거야. 네가 채집한 소리와 장비는 압수당하겠지. 앞으로 평생 녹음기 근처에 얼씬도 못 하게 될지 몰라."

"당신 여자친구 근처에는 얼씬도 안 할게요. 그분한테는 관심 없어요. 정말이에요."

"그녀가 이 사실을 알게 되면 넌 훨씬 더 난처해질걸. 지금껏 네가 제멋대로 구는 스토커라고 믿고 있었거든. 속옷 차림의 그녀를 훔쳐볼 생각에 밤잠을 설치는 수많은 열성팬 중 하나라고 말이야. 그러니 이 소동에 실망까지 안겨주면 네가 처벌받는 꼴을 보고 말겠다고 벼를걸. 틀림없어."

"정말 죄송해요." 사내가 풀죽은 목소리로 말했다.

"죄송하다는 말로 해결될 문제가 아냐. 녹음한 소리는 어디다 써먹을 작정이지?"

"소리의 풍경을 만드려고요."

"음악인가?"

"그건 아니에요. 내 관심사는 여러 가지 소리를 층층이 겹쳐서 풍경을 구축하는 거예요. 등장인물의 움직임과 목소리, 소음으로 내러티브를 구성하는, 미니멀하고 추상적인 구조를 만드는 거죠."

"무슨 뜻인지 잘 모르겠는데."

"아주 간단해요. 보이지 않는 영화라고 생각하면 돼요."

"그런 걸 많이 만들어놨어?"

"아뇨, 몇 개 안 돼요. 몇 달을 고생해야 겨우 한 개를 만들 수 있거든요. 소리를 채집하고, 내러티브를 구성하고, 거기에 소리를 맞추고…… 아무튼 오래 걸려요. 하지만 두어 개는 선보일 준비가 됐어요."

"어디서?"

"들어줄 사람이 있는 곳이라면 어디서든요."

"보아하니 친구도 별로 없을 것 같은데. 맞지?"

"아예 없진 않아요."

"물론 그러시겠지." 호아킨은 대놓고 빈정거렸다. "네 작품을 나한테 들려줄 용의는 있어?"

"원한다면 기꺼이 들려드리죠. 지금?"

"아니, 지금은 됐어. 소리 풍경 만들기라…… 그걸로 먹고살 수는 있나?"

"당연히 안 되죠. 그래서 낮에는 국제 마케팅회사 판촉부에서 일해요."

"거기서 무슨 일을 하는데?"

"매일 열두 시간씩 잠재적인 고객들과 전화로 상담하는 게 주 업무죠. 사무실에 같은 일을 하는 직원이 서른아홉 명 더 있어요. 나는 아무 때나 전화하지만, 회사의 방침은 생뚱맞은 시간에 전화하라는 거죠. 그래야 고객이 평소엔 필요하다고 생각지도 못한 상품을 쉽게 산 다는 거죠."

"텔레마케팅 일을 하는 거야?"

"바로 그거예요."

"스토커에 전화 사기꾼이라. 설마 연쇄살인이나 식인까지 즐기는 건 아니겠지?"

"사람을 죽인 적은 한 번도 없어요. 그리고 식인을 할 지경에 이르도록 굶주리지도 않았고요."

"대충 감이 잡히는군. 그러니까 넌 사람에게서 보이는 것이 아니라 들리는 것을 훔친다는 거지?"

"네, 당신 말이 맞는 것 같아요. 그런 식으로 생각해본 적은 없는데. 하지만 당신이 알아야 할 게, 마케팅회사에서 일하는 건 재밌어서 하는 일이 아니에요. 먹고살려고 하는 일이죠."

"물론 그렇겠지. 하지만 아무리 그래도 한심한 일이야."

"익숙해지면 뭐든 할 수 있어요. 심지어 알츠하이머 병이나 파킨슨 병을 앓는 노파를 꼬드겨 당장 내일이면 망할 제약회사에 평생 모은 재산을 투자하게 할 수도 있죠."

"그런 일에 익숙해?"

"그렇다고는 안 했어요."

"그럼 아니라는 거야?"

"그런 말도 안 했고요."

"전문 사기꾼이로군."

"내가 하는 일은 모두 합법적이에요. 도덕적이거나 근사한 일은 아니지만 법에 어긋나진 않죠. 엄밀히 따지면 불법이 아니라는 뜻이에요. 내 상사들이 순진하고 약한 사람들의 믿음을 이용해먹을 수 있는 환경을 조성해줄 뿐인 거죠."

"역겹군. 다 때려치고 내 일이나 돕지 그래?"

"어떻게요? 당신 대신 물건이라도 훔쳐오라는 건가요?"

"내 방송의 사운드 엔지니어가 필요해."

"방송?"

호아킨은 〈고스트 라디오〉에 관해 이야기했다. 사내는 호기심 어린 표정으로 경청했다.

"난 방송국에서 일한 적이 없는데요."

"그거 잘됐군. 처음부터 확실히 배우면 되겠어."

"하지만 당신 여자친구는 어쩌죠? 나를 감옥에 보내려 할 텐데요?"

"신경쓰지 마. 그 사기꾼 회사나 그만두고 나한테 와. 그러면 모두 용서되니까. 물론 난 엘레나에게 늘어놓을 적당한 변명을 생각해내야 겠지."

"내가 달아나버렸다고 하세요."

"아니면 내가 널 죽여서 토막 낸 다음 하수구에 던져버렸다고 하거나." 그러면 몇 시간 더 근사한 섹스를 할 수 있을 것이다.

"뭐든 상관없어요."

"아니, 사실대로 말해야 돼. 그 말인즉 내가 다시 여자친구 없는 신세가 될 거라는 뜻이지. 내가 널 위해 한 일이 그만 한 가치가 있길 바랄 뿐이야. 자, 이거 받아." 호아킨은 방송국에서 만들어준 명함을 건넸다. "월요일 저녁 여덟시에 와. 자세한 이야기는 그때 하도록 하지."

"혹시 그 아가씨와의 추억이 필요하면 말해요. 잔뜩 갖고 있으니까."

"내 인내심을 시험하진 말라고."

262

"고마워요. 그런데 정말로 나한테 일자리를 주는 건가요?"

"그렇다니까. 그런데 이름이 뭐지? 난 호아킨이야." 호아킨은 거래를 확증하는 뜻으로 악수를 청했다.

"'와트'라고 해요."

37장

청취자 전화 1904, 월요일 04:01 A.M.
번역가

"내 이야기를 좀 해보려고 합니다."

청취자가 말했다.

"실은 제 오랜 친구였던 노베르트 구터만이라는 남자의 이야기에 더 가깝겠습니다만."

오래전 뉴욕 다운타운에서 일할 때 겪은 일입니다. 지금으로부터 십 년 전쯤이었는데, 당시 난 에미그런트세이빙스 은행 관리부에 다니면서 중간 관리직까지 올라가려고 열심히 일하고 있었습니다. 남들은 대개 오전 여덟시에서 오후 다섯시까지 일했지만, 상사의 눈에 들고 싶었던 나는 거의 매일 늦게까지 야근을 했습니다. 아침 일곱시에 만원 열차를 타고 출근해 저녁 여덟시나 아홉시쯤 텅 빈 열차를 타고 귀가하는 것이 하루 일과였죠.

쉬는 날도 거의 없었습니다. 어쩌다 한가할 때면 주로 집이나 술집에서 텔레문도*로 축구경기를 시청했어요. 그러던 어느 일요일 아침, 불현듯 센

266

트럴파크에 가고 싶어졌습니다. 이유는 잘 모르겠습니다. 시원한 바람이나 좀 쐬고 싶어서 그랬겠죠. 나는 겨드랑이에 신문을 끼고 갔습니다. 볕 좋은 곳에 앉아서 경제면을 읽으려고요. 적당한 장소를 찾아 공원을 걷고 있는데 야외 체스탁자에 홀로 앉아 있는 남자가 눈에 띄었습니다. 작은 광장의 떡갈나무 두 그루 아래 놓인 탁자가 외로운 섬처럼 보이더군요. 남자는 야위고 늙었고, 조금 낡았지만 깔끔한 갈색 정장에 무릎 위에 구식 서류가방을 올려놓고 있었습니다. 야외였는데도 그를 보니 가죽제본한 책들이 빽빽하게 꽂혀 있는 나무 서가가 떠오르더군요. 심지어 얼굴의 선명한 주름과 그림자, 줄을 세워 빳빳하게 다린 바지 때문에 노인 자신이 잘 보존된 고서처럼 보였죠.

노인이 지나가는 나를 보고 손을 흔들더군요. 나는 놀랐습니다. 뉴욕에서 그렇게 친근하게 구는 사람을 만난 적이 없고, 회사에서도 이따금 데이트하는 여자들 말고는 직장 밖에서의 만남은 피했거든요. 혹시 물건을 강매하려는 건 아닐까 걱정됐습니다. 그의 태도나 목까지 더부룩한 곱슬머리, 신발 따위가 조기 은퇴한 독거노인 분위기를 풍겼거든요. 그리고 이유는 알 수 없었지만, 병 속에 떠 있는 오이 피클과 양파가 연상되더군요.

그런데 괜한 걱정이었습니다. 노인은 앞에 말들이 모두 준비되어 있는 체스판을 내려다보더니 내게 물었습니다.

"한 판 하시겠소?"

나는 고개를 젓고 지나치려다 문득 발걸음을 멈췄습니다. 아마 동정심이나 호기심에서였을 겁니다.

결국 우리는 체스를 뒀습니다. 노인은 내 실력을 가늠하듯 두어 번 설렁

---

* 미국에서 스페인어로 진행하는 텔레비전 방송.

설령 받아주더니 퀸으로 손쉽게 제압해버리더군요. 그는 자기 이름이 노베르트라고 말했습니다. 폴란드에서 이민 온 번역가인데 주로 동유럽의 시와 역사서를 번역한다더군요. 나는 내가 읽었을 만한 역서가 있냐고 물었습니다.

"자네 행색을 보니 없을 것 같은데." 노인이 대답했습니다.

나는 당황했지만, 틀린 말은 아니었습니다. 대학교 때부터 책다운 책은 읽은 적이 없고, 시로 말하자면 동시 한 편도 기억하지 못했거든요.

정말로 즐거웠지만 마침내 떠날 시간이 되었습니다. 나는 몇 주 혹은 몇 달 정도 기억하다 잊어버릴 우연한 만남이려니 했습니다. 그런데 멀어져가는 내 쪽을 향해 노인이 소리치더군요.

"그럼 다음 주에도 한 판 하는 건가?"

나는 웃음을 터뜨리고 선심을 쓰듯 손을 흔들었습니다.

그다음 주말에는 하루 종일 전화 회의를 하느라 정신이 없었습니다. 퇴근 후에는 완전히 지쳐서 맥주를 마시며 축구경기를 보다가 잠자리에 들었습니다. 하지만 체스 게임 생각이 떠나질 않더군요. 그늘에 반쯤 가려진 상대가 마치 번역을 하면서 머릿속의 낱말을 고르듯 다음 수를 고민하는 모습이 자꾸 떠올랐습니다. 결국 그다음 주말에 나는 그곳에 갔습니다. 노베르트는 책을 읽고 있었습니다. 내가 약속을 어겼다고 뭐라고 하진 않더군요. 그후로 일요일마다 공원에 나갔습니다. 가끔은 사정사정해서 주말 업무 미팅을 빠지고 일을 월요일로 미루기도 했죠. 주말의 체스 게임은 일의 바다에 떠 있는 열대의 섬과도 같았습니다. 또한 제게는 유일하게 인간적인 만남이었으며, 고즈넉한 공원에 앉아 아이들의 웃음소리를 듣고 멀리서 솟아오르는 분수의 물보라를 구경하며 숨쉬고, 생각하고, 삶을 누리는 시간이었습니다. 우리의 우정은 어디에도 얽매이지 않았죠.

268

노베르트는 이제 일이 많아 보이진 않았지만, 매주 다른 언어로 씌어진 책을 들고 앉아 있었습니다. 이따금 싸오는 샌드위치는 늘 호밀빵에 날양 파를 끼운 것이었고요. 우리는 시와 역사에 관해 이야기했습니다. 그가 폴 란드에서 보낸 어린 시절 이야기도 들었죠. 그리고 조깅하거나 걸어가는 여자들도 감상했습니다. 노베르트는 여자를 굉장히 좋아했습니다. 나는 그 가 들려준 수많은 연애담에 혀를 내둘렀죠. 가끔은 지어낸 이야기가 아니 냐고 따지기도 했지만, 마음속으로는 믿어 의심치 않았습니다.

서로를 더 잘 알게 된 뒤부터 그에게 공원 밖으로 나가서 함께 저녁을 먹거나 커피를 마시자고 제안했습니다. 시 낭송회나 연극을 보러 가자고 부추기기도 했죠. 언제나 돌아오는 대답은 바쁘다는 것이었습니다. 일부러 피하는 기색이 역력했지만, 남에게 알리고 싶지 않은 사생활이 있겠거니 했습니다. 누추한 집이나 아내를 보이기 싫어서, 혹은 요양원에서 살거나 아예 노숙자라서 그럴 수도 있다고요. 나는 그의 전화번호나 주소를 몰랐 습니다. 우린 그 공원의 그 탁자에서만 만났습니다. 이따금 땅거미가 질 무렵 호숫가를 거닐면서 물고기가 튀어올라 파리를 잡아먹는 모습을 지켜 보기도 했죠.

결국 나는 직장을 때려치웠습니다. 아마 노베르트와의 만남이 큰 영향을 끼쳤을 겁니다. 출근이 두려워졌고 공원 가는 날만 기다리며 살았죠. 나는 대학원에 원서를 냈고, 볼티모어의 한 대학원에 있는 문예창작 과정을 이 수하게 되었습니다. 이사하기 전 주말, 나는 체스탁자에 앉아 앞으로 만나 지 못할 거라고 노베르트에게 말했습니다. 그는 조용히 듣기만 하더군요. 그와 말없이 체스를 두고 한동안 앉아 있다가 일어섰습니다. 걸어가다 뒤 를 돌아보니, 노베르트가 양손을 무릎에 올리고 앉아 그리움이 담긴 눈으 로 나를 바라보고 있더군요. 머리 위로 차양 같은 그늘을 드리운 떡갈나무처럼, 그 자리에 굳건히 뿌리박혀 있는 것 같았습니다.

학교를 다닌 지 이 년째 되던 해, 어느 헌책방의 서가를 뒤지게 되었습니다. 개별 연구과제에 쓸 희귀 자료가 필요했는데 학교 도서관에서는 찾을 수가 없었거든요. 책방에서 자료를 찾다가 누렇게 바랜 작은 책 한 권을 발견했습니다. 1970년대 방식으로 만든 책이더군요. 속표지를 보니 하얀 종이 위에 검은 글씨로 '민스크 출판사, 1952년'이라고 적혀 있었습니다. 천이나 가죽으로 제본한 책들 사이에 있어서 유독 눈에 띄었죠. 앞의 몇 장을 훑어보았습니다. 지은이인 폴란드 작가 이그나치 호치코는 낯선 이름이었지만, 그 밑의 이름에 눈길이 꽂혔습니다. '노베르트 구터만 옮김'. 온몸에 소름이 돋더군요. 몇 년 동안 열쇠구멍을 통해 보고 있다가 갑자기 그 문이 활짝 열린 느낌이었습니다.

그날 밤 그 책을 단숨에 읽었습니다. 폴란드의 기구한 역사를 다룬 글이었지만 나는 그 문장에서 노베르트의 목소리를 들었습니다. 그의 모든 것이 신중한 문체에 살아 숨쉬었죠. 그 책은 그의 마음으로 통하는 창문이자, 그가 풍요롭고 활기 넘치는 역사를 품고 있다는 증언과도 같았습니다. 그 역사에서 나는 가장 최근의 장일 뿐이었고요.

책 뒷부분에서 '옮긴이 소개'라는 글을 보고 나는 살짝 흥분했습니다. 그러나 잠시 후, 책은 내 손에서 미끄러져 펼쳐진 채로 바닥에 떨어졌습니다. 조금 떨리는 손으로 나는 다시 책을 집어들고 처음 몇 문장을 다시 읽었습니다.

노베르트 구터만(1901-1984)은 20세기의 가장 뛰어난 번역가 중 한 사람이다. 폴란드 태생인 그는 전세계 여러 나라에서 살았으며, 뉴욕에 오랫동안 머물렀다. 1980년대에 멕시코 쿠에르나바카로 건너간 뒤 1984년 6월에 노환으로 사망했다.

십 년 전의 일이었습니다. 그날 이후로 내 마음속에서는 노베르트와의 만남이 사라지지 않고 있어요. 가장 심할 때는 미쳤다는 생각마저 듭니다. 조금 나을 땐 내가 만난 그 노인을 그리워하면서 그의 진짜 정체가 뭔지 생각하죠.

이 년 전 나는 다시 뉴욕으로 돌아왔습니다. 도리가 있겠어요? 마음이 자꾸만 그쪽으로 향하는 걸 막을 수가 없었거든요. 뉴욕으로 돌아온 첫 주말에 부랴부랴 공원에 나갔습니다. 이 도시에서 보낸 일요일들이 꿈이었는지 확인해야만 했습니다.

요즘도 종종 그 탁자에 앉아 책을 읽으며 기다립니다. 혼자 체스를 두면서 기다린 날도 많습니다. 이따금 희미하게 오이 피클과 양파 냄새가 나면 그가 체스를 두러 돌아왔다는 생각이 듭니다.

38장

전화

아침 여덟시(호아킨의 하루 일정으로 따지면 자정), 전화벨이 울렸다.

"여보세요?" 호아킨은 가까스로 기운을 짜내어 고함치듯 말했다.

"안녕하세요, 당신한테 들려주고 싶은 이야기가 있어서요." 〈고스트 라디오〉의 청취자를 흉내내는 목소리였다.

"뭐요?"

"이야기. 너한테 들려줄 이야기가 있어."

"전화 잘못 걸었어요." 호아킨은 전화를 끊으려 했다. 하지만 귀에 익은 목소리라는 것을 깨닫자 팔이 멈췄다.

"아냐, 호아킨. 제대로 건 거 맞아. 너와 얘기하고 싶어. 네 집으로 전화하면 더 깊은 이야기를 할 수 있을 것 같아서 말이야. 하지만 방송의 형식을 따를 수도 있어. 너한테는 그게 더 편하겠지?"

"당신 누구야?"

"너한테 이야기를 들려주고 싶은 사람."

"이봐요, 이 번호를 어떻게 알아냈는지는 모르겠지만 시간도 상대도 잘못 골랐어요. 즐거운 하루 보내쇼!"

호아킨은 수화기를 부서져라 패대기쳤다. 그렇게 전화를 끊으면 만사가 해결될 것 같았다.

그런데 다시 잠이 오지 않았다. 알론드라가 고개를 들었다.

"내 짐작이 틀렸다고 말해줘. 여기 전화번호를 알아낸 놈이 택배로 작은 선물이라도 보내주고 싶대?"

"그런 것 같아. 계속 전화하지 않기만 바랄 수밖에."

"그러길 바라자고." 그녀는 다시 베개에 머리를 묻었다.

늦잠을 잘 수 있도록 쳐놓은 두꺼운 커튼 덕분에 방 안은 거의 칠흑같이 어두웠다. 호아킨은 비틀거리며 침대에서 나와 걷다가 무릎을 부딪쳤다. 손이 퉁퉁 부은 느낌이었다. 얼굴은 당장이라도 떨어져나갈 거대한 딱지 같았고, 입안은 시큼털털한 맛으로 가득했다.

호아킨은 화장실로 들어가 불을 켜고 거울에 비친 얼굴을 바라보았다. 거대한 딱지 같지는 않다. 하지만 이틀이나 깎지 않은 수염과 부은 눈, 시체처럼 창백한 입술과 꺼칠한 피부 때문에 십오 년은 더 늙어 보였다. 오십보백보였다.

"십오 년이 뭐야. 더 늙어 보이는걸." 그는 큰 소리로 중얼거렸다.

그러고는 조용히 화장실에서 나와 비트적거리며 부엌으로 들어갔다. 그는 가장 최근에 생긴 장난감인 세코 프리메아 에스프레소 머신의 전원을 켰다. 방송국으로부터 받은 선물이었다. 에스프레소가 잔에 떨어지고 있는데 다시 전화벨이 울렸다.

이번에는 발신자 이름부터 확인했다. 'J. 코르테스'. 그 뒤에 표시된 번호는 모르는 번호였다.

그는 수화기의 익명성 뒤에 숨어 타인을 괴롭히는 모든 찌질이들을 현행범으로 체포해주는 첨단기술에 마음속으로 감사했다. 발신자 표시기가 달린 전화기가 있다는 걸 모르는 머저리들.

"전지전능한 마이크로칩이시여." 호아킨은 수화기를 들면서 중얼거렸다. "넌 이제 제대로 걸린 줄 알아."

"여보세요?"

"호아킨, 통화가 중간에 끊긴 것 같아."

"맞아, 그랬지. 내가 전화를 끊었으니까. 이봐……" 그는 발신자 표시기를 다시 보고 말을 이었다. "J. 코르테스 씨. 난 당신이 누군지도 모르고 통화하고 싶지도 않아. 특히 지금 이 시간에는."

"너한테 이야기를 들려주려는 것뿐이야."

"시간과 장소를 잘못 골랐다는 거 모르겠어? 제발 부탁인데 다시는 전화하지 마."

"내 친구 하나가 십대 때 끔찍한 사고를 당했어. 목숨이 간당간당했지. 살아날 가망이 없어 사람들은 그를 나무 관에 넣고 다른 희생자들 옆에 묻으려 했어. 하지만 녀석은 다시 건강해져서 계속 살았지. 그런데 몇 년 뒤에 또 큰 사고를 당해 새까맣게 탄 만신창이가 됐어. 이번에도 다들 화장해 작은 유골함에 넣고 나머지 유품과 함께 묻어야 할 거라고 생각했지만 녀석은 다시 두 발로 일어나 계속 살아갔지. 사람들은 내 친구가 기막힌 행운아거나 수호천사의 보살핌을 받는다고 여겼지만, 사실 녀석에겐 비밀이 있었어. 타인의 기를 빨아먹는 뱀파이어, 주변 사람들의 생명의 불꽃을 훔쳐 어떤 위기에서도 살아남는 기생충이었던 거야."

듣고 있던 호아킨은 당혹감과 함께 분노와 공포를 동시에 느꼈다.

이게 뭐지? 헛소리? 악랄한 비난? 아니면 내 삶의 진실?

"좋아, 당신 이야기는 잘 들었어. 그래서 뭘 원하는 건데?"

"내 이야기가 아냐. 네 이야기지."

"남들이 내 사생활을 침해하는 건 별론데."

호아킨의 방송을 듣는 수많은 청취자들은 그가 교통사고로 부모님을 잃고 혼자 살아남았다는 사실을 알고 있었고, 조금만 조사하면 가브리엘의 죽음에 대해서도 쉽게 알 수 있었다.

"원하는 게 뭐냐고?" 호아킨이 다시 물었다.

이윽고 수화기 너머에서 전화 끊는 소리가 들렸다.

호아킨은 무선 전화기를 조리대 위에 던졌다.

"고맙다, 이 개자식아." 그는 애써 분을 삭이며 중얼거렸다.

자신을 위해 준비한 완벽한 에스프레소는 벌써 식어 있었다. 그는 식은 커피를 싫어했다. 너무 밝지도 어둡지도 않은 도톰한 크레마*가 옅어지고 있었다. 커피가 죽어가고 있었다.

호아킨은 어쨌거나 식은 커피를 한 모금 마시고 방금 있었던 일을 분석해보았다. 하지만 머릿속이 뒤죽박죽이었다. 최근 들어 이상한 일이 너무 많이 벌어지고 있었다. 하나같이 말이 안 되었다.

이제껏 그런 전화를 받아본 적이 없었다. 그런데 화가 나야 마땅한데 가슴에 큰 구멍이 뚫린 느낌뿐이었다.

알론드라가 침실에서 나왔다. 그녀는 집이 흔들리기라도 하듯 문틀을 잡고 서 있었다.

"또 그 멍청이였어?" 그녀가 손으로 햇빛을 가리고 물었다. 눈가는

---

* 에스프레소를 추출할 때 생기는 적갈색의 거품.

마스카라 자국으로 시커멨다.

호아킨은 고개를 끄덕였다.

알론드라가 티셔츠를 끌어내려 배꼽을 가리면서 부엌으로 들어갔다.

"자기 커피."

"뭐?" 호아킨이 고개를 들었다.

"자기 커피, 식었잖아."

"알아."

그는 커피 잔을 들어 한입에 들이켰다.

지금껏 함께 살아오는 동안 알론드라는 식은 에스프레소를 마시는 호아킨을 본 적이 없었다. 그런 그였는데, 이번에는 눈 하나 깜빡이지 않고 마셨다.

곧 호아킨은 펜을 들고 발신자 표시기에 찍힌 J. 코르테스라는 이름 옆의 전화번호를 메모지에 옮겨적었다.

"뭐 하려고?"

"그 자식을 찾아가려고."

알론드라가 고개를 저었다.

"알론드라, 나한테는 중요한 문제야."

알론드라는 아무 말도 하지 않았다. 그녀는 호아킨 옆에 앉더니 기다렸다. 그는 메모지를 뚫어져라 바라보았다. 해독할 수 있는 암호나 숨은그림찾기라도 된다는 듯이.

"내 커피 만들어줄 거야? 아님 내가 스타벅스에 가야 해?" 알론드라가 물었다.

호아킨은 벌떡 일어나 완벽한 크레마가 형성된 에스프레소를 뽑았다. 아침 햇살 가득한 거실이 등장하는 TV 광고의 한 장면 같았다. 그

278

의 마음은 다른 곳에 있었다. 졸려서 멍하거나 혼란스러운 상태가 아니라 정말로 다른 곳에 있었다.

알론드라의 따스하고 요염한 몸과 자기 집의 익숙한 풍경이 상상 속의 커피 광고 촬영장처럼 비현실적으로 보였다. J. 코르테스에 의해 이 평온한 낙원에서 추방된 기분이었다. 어찌된 일인지 그자의 이야기가 호아킨의 딱딱한 껍질을 꿰뚫었다. 죽은 자와 교감할 때 그를 보호해주던 껍질. 코르테스의 전화는 강력한 일격으로 그 껍질을 산산이 깨부쉈다.

알론드라가 커피를 다 마시고 일어섰다.

"나 샤워할 거야. 같이 할래? 자기한테도 좋을 거야. 눈의 붓기도 가라앉을지 몰라."

호아킨은 망설였지만 더 낭비할 시간이 없었다. 가야 했다.

"아니, 혼자 해. 난 할 일이 있어."

그는 전화번호를 눌렀다. 사냥을 시작하자고.

신호음이 아홉 번쯤 갔을 때 강한 스페인 억양의 쉰 목소리가 들려왔다.

"여보세요."

"당신 누구요?"

"쿠아테목 일루이카미나 목사입니다."

"쿠아테…… 이름이 뭐라고요?"

전화기 속의 목소리가 차분하게 자기 이름을 다시 말했다.

"방금 당신이 나한테 전화 건 거 맞지." 말은 그렇게 했지만 아까 들은 목소리와 다른 것 같았다.

"그러는 당신은……?"

"먼저 대답해요. 방금 나한테 전화로 이야기를 들려줬습니까?"

"무슨 말씀을 하시는지 도통 모르겠군요."

"내 전화기에 당신 번호가 찍혔습니다. 'J. 코르테스'가 당신 이름 맞죠?"

"말씀드렸다시피 저는 크리스천-톨텍 구원 교회의 쿠아테목 일루 이카미나 목사입니다."

"크리스천…… 무슨 교회라고요?"

목사가 교회 이름을 다시 알려주었다.

"장난 전화로 무슨 구원을 한다는 거요?"

"저는 전화하지 않았습니다. 당신이 누군지도 모르는걸요."

"그럼 누군가가 당신 전화를 썼나보군요. 그게 누굽니까?"

"이 전화는 아무도 사용하지 않았습니다."

호아킨은 말싸움하고 싶지 않았다. 거기서 전화가 걸려왔다는 증거는 갖고 있었다. 그는 J. 코르테스를 찾아가 증거를 보여주기로 마음먹었다. 운이 좋으면 직접 대면하는 것만으로도 이 장난질을 중지시킬 수 있으리라. 목사를 직접 만나 더는 말썽 피우지 말라고 경고할 작정이었다.

이름과 전화번호를 모두 알고 있어 두어 번의 인터넷 검색만으로 크리스천-톨텍 구원 교회의 주소는 쉽게 알아낼 수 있었다. 도시 변두리 빈민가에 자리 잡은 아파트였다.

호아킨은 알론드라의 샤워가 끝나기도 전에 재빨리 옷을 입고 오 분만에 차에 올라 일루이카미나 목사를 만나러 달려갔다.

아파트는 거대한 주택단지 안에 있었다. 호아킨은 낙서로 뒤덮인 엘리베이터를 타고 7층으로 올라가 어두컴컴한 복도에서 713호를 찾아냈다. 현관문이 살짝 열려 있었고, 안에서 목소리가 흘러나왔다. 호아킨이 다가가자 여덟아홉 살쯤 된 작은 사내아이가 문 밖으로 고개를 내밀었다. 아이 뒤로 뚱뚱한 여자 두 명이 식탁에 앉아 라디오를 듣고 있었다. 호아킨이 빙그레 웃으면서 다가가자 꼬마는 문을 쾅 닫았다. 이상했다. 〈고스트 라디오〉 방송시간도 아닌데 집 안에서 분명히 와트의 목소리가 들린 것 같았다. 하지만 일단 그 생각은 접어두기로 했다. 지금은 더 큰 문제가 있으니까.

그는 급조한 성전의 문을 세게 두드렸다. 오십대 중반으로 보이는 작고 뚱뚱한 남자가 낡은 목욕가운 차림으로 문을 열었다.

"무슨 일로 오셨소이까?" 데카당한 마리아치*에서 연주하는 악사 같은 말투였다.

"방금 전화한 사람입니다."

"아하." 미심쩍어하는 표정이었다.

"제가 받은 전화의 수수께끼를 풀려고 왔습니다. 제 전화기에는 여기 번호가 떴는데 당신은 전화하지 않았다고 하니 수수께끼죠. 누가 그랬는지 같이 알아냅시다. 그 편이 우리 모두에게 좋겠어요."

"하지만 여기서는 아무도 그런 장난 전화를 걸지 않소."

"얘기 좀 합시다."

호아킨은 허락도 구하지 않고 대뜸 집 안으로 밀고 들어갔다. 무방비 상태였던 사내는 그를 막지 못했다.

방이 하나뿐인 작은 집이었다. 먼지 쌓인 가구들이 기묘하게 배치되어 있고 온통 괴상한 물건들로 가득했다. 도자기 입상, 수상한 액체가

---

* 멕시코에서 생긴, 댄스음악을 연주하는 악단. 주로 야외 연회나 거리에서 연주한다.

담긴 퀵클린 병, 인형 집, 장난감 병정, 백지, 심이 뭉툭한 연필, 셀 수 없을 정도로 많은 손전등, 수십 년 전에 발행된 낡은 종교 잡지, 반쯤 분해된 라디오, 과일, 십자가, 바싹 마른 토르티야. 아수라장에 들어온 호아킨은 속으로 중얼거렸다. 한심하고 기가 막히는 곳이로군. 어떻게 이런 데서 사람이 살지?

하지만 그는 곧 잡동사니들과 가구가 일정한 패턴으로 배치되어 있음을 알아차렸다. 혼돈 속에 질서가 있었다. 그 낡아빠진 물건들의 기묘한 배열에는 어린애 같은 집착과 광기가 깃들어 있었다. 그것들을 제대로 조합하면 신비로운 힘을 이끌어낼 수 있다고 믿는 자의 광기 어린 열정. 그리고 다른 무언가가 그의 눈길을 잡아끌었다. 그의 마음속에 무언가가 떠올랐다. 뭐라고 불러야 할지 알 수 없는 무언가가.

"이보시오, 지금은 때가 좋지 않아요. 보시다시피 난 목욕하고 예배를 드릴 참이었소."

"오래 걸리진 않을 겁니다. 앉아도 될까요?"

전화 때문에 호아킨은 막무가내로 굴었다. 지금껏 낯선 사람에게 이토록 무례하게 군 적이 없는 그였다. 더구나 상대는 성직자가 아닌가. 비록 크리스천-톨텍이라는 괴상한 종교의 성직자이긴 하지만.

"누가 당신한테 전화했는지 난 모르오." 목사가 말했다.

"잘 생각해보세요. 만약 내가 이 문제를 해결하지 못하면 경찰에 신고하는 수밖에 없으니까요."

호아킨은 케첩 자국으로 뒤덮인 역겨운 머리 장신구를 집어들면서 대꾸했다. 케첩 자국…… 혹시 피가 아닐까.

"어쩌면 그 녀석 짓일지도 모르지만, 아닐 거요. 그런 짓을 할 애가 아니니까."

"그 녀석?"

"우리 교회의 일원이오. 이따금 교회 관리 업무를 도와주는 녀석이라오."

"그거 보세요. 벌써 단서가 나왔잖아요. 그 친구 이름이 뭡니까? 어디 가면 만날 수 있죠?"

"배리요. 곧 여기로 올 거요."

"언제 오죠? 우리가 가서 만나야 할 것 같은데요." 호아킨은 탁자와 의자, 바닥에 널린 물건들을 들었다 놨다 하면서 조바심을 쳤다.

그렇게 계속 그러고 있는데, 문득 그것들을 건드리면 안 된다는 느낌이 들었다. 손이 더러워져서가 아니라, 그것들을 지배하는 무질서 속의 질서를 어지럽히면 그가 이해할 수 없는 무언가가, 사악한 무언가가 풀려나올 것만 같았다. 왜 이런 생각이 드는 거지? 정신 나간 생각 같았다.

평소라면 협잡꾼의 허풍을 믿지도, 두려워하지도 않았다. 하지만 목사와 이야기하는 동안 이곳에서 아주 이상한 일이 벌어질 수도 있다는 강렬한 느낌이 그를 엄습해왔다.

"나는 그 녀석이 어디 있는지 모르오."

"그럼 나와 함께 나가 찾아봐야겠군요."

그 순간 목사의 어조가 바뀌었다. 표정이 침울해지더니 그는 중얼거렸다.

"넌 나를 죽이러 왔어. 꿈에서 이 광경을 본 적이 있어."

그러고는 눈을 위로 치뜨면서 기도 같은 소리를 읊조렸다.

"난 누굴 죽이려고 여기 온 게 아닙니다. 그저 방해받고 싶지 않은 거예요."

목사는 고개를 쳐들고 기도인지 주문인지 모를 이상한 소리를 계속 웅얼거렸다.

"숄로틀, 셀라틀, 도미눔 부다들……"

"그만해요. 누굴 해치러 온 건 아니니까."

그러나 남자는 호아킨의 말을 못 들은 척하는 건지 목청을 높여 계속 주문을 읊었다. 어렴풋이 귀에 익은 기묘한 주문이었다. 호아킨은 목사를 향해 다가갔다. 그리고 둘 사이의 거리가 한 걸음으로 좁혀졌을 때, 목사가 펄쩍 뛰어오르더니 호아킨의 얼굴에 주먹을 날렸다.

호아킨은 피했지만 조금 늦었다. 남자의 주먹이 그의 광대뼈를 스쳤고, 호아킨은 균형을 잃고 쓰러졌다. 그는 망가진 장난감이 잔뜩 들어 있는 서랍장에 세게 부딪쳤다. 격심한 통증이 척추를 타고 흘렀다.

호아킨이 일어서자 목사는 그를 걷어찼다. 처음에는 갈비뼈를, 이어서 배를 가격 당했다. 호아킨은 공격을 막으려고 몸을 한껏 웅크리면서 생각했다. 전에도 사람을 때려본 솜씨야. 하지만 나이와 몸무게 때문에 목사도 어쩔 수가 없었다. 그는 발길질을 멈추고 거칠게 숨을 몰아쉬었다. 호아킨에게는 유일한 기회일 수도 있었다.

그는 벌떡 일어나 돌진해 오른쪽 어깨로 목사의 배를 쳤다. 그러나 목사는 거의 흔들림 없이 호아킨의…… 창자와 신장에 집중적으로 연타를 퍼부었다. 호아킨의 눈앞이 빙빙 돌았다.

도대체 어디서 싸움을 배운 거지? 호아킨은 생각했다. 어째서 나랑 싸우고 있는 거지?

그런 생각이 머릿속을 휘젓는 가운데 호아킨은 잽싸게 공격을 피하고 막으면서 반격할 틈을 노렸다. 무릎으로 불알 차기. 팔뚝으로 목 치기. 목사의 공격을 멈출 방법이 필요했다.

마침내 기회가 왔다. 고개를 숙이고 주먹세례를 받아가며 호아킨은 목사의 허리를 두 팔로 안고 힘껏 조였다. 원하던 방법은 아니었다. 하지만 먹혀들었다.

목사는 호아킨에게서 벗어나려고 몸을 뒤틀고 버둥거렸지만 소용없었다. 호아킨은 두 손을 놓지 않고 바이스처럼 더 세게 조였다. 목사의 싸구려 비누와 애프터셰이브 냄새가 호아킨의 코를 찔렀다. 호아킨은 자신이 어쩌다 이런 상황에 처했는지 기가 막힐 따름이었다. 수수께끼 같은 전화를 받고 한 시간도 못 되어 크리스천─톨텍의 목사와 레슬링을 하고 있다니.

삶은 종종 기묘한 방향으로 흘러간다.

그때 목사가 호아킨을 밀치고 벗어나더니 두 손을 맞잡고 호아킨의 정수리를 세게 내리쳤다.

호아킨은 눈앞이 빙빙 돌았다. 바닥이 흔들리면서 젤리로 변하는 것처럼 보였다. 마치 그를 유혹하는 것 같았다. 부드럽게, 다정하게, 그를 반기고 있었다. 호아킨은 그 안으로 무너지고 싶었다.

현관문이 벌컥 열렸다. 호아킨은 몸을 가누면서 문 쪽으로 눈길을 돌렸다. 눈앞이 흐려서 형체는 뿌옇게만 보였다.

"마에스트로, 그건 찾을 수가 없……"

목사가 그쪽으로 고개를 돌리자, 호아킨은 놓치지 않고 그의 턱에 오른 주먹을 날렸다. 흐릿한 시야 때문에 엉뚱한 곳을 조준하지 않았기를 바라면서. 날카로운 뻐걱 소리와 함께 목사의 몸뚱이가 바닥에 쿵 쓰러졌다.

"니미, 이건 또 뭐야?!" 문간의 뿌연 형체가 소리쳤다.

호아킨은 고개를 세차게 흔들면서 그 뿌연 형체를 바라보았다. 흐릿하던 형체가 짐꾸러미를 들고 있는 금발 젊은이로 바뀌었다. 형상이 또렷해지자마자 젊은이는 꾸러미를 떨어뜨리고 달아나버렸다.

"돌아와!" 호아킨이 소리쳤다.

그는 통제할 수 없는 끈에 끌려가듯 젊은이를 쫓아갔다. 아까 목사가 알려준 젊은이의 이름이 떠올랐다.

"배리, 거기 서! 뭐 좀 물어보려는 것뿐이야!"

하지만 젊은이는 계속 달아났다. 그는 계단으로 가 뛰어내리고, 난간을 타고 내려가고, 벽을 세게 튕겨 착지했다. 호아킨 역시 이따금 비틀거리긴 해도 오뚜기처럼 일어나 발이 땅에 닿지 않을 정도로 죽을힘을 다해 쫓아갔다.

1층에 다다랐을 때 호아킨은 로비에서 거의 청년을 붙잡을 뻔했다. 하지만 배리는 용케 거리로 뛰쳐나갔고, 다시 저만치 앞서갔다. 호아킨은 아무 생각도 하지 않았다. 난생처음 느낀 어떤 힘에 사로잡혀 계속 달릴 뿐이었다. 두 발이 인도 위에 떠 있는 기분이었다. 그는 사람들이 모두 슬로모션으로 움직이는 것처럼 피해갔다.

바깥 공기를 마시고 추적에 집중한 덕분인지 머리가 맑아졌다. 온몸에 기운이 샘솟았다. 마치 배리와 술래잡기를 하는 것 같았다. 당장이라도 녀석을 붙잡을 것 같았다. 그러는 동안에도 배리는 호아킨을 따돌리려고 기를 쓰며 계속 행인들과 부딪쳤다. 결국 배리는 길모퉁이에서 발을 헛디뎌 균형을 잃고 쓰러졌다. 호아킨은 배리 위에 멈춰서고는 일으켜세우려고 팔을 내밀었다. 팔에 잔뜩 힘을 줬으니 녀석도 도망가긴 글렀다고 생각할 터였다. 배리의 무릎에서 피가 흐르고 있었다. 호아킨이 허리를 숙이고 내려다보자 배리는 자기 얼굴을 가렸다.

"그냥 몇 가지 물어보려는 것뿐이야."

호아킨이 숨을 헐떡이며 말했다.

39장

배수구과 사다리

각성제도 소용없었다. 커피도 소용없었다. 나는 유령 세계로 던져져 무덤을 파헤치고 다니는 굴ghoul*이었다. 모든 것이 비현실적이었다. 어쩌면 애초부터 그랬는지도 모른다.

할 수 있는 일은 한 가지뿐이었다.

"전화 주신 분, 이제 말씀하세요."

헤드폰을 통해 들리는 내 목소리는 먼 곳에서 메아리치는 것처럼 이상했다.

"그들은 배수구 속에 있소."

"뭐라고요?" 내가 물었다. 메아리는 더 강해졌다.

"그들의 은신처 중 하나거든. 궁지에 몰리면 숨어드는 곳."

"죄송합니다만, 정확히 무슨—"

---

* 죽은 자의 고기를 먹는 언데드 몬스터.

"난 그들이 항상 거기 있다고 생각하오. 하지만 우리 눈에 띄지 않을 뿐이지. 너무 빨라. 너무 영리하고."

스튜디오 벽이 희미하게 반짝이면서 휘기 시작했다. 나는 생각했다. 또 시작이로군.

"조용히 있어야 해. 끈기 있게. 나는 베트남에서 특전사였소. 그래서 꼼짝 안 하고 있을 수 있지. 끈기 있게. 아주 조용히. 아주 끈기 있게."

침묵과 끈기. 내게도 그것들이 있으면 좋으련만. 스튜디오 벽이 점점 투명해졌다. 나와 현실을 이어주는 것이라고는 전화를 걸어온 청취자의 목소리뿐이었다.

"어젯밤 나는 우리 집 부엌에서 사다리 꼭대기에 앉아 있었소. 싱크대에서 고작 이 미터 높이였소. 하지만 거기서도 다 들여다보였어…… 배수구 안이. 그렇게 몇 시간 동안 가만히 앉아 있었소. '밤과 하나 되기'. 신병 시절 선임하사가 그렇게 불렀지."

내 앞에 사다리 밑동이 보였다. 발판에 흰 페인트가 튄 자국들이 말라붙어 있었다.

"그러다보면 몸이 사라지는 거요. 팔, 다리, 몸통, 목…… 전부다…… 어딘가로 사라지는 거지. 그리고 남은 건 두 눈뿐이오…… 바라보는 눈…… 기다리는 눈……"

위를 올려다보았다. 전화를 건 청취자가 사다리 꼭대기에 앉아 있었다. 그의 몸은 믿기 어려울 정도로 꼼짝도 하지 않았다. 삼차원 형상 같지 않았다. 마치 검은 군복을 입은 그림자 같았다. 나는 첫번째 발판을 밟고 사다리를 올라갔다.

"나는 거기 그대로 그러고 앉아 있었소. 싱크대의 눈들이…… 배수구 속의 눈들이…… 기다리고 있었소."

사다리 꼭대기에 다다르자 청취자의 왼쪽 어깨 너머로 배수구가 내려다보였다. 번들거리는 알루미늄 바다 한가운데 뚫린 검은 심연.

"나는 거기 몇 시간이고 있었소. 하지만 상관없었지. 그럴 때면 행복했던 시절이, 메콩 강에서 보낸 물안개 자욱한 밤들이 떠오르거든."

내 밑에서 그의 숨결이 잦아들었다. 그런 숨소리는 들어본 적이 없었다. 오랜 훈련으로 몸에 익어 자동적으로 나오는 위장술. 그게 숨소리라는 걸 몰랐다면 한여름의 산들바람이나 잠자리 날갯짓 소리로 착각했을 것이다.

"새벽 세시 무렵, 어떤 소리가 들리기 시작했소. 무언가가 배수구에서 빠져나오려고 몸부림치는 소리였소."

나도 그 소리를 들었다. 가브리엘이 녹음했던 기괴한 소리를 연상시키는 소리였다. 달팽이 두 마리가 교미하는 소리를 증폭한 소리. 이질적인 존재가 성교를 하며 내는 질척한 음파와 더듬거리는 욕구가 떠오르는 소리였다.

"그때 그것이 보였소."

내 오른 어깨 위 창문에서 부엌으로 밀려드는 창백한 달빛을 받아 무언가가 배수구 속에서 반짝였다. 나는 내 눈을 믿을 수가 없었다. 불가능한 일이었다.

"초롱초롱한 눈 하나가 배수구 속에서 나를 응시하고 있더군."

눈은 청취자와 나를 번갈아 바라보았다. 잠시 후 그것은 움직임을 멈추고 껌뻑거리더니 다시 우리를 뚫어져라 바라보기 시작했다.

"그 눈에는 지능이 있었소."

전화를 걸어온 청취자에게는 지능이 보였을지도 모른다. 하지만 나는 아니었다. 얼핏 보면 인간의 눈을 닮은 것 같았지만, 그 눈빛에는 광대한 미지의 경험이 담겨 있었다. 아니었다, 지능이 아니었다. 훨씬 더 섬뜩한 것이었다. 그것은, 지식이었다.

"그리고 갑자기 나타난 것처럼 그 눈은 순식간에 사라졌소. 그 눈을 자주 보지 못했다면 아마 꿈이나 환각으로 여겼을 거요."

내 주위에 스튜디오가 다시 나타나는 동안 알론드라의 목소리가 들렸다.

"청취자 분, 그게 뭔지 아직 말하지 않았는데요. 그게 뭐였나요?"

"그들이 멸종했다고 믿는 사람도 있지. 혹은 잊혀진 고향 별로 돌아갔다는 사람도 있고. 하지만 나는 그들이 배수구 속에 있다고 생각하오."

"그들이 누구죠?" 알론드라가 보채듯 다시 물었다.

"톨텍 족이오."

40장

모두 어디로 갔을까?

배리는 낙천주의자였다. 적어도 스스로는 그렇게 생각했다. 정치학을 전공한 그는 라틴아메리카의 여러 문제에 깊은 관심을 가지고 있었다. 또한 영적인 자극을 끊임없이 추구했다.

그는 일 년 동안 게레로 산맥의 찢어지게 가난하고 작은 마을에서 살았다. 거기서 전염병에 걸려 끔찍한 복통에 시달리다가 거의 죽을 뻔했다. 도미니카 공화국의 사탕수수 농장에서 일할 때는 노예나 다름없는 생활을 체험했다. 페루에서는 노동자와 학생 연대에 가담해 아야쿠초 지방의 독재자에 맞서 싸웠다.

하지만 사회운동에 열을 올리는 와중에도 여름에는 뉴욕 롱아일랜드의 햄튼스에 사는 가족과 함께 지내려고 노력했다. 그의 부모는 아들이 풍족한 대학생활을 누리도록 신탁 기금을 마련해놓았다. 하지만 그 돈에 손을 대는 걸 부끄럽게 여긴 배리는 혼자 힘으로 살아갈 방법을 모색했다. 그래서 공사장 인부, 애완동물가게 점원, 웨이터 같은 잡

일을 마다하지 않았다. 하지만 주된 수입원은 '문화 사업'이었다. 그는 거의 매일 십여 권의 책을 훔쳤다. 그렇게 훔친 베스트셀러, 화집, 고가의 초판본, 화려한 고문서를 비롯해 온갖 귀한 책을 이베이에서 경매에 붙이거나 아마존에서 팔아치웠다. 그의 복잡한 종교적 논리에 따르면, 이는 수세기에 걸친 억압에 대한 보상이자 정의였다. 그러다 보니 그의 생활은 늘 불안할 수밖에 없었다. 경찰의 의심을 살까봐 항상 긴장해 있었고, 자신의 삶이 가진 논리와 질서에서 벗어나거나 수상쩍으면 경계부터 하고 봤다.

목사와 싸우는 호아킨을 보고 달아난 것도 그 때문이었다. 호아킨의 진짜 목표가 자기라고 지레짐작한 것이다.

일단 호아킨이 자신은 경찰이나 서점 경비원, 도서관 직원이 아니라고 안심시키자, 와들와들 떨던 배리는 진정하기 시작했다.

호아킨은 여전히 헐떡이는 배리를 내려다보면서 자초지종을 설명했다. 괴상하면서도 몹시 불쾌한 전화를 받았는데 발신자 표시기에 목사의 전화번호가 찍혀 있어 여기까지 찾아오게 된 거라고.

"방금 말했다시피 수화기에서 들린 목소리는 확실히 그 양반 목소리가 아니었지만."

"당연하죠. 목사님은 훨씬 더 중요하고 급박한 일이 많은 분이에요. 장난 전화를 하실 리가 없죠. 그런데 그분의 소행이 아니란 걸 알면서 왜 목사님과 싸운 거죠?"

"나도 모르겠어. 사정을 이야기했더니 그 양반이 내가 실은 자기를 죽이러 왔다는 거야." 호아킨은 은근히 빈정거리는 말투였다.

"정말로 그러려고 온 거 아니고요?"

"이봐, 내가 살인자처럼 보여? 그 양반이 공격하기에 방어했을 뿐이야."

"나는 코르테스 목사님을 잘 알아요. 누굴 공격하거나 할 분이 아니에요."

"돌아가서 이 모든 오해를 푸는 게 좋겠어. 어쩌면 발신자 표시에 오류가 있었는지도 모르니까."

사실 호아킨은 돌아가고 싶지 않았다. 이 젊은이나 목사와 얘기가 통할 것 같지 않았다. 하지만 지나치게 공격적이었던 자신의 태도에 대해서만큼은 꼭 사과하고 싶었다. 실수를 저지른 건 분명했다. 알론드라에게 전화해서 자신의 위치와 상황을 짧게라도 알려야겠다는 생각이 들었다. 하지만 호주머니를 뒤져보니 휴대전화가 없었다. 목사와 싸울 때, 혹은 배리를 뒤쫓는 동안 잃어버린 모양이었다. 휴대전화는 그에게 절대적 가치를 지닌 물건이었다. 새로 사면 그만인 소지품 이상이었다. 단순히 생활을 편리하게 해주는 도구 이상이었다. 호아킨에게 그 작은 전자기계는 한시도 없어서는 안 되는 물건이었다. 마이크로칩은 그의 신앙이었다.

갑자기 자기 집 전화번호와 방송국 전화번호, 심지어 알론드라의 휴대전화 번호마저 가물가물했다. 늘 휴대전화에 저장하고 사용했기 때문이었다. 호아킨은 세상과 단절되고, 불구가 되고, 길을 잃은 기분이었다.

"전화기를 잃어버렸어."

"그럴 만도 하죠. 아까 미친 듯이 쫓아올 때 떨어뜨렸을 거예요."

"너도 눈을 부릅뜨고 살펴봐. 돌아가다가 찾게 될지도 모르니까."

이윽고 그들은 아파트에 다다랐다. 호아킨은 천천히, 신중하게, 휴대전화가 눈에 띄길 빌며 계단을 한 칸 한 칸 살펴보면서 올라갔다. 헛수고였다. 그는 몇 분 사이에 우선순위가 바뀌었음을 깨달았다. 조금 전까지만 해도 심각한 고민거리였던 괴전화는 이제 머릿속에 없었다. 지금은 잃어버린 휴대전화에 대한 생각이 가슴을 짓눌렀다. 휴대전화가 없어졌다고 하니 실제로⋯⋯ 가슴이 아팠다. 7층에 도착한 호아킨은 앞장서서 복도를 따라 걸어갔다. 그러는 동안에도 그의 눈은 소중한 휴대전화가 나타나길 여전히 바라면서 바닥을 계속 살피고 있었다.

713호는 열려 있었다. 배리는 겁먹은 듯 망설이면서 호아킨을 힐끔 보았다. 그리고 얼굴을 찡그려 괴상한 표정을 지어 보이면서 먼저 들어가라고 손짓했다. 또다른 침입자와 마주치게 될까 두려워하는 눈치였다. 호아킨은 천천히 안으로 들어갔다. 그리고 초조한 눈빛으로 바닥을 훑었다. 휴대전화를 꼭 찾아야 했다. 난장판 한가운데서 붉은 얼룩과 붉은 액체의 웅덩이가 눈에 들어왔다. 그는 머리 장신구에 묻어 있던 케첩 자국을 떠올렸지만 그것과는 다른 액체였다. 그때 배리의 고함 소리가 들렸다.

"안 돼! 이 살인자!"

호아킨의 눈이 방의 중앙으로 쏠렸다. 피투성이가 되어 탁자 뒤에 쓰러져 있는 목사가 보였다. 앞이 벌어져 있는 지저분한 목욕가운 사이로 수십 개, 아니 수백 개의 자상으로 장식되어 있는 알몸이 보였고, 얼굴에서 반쯤 뜯겨나간 턱은 축 늘어져 있었다.

배리가 피 묻은 칼을 집어들고 호아킨을 향해 휘둘렀다.

"물러서, 이 개자식! 이⋯⋯ 살인자!"

"무슨 소릴 하는 거야? 나랑 같이 여기서 뛰쳐나갔잖아. 그때 목사는 살아 있었어!"

"더 가까이 오면 목사님보다 비참하게 죽을 줄 알아."

호아킨의 머릿속에 처음 떠오른 생각은 도망치자는 것이었다. 목사를 때려눕히기만 했다고 경찰을 납득시키기는 쉽지 않을 게 뻔했다. 싸움이 벌어지기 직전 살인 무기로 보이는 칼을 만진 적이 있어 더욱 곤란했다. 배리가 수화기를 들고 버튼을 눌렀다. 하지만 손이 떨려서 제대로 누르지도 못하는 것 같았다.

"생각이라는 걸 좀 해봐, 배리. 우리가 여기서 뛰쳐나갈 때 목사는 살아 있었어. 게다가 그후로 우린 줄곧 서로의 시야에서 벗어나지 않았어."

"입 닥쳐, 개자식! 살인자! 내가 나가자마자 네놈이 목사님을 죽도록 팼겠지. 평생 감옥에서 썩게 될 줄 알아."

도주는 결코 해결책이 될 수 없었다. 금방 붙잡힐 게 뻔했다. 유능한 형사라면 손쉽게 단서를 찾아내 그를 체포할 것이다. 호아킨의 목숨은 가느다란 실에 위태롭게 매달려 있었다. 금발 머리에 분노로 가득한 눈을 한 실에. 이제 어떡한다? 불리한 증거가 널린 방에서 경찰이 들이닥치길 기다려야 하나? 아니면 무죄는 나중에 입증하고 일단 달아나고 볼까? 빨리 결정해야 했다.

절박한 심정으로 두리번거리던 호아킨은 집 안에 널린 이상한 물건들이 재배치되었음을 깨달았다. 물론 작은 신상神像이라든가 종잇장들, 과일 조각 따위의 원래 위치가 정확히 기억나지는 않았다. 하지만 그 물건들이 풍기는 전반적인 인상이 달라져 있었다. 누군가가 옮겨놓은 것이다. 마치 절의 순서를 바꿔놓은 문장을 읽는 느낌이었다. 여전히 의미는 같지만 어조가 바뀐 느낌.

"배리, 내 말 들어. 그 사람이랑 내가 싸울 때 이기고 있었던 쪽은 그쪽이었어. 너 때문에 목사가 한눈을 팔았을 때조차 난 그를 쓰러뜨리기 위해 죽을 힘을 다해야 했다고. 이건 내가 한 짓이 아냐. 네가 여기 들어왔을 때 목사는 살아 있었어. 우리가 나간 뒤에 누군가가 들어와서 벌인 짓이야. 문이 열려 있는 틈을 타 들어온 거지."

배리는 눈길도 주지 않았다. 암호를 풀려고 기를 쓰듯 전화를 걸고 끊기를 되풀이할 뿐이었다.

911에 연락하기가 그렇게 힘든가? 호아킨은 어리둥절했다.

"전화가 안 걸려! 고장이 났는지 목소리랑 이상한 소리만 들려."

그러더니 배리는 갑자기 수화기를 떨어뜨리고 밖으로 뛰쳐나가며 고래고래 소리쳤다.

"도와주세요! 목사님이 죽었어요! 목사님이 살해당했어요!"

피에 굶주린 군중에게 심판의 린치를 당할 수도 있는 상황이었지만 호아킨은 겁먹기는커녕 운명을 받아들이기라도 한 듯 차분했다. 그는 바닥에 떨어진 수화기를 집어들고 의자의 먼지를 털어낸 다음 앉아서 기다렸다. 모든 것이 비현실적이기만 했다. 바닥에 널브러진 시체. 집 안에 널린 괴상한 물건들. 그리고 미친 사람처럼 복도에서 비명을 질러대는 금발 청년.

"〈고스트 라디오〉가 현실이 됐군."

호아킨은 혼잣말을 중얼거렸다.

수화기를 내려다보았다. 알론드라에게 전화를 해야 할 것 같았다. 하지만 뭐라고 하지? 상황이 너무 혼란스러워 그 자신도 받아들이기가 벅찬 마당인데, 알론드라에게는 완전히 미친 소리로 들릴 게 뻔했다. 하지만 말도 없이 집에서 나온 터라 연락하지 않을 수는 없었다. 이 상황이 얼마나 오래갈지 누가 알겠는가?

그는 통화 버튼을 눌렀다. 하지만 들려오는 것은 발신음이 아닌 기분 나쁜 진동음이었다. 마치 멀리서 들려오는 여러 사람의 목소리가 벌이 윙윙거리는 하나의 소리로 합쳐진 듯한 소리였다.

배리가 다시 창백한 표정으로 헐떡이면서 돌아왔다. 그는 불안한 눈빛으로 호아킨을 바라보았다.

"아무도 없어요…… 아무도."

"무슨 뜻이야? 아무도 없다니?"

"다들 어디로 갔거나 누군가가 데려갔어요."

"무슨 소릴 하는 거야?"

"나가서 봐요. 직접 확인하라고요."

정말로 아파트 전체가 버려진 듯 황폐했다. 몇 분 전까지도 복도에선 사람들이 보였고, 아이들 목소리와 라디오, 텔레비전 소리가 들렸고, 음식과 세제 냄새가 뒤섞인 냄새가 났다. 지금은…… 아무것도 없었다. 대신 기묘하고 비현실적인 정적만이 감돌았다.

"모두 어디 간 거야?"

"몰라요. 정말 이런 건 처음이에요."

"반상회라도 열렸어? 다들 퍼레이드 구경 간 거야?" 호아킨 자신이 듣기에도 어처구니없는 소리였다.

이 상황에서 짐작할 수 있는 원인은 한 가지뿐이었다. 재앙. 깨어나보니 엄청난 참사가 휩쓸고 지나가 아무것도 남지 않은 상황 같았다. 지진이나 전쟁, 혹은 외계 침공으로 인한 대규모 탈출 같은 것.

"목사님은 죽고, 건물 전체는 텅 비었어요."

호아킨은 대답할 말이 없었다. 배리는 마치 두 사건 사이에 연관이 있다는 듯한 말투였다.

"경찰에 신고해야겠어요."

배리는 혼란스런 표정으로 두리번거리며 밖으로 나갔다. 그리고 문이란 문은 죄다 두드리면서 이웃 사람들의 이름을 소리쳐 불렀다. 호아킨은 말없이 그를 따라갔다. 달리 어쩌겠는가?

거리로 나오자 똑같은 풍경이 펼쳐졌다. 완벽한 고요. 길가나 상점에는 단 한 사람도 보이지 않았다. 움직이는 차가 한 대도 없었다.

"중성자탄이야." 호아킨이 중얼거렸다. 그럴지도 모른다는 생각을 하니 공포와 흥분이 동시에 밀려들었다.

"네?" 점점 더 겁에 질리고 있는 배리가 물었다. 그는 넋 나간 사람처럼 빙글빙글 돌면서 쇼윈도 너머와 주차된 차들의 내부에 인기척이 있는지 살펴보았다.

"살아 있는 것만 죽이고 무생물은 그대로 남겨두는 폭탄이지."

"뭐라고요?"

"아무것도 아냐. 그냥 해본 소리야."

길고긴 침묵 같은 몇 초가 흐르고 배리가 말했다.

"데드 케네디스의 노래에 나오는 것처럼 '약자를 죽이는 중성자탄' 같은 거군요."

"멋지고 빠르게 깨끗이 쓸어버리자." 호아킨이 노랫말을 읊조렸다.

둘이서 몇 블록 걸었을 때 배리가 한 카페테리아로 들어갔다. 고양이 한 마리, 바퀴벌레 한 마리, 심지어 그림자 하나 보이지 않았다. 테이블들에는 음식이 놓여 있었다. 접시 위에 담긴 음식 중에는 아직 따뜻한 것도 있었다. 사람들이 달아난 자취는 고사하고, 혼란이나 폭력의 흔적도 찾아볼 수 없었다. 이건 그냥 사라져버린…… 증발해버린 것 같았다. 〈환상특급〉*의 한 에피소드 안에 들어와 있는 것만 같았다.

"목사님이 돌아가시면서 온 세상도 함께 죽은 것 같아요." 배리가 말했다.

"배리, 왜 자꾸 목사의 죽음과 이 모든 걸 연관시키는 거야?" 호아킨이 손짓으로 주위를 가리키며 물었다.

"전부 목사님의 꿈에서 예견된 일이니까요. 버려진 도시, 모래 폭풍, 지상에서 하늘로 떠올라 우주 여행길에 오르는 사람들."

"기독교에서 주장하는 휴거?"

"목사님이 보신 거예요." 배리의 대답은 단호했다.

호아킨은 대꾸할 말을 생각해보았지만 아무것도 떠오르지 않았다.

"꿈은 꿈꾸는 자가 꿈꾸기를 멈추면 사라진다." 배리가 희미하게 중얼거렸다.

호아킨은 망상에 빠진 배리와 죽은 목사를 내버려두고 집에 돌아가기로 했다. 모든 것이 너무 이상했다. 그리고 누가 전화했는가는 여전히 오리무중이었다. 하지만 지금은 그보다 더 심각한 골칫거리가 쌓여 있었다. 호아킨은 자기 차 쪽으로 빠른 걸음으로 가기 시작했다.

"어디 가는 거예요?" 뒤에서 배리가 소리쳤다.

호아킨은 돌아보지도, 대답하지도 않고 계속 걸었다.

"돌아와요! 날 이대로 두고 가면 어떡해요!"

배리는 계속 소리치면서도 호아킨을 붙잡으려 하지는 않았다. 차에 도착한 호아킨은 그제야 자신이 이 모든 일에 얼마나 큰 충격을 받았는지 깨달았다. 손이 떨리고 식은땀이 흘렀다. 차문에 열쇠를 꽂기까

---

* 미국의 각본가 로드 셸링이 제작한 TV 시리즈. SF, 판타지, 호러, 미스터리 등의 내용이 주를 이룬다. 이 시리즈는 셸링의 우상이었던 라디오 작가 노먼 코윈이 기획한 라디오 프로그램 〈엑스 마이너스 원〉의 전통을 이어받았다. 1950년대에 첫 방송되어 1980년대, 2000년대에 리바이벌 시리즈가 제작되었다.

지 일 분이 넘게 걸렸고, 시동을 걸기까지는 더 오래 걸렸다. 곧 그는 가능한 한 속력을 높여 그곳에서 멀어져갔다.

호아킨은 두려움에 사로잡혀 넋이 나간 채 고요한 거리를 천천히 달렸다. 정오였는데도 새벽 같은 분위기였다. 그는 인기척을 찾으려고 필사적으로 두리번거렸다. 얼음 덮인 도로를 달리는 것처럼 차가 미끄러지는 느낌이었다. 그가 탄 차는 지그재그로 움직이면서 정처 없이 떠돌았다. 목사와의 싸움을 계속 머릿속에 복기해보았다. 그의 몸을 때리는 목사의 주먹이 다시 느껴졌다. 하지만 매번 결말이 달랐다. 그는 바닥에 떨어진 칼을 주워 목사를 찌르고 또 찌르는 자신의 모습을 상상했다. 집 안으로 미끄러져 들어온 그림자가 목사에게 달려들어 날카로운 발톱으로 갈기갈기 찢는 광경이 보였다. 자기 자신을 찌르는 목사의 볼에 눈물이 흐르는 장면이 보였다. 집 안의 모든 배수구 속에서 그를 노려보는 눈알들이 보였다. J. 코르테스의 죽음은 광대하고 난폭한 무언가를, 호아킨이 이해하지 못한 무언가를 해방시킨 것이었다.

"꿈꾸는 자가 잠에서 깨면 꿈속의 주인공들은 어떻게 되지?"

호아킨은 스스로에게 물었다.

우스꽝스러운 생각들 아닌가? 하지만 그것들에 어떤 의미가 있을지도 몰랐다. 어쩌면 그것들이 실마리일 수도 있었다. 이 모든 것이 너무 벅찼다. 분노의 파도가 호아킨의 온몸을 휩쓸었다.

끊임없이 호아킨은 경적을 울려댔다. 바닥에 닿아라 가속페달을 밟고, 주먹으로 계기판을 후려갈기고, 고래고래 소리를 질러댔다. 그는 몇 번이고 주머니에 손을 넣어 휴대전화를 찾았다. 유령 전화를 갖고 다니는 것 같은 묘한 기분이었다. 팔다리가 잘렸는데도 계속 그 부위에 통증을 느끼는 환상통 같았다.

차가 일방통행로로 길을 잘못 들었다. 그는 차를 돌려 인도 위로 달렸다. 급브레이크를 밟고 또 밟았다. 그렇게 무작정 달리다 결국 완전히 길을 잃었다. 어떻게 이곳으로 왔는지 기억나지 않았다. 낯익은 표지판이 하나도 없었다. 여기가 어디지? 어떻게 집에 가지? 아무리 살펴봐도 이곳은 전혀 다른 도시였다.

절망에 사로잡힌 호아킨은 도로 한가운데 차를 세우고 이마를 운전대에 박으면서 울부짖었다.

"빌어먹을!"

그때 뒤에서 차 한 대가 경적을 울렸다. 마법이 깨졌다. 도시가 다시 눈을 떴다. 모든 것이 다시 움직였다. 거리 곳곳에서 사람들이 걷고, 가게로 들어가고, 밥을 먹고, 이야기를 나누었다.

차 안의 라디오가 켜지면서 귀에 거슬리는 잡음이 터져나왔다. 처음에는 목소리들의 불협화음에 지나지 않던 소음은 이윽고 대화로 바뀌었다. 두 남자가 전쟁에 관해 논쟁을 벌이고 있었다.

"모두 어디 갔던 걸까?"

호아킨은 혼잣말을 중얼거렸다. 그는 천천히 가속페달을 밟았다. 귓속에 가득 찬 주변 소음에 질릴 지경이었다.

마음이 놓였다. 하지만 머릿속에서 의심의 구름은 좀처럼 걷히지 않았다. 오늘 무슨 일이 벌어진 걸까? 정말로 벌어진 일은 무엇일까? 정말로 시체를 본 걸까? 목사와 배리는 실제로 존재하는 사람들일까? 분명한 것은 여전히 휴대전화가 없다는 사실뿐이었다. 익숙한 거리가 다시 눈앞에 펼쳐졌다. 곧 그는 자기가 사는 아파트 앞에 다시 돌아와 있었다.

손목시계를 흘끗 보았다. 오전 여덟시. 어떻게 이럴 수가 있지? 집에서 나왔을 때 이미 여덟시가 넘어 있었다.

더는 견딜 수 없었다. 호아킨은 차에 앉아 흐느꼈다.

41장

과거로의 회귀

알론드라는 누군가가 억지로 문을 열려고 하는 소리를 듣고 잠에서 깼다. 간밤에 호아킨이 돌아오지 않은 것을 알고 있던 터라 곤드레만 드레 취한 그일 거라고 짐작했다. 흔한 일은 아니지만 처음 있는 일도 아니었다. 눈도 제대로 못 뜨고 일어난 그녀는 너무 작아서 몸에 딱 달라붙는 티셔츠와 속옷만 입은 채 맨발로 문 쪽으로 걸어갔다. 하지만 손잡이를 잡기도 전에 문이 벌컥 열리더니 호아킨이 비틀거리며 들어왔다. 그는 땀투성이에 옷차림이 마구 흐트러져 있었다.

"알론드라, 내 이야기 좀 들어줘. 미친 소리 같다는 건 알지만, 방금 도저히 이해할 수 없는 일을 겪었어."

"이 시간이면 나타날 거라고 짐작했어. 가서 샤워하고 좀 자. 이야기는 나중에 하고."

알론드라는 놀라는 것을 좋아하지 않았고, 흥분하는 것은 더욱더 싫어했다. 아일랜드 혈통이라 그럴 것이다. 그녀는 특별히 다급해 보이

310

지도 않는 일을 과장된 몸짓으로 시끄럽게 떠벌리는 사람을 무시하는 경향이 있었다. 특히 흥분해서 열변을 토하면 주목을 끌 거라고 믿는 방정맞은 남자는 질색이었다. 호아킨의 이야기라면 뭐든 듣고 싶어했지만, 차분한 말투가 아니면 그녀는 진지하게 받아들이지 않았다.

"아니, 내 말을 못 알아들었나본데, 우리 얘기 좀 해야겠어." 호아킨이 말했다.

"지금? 정말로, 꼭, 그래야 해?" 알론드라는 얼굴 위로 늘어진 머리카락을 손등으로 치우며 대꾸했다.

"전화가 걸려온 곳에 다녀왔어."

"무슨 전화?"

"기억 안 나? 우리 둘 다 그 전화 때문에 깼잖아."

"무슨 소릴 하는 거야? 방금 자기가 날 깨웠잖아."

"지금이 여덟시라는 건 나도 알아. 그런데 어찌된 영문인지는 모르겠지만, 오늘 여덟시에 이상한 전화를 받았어. 그리고 구글로 발신자 주소를 알아냈지. 신부인지, 목사인지, 샤먼인지, 아무튼 정체불명의 사내더라고. 그자와 주먹다짐을 벌이는데 배리라는 청년이 왔고, 난 녀석을 뒤쫓았어. 그리고 우리가 돌아왔을 때 그자는 죽어 있었어."

"누가 죽었다는 거야?"

"목사. 그자가 칼에 찔려 죽었는데, 배리는 내가 한 짓이라고 생각했어."

"배리는 또 누구야?"

"목사의 조수, 제자, 친구, 연인…… 난들 알겠어?"

"처음부터 차근차근 이야기해봐."

"나한테 정말로 이상한 일이 벌어졌어. 그리고 가장 이상한 건 지금은 아무 일도 벌어지지 않은 것처럼 보인다는 거야."

"뭐라고?"

"아까 우리가 커피 마신 일 기억 안 나? 그리고 네가 샤워하는 사이에 내가 나갔잖아."

"어제 일이겠지."

"아니, 어제가 아니라 오늘이었어. 만약 그런 일이 없었다면 내가 언제 나갔지?"

"자긴 방송 끝나고 집에 오지 않았어."

"그럼 내가 어디 간 거야?"

"호아킨, 정신 차려. 자기가 어디 갔는지 내가 어떻게 알아. 난 자기가 말해주길 기다렸어."

"난 여기서 잤어. 바로 네 옆에서. 아침 여덟시에 전화벨이 울려서 잠이 깼지."

"장담하건대 그런 일은 절대로 없었어."

"틀림없이 요즘 내가 겪는 증상과 관련이 있어. 끔찍한 백일몽에 빠져드는 것 말이야. 마치 누군가가 내 뇌를 사용하는 것 같아. 내 머리를 해킹하는 것 같다고. 증세가 점점 심해지고 있어. 백일몽에 빠져 있는 시간도 점점 길어지고, 점점 더 강렬하게 흘리거든."

"두뇌 해킹이라고?"

"그런 느낌이야. 더 잘 설명할 수 있는 다른 비유가 안 떠올라. 나한테 벌어지는 일은 단순한 환각이 아냐. 마치 평행우주 속에 사는 것 같아."

"대체 무슨 소리야? 시간여행이나 유체이탈을 했다는 거야?"

"뭔지는 모르겠지만 유쾌하거나 뭔가 도움이 되는 경험이 아닌 것만은 분명해. 꿈과 현실을 구분하는 능력이 사라진 것 같아."

"트립*의 끝이 안 좋았던가보네. 환각 버섯이나 LSD를 하고 나서 생긴 금단증상은 아니고? 혹시 더 센 걸 복용한 거야?"

"아니, 그런 마약은 한 적도 없어. 이건 금단증상이랑은 전혀 달라. 내 안에서 비롯되는 게 아니라 밖에서 들어온다고."

"그게 바로 금단증상이잖아."

"아니라니까."

"그럼 뭔데? 그런 환각에 시달리는 건 대개 마약 때문이고 나머지 경우는 심각한 정신병뿐이야."

알론드라는 호아킨의 기분을 상하게 하지 않으려 조심하는 기색이 역력했다.

"논리적으로 말이 안 된다는 건 아는데, 요즘 가끔 청취자들 이야기에 빨려들어가고 있어. 말 그대로 갑자기 그들의 목소리가 나를 끌어당기면서 주위 환경이 변한다는 뜻이야. 그런 식으로 라디오 방송국을 벗어나면 내 의지와는 상관없이 그들의 무서운 이야기에 함께하게 돼."

"자기는 〈고스트 라디오〉의 진행자라는 역할을 너무 심각하게 받아들여. 청취자들과 지나치게 교감하려고 하고."

알론드라는 호아킨의 이야기를 여전히 믿지 못하고 있었다.

"이건 사람들이 전화로 들려주는 이야기를 상상하는 것과는 차원이 달라."

"아무래도 나를 침대로 돌려보낼 생각이 없는 것 같으니 우리 커피나 한잔 해."

---

* 약물에 의한 환각 작용이 지속되는 상태.

"또?"

"아니, 이번이 처음이야. 내 말 믿어. 난 내가 하루의 첫 커피를 언제 마시는지 똑똑히 알고 있으니까."

그들은 부엌으로 들어갔다. 알론드라가 눈을 비비며 앉았다.

호아킨은 곧장 커피머신으로 다가갔다. 커피머신은 따뜻하지 않았다. 호아킨이 에스프레소 두 잔을 추출했고, 두 사람은 말없이 커피를 마셨다. 알론드라와 눈이 마주친 호아킨은 다짜고짜 이야기를 쏟아낸 자신이 조금 우습게 느껴졌다. 목사의 시체와 마비된 도시가 예전에 본 영화의 한 장면처럼 아득했다. 하지만 의자에 앉아 긴장을 푸는 순간 상처에 통증이 밀려들었다. 그는 화장실로 달려가 거울에 비친 자신을 바라보았다. 얼굴엔 멍이 들어 있었고, 가슴에도 여러 군데 상처가 나 있었다. 그는 알론드라에게 돌아왔지만 아무 말도 하지 않았다. 집 안은 그 어느 때보다 환했다. 〈아키텍처럴 다이제스트〉*에 나오는 사진처럼 사방이 빛났다. 바깥 거리가 점점 시끄러워지고 있었지만 호아킨은 거의 감지하지 못하고 있었다.

"자기 커피." 알론드라가 말했다.

"그게 뭐?"

"식고 있다고. 자기는 식은 커피 싫어하잖아. 입맛이 바뀐 거야?"

"아니. 근데 그것도 이미 벌어진 일이야."

---
* 미국에서 발행하는 건축 인테리어 잡지.

"오호라, 또 그 논쟁을 하자는 거로군."

"아냐, 관두자."

"고마워."

"얼마 전부터 내가 톨텍에 관한 꿈을 계속 꾼다고 했던 거 기억나?"

"응. 그들이 올멕*이나 아스텍이 아니라 톨텍이라고 어떻게 확신하느냐고 자기한테 물었던 것도 기억나. '여기서부터 톨텍의 땅'이라는 표지판이라도 있었어?"

"물론 아냐. 하지만 그건 꿈이었어. 꿈속에서는 모든 걸 그냥 알잖아. 난 그들이 톨텍이었다는 걸 알아. 그리고 그 목사는 자기 교회를 크리스천-톨텍 교회라고 했어."

"『바보도 배울 수 있는 톨텍의 지혜』라는 책 읽어봤어?"

"그게 뭔데?"

"톨텍의 철학을 바탕으로 만든 일종의 자기계발서야. 지은이가 로젠털이라는 시골에 사는 여자인데, 롱아일랜드나 리돈도비치 출신이 틀림없어."

"어떻게 그런 걸 다 알아?"

"묻지는 말고. 그냥 그렇다고 알면 돼. 지금껏 수십 년 동안 톨텍은 샤머니즘 관광산업, 이국적인 영적 구루, 반反과학주의 인류학에 악용되어왔어."

"그 말을 들으니 더 혼란스러운걸. 좀더 자세히 이야기해봐."

"한때 어딘가에서 톨텍에 관해 배운 적이 있지만 이제는 그걸 우려먹을 마음이 조금도 없다는 것까지만 이야기하도록 하지."

---

* 콜럼버스 이전 시대에 멕시코 중남부 지역에 살던 부족.

알론드라가 한숨을 쉬고 말을 이었다.

"나도 학생들이 거기 빠져들지 않도록 신경쓰고 있어. 안 그러면 앞으로 수 세대에 걸쳐 또다른 카를로스 카스타네다들이 나왈 운운하며 사방에서 설칠 테니까. 장담하건대 그런 건 우리한테 필요없어."*

"힌트라도 좀 줘. 싸구려 문고판 몇 권만 읽으면 바보도 통달할 수 있다는 톨텍의 지혜가 뭐야?"

알론드라가 얼굴을 찡그리며 대답했다.

"'톨텍의 도道'를 따르는 일련의 수련법이야. 이른바 톨텍의 예언과 복음, 신탁이 전하는 비밀을 귀 얇은 자들에게 주입시키는 책과 시디, 영화가 수두룩해."

"배리도 예지몽 얘기를 했어."

"톨텍의 지혜를 이용해 마음의 평화, 인성 변모, 지식, 행복, 자유, 기氣 다스리는 법 따위를 터득하게 해주는 안내서들도 있어. 심지어 고대 중앙아메리카 사람들이 누린 마법처럼 황홀한 섹스를 즐기는 법도 알려주지. 누구나 알다시피 순 엉터리지만."

그녀가 코웃음을 쳤다.

"음, 그건 도움이 안 돼."

"무슨 말을 해주길 바라는 거야?"

"진짜 톨텍은 어떤 사람들이었어?"

"알고 싶어?"

---

* 카를로스 카스타네다는 페루 출신의 문화인류학자로, 멕시코 북부에서 야키 족 주술사를 만나 깨달음을 얻은 뒤 이 경험을 쓴 『돈 후안의 가르침』 『또 하나의 현실』 연작을 통해 미국 뉴에이지 운동의 기수가 되었다. 나왈은 중앙아메리카 민담에 등장하는 신비로운 변신 능력을 가진 인간이다.

"대답해줄 수 있어?"

"복잡한데, 복잡해…… 복잡해."

"내가 알아듣도록 설명해봐."

알론드라는 깊은 한숨을 내쉬더니 풍성한 검은 머리칼에 손가락을 박고 쓸었다.

"알려고 하는 목적이 뭔데?"

"궁금해서 그래. 중요한 문제 같아서."

알론드라는 냉장고로 가 물병을 꺼내더니 뚜껑을 비틀어 열고 꿀꺽 꿀꺽 마셨다. 그러고는 심호흡을 하고 애정 어린 눈빛으로 호아킨을 바라보면서 톨텍 이야기를 시작했다.

"많은 사람들이 톨텍을 민족이나 문명, 국가로 잘못 알고 있어. 중앙아메리카를 연구하는 학자들조차 오랫동안 그런 오류를 범하고 멕시코 이달고 주의 툴라를 톨텍 문명의 중심지로 여겼지. 심지어 그런 오해를 부추기는 『톨텍의 예술』이라는 책도 있어."

"좋아, 민족이 아니라는 거지. 그럼 뭐야?"

"사실은 아스텍 족이 중앙아메리카의 소수 부족들을 정복할 때 자신들의 명분에 유사 종교적인 권위를 부여하려고 만들어낸 신화야. 제국 건설에 사용한 일종의 도구였지."

"우와! 정말이야?"

알론드라가 고개를 끄덕였다.

"그다지 '뉴에이지'적인 발상은 아닌걸."

"그렇지."

"그래서 어떻게 됐는데?"

"아스텍 족은 '톨텍'이라고 불리는 고대 문명이 존재한다고 주장했어. 톨텍 신화에 대해 더 자세히 얘기해줄 수도 있지만 아무튼 핵심은 톨텍이 거대한 도시와 제국들을 거느린 고대 문명이었다는 점이야. 따라서 아스텍이 선보이는 예술이나 도시 개발, 중앙집권방식은 모두 톨텍의 전통에 따른 것이라는 논리였지. 톨텍은 고대부터 전해져내려온 고귀함 그 자체니까 제국 건설을 지지하는 것은 고귀한 행위인 거고."

"영리한데."

"아스텍은 똑똑한 친구들이었어. 톨텍의 의미를 일상으로까지 확장시켰거든. 원래 톨텍은 '예술가'나 '장인'을 뜻하는데, 대개 '벽돌공'이라는 뜻으로도 확대되어 사용되었지. 그래서 아스텍은 제국의 거대한 건축물을 짓는 훌륭한 일꾼을 일컫는 데 그 말을 써먹었어."

"잠깐." 호아킨이 알론드라의 말을 잘랐다. "오늘날의 우리도 모두 그런 싸움을 하고 있어. 톨텍과 싸우면서 톨텍이 되어가는 거야."

"무슨 뜻인지 이해가 잘 안 가는걸."

"뻔히 보이잖아. 모르겠어?"

"글쎄."

"우린 우리가 아주 똑똑하고 진보적이라고 생각해. 하지만 좋은 이유에서든 멍청한 이유에서든, 심지어 〈고스트 라디오〉를 위해서 테크놀로지를 우상화하면서 제국을 더욱 견고히 하고 있어. 우리 자신이 톨텍이 되어가는 거야."

"맞는 말 같아." 알론드라가 진지한 표정으로 고개를 끄덕였다.

"잠깐, 그게 다가 아냐."

호아킨은 두리번거리며 방 안을 살펴보았다. 그의 눈길은 바닥에서 천장으로 올라갔다가, 천장 모서리에서 벽을 타고 내려왔다.

"왜 그래?"

"그들은 여기에 있어. 밤과 낮, 빛과 그림자, 꿈과 현실 사이로 미끄러지듯 오가고 있다고."

"톨텍? 일리 있는 말이네. 톨텍인들은 삶이 꿈이라고 믿었대."

호아킨은 배리가 했던 말을 떠올렸다.

꿈꾸는 자가 꿈꾸기를 멈추면 꿈은 사라진다.

"그들은 우리의 삶이 진짜가 아니라고 믿었어. 다른 누군가가 꿈꾸고 있는 현실 속에서 살도록 우리가 길들여졌다는 거지. 따라서 마침내 우리가 잠에서 깨면 꿈을 통제할 수 있게 되고 행복해진다는 거야. 내가 알기로는 그래."

알론드라는 어깨를 으쓱했다.

"배리도 그런 말을 했어. 꿈꾸는 자가 꿈꾸기를 멈추면 꿈이 사라진다고. 너한테 아직 말하지 않은 게 있는데, 목사가 죽자 온 세상이 정지됐어."

"그 목사가 교황 베네딕토 16세나 된다면 모를까, 아마 자기의 꿈이었을 거야. 설마 정말로 온 세상이 정지되었다고 생각하는 거야?"

"배리의 그 말을 듣고 목사의 집에서 나왔는데 정말 거리가 완전히 텅 비어 있었어. 폐허가 된 도시처럼 말이야. 톨텍에 대해 좀더 얘기해줘. 넌 그런 걸 믿어?"

"난 한 번도 믿은 적 없지만 내 삶의 어떤 사람은 믿었지. 이 말은 안 들은 걸로 해줘. 자기도 알다시피 난 과거 이야기는 질색이잖아."

호아킨이 몸을 앞으로 내밀었다. "이번만큼은 예외로 해줘. 부탁이야."

"난 톨텍 전문가가 아냐. 하지만 방금 말했다시피 그들의 신앙이 자각몽이라는 개념을 이용한다는 이야기쯤은 해줄 수 있어."

"자각몽?"

"꿈을 꾸는 동시에 그게 꿈이라는 걸 인식하고 통제함으로써 꿈을 일종의 '대체 현실'로 경험할 수 있다는 개념이야. 그 현실 속에서는 뭐든 할 수 있지. 하늘을 날 수도 있고, 가장 변태적이고 기괴한 성적 환상을 아무런 위험 없이 실현할 수 있는 거야."

"난 다른 사람들의 악몽 속에 살고 있는 것만 같아. 하지만 내 자유 의지는 전혀 없지."

"호아킨, 어떤 면에서는 당연한 일일지도 몰라. 날마다 기괴한 이야기를 듣다보니 네 정신이 장난을 치기 시작한 거야."

"그럼 내가 보는 환상들은 어디서 오는 건데?"

"흔히 우리의 상상력을 자극하는 것들에서 왔겠지. 주변 환경, 텔레비전, 영화, 비디오게임 등등. 난들 알겠어? 어쩌면 〈매트릭스〉 때문일지도 몰라. 삼부작을 연달아 오십 번이나 봤으니 지나친 상상을 할 수밖에. 넌 전파세계의 네오로 변하고 있는 거야."

"농담하는 거 아냐."

알론드라는 웃음을 그쳤다. 하지만 표정을 보니 여전히 납득하는 눈치는 아니었다.

"알았어, 알았다고. 정신의 소화불량 따위가 아니라 매우 중요한 문제지."

"단순히 어떤 이미지를 본 것이거나 미디어에서 받은 영향이나 환상이 아냐, 알론드라. 나는 이 장소에서 저 장소로 끌려다니는 생생한 체험을 한 거라고. 냄새, 색깔, 오물, 고통, 모든 게 완전히 진짜였어. 이걸 봐."

호아킨은 손가락으로 얼굴의 멍을 가리키고 셔츠를 올려 목사의 주먹이 남긴 상처를 보여주었다.

"어쩌다 이랬어?"

"존재하지 않았던 오늘, 목욕가운을 입은 뚱보와 싸웠거든."

"음…… 심신증*의 일종일지도 몰라. 머릿속으로 상상한 것이 물리적으로 나타나는 거지. 어쩌면 단순히 무언가에 부딪혔을 수도 있고. 흔히 일어나는 증상이야."

알론드라는 호아킨의 몸통에 난 상처들을 유심히 살펴보았다. 정서적 혼란 때문에 피부 상태가 변한 것이 아니라 정말로 얻어맞은 자국이 분명했다.

"혹시 계단에서 구른 거 아냐?"

"이제는 뭘 믿어야 할지 모르겠어."

---

* 정신의 갈등이 신체적 병변으로 나타나는 증상.

42장

식인 병원에서

병원 복도는 끝이 없을 것만 같이 이어져 있었다. 그 병원은 과거 2차 세계대전 기간에 군사시설로 쓰이던 곳이었다. 간호사 없이 처음으로 휠체어를 타던 날, 호아킨과 가브리엘은 그들이 입원해 있는 층을 구석구석 천천히 답사했다. 행정사무실들 앞에 걸린 기념 명판을 읽어보고 간호사들도 구경했다. 특히 그중 한 간호사를 보고 둘은 이 병원에서 가장 감동적인 젖가슴의 소유자라는 데 의견을 모았다. 그날의 대부분을 함께하면서도 둘은 개인적인 이야기는 꺼내고 싶어하지 않았다.

오락 프로와 토크쇼, 연속극 따위나 보면서 불안과 고독의 나날을 보내던 호아킨은 다시 가브리엘을 찾아가기로 마음먹었다. 그와 가까워지고 싶었다. 어떤 녀석인지, 무얼 하는지, 어느 학교에 다니는지, 어떤 음악을 좋아하는지 알고 싶었다. 하지만 가장 궁금한 것은 차마 물어볼 엄두가 나지 않았다. 이 병원에서 나간 뒤 우린 어떻게 될까? 당시 호아킨은 퇴원 후 자신의 처지가 어떻게 될지에 대해 아는 바가 없었다. 누구랑 살게 될까? 어디서 살게 될까? 부모님의 죽음이 여전히 꿈인 것 같았다. 그는 가브리엘도 비슷한 고통에 시달리면서 새로운 현실을 힘겹게 받아들이고 있으리라 믿었다.

자유롭게 돌아다녀도 된다는 허락이 떨어지자마자 호아킨은 휠체어를 타고 가브리엘을 찾아다녔다. 그리고 어느 날 아침 마침내 정원에서 책을 읽고 있는 가브리엘을 발견했다. 호아킨은 몇 미터 앞에서 멈췄다.

"이거 반가운데? 방금 내 병실 옆자리에 누워 있는 남자가 빌려준 책을 다 읽은 참이거든." 가브리엘이 말했다.

"무슨 책인데?"

"스티븐 킹의 소설. 혹시 공포소설 좋아해?"

"무진장 좋아하지. 스티븐 킹도 좋아해."

"이거 읽어볼래? 다 보고 돌려주기만 하면 돼. 안 그러면 내 옆자리 환자가 목발로 날 두들겨팰지도 모르거든. 그 자식이 그렇게 말했어."

"휠체어 환자한테는 무시무시한 위협인데."

"넌 읽을거리 좀 없어?"

"전혀. 사실 여기서 지낼 계획은 없었거든."

가브리엘이 키득거렸다.

"나도 이런 방학은 계획에 없었어."

한동안 그들은 음악에 대해 이야기했다. 최신 음악 경향, 유명한 기타리스트들의 연주 기법, 키보드 연주자들이 사용하는 장비 따위에 대해서였다. 화제는 거기서 더 나아가 음악 신scene이 완전히 포화 상태에 이른 시대에 음악을 만드는 목적과 스타일에 대한 토론으로까지 이어졌다. 대화는 거기서 끝나지 않았다. 결국 그런 대화는 둘의 관계에 가장 중요한 요소 중 하나가 되었다. 서로 생각이 너무 달라서 의견 일치를 보기가 불가능한 부분도 있었지만 함께 음악을 만드는 데는 필수적인 과정이었다.

"음악으로 자신을 표현하고, 그걸 좋아하고 즐기는 것만으로도 충분하다고 생각해." 한결 느긋해진 가브리엘이 말했다.

"그건 좋아. 하지만 진짜 중요한 건 의미심장하고 혁신적인 음악을 만드는 거야. 이제껏 아무도 들어보지 못한 음악."

"그게 왜 중요하지? 가장 중요한 첫째 목적은 자기 자신을 위해 음악을 만드는 거야."

호아킨은 콧방귀를 뀌었다.

"웃기는 소리 하고 있네. 음악은 들려주려고 만드는 거야. 물론 어느 정도는 음악이 자기만족과 자극을 주고 그게 필요할 때도 있지만, 청중을 고려하지 않는 음악은 무의미해."

"아니, 그건 부차적인 문제야. 우선은 자신의 음악이 훌륭할 때 그걸 즐기고 만족을 느껴야 해. 남들도 좋아하는지 살피는 건 그 다음이야."

"그건 기교를 최우선으로 치는 클래식 연주에나 해당되는 얘기고. 그런 연주자는 마치 운동선수처럼 매번 좀더 우아하고 빠르고 민첩한 동작만 신경쓰잖아? 물론 거리의 악사나 스튜디오 뮤지션도 연주로 돈 벌 생각 말고는 아무 야망도 없다는 점에선 마찬가지고."

"완전히 글러먹은 생각을 갖고 있구나. 너무 상업적인 음악관이야."

"웃기고 자빠졌네. '자기 자신을 위한 음악 연주'라는 망상에 어울리는 건 열여섯 살이 되도록 생리 한번 못한 덜떨어진 계집애뿐이야."

그런 언쟁은 끝이 없었다. 열띨 때도 있고 차분할 때도 있었지만, 견해 차이로 다투다가 한쪽이 화를 이기지 못하고 꺼져버리라고 소리치기 일쑤였다. 하지만 일이 분 뒤에는 아무 일도 없던 것처럼 다시 대화가 시작됐다.

가브리엘과 호아킨은 병원 안에서 활동 영역을 점점 넓혀갔다. 하루의 대부분을 함께 보내던 그들은 결국 둘만의 병실이나 다름없는 곳으로 옮겨졌다.

간호사들은 대부분 상냥했으며, 다른 환자들보다 그들에게 더 관심을 기울이고 특별 대우를 해주었다. 맛대가리도 없는 환자식을 강요하지도 않았고, 카세트플레이어가 달린 낡은 라디오를 듣게 해주었으며, 한 간호사는 기타를 빌려주는 호의를 베풀기까지 했다. 물론 나머지 환자들이 좋아할 인기 팝송을 불러줬음 하는 기대에서였다. 하지만 그녀는 쇳소리와 괴성, 심지어 뱃속에서 나는 소리까지 뒤섞어 만든 가브리엘과 호아킨의 첫 공동작품을 듣고는 기겁했다. 프랭크 자파*를 연상시키는 장난기로 가득한 곡이었지만, 그 안에는 훗날 그들이 창조할 음악의 씨앗이 담겨 있었다. 인기에 연연하지 않다보니 결국 며칠 만에 음악적 특혜는 사라졌다. 의사와 간호사, 환자 모두가 질색을 했던 것이다. 가브리엘은 오래된 의료기기를 쌓아둔 창고에서 전자부품을 훔쳐다가 아주 단순한 신시사이저를 만들었다. 그리고 자신의 발명품으로 만들어낸 소리를 녹음기로 증폭했다. 한편 호아킨은 깡통과 병, 쇳조각, 나뭇조각 같은 잡동사니를 모아 즉석 타악기로 사용했다. 안타깝게도 종종 밖에 나갔다 돌아오면 그의 악기는 쓰레기통에 버려져 있었다. 가브리엘은 윌리엄 버로스 같은 비트족들이 사용한 테이프 컷업 테크닉에 대해 들은 적이 있었다. 그는 라디오에서 추출한 리

---

* 독창적이고 진보적인 음악으로 유명한 미국의 기타리스트.

듬과 텍스처, 목소리를 조합해 음악을 만들면 무한한 가능성이 열릴 거라고 호아킨에게 설명했다.[*]

"다다이스트들이 했던 것과 비슷한 거구나!" 호아킨이 들뜬 표정으로 맞장구를 쳤다.

"맞아. 비슷해. 새롭게 발견된 예술."

온종일 지루하고 따분하게 지내게 되면 어떤 식으로든 취미가 생기게 마련이다. 병원에는 카세트테이프를 모으는, 심각한 췌장염을 앓는 불쌍한 남자가 있었는데 딸이 편지를 쓰기보다는 목소리를 녹음해 보내길 좋아하는 모양이었다. 호아킨과 가브리엘은 그의 카세트테이프를 몇 개 '빌리기로' 했다. 그의 몸 상태로 보건대 몇 개 없어졌다고 찾을 것 같지는 않았다. 그들은 병원 소음과 사람들의 목소리, 라디오의 혼신混信 따위를 녹음한 다음 마그네틱 테이프를 날카로운 칼로 자르고 접착테이프로 이어붙여 플레이어로 재생했다.

어느 날 밤, 호아킨과 가브리엘은 늦게까지 잡담을 하며 라디오를 만지작거리고 있었다. 그날 함께 만든 곡에 삽입할 소리를 찾느라 무심히 다이얼을 돌리는데, 우연히 〈고스트 라디오〉의 전파가 잡혔다. 청취자들이 전화를 걸어 온갖 괴담과 불가사의한 사건, 소름 끼치는 체험담을 늘어놓는 방송이었다. 흥미진진한 이야기도 있고, 믿기 힘든 이야기도 있고, 형언할 수 없으리만치 굉장한 이야기도 있었다. 대체로 이야기들은 아주 재미있어서 호아킨과 가브리엘은 처음 들은 그 순

---

[*] 컷업 테크닉이란 기존 텍스트의 이미지나 소리, 단어 등을 재배열함으로써 전혀 새로운 텍스트를 만드는, 우연에 기대는 예술기법이자 일종의 장르다. 이 기법은 1920년대 초현실주의 예술가들이 창조했으며, 1950년대 획일적인 사회체제에 반대하며 마약이나 재즈, 섹스를 통해 개인적인 해방과 정화를 추구한 미국 비트 제너레이션의 대표적인 작가인 윌리엄 버로스가 다시 사용했다.

간부터 흠뻑 빠져들었다. 그날 이후 둘은 하루도 빠짐없이 밤마다 〈고스트 라디오〉를 들었다. 답답하고 단조로운 병원생활에서 벗어나려면 변화가 필요했지만, 무언가를 규칙적으로 하는 것도 정상인으로 사는 것 같은 기분이 들어 나쁘지 않았다. 어느새 〈고스트 라디오〉 청취는 둘의 일과에서 가장 신나는 일이 되었다.

물론 끔찍한 죽음과 유령, 사고 이야기 따위는 얼마 전 비극적으로 부모를 잃은 두 십대 소년에게 권할 만한 오락거리가 될 수 없었다. 하지만 묘하게도 그런 괴담은 백신처럼 고통을 누그러뜨렸다. 나이브하고 과장된 면이 있는 그런 이야기들은 공포를 중화시켜 인간적인 것으로, 납득할 만한 것으로, 심지어는 우스꽝스러운 것으로 변모시켰다. 가브리엘과 호아킨은 병실에 몰래 갖고 들어온 콜라를 마시면서 청취자 사연들에 귀를 기울였다.

간혹 병실에 들어온 간호사에게 들키기도 했다. 간호사들은 대개 소년들의 라디오 청취를 눈감아주었지만, 가끔은 권위적인 태도로 호통을 치며 라디오를 꺼버리거나 압수하겠다고 으름장을 놓기도 했다. 다행히 정말로 그렇게 한 간호사는 없었다.

이따금 두 소년은 건물 관리인에게 어렵사리 마리화나도 얻어 피웠다. 그 대가로 거의 손을 안 댄 초콜릿 상자에서부터 전기면도기까지 온갖 특별한 물건을 갖다바쳤는데, 어디까지나 사람들이 부주의하게 어딘가에 놓고 간 것들을 '발견'한 것뿐이었다.

가브리엘은 곧 학교 친구들이 문병 올 거라는 말을 자주 했다. 그리고 호아킨에게 밴드 멤버들을 소개시켜주겠다고 했지만, 몇날며칠이 가도 찾아오는 사람은 없었다. 얼마 후 호아킨은 그게 민감한 문제라는 걸 깨달았다. 자세한 내막은 알 수 없었지만, 가브리엘의 친구들이 그를 썩 그리워하지 않는 것만은 분명했다. 가브리엘은 마이크라는 친구에게 여러 번 전화했고, 그때마다 마이크는 문병을 오겠다고 약속했다. 반면 호아킨은 친구들의 문병 따윈 전혀 기대하지 않고 할머니가 데리러 오기만을 눈이 빠져라 기다렸다. 상황에 대해서는 할머니도 이미 들어서 알고 있었고 전화 통화도 몇 차례 했지만, 할머니와의 대화는 여전히 너무나 버거운 일이었다. 아무도 울지 않았다. 할머니와 손자 모두 북받치는 감정을 억누르려 무던히 애썼다. 눈물 한 방울만으로도 걷잡을 수 없는 슬픔의 눈사태가 초래될 것 같아서였다.

어느 날 아침, 가브리엘이 불쑥 나타났다.

"자, 따라와. 아마 깜짝 놀랄 거야."

호아킨은 그를 따라 복도를 내려갔다 다시 오르막길을 올라갔다. 문간에 다다르자 가브리엘이 말했다.

"다 왔어. 어때?"

"뭐가?"

"저 경주로 말야, 멍청아."

가브리엘은 사람들이 잘 다니지 않는 정원의 일부를 에워싼 길을 가리켰다.

그러더니 갑자기 내리막길을 따라 돌진하더니, 있는 힘껏 두 팔로 휠체어 바퀴를 돌리면서 속력을 높였다. 호아킨은 어이가 없었다. 사적인 이야기를 하려고 불러낸 줄 알았던 친구 녀석이 갑자기 텅 빈 내리막길을 따라 전속력으로 달려간 것이다. 호아킨은 본능적으로 친구를 뒤쫓아가면서 최대한 속도를 내려고 기를 썼다. 휠체어가 얼마나 튼튼한지도 모르고 사람을 덮치면 무슨 일이 벌어질지도 알 수 없었지만, 당장은 머릿속에 아무 생각도 떠오르지 않았다.

내리막이 꽤 가팔라 금세 속도가 붙은 호아킨은 가브리엘을 불과 몇 미터 앞에 두었다. 한 간호사가 그들을 보고 소리지르기 시작했다. "멈춰! 멈춰!" 호아킨은 가브리엘을 따라잡는 데만 열중했다. 갑자기 문 하나가 열리더니 소아과 의사인 스콧 박사와 병원 관리자인 가르시아가 태평한 걸음걸이로 걸어나왔다. 가브리엘은 왼쪽으로 방향을 틀었지만, 호아킨은 미처 그럴 새가 없었다. 돌진해오는 휠체어를 본 의사가 팔로 얼굴을 가리며 맥없이 소리쳤다. "안 돼!"

다행히 휠체어 경주가 큰 사고를 내지는 않았다. 충돌 직전 호아킨이 수풀로 몸을 날려 그를 덮치지 않은 덕분에 의사는 몇 군데 긁히고 자존심에 상처를 입었을 뿐이었다. 관리인 가르시아는 털끝 하나 다치지 않았다. 두 소년은 사고였다고, 내리막길에서 가브리엘의 휠체어가 제멋대로 굴러가기 시작했고 그를 멈추려고 미친 듯이 쫓아가던 호아킨이 그만 실수로 미는 바람에 오히려 속도가 더 빨라졌다고 해명했다. 그러나 빈정이 상한 의사는 이번 일이 결코 사고가 아니라 두 소년의 의도적인 공격이 틀림없다면서, 폭행과 재물 손괴 명목으로 고소하겠다고 물러서지 않았다. 병원장 프리드먼 박사는 최근 부모를 여의고 휠체어 신세를 지게 된 두 소년이 가해자라는 점을 지적하며 덧붙였다.

"판사에게 이 어린 소년들의 유죄를 납득시키기는 쉽지 않을걸세, 스콧."

"하지만 전 그애들에게 느닷없이 당했다고요."

"그냥 잊어버리게. 단순 사고였고 앞으로 다시는 이런 일 없을 테니까. 그렇지?"

두 소년 모두 웃음을 참으며 고개를 끄덕였다.

호아킨은 완전히 휠체어를 망가뜨려 대신 새것을 받았다. 두 소년은 유명 인사가 되었고, 덕분에 일부 간호사, 특히 젊은 간호사들의 호감과 관심을 얻었다. 하지만 동시에 다른 사람들의 감시는 더 심해져서 조심해야 했다. 스콧은 앙갚음하겠다고 벼르고는, 두 소년을 미행하고 감시하면서 그들을 병원에서 쫓아내려고 별별 짓을 다했다. 고소에 반대했던 프리드먼조차 심심해하는 두 말썽꾸러기가 썩 달갑지 않아 다른 병원으로 보내고 싶어했다. 다행히 법적으로 그가 두 소년을 어떻게 할 순 없었다. 다른 병원으로 옮기려 해도 절차가 워낙 복잡해 빨라야 몇 주, 길면 몇 달이 걸릴 터였다.

밤이 되면 호아킨과 가브리엘은 의식을 치르듯 〈고스트 라디오〉를 들었다. 밤에 활기를 불어넣어줄 밀수품을 구할 기회는 줄었지만, 방송을 들으며 커다란 즐거움을 느끼는 것만은 여전했다.

어느 날 밤, 그들은 조용히 병실에서 빠져나와 복도를 따라 살금살금 이동했다. 들키지 않고 병원장실까지 가는 것이 쉽지 않은 일이라는 건 알았지만, 호아킨에겐 성공한 전력이 있었다. 창녀촌의 낡아빠진 침대보다 더 시끄럽게 삐걱거리는 휠체어 두 대를 한밤중에 복도에서 소리 없이 몰기란 여간 어려운 일이 아니었다.

그들은 소음을 최소로 줄이려고 동작을 일치시켰다. 그러다보니 거의 한 시간이나 걸렸고, 그러는 내내 키득키득 웃음이 새어나왔다. 마침내 병원장실 문 앞에 다다르자, 호아킨은 거의 새것이나 다름없는 아라미스 셰이빙로션 한 통과 맞바꾼 열쇠를 구멍에 꽂았다. 문이 열렸다. 그들은 재빨리 들어가 문을 닫고 전화기 쪽으로 다가갔다. 먼저 도착한 가브리엘이 전화를 걸었다. 통화중이었다. 다시 걸었다. 역시 통화중. 다시 걸었지만 마찬가지였다. 실망한 가브리엘이 수화기를 내려놓았다. 호아킨은 소리 내지 말라는 뜻으로 입술에 손가락을 대고는 전화번호를 눌렀다. 통화중. 그는 다시 한번 걸었고, 이번에는 젊은 여자 목소리가 흘러나왔다.

"〈고스트 라디오〉입니다. 들려줄 사연이 있나요?"

그 소리를 듣자마자 호아킨이 수화기를 재빨리 가브리엘에게 건넸다.

"네. 하고 싶은 이야기가 있습니다." 가브리엘이 말했다.

"좀더 크게 말씀해주세요."

호아킨은 비져나오는 웃음을 가까스로 참았다.

"이 년 전쯤 휴스턴에 있는 성 미카엘 병원에 입원했습니다. 신부전 때문에 수술을 받아야 했거든요."

호아킨은 다시 웃음이 터져나오려는 걸 간신히 억눌렀다.

"수술을 하루 앞둔 날 밤 불안해서 잠이 오지 않아 저는 휠체어를 타고 병원을 한 바퀴 돌았어요. 그런데 어디선가 이상한 소리가 들렸어요. 한 사무실에 불이 켜져 있기에 슬쩍 들여다보니, 의사와 간호사 몇 명이 피투성이 내장을 날로 먹고 있는 거예요. 탁자 상석에는 병원장인 프리드먼 박사도 있었죠. 하지만 인육을 썰어서 모두에게 나눠주는 사람은 스콧 박사였습니다. 바닥에 누워 있는 건 나랑 같은 병실을 쓰던 환자였고요. 그날 전립선 수술을 받는다고 수술실로 간 환자였죠. 이튿날 나는 머리가 어지럽고 밤새 토해서 수술을 못 받겠다고 했어요. 스콧 박사는 마지못해 수술을 미뤘고, 대신 그들은 등에 커다란 종양이 있던 젊은 여자를 수술했어요. 그날 밤 나는 다시 병실을 빠져나왔어요. 전날 밤 헛것을 본 건지 확인하고 싶었거든요. 식인 광경을 목격했던 사무실에 다다르자, 아직 숨이 붙어 있는 젊은 여자의 내장을 먹고 있는 스콧과 프리드먼의 모습이 보였습니다. 나는 병원에서 탈출하려 했지만 무슨 요새라도 되는지 경비가 무진장 삼엄하더라고요.

그래서 난 검사 결과를 숨기고, 침대를 바꾸고, 직원들을 으르면서 날마다 새로운 핑계거리를 만들어야 했어요. 수술실로 끌려가지 않으려고요."

호아킨이 더는 참지 못하고 폭소를 터뜨렸다. 마침내 가브리엘이 통화를 끝냈다. 둘은 배꼽을 잡고 웃다가 휠체어에서 굴러떨어졌다. 잠시 후 그들은 원장의 물건 몇 가지를 빌린 다음, 올 때처럼 조심조심 빠져나갔다. 이제 그들은 〈고스트 라디오〉의 수동적인 청취자가 아니었다. 전화를 거는 능동적인 청취자가 된 것이다. 두 소년은 스스로가 몹시 자랑스러웠다.

"만약 어떤 이유로 뮤지션이 못 되면 뭘 할지 정했어."

"식인 의사?"

"라디오 방송 진행자."

그들은 웃음을 멈출 수가 없었다.

마침내 호아킨의 할머니가 손자를 문병 오는 날이 됐다. 호아킨은 가브리엘과 함께 정원에서 책을 읽고 있었다. 두 소년의 매일 오후 일과였다. 할머니를 본 호아킨은 일어나려 했지만 일어설 수 없다는 걸 깨닫고 할머니 쪽으로 휠체어를 몰았다. 가브리엘은 멋쩍은 표정으로 자리를 비켜줬다. 호아킨과 할머니는 끝도 없이 이야기를 나눴다. 특별한 화제도 없이 생각나는 대로 아무거나.

얼마 후 호아킨은 가브리엘이 기다리고 있는 병실로 돌아왔다.

"여기서 나가면 할머니랑 같이 살기로 했어. 멕시코로는 안 돌아갈 거야."

334

43장

존재하지 않는 방송

호아킨은 차를 몰고 외출했다. 음반을 사러 가거나 슈퍼마켓에서 시간이나 죽일 참이었다. 그는 신경이 잔뜩 곤두서서 혼잣말을 중얼거리기 시작했다. 그때 휴대전화가 울렸다. 새것이라 아직 전화기에 익숙하지 않았다. 받아보니 〈뉴스위크〉의 기자 프루였다. 다급하고 불안한 목소리였다.

"성가시게 해서 죄송하지만 여쭤볼 게 있어서요. 방금 우리 잡지의 팩트체커*와 얘기를 좀 했는데, 인터뷰 내용에서 문제가 발견됐다는군요."

"뭐가 문제죠? 그 기사는 내가 가브리엘에 대해 이야기하길 거부해서 몇 달 전에 취소된 줄 알았는데요." 호아킨이 물었다.

---

* 오보를 줄이고 정확한 사실 보도를 위해 기사 내용이 정확하고 사실에 어긋남이 없는지, 법적으로나 윤리적으로 문제를 일으킬 소지는 없는지 등을 언론사가 자체 점검하는 시스템.

"네, 그랬죠. 하지만 당신이 요즘 워낙 잘나가고 우리 잡지 다음 호에 지면이 남아서 싣기로 결정했습니다. 하지만 방금 말씀드렸다시피 문제가 있습니다."

"뭔데요?"

그 묵은 인터뷰가 다시 파헤쳐지고, 〈뉴스위크〉의 직원 부대가 법적 논란을 야기할 수 있는 진술이나 오류, 모순을 체계적으로 조사하고 있다는 생각에 호아킨은 짜증이 치밀어올랐다.

"큰 문제는 아닌데요, 팩트체커는 당신이 착각을 한 것 같다는군요. 가브리엘과 입원했을 당시, 현재 당신 방송과 비슷한 청취자 참여 방송을 들었다는 내용 말입니다."

"그게 왜 착각이라는 거죠?"

"그런 방송은 존재하지 않았거든요."

프루의 목소리에는 근심이 묻어 있었다.

"무슨 소리죠? 그 방송은 존재했어요. 당신네 팩트체커들이 잘못 안 거예요."

"호아킨 씨, 그들은 전문가예요. 우리 회사에서 오랫동안 일했지만 한 번도 실수한 적이 없는 이들이죠. 혹시 사고가 당신의 기억에 영향을 미친 건 아닐까요?"

"아뇨, 그 방송을 똑똑히 기억해요."

"있을 수 없는 일인데요. 지난 삼십 년 동안 휴스턴 지역에 그런 방송은 없었습니다. 기록에 따르면 유령이나 송장, 굴을 다룬 라디오 방송은 전혀 없었어요. 저도 그 자료를 봤습니다."

"프루 씨, 아마 착오가 있었나보죠. 나도 도서관이나 기록 보관소에서 사라진 문서를 찾아야 했던 적이 한두 번이 아니거든요. 기회를 주시면 방송에 대한 기록을 찾아내겠습니다."

"호아킨 씨, 내 말을 못 알아듣는군요. 우리가 치밀하게 조사했습니다. 수많은 역사적 기록을 참조하고 여러 전문가의 조언을 구했다고요. 하지만 그 방송을 아는 사람은 한 명도 없었습니다."

호아킨은 차를 세웠다. 현기증이 났다. 지금은 이런 소식을 듣고 싶지 않았다. 안 그래도 현실과 꿈의 경계는 이미 충분히 흔들리고 있었다.

"내가 과거의 많은 부분을 또렷이 기억하지 못한다는 건 압니다. 하지만 이 문제는 확실해요. 그 방송이 내 인생을 구했으니까요. 지금 하고 있는 일도 그 방송에서 영감을 얻은 거예요."

"당신이 멕시코에서 듣던 방송은 아닐까요?"

"틀림없이 그 병원에서 들었어요. 다른 가능성은 전혀 없어요."

"당시 그 방송을 들었을 만한 다른 사람은 없을까요?"

호아킨은 기억을 더듬어보았지만 그와 가브리엘은 다른 사람과 함께 라디오를 들은 적이 없었다. 그 시간에는 아무도 깨어 있지 않았다. 그리고 밤 아홉시 이후의 라디오 청취는 규칙 위반이었다. 더구나 병원에서 그 방송을 좋아할 만한 사람은 그들뿐이었다.

"내가 알기로는 가브리엘과 나만 들었습니다."

"당신과 당신의 죽은 친구뿐이라."

의심의 기색이 역력한 말투였다.

"물론 그 방송을 들은 사람은 많았을 겁니다. 그들이 누군지 내가 모를 뿐이죠."

"기억이란 화학적 반응에 불과해요. 혹은 단순한 전기신호거나요. 그러니까, 오류의 가능성이 아주 높다는 말이죠."

"그럴 수도 있지만, 당시 그 방송은 내 삶의 가장 큰 부분이었다고요."

"관두죠, 별 문제도 아니니까. 기사에서 그 부분만 빼버리죠 뭐."

"아뇨, 그러지 마세요. 내게 시간을 좀 주면……"

호아킨은 말꼬리를 흐리며 전화를 끊었다.

그는 속력을 높이고는 주변 차들은 아랑곳도 않고 거칠게 유턴했다. 사방에서 경적 소리와 욕설이 터져나왔지만 그는 속력을 최대로 높이고 반대 방향으로 달렸다. 집에 가서 쉬어야겠다는 생각뿐이었다. 사이비 목사의 죽음이 안겨준 충격에서 아직 회복이 안 된 상태였다. 물론 그 사건이 실제로 벌어진 일인지조차 확실치 않았다. 마음 한구석으로는 그 일을 잊고 싶었다. 환각이나 악몽, 일시적인 기억상실이었다고 믿고 싶었다. 하지만 지금까지 벌어진 모든 일이 생생했다. 그리고 지금은 해결해야 할 또다른 문제, 더욱 절박한 문제가 있었다. 그 라디오 방송이 실재했다는 것을 입증해야 했다. 만약 그러지 못하면 그가 믿는 모든 것이 무너져버릴 터였다. 그 방송은 호아킨의 과거와 기억의 초석이었다.

무엇부터 시작해야 할까? 답은 뻔했다. 방송의 존재 여부를 확인하는 것이 급선무였다. 호아킨은 알론드라에게 전화했다. "당장 휴스턴에 가야 해. 알아볼 게 있어. 안 그러면 미쳐버릴지도 몰라."

알론드라가 대꾸하기도 전에 상황의 급박함부터 설명했다. 그녀는 납득하지를 못했다.

"그런다고 뭐가 달라지는데?"

"지금 그 일은 세상에서 가장 중요한 일이야."

"진정해, 호아킨. 나한테 맡겨. 내가 조사해볼게. 길어야 이틀 뒤에는 그 방송이 정말로 존재했는지, 아니면 네 상상의 산물인지 알게 될 거야."

"안 돼. 지금 가야 해."

"자기 지금 너무 흥분해 있어. 진정하고 심호흡 좀 해. 지금 거기 가도 얻을 수 있는 건 없어."

"알론드라, 네가 어떤 말을 해도 내 결심은 바뀌지 않아."

그녀가 한숨을 쉬었다. "알았어. 하지만 나도 알아볼게. 자길 도와줄 사람도 물색하고. 내일 돌아올 거야?"

"아마 그럴 거야. 더 중요한 일이 생기지 않는다면."

"몸 조심해. 알았지?"

호아킨은 굉장한 속도로 차를 몰았다. 가슴속은 묵직한 돌덩이가 들어찬 느낌이었고, 머릿속은 짙고 비현실적인 안개로 뿌옇다. 공항에 도착하자 그는 왕복표를 끊고 탑승장으로 향했다. 휴대전화가 울렸다. 새 휴대전화. 주머니 속의 낯선 존재.

"쓸 만한 정보를 알아냈어. 휴스턴을 비롯해 텍사스 전 지역 라디오 방송의 전문가라는 맥스 스티븐스라는 사람이 있대." 알론드라였다.

"잘했어. 그 친구 주소 좀 알려줘."

"방금 내가 통화했어. 굳이 찾아가지 않아도 돼. 전화번호를 알려줄 테니 연락해봐."

"직접 만나야 해."

"좋을 대로 해. 전화번호는 문자로 보내줄게. 새 휴대전화 사용법은 알아?"

"응, 걱정하지 마. 문자 보내줘. 약속을 잡아야겠어."

"내가 이미 잡아놨어. 스티븐스가 오늘 만나주겠대. 시급한 사안이라고 말했거든. 아주 호의적인 사람이더라고."

비행기에 오르는 동안 호아킨은 휴스턴에 가본 지도 아주 오래되었

340

음을 깨달았다. 그 도시에 대해 기억나는 것이 별로 없었다. 그 점이 그를 불안하게 했다. 그토록 오래 살았던 장소를 어떻게 잊을 수가 있지? 문득 아주 오래전에 멕시코시티로 돌아갔던 일이 떠올랐다. 당시에도 낯선 느낌이었다. 그렇게 생각하니 마음이 놓였다. 그때도 기억이 되살아났으니 이번에도 그러리라.

하지만 오늘은 멕시코시티로 돌아갔을 때와 달랐다. 낯설었다. 도착한 순간부터 미지의 행성에 착륙한 기분이었다. 처음에는 도로 표지판 몇 개만 보면 길을 찾을 수 있을 줄 알았다. 하지만 공항에서 렌트한 2007년형 포드 토러스에 시동을 걸자마자, 비교적 쉬운 시내 진입조차 지도 없이는 불가능하다는 걸 깨달았다. 호아킨은 렌터카의 메탈릭 그린 보닛이 반사하는 햇빛을 노려보았다.

"마이크로칩은 전지전능하다고." 새 휴대전화 액정에 뜬 온라인 지도로 스티븐스의 사무실로 가는 길을 확인하면서 그는 중얼거렸다.

차를 몰고 가는 동안 특별한 일은 일어나지 않았다. 먼로 가를 남쪽으로 달려 간선도로로 향할 때 한 카페 앞을 지나쳤다. 인도 위 테이블에 앉은 사람들이 라디오를 에워싸고 있었다. 그런데 눈빛들이 텅 비어 있었다. 그들은 커피 잔을 입술 앞에 들고만 있을 뿐 마시지는 않았다. 이 시간에 〈고스트 라디오〉를 들을 리 없다는 건 알고 있었지만, 그런 광경이 틀림없다는 직감을 떨칠 수가 없었다. 호아킨은 차를 세우고 창문을 내려 귀를 기울여볼까 하다가 생각을 고쳐먹고 계속 달렸다.

사무실은 휴스턴 시내의 호화로운 마천루에 자리잡고 있었다. 스티븐스의 비서와 직원들이 파일과 상자, 서류 더미를 들고 분주하게 오가고 있었다. 대기실에는 그의 저서들을 광고하는 포스터와 유명 인사들과 악수하는 사진, 바다에 떠 있는 배를 그린 유화 한 점이 걸려 있었다. 스티븐스는 호아킨을 오래 기다리게 하지 않았다.

"호아킨 씨, 만나서 반갑습니다. 안 그래도 다음 책에 당신 이야기를 쓸 생각이라 관심이 많았어요. 당신의 방송이 놀라운 성공을 거뒀으니까요."

축하의 말을 몇 마디 더 들은 호아킨은 스티븐스의 책에 대한 칭찬으로 보답하려 했지만 읽은 게 없었다. 놀라울 것도 없이 해줄 말이 한마디도 떠오르지 않았다. 그는 그냥 만나서 기쁘고 영광이라는 인사를 건넨 다음 덧붙였다. "당신이 이 분야의 최고 전문가라는 얘길 듣고 여기까지 날아왔습니다."

스티븐스가 만족스러운 표정을 지었다. 날카로운 인상에 훤칠하고 호리호리하며 흠잡을 데 없는 외모를 지닌 사내였다.

"곧장 본론으로 들어가죠. 십육 년 전 저는 이 도시에서 큰 사고를 당해 육 주 동안 병원 신세를 졌습니다. 그 시기에 밤마다 유령과 초자연적 현상에 대해 이야기하는 라디오 방송을 들었죠. 지금 제가 진행하는 방송과 아주 비슷했습니다. 아주 늦은 시간에 시작해서 거의 밤새도록 이어졌는데, 청취자들이 전화로 괴담과 기이한 사연을 들려주고 유령 이야기를 했습니다. 그런 방송에 대해 들어보신 적 있으신가요?"

"금시초문인데요." 스티븐스가 대답했다.

"확실합니까?"

"물론입니다. 솔직히 말하자면, 당신이 착각을 하고 있는 것 같군요. 하지만 다시 확인해볼 수는 있습니다. 내 사무실에 보관되어 있는 라디오 방송 기록은 텍사스 주에서 가장 방대하죠. 아마 미국에서 가장 중요한 기록 보관소일걸요. 잠시만 기다려주세요."

스티븐스가 컴퓨터 앞에 앉아서 무언가를 입력했다. 호아킨은 조용히 기다렸다. 시간이 갈수록 몸이 의자 속으로 점점 더 깊이 가라앉았다. 아무것도 얻지 못할 거라는 느낌이 들었다. 의사에게서 불치병 선고를 받은 것처럼 절망적이었다.

마침내 스티븐스가 입을 열었다.

"호아킨 씨, 착오가 분명하군요. 지난 삼십 년간의 심야방송 기록을 빠짐없이 살펴보았지만 당신이 말한 방송은 찾지 못했습니다. 당신이 언급한 주제들을 다룬 방송도 전혀 없고요."

"그렇게 말씀하실 줄 알았습니다. 그래서 직접 만나러 온 거예요. 저는 그 방송이 사라졌다고 생각합니다. 말하자면요."

"그게 무슨 뜻이죠? 사라지다뇨?"

"어떤 이유가 있어서 공식 기록에 실리지 않은 겁니다."

"왜 그랬을까요?"

"저도 모르죠. 하지만 그 방송이 존재했다는 건 장담할 수 있습니다."

스티븐스가 실눈을 떴다. 호아킨은 그가 반박당하는 것을 좋아하지 않는다는 걸 감지했다.

"호아킨 씨, 우리가 갖고 있는 기록은 완벽합니다. 허점이 없죠. 누락은 내가 용납하지 않아요. 따라서 등록되지 않은 방송이 존재할 리는 없습니다."

"그런 일이 있을 수 있는지 알고 싶을 뿐입니다."

"말도 안 됩니다. 불가능해요. 우리는 지난 삼십 년간 휴스턴 지역에서 전파를 탄 모든 라디오 방송의 기록을 꼼꼼하고 철저하게 정리해놓았습니다."

마지막 말은 일부러 느릿느릿 말하며 강조했다.

"절대로 의심하는 게 아닙니다. 하지만 나는 그 방송이 존재했다는 걸 백 퍼센트 확신할 수 있습니다."

"그렇다면 기억나는 방송의 다른 세부가 있나요? 진행자와 방송국 이름, 방송 요일 같은 거요."

"아뇨, 그런 건 기억나지 않습니다. 남녀 몇 명이 진행했던 것 같아요. 일주일에 서너 번 심야에 방송했고요. 하지만 방송국 이름은 생각나지 않는군요."

"혹시 전화번호는 아나요?"

"지금 당장은 모르지만 알아낼 수 있을 겁니다." 호아킨은 가브리엘과 함께 그 방송에 전화한 날을 떠올렸다. 당시에 전화번호를 공책에 적어놓았다. 몇 십 년 동안 여기저기 전전하면서도 끝내 버리지 못한 다른 기념물들 사이에 그 공책이 남아 있을지도 몰랐다. "당시 지하방송이 존재했을 가능성은 없나요? 비밀 방송은요?"

"그런 건 우리 기록에 포함되지 않았을 겁니다."

"혹시 그런 방송에 대해 조사할 방법은 없을까요?"

"그건 모르겠군요."

"틀림없이 기록한 사람이 있을 겁니다."

슬슬 짜증이 나기 시작한 스티븐스가 일어서며 말했다.

"죄송하지만 더는 도와드릴 수가 없겠군요."

"성가시게 해드리고 싶지는 않습니다. 하지만 내겐 너무나 중요한 일이에요."

스티븐스의 얼굴에는 짜증이 역력했다. 그는 호아킨의 눈길을 외면한 채 기계적으로 손목을 돌렸다. 호아킨은 빈손으로 떠날 생각이 없었다. 정보가 필요했다. 무엇이든 캐내야 했다.

"테오 윙클러의 자료가 있긴 한데……" 스티븐스가 마지못해 말했다.

"그게 누구죠?"

"윙클러는 수년간 대학 방송과 지하 방송, 비밀 방송에 관한 자료를 수집한 아마추어 기록자예요. 무식하고 사기꾼 기질이 농후한 사람이지만 당신이 찾는 것의 단서를 갖고 있을지도 모르죠."

"연락처를 알려주시면 고맙겠습니다."

"내 비서가 알려줄 거예요. 안녕히 가십시오."

스티븐스는 사무실에서 나가달라고 손짓했다. 자신과 관련 없는 일로 찾아왔다는 사실에 기분이 상한 눈치였다. 그의 다음 책에서 호아킨의 이름이 빠질 것은 불 보듯 뻔했다.

호아킨은 고맙다고 말한 다음 비서에게 메모를 건네받았다. 그리고 밖으로 나오자마자 쪽지에 적힌 연락처로 전화를 걸었다.

윙클러가 직접 전화를 받았다. 비서가 없는 모양이었다. 호아킨은 연락처를 어디서 구했는지 설명했다.

"스티븐스? 그 거만한 독재자가 날 만나라고 했다고? 놀랄 노자로군."

호아킨이 전화 건 목적을 이야기하자 윙클러는 나중에 들르라고 말했다.

"오늘 들러야겠는데요."

"시간이 늦어서 오늘은 곤란한데."

"부탁합니다, 윙클러 씨. 몹시 급하거든요. 시간이 촉박해서 오늘 꼭 만나야 합니다. 오래 걸리지 않을 겁니다."

윙클러는 마지못해 수락했다. 호아킨은 온라인 지도를 새로 다운로드 받고 차를 몰았다. 목적지에 도착해보니 그곳은 도시 외곽 중산층 주택가에 있는 허름한 창고였다.

"만나주셔서 감사합니다." 호아킨은 윙클러가 입을 열기도 전에 말했다.

윙클러의 '기록 보관소'는 카세트테이프 더미와 낡은 녹음기, 케케묵은 라디오 장비들로 에워싸인 탁자였다. 사방에 먼지가 두껍게 쌓여 있고, 온 집 안에 곰팡내와 마리화나 냄새가 진동을 했다. 윙클러는 작업복 차림의 거구였다.

"어서 와요. 당신 전화를 받고 그 방송에 대해 줄곧 생각해봤소. 알 것 같더군. 나한테 자료가 있을 거요."

윙클러는 서류함을 열고 수천 장의 먼지투성이 서류를 뒤적거렸다. 영원 같은 시간이 흘렀다. 호아킨은 점점 조바심이 났다.

"아, 여기 있군." 갑자기 윙클러가 말했다. 그는 가장자리가 꼬질꼬질하고 누렇게 바랜 낡은 카드 한 장을 꺼내들었다.

호아킨은 눈앞의 광경을 믿을 수가 없었다. 너무 기뻐 헛것을 보는 기분이었다. 오랫동안 갈망하던 첫 희소식이었다. 그가 미치지 않았다는 증거, 부조리한 악몽에서 탈출시켜줄 증거일지도 몰랐다. 마침내 이 기록으로 그의 기억은 사실임이 입증될 것이었다. 당장 프루와 스티븐스에게 전화를 걸어 자신이 거짓말을 하지도, 미치지도 않았다고 증명할 생각이었다.

"혹시 녹음한 것도 있나요?"

"물론, 오디오 라이브러리에 몇 개 있소. 하지만 이 일을 계속하려면 기부금을 받아야겠는데."

"얼마면 됩니까, 윙클러 씨?"

"요금을 내라는 건 아니오. 내 자료는 만인에게 개방되어 있으니까. 다만 거기 들어간 노력과 비용을 감안해주면 좋겠다는 거지."

"물론이죠. 말씀해보세요. 내가 얼마나 '기부'하면 될까요?" 방송을 녹음한 테이프를 들을 수만 있다면 얼마든 줄 작정이었다.

"이백오십 달러." 윙클러가 대뜸 말했다. 즉석에서 정한 금액 같았다.

호아킨은 지갑에 들어 있는 돈을 전부 꺼냈다.

"일단 백오십 달러 드리고 나머지 백 달러는 수표를 써서 드리죠."

"원래 수표는 받지 않지만 이번만큼은 예외로 하지."

윙클러는 곰팡이가 피어 있는 '파일'을 뒤지기 시작했다. 그리고 십여 분 뒤 카세트테이프 하나를 갖고 돌아와 나그라 녹음기에 넣고 한동안 앞뒤로 빠르게 감더니 마침내 원하는 지점을 재생시켰다. 삼 초도 채 지나기 전에 호아킨은 목소리들을 알아들었다.

"아뇨, 멈춰요. 잘못 가져왔는데요. 이건 내가 찾는 방송이 아니에요."

"이게 〈고스트 라디오〉요."

"네, 알아요. 그런데 이건 내 방송이에요. 내 목소리예요. 나라고요. 내가 찾는 건 1980년대에 방송된 비슷한 프로그램입니다."

"이보쇼, 이 테이프는 이십 년도 전에 녹음한 거요. 이거 안 보이쇼?"

윙클러는 테이프를 꺼내온 상자를 가리켰다. 거기에는 '고스트 라디오, 1983년 9월 13일'이라고 적혀 있었다.

"말도 안 돼, 뭔가 착오가 있는 거예요. 상자에 라벨을 잘못 붙였겠죠. 몇 달 전 녹음한 테이프가 틀림없어요."

윙클러는 호아킨이 알아들을 수 없는 괴상한 언어로 말하기라도 하는 듯 멍하니 바라보았다.

"내가 이런 식의 녹음을 그만둔 건 적어도 십 년 전이라고."

"그럼 엉뚱한 테이프가 섞여들어간 거겠죠. 이건 내 방송인 〈고스트 라디오〉예요. 내 목소리 안 들리나요? 그리고 내가 이십 년 전에 방송을 했을 리가 없잖아요."

"당최 무슨 소린지 모르겠군. 당신은 〈고스트 라디오〉라는 방송을 진행하고, 이 테이프는 당신 목소리가 담긴 방송을 녹음한 건데, 당신이 찾는 테이프가 아니라고?"

"네. 내가 찾는 건 이십 년 전에 방송된 비슷한 프로그램입니다. 내 방송은 그 방송을 흉내낸 거라고요."

"알았어. 그런데 그게 뭐건 간에 이 테이프는 80년대에 방송된 〈고스트 라디오〉를 녹음한 거야."

윙클러가 갖고 있는 작은 상자에는 방송 이름과 날짜가 표시된 테이프들이 담겨 있었다.

호아킨은 그중에서 아무 테이프나 골라 첫번째 테이프와 바꿔끼웠다. 윙클러는 막지 않았다. 재생 버튼을 누르자 이번에도 그의 목소리와 알론드라의 목소리가 흘러나왔다. 언제 방송된 내용인지 알 것 같았다.

"이것도 최근 방송인데요."

윙클러가 상자를 보고 테이프의 날짜를 확인했다.

"당신한테는 이십 년 전이 최근인가보군."

"이십 년 전일 리가 없어요." 호아킨이 다른 테이프로 갈아 끼우며 대꾸했다.

결과는 달라지지 않았다. 다른 것들도 들어보았지만 마찬가지였다.

"자, 그 정도면 더 궁금할 것도 없겠군." 마침내 윙클러가 끼어들었다.

"아뇨! 오히려 더 혼란스러워졌어요! 어찌된 영문인지 알아야겠어요."

"영문은 얼어죽을 영문. 당신이 그 방송을 들려달라고 했고 그게 이거요. 혼란스러울 거 하나도 없어."

"여긴 혼돈과 혼란의 난장판이에요. 좀 둘러봐요! 당신한테 질서를

348

기대한다는 게 무리였어. 스티븐스가 이걸 경고했던 거로군."

"스티븐스는 머저리야. 내 기록 보관소는 질서 그 자체라고. 당신이 믿건 말건 내 알 바 아니지만, 이것들은 정말로 1983년에 〈고스트 라디오〉를 녹음한 거야."

호아킨은 흥분한 것을 후회했다. 절대로 화를 낼 때가 아니었다. 하지만 도무지 참을 수가 없었다.

"자, 내가 보기에 둘 중 하나야. 당신이 자기 밑구멍이 어딘지도 모르는 얼빠진 인간이거나, 나를 미친놈으로 만들려고 수작을 부리고 있거나."

갑자기 윙클러가 여전히 재생되고 있는 테이프를 가리켰다.

"저걸 들어봐."

호아킨은 귀를 기울였다. 『히틀러의 일기』가 출간되었다는 뉴스가 흘러나왔다. 위조된 책이라는 말은 없었다. 곧이어 〈제다이의 귀환〉의 '월드 프리미어' 광고가 나왔다.

"잠깐, 잠깐. 당신이 끼워넣은 거 아냐? 나를 엿 먹이려는 수작이지? 누가 시킨 거야? 무슨 속셈이지?"

결국 윙클러는 폭발했다.

"좋아, 더는 못 참겠어. 당장 여기서 꺼져. 안 그러면 널 토막 내서 한 조각씩 내보내줄 테니까. 과대망상에 빠진 음모론자라면 나도 못지 않지만 너 같은 놈은 처음이야."

이제 그는 숫제 고함을 지르고 있었다.

"당장 꺼져버려!"

윙클러가 벽에 기대어놓은 야구방망이를 잡으려고 돌아섰다.

그가 돌아서는 순간 호아킨은 테이프 한 개를 슬쩍해 주머니에 넣었다. 대화가 파토난 마당에 증거물도 없이 떠날 수는 없었다. 기왕 목숨을 걸 거라면 그럴 가치가 있는 것에 걸기로 했다.

"망상이 아냐. 모르겠어? 이십 년 전 녹음한 테이프에 내 목소리와 여자친구 목소리가 담겨 있을 수는 없다고."

"꺼져. 무슨 소릴 지껄이는지 모르겠고, 알고 싶지도 않아."

계속 따지다가는 필시 야구방망이에 얻어맞을 것 같았다. 호아킨은 성난 기록 보관인에게서 눈을 떼지 않고 천천히 물러섰다.

"기분 상했다면 미안합니다. 하지만 나한텐 정말로 중요한 문제예요. 그 방송을 찾지 못하면 내 삶은 끝장이라고요."

"물론 그러시겠지. 지구를 침공하려는 외계인한테 지령을 받았을 테니까. 여기서 당장 꺼지지 못해?"

현관에 다다른 호아킨은 조심스레 문을 열고 밖으로 나갔다. 저녁이 다 되었는데도 여전히 햇살이 환했다. 뒤에서 윙클러가 문을 쾅 닫았다.

현실을 혼란스럽게 하는 기이한 그 무언가를 밝혀줄 열쇠가 호아킨의 주머니 속에 있었다. 하지만 그는 여전히 논리적인 설명을 원했다. 윙클러가 테이프에 장난을 치는 것이 과연 가능한 일일까? 하지만 그 뉴스는 뭐야? 그게 어떻게 거기 들어갔지? 실수로 옛날에 녹음한 뉴스가 방송된 걸까? 호아킨이 생각하기에도 가능성이 없어 보였다.

그는 차에 올라 문을 닫았다. 그리고 의자에 등을 기대고 눈을 감았다. 세상과 단절되고 싶었다. 한순간이라도 이상한 일이 벌어지지 않는 시간을 보내고 싶었다. 눈을 뜨자 밤이 되어 있었다. 캄캄한 밤. 그는 다시 눈을 감았다. 이번에는 두려움 때문이었다. 눈을 뜨자 다시 오후의 햇살이 빛나고 있었다. 호아킨은 백미러에 비친 자신의 모습과 눈을 골똘히 들여다보았다. 어린애처럼 다시 얼굴을 가리고 무슨 일이 벌어질지 시험해볼까. 그는 몇 초 동안 손바닥을 바라보다가 두 손으로 얼굴을 감쌌다. 잠시 그 상태로 눈을 감았다. 눈을 뜨자 차 안은 다시 어둠에 휩싸였다. 결국 그는 완전히 평정을 잃고 말았다. 호아킨은 무너져내렸다. 지금까지는 모든 일이 어떻게든 정상으로 돌아오리라 확신했었다. 이 기괴한 일들이 결국은 신기한 사건쯤으로 끝날 거라고, 여전히 설명할 수는 없지만 비교적 사소했던 다른 많은 사건과 함께 기억에서 사라질 거라고.

44장

또다른 방송

호아킨은 처음 눈에 띈 모텔로 들어갔다. 간판조차 없는 허름한 곳이었다. 차에서 내려 어둠침침한 길을 통해 슬금슬금 객실로 들어갔다 나가는 초라한 연인들이 주 고객인 모텔인 듯했다.

호아킨은 이제 복잡한 일을 더는 감당할 수 없는 상태였다. 자신에게 벌어지는 온갖 기괴한 일들에서 도망쳐 잠만 자고 싶었다. 처음에는 집에 가고 싶었다. 휴스턴에 머물 이유가 없었다. 이번 여행은 크나큰 실수였다. 그러나 알론드라에게 전화를 걸려다 멈칫했다. 무슨 이야기를 하지? 이날 겪은 일을 이야기하면 어떤 대화가 오갈지 생각하기도 싫었다. 하지만 전화하고픈 마음이 굴뚝같았다. 그를 정상으로 되돌려주고 일상을 상기시켜줄 목소리가 듣고 싶었다. 무슨 일이 일어나더라도 언제든 집에 돌아갈 수 있다고 느끼게 해줄 목소리.

그는 전화하지 않았다.

집이라니, 너무 모호한 목적지였다. 거의 추상에 가까웠다.

354

프루의 전화를 받은 후 호아킨은 한순간도 쉬지 못했다. 등과 다리의 근육이 뭉쳐 바위처럼 단단했다. 폴리에스테르 커버를 걷지도 않고 그는 침대 위에 벌렁 누웠다. 모텔 침구에 박테리아가 득실거리고 정액이 얼룩져 있다는 이야기는 익히 들었지만 아무래도 상관없었다. 머리 위를 맴도는 위협에 비하면 에볼라바이러스조차 우스웠다. 불길한 단어들이 마음속을 유령처럼 떠돌았다. 정신이상, 정신분열증, 조울증, 측두엽 간질, 알츠하이머. 나한테 정말로 심각한 문제가 생긴 게 틀림없어, 그는 생각했다. 지금 벌어지는 일을 설명할 길은 그것뿐이었다. 신경계 이상은 아닐까, 아니면 퇴행성 뇌질환. 병명을 떠올리고 그는 몸서리쳤지만, 병이 아니라면 더 끔찍할 뿐이었다. 호아킨은 날마다 듣는 이야기들을 떠올려보았다. 기괴한 사건, 참혹한 범죄, 불가사의한 유령에 대한 괴담들. 그런 공포보다 더 끔찍한 건 이야기의 부재, 기억의 소멸, 정신의 침묵이야. 나는 거기로 가는 걸까? 그 심연을 향해 가는 걸까?

끔찍한 불안이 그를 덮쳤다. 자신과 이 쓸쓸한 모텔 방이 폐광의 숨막히는 갱도 속으로 미끄러져들어가는 듯한 소름끼치는 느낌. 그 생각이 머릿속에 떠오른 순간, 전기충격 같은 경련이 등에서 손까지 타고 내려왔다. 눈알을 살짝 굴리기만 해도 주위 풍경이 변하고 갱도 바닥에 쓰러진 자신을 발견하게 될까 호아킨은 계속 얼어붙어 있었다.

전화벨이 울리자 마비가 풀렸다. 그는 고개를 들고 휴대전화를 내려다보았다. 알론드라이기를. 그가 언제 돌아올지 알아보려고, 일은 잘 끝났는지 물어보려고 전화한 알론드라이길 바랐다. 그녀가 다 괜찮을 거라고 말해주기를 바랐다. 하지만 다 괜찮지 않았다.

아주 오랫동안, 다 괜찮지 않았다.

호아킨은 매트리스 속에 그를 공격하는 뱀이 숨어 있기라도 한 듯 머뭇머뭇 손을 뻗어 휴대전화를 집었다. 그리고 작은 화면이 위안을 주길 기대하는 마음으로 발신자 이름에 시선을 두었다.

그러나 전화기가 송출하는 디지털 정보는 그의 불안만 가중시킬 뿐이었다. 화면에는 하나의 이름만이 떠 있었다. 호아킨.

"지금 내가 나한테 건 전화 받을 기분이 아니거든." 그는 혼잣말을 중얼거렸다.

음성메시지로 넘어가게 내버려둘까 생각했다. 전화를 받아 정체불명의 존재에게 자신을 드러내는 것보다 녹음된 소리를 상대하는 편이 덜 무서울 테니까. 하지만 어쩐지 받아야 할 것 같았다.

"여보세요."

"안녕, 호아킨. 휴가 중이신가?"

이제는 익숙해진 그 기이한 목소리였다.

호아킨은 이 자식의 전화만큼은 절대로 받고 싶지 않았다. 자신에게 벌어진 모든 일의 원흉인 수수께끼 같은 존재.

"넌 누구야? 원하는 게 뭐야?"

"내가 하고 싶은 질문인걸. 넌 누구지? 지금의…… 너 말이야."

"난 언제나 똑같은 나야."

"이십 년 전 라디오 방송을 진행했던 그 친구?"

호아킨은 침묵했다. 이 자식이 그 테이프에 대해 어떻게 알지?

"넌 지금 무슨 일이 벌어지고 있는지 알아. 너의 세상이 무너지고 있지."

"이 모든 이상한 일들의 배후에 있는 게 바로 너지? 내가 잃어버린 전화기를 어째서 네가 갖고 있는 거지?"

그때 갑자기 머릿속에서 뒤엉킨 실타래가 풀렸고, 호아킨은 소리 쳤다.

"네놈이 목사를 죽였지!"

그는 머리를 세차게 흔들었다. 왜 이제야 깨달았는지 스스로도 어이가 없었다. 모든 게 맞아떨어졌다.

"괜히 생사람 잡지 마시지. 목사가 살해되기 직전에 그를 두들겨팬 사람이 그런 말을 할 수 있을까?"

"날 미행하고 있는 거야?"

"정말로 그가 죽었다고 확신하나?"

그때 문에서 노크 소리가 들렸다. 호아킨은 화들짝 놀라 전화기를 떨어뜨렸다. 잠시 잠깐 혼란스러웠다. 갑자기 방이 휑하니 넓어 보였다. 눈이 이상해졌나? 방문도, 창문도, 텔레비전도 보이지 않았다. 그는 전화기를 집어들고 일어서서 간신히 문으로 다가가 소리쳤다.

"누구세요?"

"손님, 프런트에 신용카드를 두고 가셨습니다."

호아킨은 지갑을 열고 눈으로 신용카드를 열심히 찾았다. 두고 왔을 리가 없었다. 이제껏 신용카드나 휴대전화를 잃어버린 적이 없었는데. 오른손으로 전화기를 꽉 움켜쥐고 있는데 왼손 손가락 사이로 각종 카드와 돈이 떨어졌다. 그는 깨진 선풍기날개 조각처럼 바닥에 널린 초록색 지폐와 플라스틱 카드들을 훑어보았다. 신용카드는 없었다. 그는 눈 앞에 뭐가 나타날지 두려워하면서 문을 열었다. 벨보이가 신용카드를 손에 들고 있었다. 고개를 든 호아킨은 자신을 뚫어져라 응시하는 J. 코르테스, 얼마 전에 죽은 샤먼을 보았다. 낡은 벨보이 유니폼이 몸에 꽉 끼었다. 바지는 너무 짧고, 재킷은 허리 부분이 터질 지경이었다.

전화기를 쥔 손이 툭 떨어졌지만 그의 귀에는 전화기에서 터져나오는 웃음소리가 똑똑히 들렸다.

호아킨은 혼란스러운 머릿속을 수습하려고 고개를 세차게 흔들면서 물었다.

"당신! 여기서 뭐 하고 있는 거예요?"

"좀더 조심하셔야겠습니다. 이런 물건을 흘리고 다니는 건 위험해요." 코르테스가 신용카드를 건네며 대답했다.

"상처는 다 나은 거예요? 배리는 어떻게 됐죠?" 대답을 기대하는 것이 부질없음을 알면서도 호아킨의 입에서 질문이 터져나왔다.

"아무 일 없습니다. 안타깝게도 배리는 여전히 방황하고 있죠. 딱한 녀석 같으니라고." 순간 코르테스의 눈이 번득였다.

"대체 무슨 일이 벌어지고 있는 거죠?"

"무슨 말씀인지?" 코르테스가 고개를 갸우뚱하며 되물었다.

전화 속의 목소리가 끼어들었다.

"그 불쌍한 놈에게 팁이나 줘. 멍청한 질문으로 성가시게 하지 말고."

호아킨은 J. 코르테스를, 쿠아테목을, 혹은 며칠 전에 죽은 누군지 모를 사내를 한참 동안 바라보았다. 사내가 히죽 웃더니 놀리는 듯 손바닥이 보이도록 오른손을 내밀었다. 호아킨이 방바닥에 떨어진 지폐 한 장을 집어 코르테스의 손에 놓자 그의 입꼬리가 올라갔고, 사이비-샤먼-벨보이-목사는 돌아갔다.

"어떻게 된 거야?" 호아킨이 전화기에 대고 말했다.

"모텔 서비스가 얼마나 훌륭한지 보여주고 싶었거든."

"이제 끊어야겠어."

"정직. 그걸 잊지 말자고. 정직."

"잘 있어."

"너는 끊지 못할 거야. 너한테 무슨 일이 벌어지고 있는지 궁금해 미칠 지경이거든."

"지금은 아무것도 알고 싶지 않아. 그 전화기는 가져도 돼."

"고맙군. 주면 받아야지. 네가 갖고 있는 내 모든 물건에 비하면 너무 약소한 선물이지만."

"무슨 소릴 지껄이는 거야?"

"무슨 소린지 잘 알잖아? 사기꾼으로 살아온 네 인생 말이야."

"뭐라고?"

"하나만 묻지. 고작 이렇게 살려고 죽지 않은 건가?"

"무슨 뜻인지 모르겠군."

하지만 호아킨은 알고 있었다. 전화 속의 존재가 누구인지 처음부터 마음속 깊은 곳에선 알고 있었다. 이제 더는 의심하지 않았다. 지금 그는 죽은 자와 대화를 하고 있었다. 오래전 시체의 모습으로 보았던 사내. 그의 목소리였다. 냉소와 조롱이 가득한 목소리. 그런데 그 아량은, 그 우정은 어디로 간 걸까? 남은 것은 한 맺힌 분노뿐이었다.

"왜, 너무 잘 알고 있으면서. 네 곁에 있는 사람은 모두 죽어. 너의 부모, 가브리엘, 코르테스, 전부 다. 곧 알론드라 차례가 올 거야. 그다음은 누굴까? 누구든 너와 가까워지는 사람이겠지. 아무리 많은 이들이 죽어도 넌 성에 차지 않지. 그런데 이게 다 무엇을 위해서일까?"

"죽을 사람은 너뿐이야, 이 개자식아."

"어쩌다 이렇게 되었을까, 호아킨? 어쩌다 마이크 뒤에 숨어 세상과 소통하는 것에 만족하는 뻔뻔한 겁쟁이가 되셨나? 무서워서 음악을 포기한 찌질이가 되셨어?"

"그걸 왜 너한테 해명해야 하지? 난 너랑 얘기해야 할 의무가 없어."

"틀렸어. 그건 네가 나한테 진 빚이야. 물론 그밖에도 빚은 많지."

목소리는 마치 폭발음처럼, 마치 포효처럼 전화기에서 터져나왔고, 사방으로 퍼져 방 안을 가득 채우고, 벽과 천장과 바닥을 때렸다. 유령 같은 수중 음파 탐지기 신호에 방 안 형체들이 윤곽을 드러내는 것만 같았다. 호아킨은 천천히 돌아섰다. 이제는 혼자가 아니라는 걸 알고 있었다. 가브리엘을 보자 그는 손에서 전화기를 떨어뜨리고 침대에 풀썩 주저앉았다.

"여기서 뭐 하는 거야?" 호아킨이 물었다.

"그건 내가 물어볼 말인데? 너야말로 여기서 뭐 하는 거지?"

가브리엘의 목소리에는 분노가 서려 있었다.

"그게 무슨 뜻이야?"

호아킨은 가브리엘의 이름을 말하고 싶었지만 발음할 수가 없었다. 수년간 라디오 방송을 진행해왔지만 지금처럼 한 마디도 안 나오기는 처음이었다.

"내가 무슨 말을 하는지 정확히 알고 있을 텐데. 넌 네 삶을 낭비해왔어."

"그게 사실이라 해도, 네가 무슨 상관인데?"

"왜냐하면, 나는 널 믿었으니까. 너를 필사적으로 믿었으니까. 내가 이루지 못한 것을 해낼 거라고 바랐으니까."

"그것 때문에 이 진상을 부린 건가? 내가 네 인생 목표를 이뤄주지 않았다고 열받은 거야?"

조금씩 조금씩 호아킨은 유령과 마주한 충격에서 회복하고 있었다.

"우리 둘 다 원한 거였어."

"그걸 네가 어떻게 알아?"

"내가 죽은 뒤, 넌 그 길을 계속 가야 했어. 하지만 너는 네가 열정적으로 매달렸던, 네 삶에 의미를 준 모든 것을 내팽개쳤지. 언제까지 이런 식으로 삶을 낭비할 셈이야?"

호아킨은 맞받아칠 말이 떠오르지 않았다. 막힘 없던 언변은 완전히 증발해버리고, 말은 입 밖으로 나오기도 전에 산산이 부서졌다. 현기증이 일고 관자놀이가 지끈지끈 쑤셨다.

"이제는 우리 곁에 없는 사람들의 존재가 정말로 궁금하지 않아? 내가 전부 알려주지. 자, 드라이브나 가자고. 설마 바빠서 못 가진 않겠지?"

가브리엘의 이죽거리는 말투는 소름이 끼치도록 친밀했다.

호아킨은 체념한 듯 가브리엘이 방을 나서자 순순히 따라갔다. 뭐가 됐든 운명을 받아들이기로 했다.

"네 차를 타자. 우리가 자란 도시로 가고 싶어."

호아킨의 머릿속에서 온갖 생각이 춤을 추었다. 저 녀석은 곧 사라질 거야. 나는 오한에 식은땀을 흘리며 혼자 잠에서 깨겠지. 호아킨은 알론드라가 알려주고 그 자신도 알고 있던 자각몽의 테크닉들을 떠올렸다. 이론에 따르면, 오른손을 보면 지금이 꿈속인지 아닌지 알 수 있다는 것이었다. 좋아, 그는 마음속으로 중얼거렸다. 오른손을 봐.

천천히, 팔이 올라가는 게 느껴졌다. 손가락들이 따끔거렸다. 곧이어 손이 펴지면서 손바닥이 보였다.

이제 어쩌지?

꿈속에서는 절대로 불을 끌 수 없어. 문득 알론드라가 한 말이 떠올랐다. 호아킨은 전등 스위치를 내렸다. 불은 꺼지지 않았다. 스위치를 올리고 내리기를 되풀이했다. 방 안은 여전히 대낮처럼 환했다. 그는 씩 웃었다. 가브리엘이 방으로 돌아와 전등을 가지고 장난치는 호아킨을 보았다.

"이게 꿈일 뿐이라고 믿는 게 편하다면 그러던지. 어서 가자고."

"꿈이 아니라면 이걸 어떻게 설명할 건데?"

호아킨은 스위치를 다시 내렸다.

불이 꺼졌다.

"꿈속에서는 아무것도 지속되지 않는다는 점을 잊지 마. 모든 게 변하지. 고체는 곧 액체야. 본질이 계속 서로 바뀌거든."

가브리엘이 주차장으로 걸어가며 말했다.

그리고 순식간에, 그들은 차 안에 있었다. 꿈속에서는, 모든 것이 변한다.

"어디로 가지?" 호아킨이 차에 시동을 걸고 물었다.

"그냥 몰아."

주차장을 빠져나오면서 호아킨은 가브리엘이 다시 나타난 뒤부터 줄곧 자신을 괴롭히던 질문을 던졌다.

"어떻게 돌아온 거야?"

"네가 나를 데려온 거야. 나는 제4의 벽*이라 불리는 것 너머에 있었어."

"연극 용어를 말하는 거야?"

"그래. 우리 사이에 유리벽이 놓여 있다고 상상해봐. 너희가 어느 한쪽에 있다면 우린 그 맞은편에 있는 거야."

---

* 무대와 관객 사이에 위치한 가상의 벽.

362

"그럼 그쪽에선 유리를 통해 언제나 우릴 관찰할 수 있겠군."

"그건 아냐. 이쪽 세계는 그쪽과 달라. 난 내가 누군지도 모른 채 오랜 시간을 보냈어. 그저 욕구만 느꼈을 뿐이지. 무언가를 찾으려는 욕구. 복수하려는 욕구. 너희가 말하는 경계를 우린 알지 못해. 우린 항상 너희를 느끼지. 그게 무슨 의미인지도 모르면서. 하지만 너희와 교류할 수 있는 존재는 소수야. 오로지 특별한 존재만이 가능하지. 나도 특별한 존재야. 나는 내가 아는 유일한 방법으로 너를 찾아냈어. 소리를 통해서. 라디오를 통해서. 아, 너도 기억하겠지만 깜찍한 불빛을 보낸 적도 있어. 나는 너와 네 청취자들이 우리 세계에 관한 판타지를 지껄이는 걸 듣는 특권을 누렸지. 라디오가 발명되기 전에는 우리 세계에서 어떻게 살았는지, 상상이 안 갈 정도야. 마르코니 만세라니까."

"네가 라디오를 듣는다고?"

"아무것도 변하지 않는 이 세계가 놀라울 따름이야."

그쪽이야말로 놀랍다는 말을 하려던 호아킨의 눈에 낯익은 풍경이 펼쳐졌다. 그는 몇 십 년 전 그 치명적인 정면충돌 사고로 가브리엘과 운명적으로 만났던 고속도로를 달리고 있었다.

"여기로군." 호아킨이 중얼거렸다.

"우린 늘 여기 있어."

호아킨은 도로변에 차를 세웠다. 그들은 차에서 내렸다. 거센 차량의 물결이 쏜살같이 흘러가고 있었다. 어찌된 일이지 시간은 정오로 바뀌어 있었다. 밝고, 투명하고, 무미한 햇살이 뜨겁게 쏟아졌다. 이번에는 그도 차들이 지나가는 모습을 지켜보고, 금속 차체에 비친 빛의 춤을 즐기면서 변화를 쉽게 받아들였다.

"그분들 만난 적 있어?"

호아킨이 물었다. 서로의 부모 이야기라는 건 가브리엘이 알 거라 생각했다.

"여전히 여기에 계셔. 우리와 너희의 가장 큰 차이점은 기억하는 방식, 기억을 경험하는 방식이겠지. 기억은 머릿속 어두운 구석에 잠들어 있어. 그걸 깨워서 과거를 훔쳐보는 방법은 여러 가지야. 네가 살아오면서 본 형상들은 머릿속에 새겨지지만, 시간이 지나면 그 흔적들은 계속 변하고 왜곡돼. 너희에게 기억은 내적이고 개인적인 것, 부서지기 쉬운 것이지. 사막의 회오리바람처럼 머릿속을 휘젓고 다니면서 사라지고 나타나기를 반복해. 이쪽 세계는 달라. 기억은 우리 주위 도처에 존재해. 그 기억이 생성된 날 그대로 찬란하거나 칙칙한 모습으로, 언제든 들여다볼 수 있지. 그리고 진짜 같지. 정말로 진짜 같아. 너희는 기억을 어두운 서랍 속에 가둬놓지만, 저 너머의 특별한 존재들인 우리는 매일 기억을 방문할 수 있어."

가브리엘의 이야기를 듣고 있던 호아킨은 문득 폴라로이드 사진에 집착하던 가브리엘의 모습을 떠올렸다. 자신의 경험을 입증해줄 즉석 기억을 끊임없이 만들어내던 모습.

"왜 날 여기 데려온 거지?"

되살아나는 기억은 더 섬뜩한 무언가의 서막임이 틀림없었다.

그때 빠른 속도로 달려오는 회색 밴이 보였다. 호아킨은 눈을 감고 싶었다. 달아나고 싶었다. 이 기묘한 꿈에서 깨어나고 싶었다. 하지만 눈을 돌릴 수가 없었다. 달려오던 밴이 중심을 잃고 뒤집어지더니 아스팔트 위로 미끄러졌다. 검은색 볼보가 중앙선을 넘어 맞은편에서 달려오는 초록색 포드와 정면충돌했다. 그 충돌로 금속과 열기, 소리가 한꺼번에 폭발했다. 한순간 강렬한 빛이 사방으로 퍼졌다. 차체의 파편들이 공기를 가르며 날아갔다. 호아킨의 눈에 모든 것이 선명하게 보였다. 불꽃과 화염, 피와 쇳조각. 전부 보였다. 부모님의 죽음도 보였다. 아버지의 목이 잘려서 머리통이 보닛 위를 데굴데굴 굴러갔다. 무시무시한 금속 파편들이 어머니의 온몸을 꿰뚫었다. 호아킨은 고개를 돌리고 싶었지만 뜻대로 되지 않았다. 충격음들의 협주곡이 귓가에 울려퍼졌다. 소음이란 소음이 전부 각기 다른 채널에서 쏟아져나오는 것 같았다. 한 가지 소리에 집중할 수 있는 동시에 모든 소리를 들을 수도 있었다. 그런 청각 체험은 난생처음이었다. 문득 그 목소리가 떠올랐다. 귀담아듣는 게 좋을걸.

"난 네 여자친구와 섹스할 거야. 과거에 우리가 한 여자를 동시에 가졌을 때처럼 서로 불편해지는 일이 없도록 미리 알려주는 거야. 그 빨강머리 꼬맹이 생각나? 우리가 널 기다리면서 자동차 뒷좌석에서 그짓을 했잖아."

"무슨 말이야? 대체 무슨 소릴 지껄이는 거야?"

여전히 차사고 현장이 보이는 가운데 다른 광경이 펼쳐졌다. 루카였다. 그 빨강머리 계집애가 치마를 올리고 팬티를 발목에 건 채 가브리엘 위에 올라타 있었다.

당시에 호아킨은 아무렇지 않은 척 쿨하게 넘어가려고 애썼다. 하지만 그 계집애가 신음을 흘리며 가브리엘 위에서 오르락내리락하는 모습을 보자 식은땀이 흐르고 분노에 온몸이 떨렸다. 루카에게 빠져 있던 그는 친구의 배신을 믿을 수가 없었다. 그럼에도 한 마디도 하지 않았다. 호아킨은 그대로 운전석에 올라타 다시 차를 몰았다. 차가 물웅덩이를 지나며 흔들릴 때 그들이 절정에 이르는 소리가 들렸다. 루카의 새된 교성과 가브리엘의 목구멍 깊은 곳에서 흘러나오는 신음. 이

후 누구도 그 일을 언급하진 않았지만, 그날 저녁 내내 루카와 가브리
엘은 오래전 함께 사고를 친 공범들처럼 미소를 주고받았다. 그 일이
있기 며칠 전, 호아킨은 가브리엘이 싫증났다고 한 그의 옛 여자친구
와 잔 적이 있었다. 말하자면 그에 대한 앙갚음인 셈이었다. 하지만 그
일도 다른 수많은 다툼과 비슷한 방식으로 해결되었다. 위스키와 함께
마리화나를 한 뒤, 그 일에 대해 얘기하면서 서로 얼싸안고 모두 용서
한 것이다. 적어도 호아킨은 그렇게 생각했다.

호아킨은 워크맨을 보고 있었다. 그의 워크맨은 차에서 튀어나와 도
로에 부딪쳐 깨지더니, 달려오는 도요타 자동차에 밟혀 박살이 났다.
다른 차들이 멈춰섰다. 차에서 내린 몇몇 운전자들은 차도 한복판에
서서 사고의 잔해들이 불타는 광경을 구경했다. 피투성이 신발 한 짝
이 가브리엘의 발 앞에 놓여 있었다.

"자, 가서 우리가 어떻게 됐는지 보자고." 그가 말했다.

호아킨은 마지못해 가브리엘을 따라갔다. 그는 다른 구경꾼들에 섞
여 있었지만, 그들과 달리 디오라마*를 관람하는 것처럼 냉정한 시선
으로 희생자들을 바라보았다. 그런 그의 모습은 각 부분을 분석하고,
장면의 의미를 읽어내려 애쓰면서 작품의 모티프를 파악하는 것처럼
보였다. 호아킨은 땅바닥에 내동댕이쳐진 자신을 보고 흠칫 놀랐다.
온몸이 상처투성에 가슴의 맨살은 드러나 있었고, 얼굴은 눈을 뜬 채
기묘하게 일그러져 있었다. 아니, 일그러진 게 아니었다. 뭔가 달랐다.
그 표정은 차라리 미소 같았다. 호아킨은 자신이 그런 모습으로 발견
되었을 줄은 상상도 못했다. 사람들이 그의 병실에 오길 꺼려했던 것

---

* 전투 장면 따위를 모형으로 재현해놓은 것.

도 무리는 아니었다. 눈은 시체처럼 죽어 있는데 입은 행복한 미소를 짓고 있었다.

"우린 여기서 저 상태로 발견되었어. 커다란 무언가, 중요한 무언가를 해야 할 운명이었거든." 가브리엘이 말했다.

"누구한테 중요한 건데?"

호아킨이 가까스로 질문을 내뱉었다. 숨쉬기가 힘들어 목소리를 쥐어짜내야 했다.

"우리에게 중요하고, 모두에게 중요하지. 음악과 예술이 유령 이야기나 늘어놓는 라디오 방송보다 우월하다고 믿는 모든 사람에게."

"나한테는 중요하지 않아."

"거짓말을 하고 있군. 너는 불면증 환자를 즐겁게 해주고 어린 계집애들이나 겁주는 것보다 의미 있는 무언가를 하길 간절히 원했어. 살면서 대단한 뭔가를 하고 싶었던 건 나만이 아니라고."

그때 사이렌 소리가 들리고, 구급차와 경찰차가 도착했다.

알록달록한 줄무늬 스웨터를 입은 여자가 비명을 질러대며 뛰어다녔다. "젠장, 젠장! 내 살이 타고 있어, 내 살이 타고 있어! 빨리 와, 로저. 살이 타고 있다고!"

로저라는 사람인 듯한 반백의 남자가 비틀거리면서 말없이 그녀를 따라갔다.

"저 우라질 여편네가 왜 저러는지 늘 궁금했다니까." 가브리엘이 말했다.

"어쨌거나", 잠시 후 호아킨이 입을 열었다. "네가 중요한 일을 하기에는 이미 너무 늦었어."

"과연 그럴까?"

"호텔로 돌아갈래. 이곳에 일 초도 더 있고 싶지 않아."

"행운을 빌어주지. 미리 말해두지만, 이곳은 길이 좀 이상하다고. 변덕스럽다고나 할까."

"아까 한 알론드라 얘기는 뭐야?"

호아킨이 불쾌했던 순간을 떠올리며 물었다.

"그 여자랑 잔다는 얘기?"

"미친놈. 죽은 사람이 산 사람에게 그 짓을 할 수 있는 줄은 몰랐다."

"내가 미친놈이라고? 넌 내가 얼마나 실망했는지 상상도 못 할 거야. 난 너라면 대단한 일을 해낼 줄 알았어. 아주 특별한 존재가 될 줄 알았다고."

"그렇다면 왜 날 찾아온 건데?"

"라디오에서 한 고백을 듣고 네가 구제불능이라는 걸 깨달았거든. 나를 이용해 평범해져버린 네 삶을 정당화하려던 그 고백 말이야."

"그만 갈래."

가브리엘은 입을 다물었다. 혼자 남겨져도 상관없다는 눈치였다. 그러나 호아킨은 그와의 대화가 계속될 것임을 직감했다.

호아킨은 가브리엘이 돌아오는 꿈을 자주 꾸었다. 정말로 그러길 바랐고, 심지어 그렇게 해달라고 기도까지 했다. 유령의 모습이든 인간의 모습이든 괴물의 모습이든, 아무래도 좋다고. 그는 친구를 되찾고 싶었다. 하지만 이런 식의 재회를 바랐던 건 결코 아니었다. 그에게 이토록 분노하는 가브리엘은 너무도 뜻밖이었다. 가브리엘이 그의 적이 된다는 건 생각할 수도 없었다. 호아킨은 차에 올랐다. 다시 밤이었다. 박살난 자동차들과 그들을 에워싼 난리는 이미 사라지고 없었다. 그는 차를 몰고 가면서 길을 찾으려고 애썼다. 표지판이 하나도 없었다. 그는 장님처럼 어둠 속을 달렸다. 곧 포장도로는 사라졌다. 그러나 그는 차를 멈추지 않고 사막 한복판을 덜컹거리며 계속 달렸다. 휴대전화를 꺼내 보았다. 신호가 잡히지 않았다. 라디오를 켜고 다이얼을 돌리며 방송을 찾았다. 먹통이었다. 잡음만 들렸다. 그러다 마침내…… 무언가가…… 목소리와 웃음소리가 들렸다. 호아킨은 그게 누구 목소리인지 대번에 알아들었다. 알론드라였다. 알론드라는 놀림받을까봐 이야기 꺼내기를 머뭇거리는 청취자에게 말하고 있었다.

"이분이 사연을 들려줄지 마음을 정하는 동안 잠시 광고 듣고 오겠습니다. 여기는, 〈고스트 라디오〉입니다."

45장

청취자 전화 2109, 수요일 03:22 A.M.
인형의 집

전화 건 사람은 로드아일랜드 다이턴에 사는 린지였다.

"말씀하세요. 이 늦은 시간에 무슨 이야기를 들려주시겠어요?"

"당신 방송을 정말 좋아한다는 말을 하고 싶어서요. 매일 밤 처음부터 끝까지 들어요."

"고맙습니다, 린지. 밤에 일하나봐요?"

"혹시 청취자 분이 뱀파이어는 아닐까요. 일전에 여기 와서 우리 피를 빨아먹겠다고 전화한 남자분처럼 말이죠." 옆에서 와트가 말을 보탰다.

"아뇨, 내 문제는 얼마 전부터 불면증에 시달린다는 거예요."

"흠. 의사는 만나보셨나요?"

"네, 치료받고 있어요. 그런데 약을 못 먹겠어요. 잠이 들면 끔찍한 악몽을 꾸거든요."

"짐작건대, 혹시 충격적인 경험 같은 게 있나요?" 알론드라가 물었다.

"네."

"그래도 잠을 못 자는 기간이 길어지면 아주 위험해요. 악몽을 꾸는 것보다 더 심한 고통에 시달릴 수 있거든요."

"알아요."

다시 호아킨이 나섰다.

"자, 솔직히 말씀드리죠. 저희 중에 의사는 없습니다. 그러니까 마음속 이야기를 편하게 털어놓으시죠."

지난 오 년간 난 베이비시터 일을 했어요. 졸업하기 직전까지요. 하지만 그만둬야 했죠. 난 아이들을 정말 좋아해요. 두 살배기 쌍둥이가 있는 집에서 일할 때도 그애들을 몹시 예뻐했어요. 애들이 네 살이 되자 유치원에 가게 되어서 내가 필요 없어졌죠. 새 일자리를 찾던 중에 큰 광고회사에서 일하는 여자의 구인광고가 눈에 띄었어요. 일곱 살 딸을 돌봐줄 사람을 찾더군요. 그애를 앤지라고 부를게요. 그녀는 이것저것 묻지도 않고 엄청난 보수를 제시하면서 나를 고용했어요. 마다할 이유가 없었죠. 앤지는 예의 바른 애였지만, 너무 조용하고 안타까울 정도로 수줍음을 탔어요. 일주일쯤 지나니까 슬슬 걱정되더라고요. 애 엄마가 알려주지 않은 문제가 있는 것 같았어요. 앤지가 어디 아픈 건 아닐까 의심했죠. 가벼운 자폐증 같은 게 아닐까 생각했어요. 다른 사람과의 접촉을 꺼리고, 몇 시간씩 꼼짝 않고 있거나 벙어리처럼 말이 없었거든요. 내버려두면 아이는 하루 종일 말 없이 인형의 집에서만 놀았어요. 그 멋진 인형의 집은 그애가 좋아하는 유일한 장난감이었어요. 애 엄마는 거의 온종일 집에 없었어요. 이따금 아침 출근 때나 밤 늦은 귀가 때 마주쳤지만, 대개는 내가 가면 앤지 혼자 있었고 돌아갈 때도 혼자였어요. 애 엄마는 그런 사정 때문에 시간을 꼭 지켜야 한다고 신신당부했죠. 내 주급은 늘 봉투에 담겨 식탁 위에 놓여 있었고요.

나는 매일 아침 여덟시에 앤지를 차에 태우고 가톨릭 학교에 데려다준 다음 오후 세시에 데리러 갔어요. 그리고 저녁 일곱시까지 앤지와 함께 지냈죠. 내겐 더없이 좋은 일자리였어요. 오전에는 도서관에서 책을 읽거나 수업 준비를 하고, 오후에는 앤지가 인형의 집에서 노는 동안 인터넷 검색과 숙제를 할 수 있었거든요. 물론 같이 놀려고 몇 번 시도해보긴 했어요. 하지만 그때마다 앤지는 뒤로 물러났고, 내가 계속 다가가면 몹시 적대적으로 돌변하더라고요.

앤지가 그 인형의 집에 집착하는 것도 무리는 아니었어요. 나도 홀딱 반했거든요. 크기가 엄청나고 믿기 힘들 만큼 정교하게 만들어진 화려한 빅토리아 시대 저택이었어요. 골동품 같았지만 가까이서 본 적이 없어서 확실치는 않아요. 한쪽 벽을 열면 내부가 드러났고, 집 전체가 반으로 갈라져 열리기 때문에 앤지는 안에 들어가 자기만의 작은 세상에 꼭꼭 숨어서 놀 수 있었죠.

2월의 어느 눈보라가 몰아치는 저녁이었어요. 눈 내리는 밖으로 정말 나가고 싶지 않았지만 떠날 시간이 거의 다 됐어요. 문득 앤지의 엄마가 돌아올 때까지 기다렸다가 집까지 태워달라고 해야겠구나 하는 생각이 떠올랐어요. 한 번도 그런 적이 없지만 날씨가 궂으니 부탁을 들어줄 것 같았죠. 그런데 일곱시가 되자마자 앤지가 나더러 가라는 거예요. 너무 놀랐어요. 곁에 있는 걸 앤지가 싫어하는 줄 몰랐거든요. 나는 조금만 더 기다렸다가 엄마가 오면 차를 얻어타고 가겠다고 말했어요. 내 구두를 보여주면서 휘몰아치는 눈보라 속을 걸어갈 수 없다고 설명도 했죠. 그런데 앤지

374

는 고집을 부리면서 점점 더 골을 내더라고요. 그러더니 창가로 달려갔다
와서는 눈이 그쳤으니 가도 된다고 보채는 거예요. 아주 사람을 질리게 하
더라고요. 나는 그애가 뭘 숨기기에 그러는지 궁금했고, 아무래도 애 엄마
와 상의해야겠다고 생각했어요. 그 또래 여자애가 밤에 혼자 있고 싶어하
는 건 정상이 아니잖아요.

그때 갑자기 정전이 됐어요. 그리고 방금 전까지만 해도 옆에 있던 앤지
가 어느샌가 어둠 속으로 사라져버렸어요. 창밖을 보니 거리는 텅 비어 있
었어요. 애 엄마가 돌아올 기미도 없었죠. 애를 혼자 두고 갈 수는 없었어
요. 소리쳐 앤지를 불렀지만 대답이 없었어요. 너무 걱정이 된 나머지 잠
시 후 손전등이나 양초가 있나 찾으러 갔어요. 집 안의 모든 서랍을 더듬
더듬 뒤지다가 간신히 손전등을 찾았죠. 늘 그렇듯 앤지는 아무 소리도 내
지 않았어요. 인형의 집이 있는 방으로 갔어요. 거기 있을 게 뻔했거든요.
방에 들어가기 전에 여러 번 앤지를 불렀어요. 자신만의 공간에 침입하면
몹시 화낸다는 걸 알고 있었거든요. 대답이 없기에 그냥 들어갔어요. 역시
나 앤지는 인형의 집 안에 있더군요. 거기 있어야 마음이 놓여서 그러려니
생각했어요. 그때 무슨 소리가 들렸어요. 작은 목소리 같았어요. 다시 앤지
를 불렀어요. 대답이 없었어요. 결국 경첩이 달린 벽을 열자, 무릎을 꿇은
채 인형 같은 걸 갖고 노는 앤지가 나타났어요. 인형의 집 안에는 붉은빛
이 감돌았어요. 앤지가 멍한 표정으로 나를 쳐다보더라고요. 그리고 그때,
앤지의 손에 들려 있는 것이 보였어요. 사람의 몸이었어요, 그러니까, 사람
의 신체 일부들이었어요. 몸통, 팔, 다리, 머리…… 그것들은 잘린 도마뱀
꼬리처럼 살아 꿈틀거리고 있었어요. 자세히 보려고 다가가니 머리통들의
얼굴이 보였어요. 입을 벌리고, 작고 처절한 목소리로 살려달라고 비명을
질러대고 있었어요. 앤지의 작은 손에는 일부만 조립해놓은 사람 모양 피

겨가 있었는데, 몸통은 여자고 얼굴은 수염이 난 남자였어요. 그것은 막 발길질을 하고 하나뿐인 팔을 휘저으면서 달아나려고 몸부림쳤어요. 나는 와들와들 떨면서, 눈앞의 광경을 도저히 믿을 수 없어 구역질을 참고 더 가까이 다가갔어요. 사내아이의 머리가 나를 보고 신음을 뱉었어요.

"그게 뭐니?" 가까스로 앤지에게 물었어요. 정말이지 말도 안 되는 스케일 하며 소름 끼치도록 현실적인 장면에 완전히 경악한 나머지 멍해지더라고요.

"내 인형들이에요. 같이 놀래요?"

앤지는 못마땅한 듯 얼굴을 찡그렸지만 애써 웃어 보이려는 것 같았어요. 나는 그것들이 전기로 작동되는 기발한 장난감이거나 기계처럼 조작하는 장난감이길 바라면서 손전등을 비추었어요. 하지만 조명 아래 드러난 건 그 얼굴들에 서린 공포와 고통의 표정, 번들거리는 침과 눈물, 피와 그 주위에 고여 있는 토사물이었죠. 앤지는 작은 더미에서 팔 하나를 꺼내더니 손에 들고 있던 몸통에 끼우고는 말했어요.

"이제 나랑 같이 놀아도 돼요."

그 말에 퍼뜩 정신이 들더군요. 나는 내 몸이 분해돼서 그 무시무시한 신체 부품 더미 속에서 버둥거리는 광경을 상상하고는 벌떡 일어났어요. 앤지도 일어나더군요. 죽을힘을 다해 비명을 지르며 버둥거리는 인형을 손에 쥐고서요. 방문으로 달려가면서 공포영화에서처럼 문이 열리지 않을까 무서워 미치는 줄 알았어요. 다행히 문은 열렸어요. 나는 외투도 입지 않고 눈보라 속을 달려 장님처럼 눈밭을 헤맨 끝에 가까스로 집에 도착했어요. 그날 이후로 내 귀엔 언제나 앤지의 인형들이 울부짖던 소리가 맴돌아요. 그애 엄마는 두 번 다시 내게 전화하지 않았어요.

46장

뒤뜰의 사막

이 나라에서 한 가지만큼은 확실하지. 아무리 외딴 시골의 고속도로도 사막 한복판에서 사라지듯 끝나진 않아. 잡목이 우거진 울퉁불퉁한 땅을 달리면서 호아킨은 생각했다. 라디오에서는 알론드라가 밤마다 아버지의 유령이 나타난다고 믿는 여자를 은근히 놀리고 있었다.

호아킨은 도무지 집중할 수가 없었다. 다시 고속도로를 찾아야 하는데 방향 감각을 완전히 상실한 상태였다. 왔던 길로 되돌아갈 수 있을 거라 생각했지만 어쩐지 뜻대로 될 것 같지 않았다. 이 미로가 그를 놓아주지 않을 것 같았다. 결국 그는 차를 돌리고, 가속페달을 밟으면서 운전석 차창 밖으로 고개를 내밀었다. 그리고 다시 앞을 보는 순간, 부서질 듯 브레이크를 밟아야 했다. 몇 걸음 앞에 샤먼의 조수 배리가 서 있었다. 배리는 누더기 같은 옷차림으로 부들부들 떨고 있었다.

헤드라이트 불빛 뒤에서 멍하니 바라보던 호아킨은 자기 눈을 믿을 수가 없었다. 잠시 후 그는 차문을 열고 나가 천천히 배리에게 다가갔다. '여기서 뭐 하는 거야?'라고 물어야 할까, '어떻게 된 일이야?'라고 물어야 할까. 영원과도 같은 시간이 흐르고, 호아킨은 젊은이 앞에 서 있는 자신을 발견했다. 그사이 자신이 뭐라고 물어봤는지, 말을 하긴 했는지조차 기억나지 않았다.

"추워요." 배리가 어눌하게 말했다.

"뭐라도 좀 걸쳐야겠어." 호아킨은 그렇게 말했지만, 배리에게 줄 담요는 없었다.

"여기가 어디죠?"

"모르겠어, 나도 길을 잃었거든."

문득 호아킨은 배리가 이런 이상한 장소에서 그를 만나고도 놀라지 않는 눈치라는 걸 깨닫고 물었다.

"나를 알아보겠어?"

배리는 한참을 땅만 내려다보다 마침내 고개를 들고 말했다.

"난 당신 때문에 여기 있어요. 당신이 나타난 뒤부터 내 삶은 완전히 엉망이 됐다고요."

"그게 무슨 말이야?"

"왜 내가 여기 있는 거죠? 이제 그만 날 놔줘요."

"이건 내가 꾸민 일이 아냐."

"게레로에서 걸린 전염병이 결국 낫지 않았어요. 당신은 지옥에서 온 인큐버스*예요."

"차에 타. 몇 분 후면 우린 스타벅스에서 커피를 마시고 있을 거야."

"날 놔줘요. 내가 죽은 거라면 그만 날 놔달라고요."

---

* 잠자는 여자를 범한다는 몽마(夢魔).

"어서 타. 집에 데려다줄게. 어서. 여긴 너무 추워."

배리는 마치 방금 전까지만 해도 없던 걸 발견한 것처럼 차를 바라보았다.

"저걸 타고 어디 갈 수 있다는 거죠? 주위를 둘러봐요. 대체 어디로 가겠다는 거예요?"

"타기나 해. 저 차가 나를 여기로 데려왔으니 우릴 다시 여기서 내보내줄 거야."

"아뇨. 난 돌아갈 수 없어요. 지금 내 꼴이 어떤지 봐요."

배리가 지퍼를 내리자 바지가 아래로 흘러내렸다. 그는 속옷을 입고 있지 않았다. 그는 호아킨 앞에, 허리 아래로 알몸을 드러낸 채 서 있었다. 하지만 더 충격적인 것은 성기가 있어야 할 곳에 달려 있는 얼굴이었다. 커다란 매부리코 양쪽에는 짐승의 작고 매서운 눈이 달려 있었고, 코 밑의 입술 없는 입은 계속 열렸다 닫히기를 반복했다. 마치 숨을 쉬려고 뻐끔거리는 물고기의 주둥이 같았다. 호아킨은 목구멍까지 치밀어오르는 욕지기를 누르고 간신히 물었다.

"맙소사, 그게 뭐야?"

그리고 그는 배리의 무릎에서 첫번째 얼굴보다 더 역겨운 얼굴을 발견했다. 얼굴의 작은 입은 신음과 함께 침을 줄줄 흘리고 있었다.

"당신이야말로 말해봐요. 나한테 무슨 일이 벌어지고 있는 거죠? 목사님이 여기 계신다면 당신한테서 날 지켜주셨을 거예요."

"배리, 코르테스는 살아 있어. 내가 똑똑히 봤어. 그는 모텔에서 벨보이로 일하고 있었어. 그리고 너한테 벌어지는 일은 나와 아무 상관이 없어."

"지옥에나 가버려요."

380

"병원에 데려다줄게."

"거긴 뭐 하러 가게요? 의사들이 항생제로 이걸 치료해줄 것 같아요?" 배리는 몸에 달린 얼굴들을 가리켰다.

"나도 몰라. 일단 차에 타지그래?"

"날 좀 내버려둬요. 제발 내버려두라고요."

배리는 돌아서더니 다시 바지를 올리고 어두컴컴한 사막으로 걸어갔다. 뒤에서 호아킨이 소리쳤지만 그는 멈추지 않았다. 호아킨은 어둠 속으로 사라지는 배리를 속수무책으로 지켜보았다.

문득 배리의 뒷모습에 그 자신의 모습이 언뜻언뜻 겹쳐 보였다. 비탄에 잠기고 망가져버린 사내. 걸어다니는 송장.

호아킨은 마음속으로 소리쳤다. 아냐, 저건·내가 아냐! 난 저 꼴이 되지 않을 거야.

그는 다시 차에 올라탄 후 출발했다. 시간이 갈수록 길은 더 험해졌다. 울퉁불퉁한 땅을 지날 때마다 차가 멈춰버릴 것 같은 불길한 예감이 들었다. 마침내 멀리 불이 켜진 집 한 채가 보였다. 거대한 선인장과 바위 때문에 더는 운전할 수가 없는 상황이었다. 더 생각할 것도 없이 호아킨은 차를 세우고 불빛 쪽으로 뛰다시피 걸어갔다. 누구든, 무엇이든 찾길 바라면서. 해답? 휴식? 싸움이 벌어져도 상관없었다. 아무리 무섭고 소름 끼치는 것이라도, 이대로 계속 방황하면서 점점 배리 같은 꼴로 변하는 것보다는 나을 터였다.

호아킨은 무릎을 내려다보면서 피부가 이상해지지는 않았는지, 페니스가 그대로 있는지 몇 번씩 만져보고 살펴보았다. 그 집에 다다랐을 때는 숨이 턱까지 차 헐떡거렸다. 이제 보니 집이 아니라 시골 잡화점이었다. 입구를 막고 있는 것은 너덜너덜해진 방충문뿐이었다. 호아킨은 문을 열고 소리쳤다.

"계세요? 들어가도 될까요?"

아무 대답도 없었다.

그는 다시 소리쳐 물었다. 이번에도 묵묵부답이었다. 조심스럽게 안으로 들어가자 안에서 말소리가 들렸다. 호아킨은 문턱을 넘으면서 다시 소리쳤다. 마룻바닥이 삐걱거리고 단조로운 목소리가 들려오는 가운데…… 찬송가 부르는 소리인가? 안으로 더 들어가자 탁자 위에 놓인 낡은 라디오가 보였다. 채널은 종교방송에 맞춰져 있었다. 아까 들린 말소리는 복음 전도자가 설교하는 소리였다. 목소리는 우리 주 예수 그리스도를 유일한 구세주로 받아들여야만 구원받을 수 있다며 주님의 영광을 설파하고 있었다.

"그분을 구세주로 받아들이겠습니까?"

전도자의 억양에는 동양인의 악센트가 희미하게 묻어났다.

곧이어 그는 기도를 읊조리고는, 주님을 믿지 않으면 지옥에 간다고 청취자들의 영혼을 위협한 후 광고로 마무리했다.

"구원받으려면 1-900-SALVATN으로 전화하십시오! 헌금하실 분은 1-900-GODGOLD를 누르십시오!"

이어서 나오는 목사 소개에 따르면 그의 이름은 정영고였다. 호아킨은 마음속으로 중얼거렸다. 불쌍한 정 목사. 여긴 나밖에 없는데. 당신이 설파한 구원의 메시지를 들을 열성 신도 따위는 없어. 홀로 설교를 외치는 고독한 구원자라, 이 사막에 더없이 어울리는군.

호아킨은 라디오를 지나쳐 맞은편 방문을 두드렸다. 대답이 없었다. 문손잡이를 돌려보았다. 돌아갔다. 문턱을 넘어 방으로 들어가던 그는 소스라치며 멈춰섰다. 아까 그 모텔의 로비였다. 호아킨은 재빨리 가게로 돌아갔다. 하지만 이제 그곳은 가게가 아니었다. 사무실이었다. 비상구로 달려가 밖으로 나와보니, 커다란 쓰레기통 두 개와 낙서로 뒤덮인 담장이 있는 주차장이 나타났다. 낙서 하나가 호아킨의 눈길을 잡아챘다.

죽여 죽여 약자를 죽여.

그의 차는 모텔을 떠나기 전에 세워둔 자리에 그대로 있었다. 호아킨은 다시 로비로 돌아와 프런트 쪽으로 걸어갔다.

"안녕하세요, 방은 맘에 드셨나요?" 직원이 활기찬 목소리로 물었다.

"네, 다 괜찮았어요." 호아킨이 대답했다.

"손님을 찾는 전화가 왔어요. 전화하신 분은…… 알제브라 양이군요."

"알제브라?"

프런트 직원이 책상 밑에서 쪽지 한 장을 꺼냈다.

"이런, 죄송합니다. 알론드라 양이네요. 전화하신 분의 성함은 알론드라입니다."

호아킨은 쪽지를 받아들고 자기 방으로 향했다.

47장

라디오 샤먼

방은 호아킨이 기억하던 것과는 완전히 다른 곳이었다. 그는 가브리엘의 전화를 받고 나서 얼마나 시간이 흘렀는지 곰곰이 따져보았다. 길어야 십오 분. 어쩌면 더 짧을 수도 있었다. 비록 모텔 주차장도 벗어나지 못한 것 같았지만, 다시 돌아왔다는 사실에 그는 기이하고도 조용한 희열을 느꼈다. 배리 같은 괴물로 변하지 않고, 더는 사막을 헤매지 않는다는 안도감. 모든 것이 꿈이었다고 믿고 싶었다. 사실을 말하자면, 자신의 인생 대부분이 꿈이라고 믿고 싶었다. 누군들 안 그러겠는가? 그렇게 생각하자 기분이 좋아졌다. 마음이 편해졌다. 하지만 그렇다고 아무것도 바뀌지는 않았다.

그의 삶은 여전히 혼돈 속에 있었다. 질문들은 여전히 답을 얻지 못하고 남아 있었다. 그리고 그 짧은 평온도 지난 며칠간의 다른 모든 일들처럼 순식간에 증발해버렸다.

무슨 일이 벌어진 거지? 무슨 일이 벌어지고 있는 거지? 어쩌면 그는 꿈과 각성의 중간지대에서 방황했는지도 몰랐다. 꿈과 각성의 중간지대? 그것이 무슨 뜻일까? 모든 수수께끼는 다시 새로운 수수께끼로 바뀌었다. 얼마나 더 버틸 수 있을까? 그는 현실이 꿈처럼 덧없는 삶을 감당할 수 있을까? 피로가 몰려들었지만 알론드라에게 전화해야 했다.

"안녕, 나한테 전화했다면서."

"계속 전활 기다리다 결국 먼저 했네."

"내가 여기 있는 건 어떻게 알았어?"

"텔레파시, 천리안, 첩보위성. 하지만 자기 메시지가 제일 유용했지."

"메시지?"

"나한테 보낸 문자메시지 말야."

"그럴 리가…… 확실해?"

"당연히 확실하지. 두 시간쯤 전에 자기 문자메시지를 받았어."

"지금 내가 들고 있는 전화기 말고 다른 전화기에서 보낸 메시지 말이지, 잃어버린 전화기. 맞지?"

"응, 그 전화기. 찾은 거야?"

"찾았어."

누가 그녀에게 정보를 주었는지 짐작이 갔지만 전화로 설명하고 싶지는 않았다.

"두 번호로 모두 수없이 전화했지만 안 받던데."

"그랬겠지. 내가 있던 곳에서는 신호가 거의 안 잡혔거든."

"찾던 건 찾았어?"

"찾던 거?"

"호아킨, 자기 졸고 있는 거야? 내 말 듣고 있어?"

"물론 듣고 있지. 너무 피곤해서 그러는 거야."

"알았어, 그만 좀 쉬어. 내일 이야기해. 시간이 늦었네."

"아냐, 아직 끊지 마. 찾던 건 아니지만……"

호아킨은 말을 잠시 끊고 주머니에 손을 넣어 윙클러에게서 훔친 카세트테이프를 꺼냈다. 그나마 가장 건질 만한 물증이었다.

"뭔가를 찾긴 했어. 얼마나 쓸모 있을지는 모르겠지만, 이번 여행이 완전히 꽝은 아니었어."

"다행이네."

"방송 들었어. 그나마 네 목소리를 들은 게 오늘 내가 겪은 사건 중에서 가장 기쁜 일이더군." 그는 애정을 담아 말했다.

"오늘 우리 방송 안 했는데. 아마 재방송이었을 거야. 근데 일요일은 우리 방송이 안 나가는 날인데? 썩을 안식일이잖아. 확인해봐야겠네. 그런데 언제 돌아올 거야?"

"내일 첫 비행기 타고 갈게."

"좋아."

알론드라의 숨소리가 들렸다. 뭐라고 더 말하길 바라는 눈치였다.

호아킨은 단순한 작별인사 말고 마음속의 이야기를 하고 싶었다. 지금까지 있었던 일을 죄다 말하고 싶었다. 오늘 본 것을 알려주고, 앞으로 조심해야 한다고 경고해주고 싶었다. 하지만 앞으로 무슨 일이 벌어질 것인가? 알 길이 없었다. 오늘 방송이 없었다는 사실도 놀랍지 않았다. 현실은 이미 조각들이 일그러져 맞출 수 없게 된 퍼즐이 되어 있었다.

"곧 만나."

"응, 내일 봐. 안녕."

둘은 전화를 끊었다.

밋밋한 작별인사에 호아킨은 한층 침울해졌다. 삭신이 쑤시고 피곤했다. 그는 옷을 벗고 텔레비전을 켠 다음 침대로 올라갔다. 잠을 자야겠는데 불안을 떨칠 수가 없었다. 그는 베개에 머리를 기대고 길게 누워 이리저리 채널을 돌렸다. 한 채널에서 복음 전도자 정영고가 여전히 '주님의 영광'이니 '우리 주 예수 그리스도'니 '유일한 구세주'니 주절대고 있었다. 다시 채널을 돌리자 J. 코르테스가 화면에 나타났다. 그를 보고 호아킨은 침대에서 몸을 벌떡 일으켰다. 이 악몽의 끝은 대체 어디인 거지? 코르테스는 평범한 사무용 의자에 앉아 있었다. 그의 뒤에는 아스텍과 마야를 비롯한 여러 고대문명의 온갖 상징들이 두서 없이 뒤섞인 싸구려 배경막만 덩그러니 걸려 있었다. 얼굴 밑에는 붉은 글씨로 '쿠아테목 일루이카미나 목사: 1-900-CHAMANI' 라는 자막이 떠 있었다. 코르테스는 톨텍 전사의 길에 관해 설교중이었다.

"현실은 환상일 뿐입니다. 현실은 지각과 감정, 신기루의 콜라주에 불과합니다."

평소 같았으면 논리도 서지 않는 헛소리라고 비웃었을 것이다. 코르테스를 불면증 환자와 왕따, 우울증에 걸린 인생 막장들에게서 돈을 뜯어내는 사이비 목사로 치부했을 것이다.

하지만 오늘 호아킨은 위안을 받았다.

그는 목사의 설교를 열심히 들었다.

"현실의 구조는 산 자와 죽은 자의 영역 사이에 존재하는 긴장으로 유지됩니다. 그 두 영역은 우주를 떠받치는 기둥이며, 세상의 균형을 잡아주는 에너지의 원천입니다. 그 둘은 비록 서로 떨어져 있지만, 다양한 요소들로 인해 세상 질서에 혼란이 일어나면 두 세계 사이에 문이 생기며 통할 수 있습니다, 호아킨."

뭐? 방금 목사가 내 이름을 부른 건가?

"예컨대 임종을 앞둔 사람이나 병적인 시체애호자, 혹은 임사체험을 한 사람들이 그런 혼란을 겪죠."

임사체험? 그것이 이 모든 일을 야기시킨 거라고?

"산 자와 죽은 자가 공유하는 것이 하나 있다면, 그것은 바로 라디오입니다. 우리가 라디오를 듣듯이 저 피안의 세계에서도 라디오를 들을 수 있습니다."

"벌써 들은 얘기거든?"

호아킨이 빈정거렸다. 텔레비전이 나한테 말하고 있다면 대꾸하지 못할 이유도 없잖아?

텔레비전 속 목사는 계속했다.

"그렇다면 당신이 들어보지 못한 이야기를 해드리죠. 특정한 상황에서는 라디오 방송국도 두 영역 사이의 문을 열 수 있습니다."

자세한 설명을 들을 필요도 없었다. 그날 밤 라디오 방송국에서 무슨 일이 벌어졌는지 호아킨은 알고 있었다. 사방에 징조가 널려 있었다. 비록 그 원리까지는 알지 못했지만, 그날 밤 자신이 어떤 문턱을 넘었다는 건 알고 있었다. 얇은 장막을 뚫고 반대편 세상으로 들어갔다는 것.

코르테스는 카메라를 보지도 않고 마치 글을 읽듯이 말했다.

"하지만 그날 벌어진 일을 완벽하게 이해하려면, 나이크비스트가 123번지로 가서 잊고 있던 기념품 몇 가지를 가져와야 합니다. 당신은 단번에 그 장소를 알아볼 겁니다."

호아킨은 텔레비전 속의 사내가 무슨 얘기를 하는 건지 알아차렸다.

라디오 방송국에서의 사고가 있기 전 가브리엘과 무단 거주했던 오래된 공장 건물이 있었다. 그런 특이한 주소는 쉽게 잊혀지지 않는다. 사고 후 다시 그곳에 간 적은 한 번도 없었다. 뭐 하러 가겠는가? 실제로 거기에 뭔가 남아 있을 리도 만무했다. 설령 다른 무단 거주자들이 훔쳐가지 않았다 해도, 지금쯤이면 합법적인 세입자가 들어와 살고 있을 것이다.

"그리고 톨텍 전사의 길을 걷고 싶다면 지금 전화해서 크리스천-톨텍 구원 교회에 헌금하세요. 어서요, 호아킨, 좀스럽게 굴지 말고 전화해요."

호아킨은 침대에서 일어났다. 늦은 시간이었지만 나이크비스트 가 123번지에서 무엇이 기다리는지 확인하러 가야 했다. 그는 대충 옷을 꿰어입고 소지품을 챙긴 다음 방을 나섰다. 잠을 좀 자둬야 했지만 이 수수께끼를 풀지 않고는 쉬고 싶지 않았다.

단 한순간도 어림없었다.

주차장으로 걸어가는 동안 머릿속에서 옛 기억과 무엇인지 모를 이미지들이 현기증 나는 속도로 날뛰었다. 호아킨은 뭔가에 홀린 사람처럼 차를 몰아 목적지에 도착했다. 거기까지 어떻게 왔는지 그 자신도 알 수 없었다. 주소지는 시커먼 창살이 달린 2층짜리 황토색 벽돌 건물이었다. 이십 년이 넘는 세월 동안 하나도 변하지 않았는지, 호아킨이 기억하는 모습 그대로였다.

그는 문을 두드렸다. 만약 누가 문을 열어주면 뭐라고 해야 할지 난감했다. 과연 열어줄까? 이 늦은 시간에? 그렇게 담력이 센 사람이 있을까? 포치에 웬 미친놈이 서 있을지도 모르는데. 그리고 오늘 밤에는 정말로 포치에 서 있는 미친놈을 보게 될 터였다.

문득 열쇠를 잃어버릴 때면 가브리엘이 자물쇠를 따던 모습이 떠올랐다. 호아킨은 포치에서 내려가 땅바닥을 살펴보았다. 얇지만 단단한 철사 조각이 필요했다. 주위를 둘러보았다. 아무것도 없었다. 그는 인도로 냅다 뛰어가 하수구를 살펴보았다.

거기 있었다. 얇은 철사 조각. 두께와 강도가 딱 적당했다. 그가 올 줄 알고 누가 놓아둔 걸까?

그리고 그는 돌 하나를 집어들고 문으로 돌아갔다. 철사를 열쇠구멍에 밀어넣고 돌로 두드렸다. 문 손잡이를 돌리는 데 조금 애를 먹었지만 세번째 시도에 문은 스르르 열렸다. 그리고 한 발짝 들이기도 전에, 프라이팬이 그의 얼굴을 아슬아슬하게 빗겨가 문에 부딪쳤다.

여자가 비명을 지르는 동안 한 남자가 문으로 돌진해오더니 온몸으로 문을 닫으려 했다. 호아킨도 몸을 날려 있는 힘껏 문을 밀었고, 그 바람에 문이 벌컥 열리면서 땅딸막한 금발 레게머리 남자가 바닥에 나동그라졌다. 여자는 계속 비명을 지르면서 호아킨에게 부엌칼을 던졌는데, 다행히도 칼날이 아니라 칼자루 쪽으로 날아와 팔에 맞았다.

"진정해요! 해칠 생각은 없어요." 호아킨이 소리쳤다.

"그 자식을 죽여, 대시. 죽여버려!" 여자는 계속 비명을 질러댔다.

"내 집에서 썩 꺼져!" 대시가 소리쳤지만 별로 자신은 없는 목소리였다.

호아킨은 바닥에 떨어진 칼을 집어들고 휘둘렀다.

"진정해요! 나쁜 짓을 하려는 게 아니에요. 뭐 좀 물어보려는 거예요!"

여자는 손에 잡히는 대로 집어던졌다. 그녀가 던진 물건에 몇 번이나 맞으면서 가까스로 피하던 호아킨은 결국 몸을 굽혀 칼끝을 대시의

392

목에 대고 소리쳤다.

"그만하지 않으면 대시의 모가지를 잘라버리겠어!"

여자는 돌처럼 얼어붙었다. 대시가 신음하듯 중얼거렸다. "안 돼. 제발, 안 돼."

"누굴 해치러 온 게 아니라 그저 물건을 찾으러 온 거예요. 옛날에 여기 살다 전부 두고 간 물건들이요."

호아킨은 거실을 둘러보면서 물건들을 가리켰다.

"저 책장, 탁자, 그림, 벽의 낙서, 전부 내 거예요. 내가 찾는 건 당신들한텐 쓸모없는 몇 가지 기념품뿐이에요."

그런데 정확히 뭘 찾는 건데? 호아킨 자신도 몰랐다.

부부가 고분고분해진 것을 본 그는 칼을 치우고 대시를 일으켜세웠다.

"곧 여길 떠날 거예요. 제발, 내 물건을 찾게 해줘요."

"맞아. 그 친구야, 리지." 대시가 여자에게 말했다.

"나도 이미 알아봤어." 그녀가 대꾸했다.

"무슨 소리죠?" 호아킨이 물었다. 〈고스트 라디오〉의 애청자들인가?

"사진이랑 이런저런 잡동사니들이 담긴 상자가 하나 있소. 누가 찾으러 올까 해서 보관하고 있었지. 대부분 당신 사진이더군. 금방 알아봤소. 당신이 미치광이 살인마가 아니라는 걸 눈치채자마자 알아봤지."

"내가 찾는 게 그거예요."

"내가 가져올게요." 리지가 말했다.

"이렇게 쳐들어와서 미안하지만 그 상자를 꼭 되찾아야 해서요."

"우린 시청 직원인 줄 알았소. 놈들이 우릴 쫓아내려고 몇 번이나 들이닥쳤거든."

여자가 가져온 신발상자는 사진과 종이, 봉투를 비롯해 온갖 잡동사니로 가득했다.

머지않아 동이 틀 터였다.

호아킨은 낡아서 흐릿해진 폴라로이드 사진을 한 움큼 꺼냈다. 가브리엘의 추억, 그의 경험과 모험의 증언들은 참담하게 지워지고 있었다. 먼지투성이 종이들 사이에 거의 새것처럼 보이는 봉투 하나가 눈에 띄었다. 그는 상자에서 그 봉투를 꺼냈다. 수신자는 호아킨이었다. 그는 가브리엘의 필체를 알아보았다.

"새로 넣은 물건은 그것뿐이오. 당신 친구가 며칠 전에 주고 갔소." 대시가 말했다.

"어떤 친구 말이죠?"

"그 친구."

대시는 가브리엘이 자기 자신을 찍은 사진 중 하나를 가리켰다.

"어떻게 줬는데요?"

"우리 집 앞 인도에 앉아 있었소. 방금 당신이 한 말과 똑같은 말을 합디다. 여기서 살았는데 뭘 많이 두고 갔다고. 난 그것들을 몽땅 돌려달라는 줄 알고 우리가 여기 이사왔을 때는 텅 비어 있었다고 말했소. 그러니까 그 친구는 우리가 사용하고 있는 당신네 물건들을 쭉 읊더군. 그러고는 나더러 걱정하지 말라면서 전부 가져도 된다고 했소. 하지만 당신이 찾아오면 그 상자 안에 있는 물건 전부와 이 봉투를 주라고 부탁했소."

호아킨은 가브리엘의 유령이 준 선물을 덤덤하게 받아들었다. 이제는 놀랄 기운조차 없었다. 대시와 리지가 호기심 어린 표정으로 지켜보는 가운데 호아킨은 봉투의 내용물을 탁자 위에 쏟아놓았다.

그는 눈앞에 널린 물건들을 보고 미소 지었다. 과거로부터 불어온 일진광풍이었다. 사진, 그림, 메모 등등, 모두 가브리엘이 지상에서 맞이한 마지막 날과 관련된 것들이었다. 호아킨은 라디오 방송국의 평면도를 잠시 물끄러미 바라보면서 가브리엘이 그 그림을 처음 보여주던 날을 떠올렸다. 커다란 눈을 반짝이며 해적방송의 전설이 될 거라고 떠벌리던 가브리엘.

하지만 이내 호아킨의 미소가 걷혔다. 탁자 위 물건 중에 이해할 수 없는 것이 하나 있었다. 사진 한 장. 떨리는 손으로 천천히 사진을 집어들자, 차가운 공포가 온몸에 퍼졌다.

그는 마음속으로 중얼거렸다. 아냐, 이건 불가능해. 말도 안 돼.

손은 마비되어 뻣뻣해졌다. 사진이 손가락 사이로 미끄러져 바닥에 떨어졌다. 이마에 땀이 맺히고 무릎이 후들거렸다. 호아킨은 쓰러지지 않으려고 의자를 움켜잡았다.

사진 속에서 호아킨은 가브리엘과 어깨동무를 하고 서서 미소를 짓고 있었다. 그리고 호아킨의 오른편에 몹시 심각한 표정으로 구부정하게 서 있는 사람은 바로 알론드라였다.

48장

청취자 전화 1288, 월요일 02:13 A.M.
루시의 사과

"전화하신 분, 이름이 어떻게 되죠?" 호아킨이 물었다.

"넬이에요."

"지금 거기가 어딘가요, 넬?"

"샌프란시스코예요."

"자, 이제 당신의 이야기를 들어보죠."

"이 이야기는 버스에서 아줌마 둘이 하는 얘기를 듣고 학교 친구들에게 해준 거예요. 그런데 내 이야기를 듣고 몇몇 여자애들이 거기에 집착하게 됐고, 사람들은 모든 일이 시작된 게 나 때문이라고 하죠."

"무슨 일이 시작됐는데요?"

내가 들은 이야기는 자정에 거울 앞에서 꼭지가 긴 초록 사과를 먹으면 결혼 상대가 누군지 알 수 있다는 거예요. 친구들 중에 그걸 해본 애들이 얼마나 되는지는 모르겠어요. 했어도 절대로 남에게 말해서는 안 되거든요. 가장 중요한 건 어떤 일이 있어도 뒤를 돌아보면 안 된다는 점이에요. 어쨌든, 하루는 사촌 루시가 저녁에 우리집에 놀러왔어요. 평소처럼 우린 남자 이야기로 수다를 떨었죠. 그런 우릴 보고 엄마는 '남자에 미쳤다'고 놀려요.

루시는 나중에 자기가 누구랑 결혼할지 정말로, 미칠 듯이 궁금해했어요. 이건 거의 집착에 가까웠어요. 맘에 드는 남자를 만날지, 누가 자길 사랑해줄지, 그런 것들 있잖아요. 심지어 얼마나 근사한 결혼식을 하게 될지도 알고 싶어했어요. 그런 것 말고는 아예 관심도 없는 애였죠. 결국 루시는 초록 사과를 구해 자정까지 기다렸다가, 부모님과 동생들이 잠든 걸 확인하고 사과를 들고 화장실로 들어갔어요. 그리고 거울 앞에 서서 결혼 상대가 누구일지 열심히 생각한 다음 사과를 먹기 시작했어요. 사과를 아주 오래오래 꼭꼭 씹으면서 다 먹을 때까지 거울에서 눈을 떼지 않았어요. 그런데 그애 말이, 거울 속에 남자가 나타나기 시작했다는 거예요. 그리고 그때, 등뒤에서 발을 질질 끌면서 걷는 것 같은 소리가 들렸대요. 하지만 문을 잠갔기 때문에 누가 들어왔을 리가 없잖아요? 아까 말했다시피, 이 게임에는 중요한 규칙이 하나 있어요. 어떤 경우에도 절대로, 절대로 거울에서 눈을 떼고 뒤돌아보면 안 된다는 거요. 만약 뒤돌아보면 미래에 결혼할 남자가 죽는대요.

그럼 평생 혼자 살면서 노처녀 할망구가 되는 거예요. 루시는 그렇게 될까봐 두려웠어요. 하지만 더는 참을 수가 없게 된 거예요. 그 소름 끼치는 소리가 계속 들렸거든요. 결국 루시는 돌아서고 말았어요. 그리고 그애가 본 것은…… 시커먼 형체였는데, '초점이 나간 것처럼 보이는 사람'이었다는 거예요. 루시는 놀라서 기절하기 직전이었대요.

루시는 비명을 질렀고, 그 소리에 부모님이 달려와 문을 부수고 들어가

보니 화장실에는 루시밖에 없었어요. 루시는 변기에 앉아서 졸다가 악몽을 꿨다고 대충 둘러댔대요. 그리고 그날 밤새 잠을 설쳤어요. 그런데 다음 날 학교에 가보니 엄청난 일이 일어나 있는 거예요. 애들은 삼삼오오 모여서 쑥덕거리고 선생님들은 몹시 심각한 표정이더래요. 루시가 무슨 일이냐고 물으니까 그애 단짝 친구가 그러더래요. 4학년 D반 마크 스펜서가 전날 밤 죽었다고. 돌연사였대요. 아프거나 그러지도 않았거든요. 눈을 크게 뜨고 천장을 바라보는 모습으로 발견되었대요. 의사들도 왜 죽었는지 밝혀내지 못했대요. 그런데 마크의 부모님이 아들의 사물함을 정리하다가 루시의 사진이 나온 거예요. 알고 보니 마크는 루시를 짝사랑했고, 용기를 내어 데이트 신청을 하려던 참이었던 거죠.

49장

콜레트에 대한 기억

그 사진을 본 순간, 그날 사막에서 만난 그녀에 대한 기억이 내 마음 속에서 홍수가 되어 범람했다.

　콜레트가 떠올랐다.

　그녀와 함께 라디오 방송국으로 들어가던 일이 떠올랐다.

　내 코를 물어뜯을 뻔했던 맹견들도 떠올랐다.

　구급대원들이 나를 소생시키는 동안 가브리엘을 뜯어먹던 개들에 대한 공포가 떠올랐다.

　가브리엘의 사진은 내 안에 잠들어 있던 영상과 기억, 그리고 마음 속에서 서로 부대끼는 감정들을 해방시켰다. 아주 오랫동안 잊고 있던 것들이었다. 하지만 영상들은 진짜처럼 보였다. 낯익었다. 아니 그보다는, 현실처럼 생생하게 느껴졌다. 진실처럼 느껴졌다. 지난 며칠 동안 본 것들 같지 않았다.

　수년 동안 내 안에 잠들어 있던 무언가가 깨어났다. 마법이 풀리듯이, 백 년의 긴 잠을 자다가 깨어난 것처럼. 나는 달라졌고, 바뀌었고, 변모했다. 예전과 같은 건 아무것도 없었다.

하지만 사진 속의 여자는 콜레트가 아니었다. 알론드라였다.

지금 이곳이 다른 상황, 다른 시간, 다른 세계였다면 그 사진을 합성이라고 생각했을 것이다. 포토샵을 가지고 한 장난질. 하지만 나는 이성과 논리에서 벗어나 있었다. 이건 거짓이 아니었다. 나는 이것을 받아들여야만 했다.

움직일 수가 없었다. 사방 벽이 최면을 거는 것 같은 소리를 내며 숨을 쉬었다. 마치 가르랑거리며 잠자는 거대한 고양이처럼.

과거가 나를 에워쌌다. 친근하고 익숙한 물건들. 내 몸의 형태를 기억하고 있을 소파, 내가 좋아하던 책들이 꽂혀 있는 책장, 오래전부터 잊고 있던 커피 잔과 데킬라 잔의 둥그런 자국이 남아 있는 탁자. 내가 느낀 공포와 충격 밑에는 또다른 느낌이 깔려 있었다. 내게 손짓해오는 느낌. 과거가 바로 눈앞에 있는 것 같았다. 그곳으로 들어가 느긋하게 쉬면 이십 년의 세월이 증발해버릴 것 같았다.

아, 내가 그토록 바라던 것이 아닌가. 현재에서 벗어나는 것. 내 삶과 내가 맺고 있는 관계들, 그리고 내 일을 잊어버리는 것. 인터넷, 휴대전화, DVD, 티보, 〈아메리칸 아이돌〉, 〈테러와의 전쟁〉*을 잊어버리는 것. 모든 기쁨과 슬픔을 잊어버리는 것. 그것들을 모조리 에테르** 속으로 날려버리고, 사라진 라디오 신호를 좇아 천국으로 들어가는 것. 그것이 아주 가까워진 느낌, 정말로 가능해진 느낌이었다.

---

* 전쟁 시뮬레이션 게임.
** 빛의 파동설의 부산물로, 빛을 전달하는 매질로서 필수적으로 있어야 한다고 여겨졌던 물질. 에테르의 존재와 빛의 파동설은 후에 부정되었다.

하지만 대시와 리지가 넋이 나간 나를 지켜보고 있다는 걸 깨닫자 그런 느낌은 사라져버렸다.

"이봐요, 미안하지만 이만 가줬으면 좋겠는데. 이제 당신한테 상자도 줬고, 우리는 완전 지쳤소."

"네, 가야죠. 아침 비행기를 타고 집에 돌아가야 하니까요."

하지만 여전히 움직일 수가 없었다.

과거로 돌아가려는 욕망이 녹아 사라지자, 설명할 수 없는 조바심은 의심으로 바뀌었다. 방송중에 가브리엘을 연상시키는 사내와 얘기한 뒤부터 나는 줄곧 호기심과 두려움 사이에서 갈팡질팡했다. 매일 많은 사람들이 방송에 털어놓는 괴담을 몸소 체험하고 싶은 욕망과 회의 사이에서 흔들렸다. 물론 예전엔 유령이란 사람들의 상상 속에서만 존재한다고 믿었다. 그런다고 유령의 현실감이 떨어지지는 않았지만, 적어도 유령이 으스스한 저택이나 감옥, 어두컴컴한 뒷골목 같은 물리적인 공간에서 분리되기는 했다. 내 앞에 나타난 것이 가브리엘이든 그의 유령이든 뭐든 간에, 나는 그것이 내 머릿속에 존재했던 거라고 생각했다. 내 어깨 너머에서 나의 모든 판단과 약점을 지켜보고 평가하는, 일종의 초자아. 그와 이야기하는 것은 내적인 대화의 또다른 방식일 뿐이었다. 또다른 생각의 방식.

나는 그 모든 것을 대개는 받아들일 수 있었다. 대개는.

하지만 이 콜레트/알론드라 사진은 달랐다.

알론드라와 콜레트가 정말로 같은 사람일 수 있을까? 멕시코시티 시절 알론드라를 파티에서 처음 만난 순간을 떠올려보았다. 그녀가 내게 다가와 웃기지도 않은 좀비 만화에 대해 이야기하고, 나와 함께 밥을 먹으러 나가 연인으로 발전하기 위한 첫걸음을 조심스럽게 내디뎠

404

던 장면을 마음속에서 재생시켜보았다. 지극히 자연스러웠다. 혹시 그날 밤 어떤 암시가 있었던 건 아닌지 곰곰이 따져보았다. 이 퍼즐을 완성시켜줄 단서가 그녀의 말이나 몸짓에 드러났던 건 아니었을까.

내 문신. 알론드라는 내 문신에 강한 호기심을 보였다. 나는 소매를 걷어올리고 문신을 내려다보았다. 그것이 내게 어떤 메시지를 보내길 바라면서.

소용없었다. 부질없는 바람일지도 몰랐다.

귓속에 메아리치는 가브리엘의 목소리가 내 마음의 가장 어두운 구석에 깃든 기억들에 대해 이야기했다.

너에게 기억은 본질적이고 개인적인 것, 부서지기 쉬운 것이야.

그의 말이 옳았다. 기억은 부서지기 쉬웠다. 라이스페이퍼만큼이나 부서지기 쉬웠다.

마침내 나는 비틀거리며 문으로 다가갔다. 이 모든 사태에 몸을 가누기가 힘들었다. 마지막으로 식사를 한 게 언제였더라? 마지막으로 잠을 잔 게 언제였지?

"이봐요, 괜찮소?" 대시가 물었다.

"네, 조금 쉬면 괜찮아질 거예요."

문 밖으로 나오니 먼동이 트고 있었다.

차를 몰고 공항으로 가면서 알론드라와의 대면을 상상해보았다. 뭐라고 말하지? 어떻게 그토록 오랫동안 나를 속였냐고 비난할까? 나를 궁지에 몰아넣으려는 음모의 공범이지 않냐고 소리칠까? 온갖 수단을 써서라도 이 잔인한 사기의 내막을 실토하게 할까? 스스로 진실을 말하도록 속임수를 쓰는 편이 나을 수도 있었다. 어쩌면 내가 알아낸 것을 설명하고 증거를 제시하면서 솔직하게 말한 다음, 알론드라의 반응에 따라 그녀가 이 기괴한 오류투성이 희극의 조연인지, 아니면 나처럼 불가사의한 사건의 희생자인지 가늠할 수도 있으리라.

문득 사진 따위 찢어버리고 내가 겪은 모든 일이 피로와 스트레스가 일으킨 일종의 망상이라고 믿는 게 최선일지 모른다는 생각이 들었다. 그렇게 믿고 싶었다. 하지만 나로 하여금 그 사진을 찾게 하는 것이 이번 여행의 진짜 목적이었다는 느낌을 떨칠 수가 없었다. 지난 몇 주 동안 내가 한 행동들이 실은 치밀하게 계획된 쇼의 일부이고, 나의 모든 말과 행동과 판단은 사전에 짜여진 각본을 지각하지 못하고 따른 것 같았다. 차를 몰고 가는 동안 머릿속으로 지난 모든 일을 재생시켜보았지만, 내가 그저 멍청해서라고 수없이 되뇌었지만, 매번 같은 결론에 다다를 뿐이었다.

도무지 운전에 집중할 수가 없었다. 나는 다른 차선을 계속 침범하면서 너무 빠르거나 너무 느리게 달렸다. 옆 좌석에 놓아둔 사진과 기념품 상자에 자꾸 눈길이 갔다. 사진을 다시 보고 싶진 않았지만, 그래야 한다는 걸 알고 있었다. 확실히 해두어야 했다. 내가 본 것에 대한 확신 없이는 돌아갈 수가 없었다. 콜레트의 모습이 내 머릿속에 또렷이 떠올랐다. 스튜디오로 걸어들어가 콘솔 앞에 앉던 그녀. 내 옆에서 타코를 먹고, 내가 냅킨에 그린 꽃을 집어들던 그녀.

하지만 이제 기억은 온통 뒤죽박죽이었다. 사람들은 변하고, 장소는 달라지고, 말이 바뀌고, 떠올릴 때마다 달랐다. 목적지로 운전해가는 내내 산만한 정신은 좀처럼 나아지지 않았다. 다른 운전자들은 나를 피해가거나 분노의 경적을 울려댔다. 그리고 마침내, 공항이 지평선 위에 오아시스처럼 나타났다.

공항을 향해 가까이 가는데 휴스턴에 도착한 날 보았던 카페를 지나치게 되었다. 막 동이 튼 이른 시간인데도 사람들이 라디오 주위에 모여 열심히 귀를 기울이고 있었다. 아무도 미동조차 않았다. 마치 그림 속의 한 장면 같았다. 이번에는 차의 속도를 늦추고 차창을 내렸다. 몇 마디만 들으면 충분했다. 라디오에서는 〈고스트 라디오〉가 흘러나오고 있었다. 나는 다시 재빨리 차창을 올리고 나를 집으로 데려다줄 비행기가 기다리는 공항을 향해 속도를 높였다.

공항 안에 우글거리는 사람들은 대부분 비즈니스맨들로, 다들 작은 여행가방을 끌고 가면서 휴대전화로 통화하거나 블랙베리에 뭔가를 입력하고 있었다. 나는 바로 다음 시간에 뜨는 비행기 표를 샀다. 한 시간 정도 시간을 죽여야 했다. 정작 죽이고 싶은 것은 머릿속에서 끊임없이 조잘거리는 목소리였지만. 되찾은 기억의 상자를 담을 작은 여행가방도 샀다. 그 가방을 땅속 깊이 파묻거나, 쓰레기통에 버리거나, 그냥 탑승장 근처에 놓고 가버리고 싶었다. 하지만 꼴사납고 두툼한 방호복 차림의 폭발물 처리반이 사나운 개들과 로봇을 이끌고 공항 업무를 마비시키고 그 기념품 가방을 파괴하고, 감시카메라에 찍힌 장면을 분석해 가방을 두고 간 테러범을 찾아내는 광경이 자꾸 머릿속에 그려졌다.

도무지 쉴 수가 없었다. 쉬려고 할 때마다 머릿속에서 혼자 떠들어대는 목소리가 온갖 억측과 제안, 협박과 비난을 쏟아냈다. 골이 띵했다. 나는 유일하게 문을 연 카페에 들어가 바에 앉은 다음 오렌지주스를 주문했다.

주문을 받은 웨이트리스는 라틴계인 듯 보이는 까만 머리칼의 예쁘장한 아가씨였다. 음료가 나오길 기다리는 동안 휴대전화를 꺼내 와트의 번호를 눌렀다. 아직은 알론드라와 얘기할 기분이 아니었다. 하지만 지난 몇 시간 동안 그녀에게 아무 일도 없었는지 확인하고 싶기도 했다. 가방 안의 사진 때문에 그녀가 증발해버리지는 않았는지, 그녀가 코르테스나 대시, 혹은 정체불명의 존재로 변하지는 않았는지 궁금했다.

"여보세요?"

목이 잠긴 목소리였다. 너무 이른 아침이라는 걸 깜빡했다.

"와트, 나야."

"누구?"

심장이 조여들었다. 이번에도 이상한 꿈을 꾸는 건가? 내가 존재하지 않는 꿈?

"나야, 호아킨."

"아, 호아킨. 안녕." 와트는 하품을 했다. "무슨 일이야? 알론드라 말로는 멀리 갔다던데."

"너무 이른 시간에 깨워서 미안해. 어젯밤 이후로 너랑 알론드라가 통화한 적이 있나 궁금해서 전화했어."

"알론드라랑? 둘이 싸우기라도 했어?"

"아니, 그냥 느낌이 안 좋아서."

"느낌이 안 좋아서 일곱시도 안 된 시간에 전화한 거야?" 와트의 목소리에 가시가 돋쳤다. 짜증이 난 것이 역력했다. "오늘 나 쉬는 날이라는 거 잊었어? 알론드라와는 통화 못 했어. 별일 없을 거야. 아직 일곱시도 안 됐다는 말 들었어?"

"알았어, 알았어. 미안해."

와트는 곧 풀어질 터였다. 내 괴상한 행동을 오랫동안 잘 참아왔으니까. 지금 내가 걱정하는 사람은 나 자신이었다. 문득 한 가지 생각이 떠올랐다.

"저기, 와트. 너 전파에 대해 잘 알지? 며칠 전에 내가⋯⋯"

어떻게 말을 이어야 좋을지 잠시 고민했다.

"어떤 사람과 얘기를 한 적이 있거든. 여기서 우연히 만난 사람인데, 우리 방송에 대해 이상한 말을 하더라고. 물론 미친 소리 같겠지만, 우리 방송이 이 세상 너머의 영혼세계에 도달할 수 있다는 거야. 저승에 말이야."

와트는 조금 놀란 눈치였다. 여전히 까칠한 말투였지만 목소리에서 긴장이 느껴졌다.

"전자기에 대해서는 아직 우리가 모르는 게 많아, 호아킨."

문득 수백 킬로미터 떨어진 곳에서 와트의 목소리를 듣고 있다는 사실이 너무나 이상하게 느껴졌다. 마치 와트가 전파로 바뀌어 대기와 에테르, 시간과 공간을 뚫고 날아오는 것 같았다. 어찌 보면 아주 터무니없는 생각이 아닐 수도 있지만, 나는 망치로 얻어맞은 기분이었다. 갑자기 주위 공기가 목소리로 가득 차 있는 느낌이 들었다. 공항에서 전화하는 사람들, 뉴스 아나운서, 교통정보 리포터, 무전기로 통화하는 경비원의 목소리. 전파가 우리에게서 무엇을 가져가는 걸까? 나는 하루에 다섯 시간씩 마이크 앞에 앉아 전국으로 내 목소리를 내보낸다. 전파가 내게서 무엇을 가져가는 걸까?

"전파는 공기나 물 같은 매개체가 없어도 퍼져. 진공을 뚫고 날아가는 순수한 에너지야. 그게 어디까지 날아갈지 누가 알겠어? 사오 년쯤 기다리면 다른 은하계의 외계인이 〈고스트 라디오〉를 들을지도 모르지. 혹시 알아? 우리 방송의 열혈 팬이 돼서 청취자 사연을 들려줄지."

여전히 불안한데도 피식 웃음이 나왔다.

"기대되는걸. 자는 거 깨워서 미안해. 난 몇 시간 뒤에 돌아갈 거야. 시간 나면 나 대신 알론드라가 어떤지 좀 살펴줘."

"알았어. 이 문제로 너무 고민하지 마, 호아킨. 전파가 어디로 날아가든 알 게 뭐야? 우린 네가 더 걱정스러워."

와트는 전화를 끊었다.

웨이트리스가 주스를 가지고 돌아왔다. 잠시 대화를 나누려 했지만, 그녀는 과로로 지쳤는지 관심을 보이는 척도 하지 않았다. 내가 말을 걸어서 짜증이 난 눈치였지만 나는 입을 다물 수가 없었다. 방금 각성제를 복용한 것 같은 기분이라 주변은 아랑곳하지 않게 된 사람처럼 굴었다. 쥐꼬리만 한 봉급을 받는 점원에게는 당연히 성가신 손님이었을 것이다. 휴대전화에 정신이 팔려 눈도 마주치지 않고 커피, 샌드위치, 크루와상, 요구르트를 주문하는 중역 대여섯 명을 상대하기도 벅찰 테니까.

나는 공항의 보안방식이 여행 절차만 복잡하게 할 뿐 안전 강화에는 전혀 도움이 안 된다고 성토했다. 그리고 기계처럼 형식적으로 수화물을 검색하는 직원들을 가리키면서 죄다 쓸데없는 짓이라고 떠들었다. 내 이야기를 듣는 사람은 아무도 없었다. 결국 웨이트리스는 계산대 뒤의 라디오를 켜고 볼륨을 높였다. 나는 라디오에서 흘러나오는 목소리를 알아듣고 입을 다물었다. 〈고스트 라디오〉였다.

"내 목소리예요." 나는 지나가는 웨이트리스를 붙잡고 말했다.

"무슨 목소리요?" 그녀는 얼굴에 늘어진 머리카락을 손등으로 치우며 물었다.

"저 방송, 〈고스트 라디오〉에서 나오는 목소리요."

여자는 무표정했다.

"지금 흘러나오는 방송 말이에요. 내가 저기서 일한다고요."

"아, 그러세요? 무슨 일을 하는데요?"

피곤한데 억지로 관심을 보이는 표정이었다.

"내가 호아킨이에요. 진행자죠."

"몇 년째 저 방송을 듣고 있지만 그런 이름은 못 들었는데요."

그녀는 다른 손님에게 가버렸다.

관심 없다는 걸 보이고 싶었거나 시건방진 손님의 콧대를 꺾으려고 그랬을 것이다. 그런 손님이 한둘이 아닐 테니까. 하지만 사실을 말한 것일 수도 있었다. 나는 라디오에서 흘러나오는 목소리를 유심히 들었다. 알론드라의 목소리만 알아들을 수 있었다. 남자 목소리가 내 목소리일 수도 있었지만 또렷이 들리지가 않았다. 다시 지나가는 웨이트리스에게 물어보았다.

"〈고스트 라디오〉의 진행자 호아킨을 몰라요? 정말로요?"

"무슨 말을 기대하는 거죠? 좋아요, 알았어요. 〈고스트 라디오〉의 호아킨 알아요." 그녀는 짜증스럽게 대답했다.

그러고는 다시 손등으로 앞머리를 쓸어올리고 플라스틱 용기에 담긴 음식과 디카페인 커피를 주문한 손님에게 들고 갔다. 그리고 계산대로 돌아갔다. 나는 가만히 있을 수가 없었다.

"이봐요, 내가 호아킨이라니까요. 저건 내 목소리예요. 내가 저 방송을 처음 만든 사람이라고요."

"가브리엘이겠죠." 여자가 나를 똑바로 보면서 대꾸했다. "〈고스트 라디오〉의 진행자는 가브리엘이에요. 저 사람은 호아킨이 아니라 가브리엘이라고요."

발밑에서 바닥이 꺼지는 것 같았다.

웨이트리스는 배고프고 졸린 손님들에게 계속 음식과 커피를 가져다주었다. 그녀가 멀어지자 나는 라디오에서 흘러나오는 목소리를 알아들었다. 내 목소리였다. 틀림없었다. 그녀가 헛소리를 지껄인 것이다. 몇 달 전의 방송이었다. 그날 밤 전화를 건 청취자는 추파카브라를 잡았다고 우겼다. 와트는 배가 아플 정도로 웃어댔다. 웨이트리스에게 따지고 싶었다. 당신이 잘못 알고 있으며, 그 방송에 가브리엘은 없다고. 그리고 만약 내 악몽의 출연자라면, 제발 꺼져버리라고. 하지만 이미 그녀는 '직원 전용'이라고 적힌 문 뒤로 사라져버린 뒤였다.

나는 주스 값을 내고 가방을 집어들고 출구 쪽으로 몇 걸음 걷다가 멈춰섰다. 그리고 돌아서서 다시 계산대로 걸어가 식당의 소음 속에서 귀를 기울였다. 알론드라의 목소리를 다시 한번 듣고 싶었다. 하지만 놀랍게도 라디오에서 흘러나오는 것은 아침 토크쇼였다. 하워드 스턴만큼이나 입이 걸한 라디오 진행자가 젊은 포르노 여배우에게 '당신은 나체가 더 편하겠군요'라고 농을 걸었다. 여자는 웃음으로 화답했다. 안경을 쓴 빨강머리 웨이트리스가 내 앞에 멈춰서더니 자리에 앉으라고 권했다.

"아뇨, 됐어요. 금방 갈 거라서. 방금 누가 라디오 채널을 바꿔놓았군요. 아까 나오던 방송으로 돌려주시면 안 될까요?"

웨이트리스가 대답했다.

"저희는 몇 년째 이 방송만 듣는데요. 보세요."

그녀는 라디오의 다이얼 부분을 가리켰다. 다이얼이 빠지고 없었다.

"하지만 일 초 전까지만 해도 〈고스트 라디오〉가 나오고 있었어요!" 나는 소리쳤다. "나한테 주문 받은 아가씨는 그 방송을 아주 잘 안다는 말까지 했다고요."

"〈고스트 라디오〉요? 그건 밤에 하는데. 심야 방송이잖아요."

"네, 알아요. 하지만 까만 머리를 한 다른 웨이트리스가……"

내가 계산대 뒤로 가서 '직원 전용' 문을 열자 작은 창고가 나타났다.

"아가씨!" 나는 소리쳤다.

손 하나가 어깨를 꽉 움켜잡고 나를 끌어냈다. 화가 난 빨강머리 웨이트리스였다.

"손님, 거기서 뭘 찾으시는 거죠? 여긴 직원 전용이라고요! 경비를 부르겠어요."

"미안해요", 나는 재빨리 대답했다. "아가씨랑 같이 일하는 사람에게 뭐 좀 물어보려던 것뿐이에요. 나한테 주스를 갖다준 아가씨요."

"그 안엔 아무도 없어요. 그리고 전 같이 일하는 사람 없어요. 손님 주문을 받은 사람이 있었다면 그건 나였을 거예요. 여기 점원은 나 하나뿐이니까요. 빨리 거기서 나와요. 바쁜 거 안 보여요?"

"머리가 까만 아가씨였는데……" 나는 입 속으로 웅얼거렸다.

"나밖에 없다니까요."

그녀는 나를 매섭게 노려보면서 출구 쪽으로 밀쳤다.

공항 안의 중역들은 전화 통화를 멈추고, 도넛과 베이글 먹기를 멈추고, 서류와 블랙베리에서 눈을 들었다. 마치 내가 웨이트리스에게 음식 말고 다른 것을 요구해 여행객 전체를 난처하게 했다는 듯 언짢은 표정들이었다. 나는 무시하고 점잖게 그들의 시야에서 벗어나고 싶었다. 하지만 식당을 나서는 내내 등뒤로 그들의 눈길이 느껴졌다. 내가 탈 비행기의 탑승안내방송이 스피커에서 흘러나왔다. 가브리엘의 목소리처럼 들리는 그 목소리를 무시하기 위해 무진 애를 써야 했다.

좌석에 앉자 콜레트에 대한 기억이 선명하게 떠올랐다. 군화를 신은

그녀가 방송국 담장을 넘고, 콘솔을 다루고, 먹고 마시고, 웃고, 손등
으로 머리카락을 쓸어넘기던 모습까지.

50장

위험 지대

호아킨이 집으로 돌아가는 여정은 썩 편안하지 않았다.

공항 카페에서 벌어진 사건 때문에 너무 흥분되어 잠이 오지 않았다. 영영 잠들지 못하는 건 아닐까. 이성적인 생각을 영영 못 하는 건 아닐까. 그리고 영영…… 맙소사, 목록은 끝이 없었다. 조금만 있으면 집이라는 생각도 위안을 주지 못했다. 도착하면 또 무슨 일이 벌어질까? 며칠일까? 몇 째 주일까? 몇 월일까? 몇 년일까? 생각할수록 두려웠다. 비행기가 이륙 준비를 하는 동안 호아킨은 점점 미쳐가는 것 같았다.

미치지 않으려고, 정신을 놓지 않으려고 기를 썼다. 어쩌면 지금껏 벌어진 모든 일에 대한 합리적인 설명, 심지어 과학적인 설명을 찾을 수 있을지도 몰랐다. 하지만 어디서? 어떻게?

호아킨은 좌석 팔걸이를 움켜잡았다. 상황을 이해하려는 싸움에서 점점 불리해지고 있었다. 그는 일종의 시간여행을 하고 있었다. 지금 그가 있는 곳은 삶의 여러 단계가 교차하는 곳, 미래와 과거와 현재가 뒤섞여 손만 뻗으면 모두 닿을 수 있는 시간의 교차로였다. 양자물리학이 이런 현상을 다루지 않던가? 모든 가정은 다음 가정으로 넘어가기 위한 불안정하고 비현실적인 상태라는 것. 시간여행과 평행우주의 지적 미궁과 논리적 모순을 잘 알지 못해서 아쉬웠지만, 그걸 안다고 하더라도 지금으로서는 그 어떤 것도 불안감을 해소시켜줄 것 같지 않았다.

이렇게 지독한 현기증은 처음이었다. 비행기가 활주로 쪽으로 이동하는 동안 그는 끔찍한 수술을 각오하고 수술실로 들어가는 기분이었다. 하지만 이륙할 동안 노트북이나 시디 플레이어를 사용하지 말고 착륙할 때까지 휴대전화를 꺼놓으라는 일상적인 안내방송이 들리자, 호아킨은 자신이 일종의 격리 캡슐에 있음을 깨달았다. 전파로부터 자유로운 공간. 가브리엘의 말이 사실이라면, 전파는 망자의 세계까지 도달하지만 이 비행기에는 닿을 수 없었다. 고공에서는 〈고스트 라디오〉로부터 자유롭고, 가브리엘로부터 자유롭고, 상식을 파괴하는 머릿속의 악마들로부터 자유로웠다. 하지만 결국 비행기는 착륙할 것이고, 그러면 호아킨은 다시 청취자와 청취자 사연, 환영과 유령을 대면해야 했다. 어쩌면 방송을 그만둬야 할지도 모른다. 그러면 유령과 이 불가사의한 시간여행, 끝없는 몽유병에서 벗어날 수 있으리라. 하지만 더 중요한 것은, 그렇게 되면 지금 그의 삶에서 결코 포기할 수 없는 유일한 사람, 바로 알론드라를 에워싼 혼란의 장막이 걷힐지도 모른다는 점이었다.

자세를 고쳐앉은 호아킨은 잠을 청했다. 그때 누군가가 어깨를 잡는 느낌이 들었다.

"좀 지나가도 될까요? 저 안이 제 자리라서요."

호아킨은 흠칫 놀랐다. 비행기 문은 이미 닫힌 줄 알았는데. 그는 다리를 끌어당기고 눈을 비비면서 낯선 사내에게 길을 내주었다. 그런데 고개를 쳐들자 낯익은 얼굴이 보였다. 가브리엘이었다.

"기막힌 우연인데. 이 거대한 비행기 안에서 네 옆자리에 앉게 될 줄이야."

그는 입꼬리가 귀에 닿을 정도로 활짝 웃으면서 호아킨에게 탑승권을 보여주고 창가 자리에 앉았다.

"네가 이런 비행기를 타야 하늘을 날 수 있는 줄은 몰랐는걸." 호아킨이 대꾸했다.

"너랑 다시 얘기할 기회를 놓칠 수야 없지. 할 이야기가 아주 많거든."

"나한테 뭘 원하는 건데?"

"별로 없어, 친구. 넌 더 줄 수 있는 것도 많지 않아. 사실 네게 무언가를 주는 건 내 쪽이지. 그 가방 속에 있는 기념품도 내가 준 거잖아? 행복한 나날이었어, 그렇지?"

가브리엘은 예의 그 미소를 지었다. 위협적인 눈빛을 반짝이면서.

"그냥 아무 말 없이 가자고, 알았어? 난 좀 자야겠어."

가브리엘은 앞좌석 등받이 주머니에서 잡지를 꺼내 태연하게 홀홀 넘겼다.

"난 네가 궁금해하는 게 있는 줄 알았는데." 가브리엘이 심드렁하게 말했다.

나는 침묵을 지켰다.

"이를테면 알론드라 말이지."

"알론드라가 뭐?" 더는 입을 다물 수 없게 되어 내가 물었다.

418

"난 '콜레트'라고 했는데. 두 이름을 혼동하기 시작했나보지?"

"넌 '알론드라'라고 말했어. 내가 똑똑히 들었어."

"나더러 시간을 되돌려 내가 한 말을 보여달라는 거로군."

가브리엘이 잡지를 흔들자 콜레트의 사진이 떨어졌다.

그는 사진을 집어 유심히 들여다보았다.

"음…… 이게 어떻게 여기 들어갔지?"

나는 분노로 실눈을 뜨고 그를 노려보았다.

"돌려줘?" 가브리엘이 사진을 내밀며 물었다.

하지만 내가 사진을 잡자 그는 다시 휙 낚아채갔다. 그러고는 사진을 뒤집어 뒷면을 보았다.

"이상한데. 알론드라 사진인 줄 알았는데 아니잖아. 뭐라고 써놓았는지 봐."

나는 사진의 뒷면을 보았다. 검은 유성펜으로 콜레트의 이름이 적혀 있었다.

"'콜레트'라고 적혀 있군." 나는 차분하게 말했다.

"아니. 다시 봐."

다시 뒷면을 보자, 글자들은 저절로 배열을 바꾸면서 다른 낱말이 되었다. 톨텍.

"이게 무슨 뜻이지? 콜레트가 톨텍인이라는 거야?"

내가 사진을 돌려주면서 물었다.

"콜레트? 그게 누군데?"

가브리엘은 내게 사진의 뒷면을 다시 보여주었다. 이제는 '알론드라'라고 적혀 있었다.

"정말 이런 식으로 살고 싶어? 기억조차 못 하는 과거에 시달리면서 장님처럼 살 거야? 그늘 속에 웅크리고 있다가 언제고 틈만 나면 네 엉덩이를 물어뜯으려고 튀어나오는 과거에 얽매여 살 거냐고?"

"하고 싶은 말 있으면 해봐. 언제든 받아주지."

"내가 못 할 것 같아?"

건방진 놈. 호아킨은 평정심을 잃지 않으려고 애썼다. 그때 한 가지 생각이 뇌리를 스쳤다. 아주 재미있고 흥미진진한 생각. 몇 시간 만에 처음으로 호아킨의 얼굴에 미소가 떠올랐다.

"좋아, 물어볼 게 있어."

"해봐."

가브리엘은 잡지로 눈길을 돌리며 대꾸했다.

"네가 있는 세계에서는 우리가 하는 말도, 아무 소리도 들을 수 없다고 했지?"

가브리엘은 눈길도 주지 않고 고개만 끄덕였다.

"그럼 우리가 어떻게 대화를 하는 거지?"

"여기 보니까 린지 로한이 '작품에 필수적이라면' 벗는 것도 불사하겠다는데. 놀랍지 않아?"

"내 말 들었어?"

"벗겠다는 게 놀라운 건 아냐. '필수적'이라는 말을 안다는 게 놀랍지." 가브리엘이 낄낄댔다.

"난 방금 너에게 질문을 했어."

"알아. 들었어."

"그런데?"

"아직도 이해 못 하겠어?"

호아킨은 숨을 깊이 들이마셨다.

"내가 너한테 그걸 주지 않았던가?"

"뭘 줘?"

"〈고스트 라디오〉."

"〈고스트 라디오〉는 네가 준 게 아냐. 내가 시작했지. 너 없이 내가 만든 거야."

"만들어? 넌 그게 뭔지도 모르잖아."

"라디오쇼잖아."

"아냐, 호아킨. 라디오쇼가 아냐. 절대 아니지. 〈고스트 라디오〉는 기계야."

51장

기계 속의 유령

호아킨은 퍼뜩 잠에서 깼다. 주위를 둘러보았다. 가브리엘은 사라지고 없었다.

승무원 한 명이 통로로 지나가자 호아킨의 관심은 순간 그쪽으로 쏠렸다. 그가 물었다.

"이 자리에 앉을 사람 있나요?"

"아뇨. 손님들은 모두 탑승하셨고 이제 문은 잠겼어요. 운이 좋으시네요. 다리 쭉 뻗고 쉴 수 있으니까요."

"방금 여기 앉아 있던 사람 보셨나요?"

"아뇨. 손님밖에 없었는데요."

"실례 좀 하겠습니다."

호아킨은 자리에서 일어섰다.

"손님, 곧 이륙할 거예요. 앉아 계셔야 해요."

"긴급 상황이에요."

호아킨은 재빨리 통로를 따라 내려가면서 승객들을 샅샅이 살펴보았다. 가브리엘을 찾지 못할 거라는 건 알고 있었지만, 뭐든 단서가 될 만한 수상쩍은 것을 놓치지 않으려고 눈을 부릅떴다. 마음 한구석에서는 여전히 이 모든 일이 누군가의 기발한 장난이라는 믿음을 놓길 거부하고 있었다. 물론 어느 누구도 이렇게까지 장난을 칠 수는 없다고 생각했지만, 그 믿음을 버릴 수가 없었고 버리고 싶지도 않았다.

승무원이 불안한 표정으로 그를 따라왔다.

"손님, 자리에 앉으셔야 해요."

호아킨은 그녀를 무시하고 성큼성큼 걸어가며 놀란 승객들의 얼굴을 찬찬히 살폈다. 이상한 행동으로 카페에서 쫓겨나는 창피를 당했을 때 봤던 사람도 몇 명 눈에 띄었다. 그들의 얼굴에는 두려움이 서려 있는 동시에 그럼 그렇지 하는 표정이 떠올라 있었다. 호아킨은 신경쓰지 않았다. 비행기 꼬리 쪽에 다다르자 그는 가브리엘로 변장한 사기꾼이 나타나길 바라면서 화장실 문을 차례차례 열어젖혔다. 또다른 승무원이 쫓아왔다.

"손님, 자리에 앉지 않으시면 이륙을 연기해야 합니다."

그녀는 그를 압박하려고 모두에게 들리도록 일부러 큰 소리로 말했다.

"빨리 앉으쇼, 이런 젠장!" 한 승객이 소리쳤다.

"비행기에서 내리게 해요. 미친놈이구먼." 챙모자를 쓴 노인도 거들었다.

호아킨이 갤리*에 다다르자, 안에 있던 승무원 두 명이 자리로 돌아

---

* 승무원이 승객의 식사를 준비하는 공간.

가라고 동시에 말했다. 그는 재빨리 갤리 내부를 둘러보고 다시 통로를 따라 올라가다가 그를 쫓아오던 승무원들과 마주쳤다.

"가요. 간다고요." 호아킨은 승무원들을 옆으로 밀쳤다.

하지만 그는 자리로 돌아가지 않고 비행기 앞쪽으로 계속 걸어가면서 다시 승객들을 빠짐없이 살펴보았다. 퍼스트클래스 칸막이에 다다랐을 때, 남자 팔뚝 하나가 튀어나오더니 그의 목을 감고 숨통을 조였다. 호아킨은 자신의 관자놀이를 누르는 총구를 느꼈다.

"움직이지 마, 이 개자식아! 미합중국 보안관이다!"

남자의 목소리가 그의 귀청을 때렸다.

제기랄, 항공 보안관*이잖아. 호아킨은 속으로 툴툴거렸다. 영화에서나 벌어지는 일이 또 일어났군.

고함 소리가 들리더니 목소리의 바다가 넘실거리기 시작했다. 호아킨은 보안관에게서 벗어나려고 버둥거렸지만 목이 졸려서 옴짝달싹할 수가 없었다. 숨을 쉬려고 할 때마다 보안관의 팔뚝은 점점 더 세게 조여왔다.

호아킨은 이게 뭔지 알고 있었다. 목 졸라 잠재우기. 뉴욕 경찰에서는 이미 1980년대에 사용을 금지한 방법이었다. 너무 많은 사람이 죽었기 때문이다.

보안관의 조르기가 느슨해지길 바라면서 호아킨은 몸의 힘을 뺐다. 사망자 통계치에 일조하고 싶진 않았다.

소용없었다. 여전히 호흡이 곤란했다. 눈앞이 흐려졌다.

승객들에게 자기 자리로 돌아가라고 요청하는 승무원들의 목소리가

---

* 항공기 납치를 방지하기 위해 사복 차림으로 탑승하는 보안관.

머릿속에 울려퍼졌다. 다들 말을 들을 생각이 없는 눈치였다. 불안한 말소리가 여기저기서 들려왔다. '폭탄'이라는 단어가 여러 번 또렷이 들렸다. 수상한 행동을 하는 자가 잡혔다는 기장의 방송이 스피커에서 흘러나왔다.

"위험 상황은 아니지만 일단 탑승장으로 되돌아가야겠습니다."

승객들은 여전히 술렁거렸다. 비행기에서 내리게 해달라는 원성이 터져나왔다. 몇몇 승객은 고개를 돌리고 어이없다는 표정으로 호아킨을 보았다. 그들의 눈에는 의혹이 서려 있었다. 그를 아랍인으로 착각한 걸까? 라틴계 사람들은 종종 당하는 일이었다.

"제발 놔주세요." 마침내 숨통이 트인 호아킨이 내뱉었다. "저는 테러범이 아니에요. 사람을 찾고 있을 뿐이라고요."

"그런 말은 연방수사관 앞에서나 해."

비행기 문 열리는 소리가 들렸다. 연방수사관 몇 명이 통로를 따라 내려와 호아킨에게 수갑을 채우고 비행기 밖으로 끌어내린 다음, 탁자 하나와 의자 두 개가 있는 작은 방으로 데려갔다. 의자에 앉혀진 호아킨은 가능한 한 차분하게 자초지종을 설명하려 했다. 하지만 그의 귀에도 자신의 말은 미친 소리로 들렸다.

"저를 협박하는 사람을 찾으려던 것뿐입니다. 그 비행기에 타고 있었는데 제가 한눈파는 사이 사라졌어요."

"확실해? 그자의 이름이 뭐야? 당신과는 무슨 관계지? 왜 당신을 협박한 거야?"

그러나 설명을 하면 할수록 점점 더 우스꽝스럽게만 들렸다. 피곤해서 말에 조리가 서지 않았다. 이 상황에서 벗어나기가 쉽지 않을 터였다. 밤새 유치장 신세를 지는 건 이미 기정사실로 보였다.

호아킨은 수사관들이 자기 가방을 뒤지는 모습을 지켜보았다. 그들은 가브리엘의 사진을 살펴보고 나머지 물건들을 꼼꼼히 조사했다.

"이게 다 뭐야?"

"제 인생의…… 기념사진들이죠." 호아킨은 애써 웃어 보이며 대답했다.

연방수사관들은 웃지 않았다.

그 가방이 유일한 짐이라는 점은 그에 대한 의혹을 한층 증폭시켰다. 호아킨은 이번 일이 모두 착각이었고 자기도 몹시 당혹스럽다면서 집에만 보내달라고 애원했다. 그리고 다시는 이런 짓을 하지 않겠다고 맹세했다. 그러나 수사관들은 건성으로 들으면서 같은 질문만 계속 되풀이해댔다.

"혹시 테러 집단과 모종의 관계가 있는 것은 아닌가? 미국 시민을 상대로 범죄를 저지를 의도는 가지고 있지 않나?"

심문은 계속 이어졌다.

수사관 한 명이 전화를 받더니 통화를 하러 밖으로 나갔다. 호아킨과 나머지 수사관은 그가 돌아올 때까지 조용히 기다렸다.

"특별한 혐의는 찾을 수 없다는군. 다음 비행기에 태워보내. 자, 이제 긴장 풀게."

호아킨은 귀를 의심했다. 비행기에서 그런 소동을 벌였는데 용서해주다니? 정신병자처럼 굴다가 미합중국 보안관까지 나서게 했는데 눈 감아준다는 건가? 그 난동으로 수천, 수만, 어쩌면 수십만 달러가 날아갔을지도 모르는데. 하지만 그날 처음, 혹은 이번 여행을 통틀어 처음 들은 호의적인 말에 반박하고 싶지 않았다. 수사관들이 수갑을 풀어주는 동안 호아킨은 고맙다고 말했다.

"이런 일이 또 발생하면 당신을 고발해야 할 거야."

수사관들은 그를 탑승장까지 데려갔다. 그중 한 명이 '흥분을 가라앉힐 때' 쓰라고 자낙스* 한 알을 주었다. 호아킨은 혹시 몰라서 알약을 받아 셔츠 주머니에 넣었다. 또 말썽이 생기면 먹을 생각이었다.

탑승장 라운지에서 호아킨은 두 수사관 사이에 앉아 조용히 기다렸다. 한 시간 남짓 지나자 탑승이 시작되었다. 이제는 머릿속에 침묵만이 가득했다. 수사관 한 명이 호아킨에게 차갑게 작별을 고하더니 비행기에 태우면서 불길한 경고를 날렸다.

"또 이런 짓을 하면 반드시 내 손으로 절단낼 줄 알아."

"다시는 볼 일 없을 겁니다." 호아킨이 대꾸했다. 정말로 그러기를 바랐다.

새 비행기에서 자리를 찾기는 어렵지 않았다. 호아킨은 비행기에서 수상한 행동을 하거나 공황장애 증세를 보였다는 이유만으로 카프카의 소설에서처럼 알 수 없는 곳으로 끌려가 몇 달 혹은 몇 년 동안 죄수처럼 지낸 사람들의 이야기를 들은 적이 있었다. 하물며 호아킨은 정신병자처럼 굴었으니 수사관들이 마음만 먹으면 쿠바 관타나모 수용소로 보낼 수도 있었다. 느긋하게 의자에 앉아 안전벨트를 매자 놀라울 정도로 기분이 상쾌했다. 밤새 푹 자고 일어나 샤워를 한 것 같은 기분이었다. 그때 앞좌석 등받이에 달린 전화가 울렸다. 악몽은 아직 끝나지 않았다.

그는 버튼을 눌러 수화기를 떼어내 귀에 댔다.

"이번에는 인사만 하지. 즐거운 여행이 되길."

---

* 공황장애 치료제.

가브리엘의 목소리 같았다.

호아킨은 전화를 끊었다.

주위를 둘러보았다. 아까 탔던 비행기와 똑같았다. 이상한 일은 아니었다. 767 기종은 생김새가 모두 똑같으니까. 하지만 카페에서 본 얼굴들이 눈에 띄었고, 앞서 탔던 비행기의 승객도 더러 보였다. 그들은 적대감이나 호기심은커녕 차분하게 호아킨을 바라보았다. 그들의 얼굴에는 따분하고 불안한 여행자의 표정만이 있을 뿐이었다. 승무원들도 차분하기는 마찬가지였다. 그중 한 명이 다가와 호아킨에게 생긋 웃어 보였다.

호아킨은 더 큰 소동의 위험을 무릅쓰고 말했다.

"사과드리고 싶습니다."

"왜 그러시죠, 손님?"

"아까 저의 행동 말입니다."

"죄송하지만 무슨 말씀인지 모르겠네요."

"아, 제가 착각을 했군요. 다른 분과 혼동했습니다."

승무원은 어리둥절한 표정을 짓더니 곧 새로 탑승한 다른 승객들을 맞이하러 갔다. 다시 꿈을 꾼 것이었다. 호아킨은 가브리엘의 말을 떠올리면서 웃었다.

너는 꿈을 제대로 이해하지 못해.

셔츠 주머니를 만져보았다. 자낙스는 그대로 있었다. 호아킨은 알약을 잠시 바라보다가 물도 없이 삼켰다.

52장

비행기가 착륙했을 때
호아킨은 잠들어 있었다

승무원이 치마를 펴고는 허리를 숙여 호아킨에게 말했다.

"손님, 도착했습니다."

승객들은 이미 모두 비행기에서 내리고 아무도 없었다. 승무원이 다시 말했다.

"손님, 일어나십시오. 도착했습니다."

묵묵부답.

어쩌면 죽었는지도 모른다. 이런 일이 처음도 아니었다. 그 생각에 승무원은 불안해졌다. 무슨 일이 벌어질지 알고 있었다. 경찰. 구급대원. 끝없는 조사. 승무원은 호아킨을 흔들었다.

"일어나세요, 손님! 일어나시라니까요!"

다른 승무원들이 긴장한 표정으로 그녀 곁으로 몰려들었다.

"안 깨어나? 의료진을 불러야 할까?" 그중 한 명이 물었다.

"이 사람이 탑승할 때부터 예감이 안 좋았어." 호아킨을 깨우던 승무원은 다시 소리쳤다. "이봐요, 일어나요!"

"숨은 쉬는 거야?"

승무원 한 명이 호아킨의 코 밑에 손을 댔다.

마침내 호아킨은 눈을 떴다.

약의 효과는 대단했다. 푹 쉬어서 어떤 일에도 당당히 맞설 수 있을 것 같았다. 호아킨은 조금 얼떨떨한 기분으로 주위를 둘러보았다. 승무원 세 명이 그를 걱정스럽게 바라보고 있었다. 재미있었다.

불가사의한 유령과 광기의 환영은 놀랍게도 말끔히 사라졌다. 꿈이 현실로 번지지 않은 것 같았다. 다행이었다.

호아킨은 앞좌석 등받이와 자기 자리, 가방을 차례로 만져보았다. 정상이라는 그 느낌이 기쁨의 파도가 되어 그를 덮쳤다. 그는 기지개를 켜면서 활짝 웃었다. 물론 문제가 아직 끝나지 않았을 가능성이 높다는 건 알고 있었다. 호아킨은 벌떡 일어나 가방을 집어들고 쏜살같이 비행기에서 내렸다. 머릿속에서 이제 전환점에 다다랐다는 목소리가 들렸다. 그의 차는 주차장에서 기다리고 있었다. 가죽시트의 익숙한 냄새와 운전대를 잡는 친숙한 느낌에 위안이 느껴질 정도였다. 그는 집을 향해 속도를 높였다. 도로 위의 차들은 씽씽 달리고, 운전자들은 휴대전화로 통화하고, 아이들은 뒷좌석에서 티격태격하고 있었다. 하늘에는 눈부신 해가 떠 있었다. 이 모든 것에 호아킨은 현기증을 느꼈다. 너무 어지러워서 하마터면 고속도로 출구를 지나칠 뻔했다.

여행 중에 있었던 일들을 부정할 수는 없었다. 온갖 기묘한 상황과 이상한 만남, 소름 끼치는 공포와 충격이 여전히 바위처럼 어깨를 짓눌렀다. 그게 현실이 아니라면 그 어떤 것도 현실이 아니었다.

돌이켜보면 최근 며칠 사이에 벌어진 많은 일들이 B급 공포영화에서 튀어나온 것 같았다. 지난 몇 년간 수십 편, 수백 편, 어쩌면 수천 편의 공포영화를 봤을지도 모를 호아킨은 이번에 그 모든 이야기와 클리셰들이 뒤섞인 잡탕 영화의 주인공이 된 기분이었다. 마치 머릿속 영화 보관실에서 마구잡이로 골라 토막토막 이어붙인 영화 한 편이 상영된 것 같았다. 출현과 실종, 정체성의 혼란, 시공간을 뛰어넘는 사건. 이 모든 것이 특정한 영화 장면들과 연관되어 있었다. 공포영화만이 아니라 지금껏 본 모든 영화와.

호아킨은 끝없이 순환하는 삶, 연옥의 삶을 생각하고는 진저리를 쳤다. 죽음은 내러티브의 부재였다. 그리고 개인의 기억들이 대중문화에서 가져온 플롯들에 따라 왜곡되어 끼워맞춰지는 것이야말로 죽음에 다름 아니었다.

자신의 이야기를 다시 쓴다면, 그 혼돈의 기계장치를 되돌리고 현실을 일그러뜨리는 힘을 몰아낼 수 있을지도 몰랐다. 그게 어떤 이야기가 될지는 알 수 없지만.

그런 생각에 잠긴 채 호아킨은 집에 도착했다. 누에고치처럼 안전하고 기분 좋은 그곳에 알론드라가 있으면 좋겠다고 생각했다. 알론드라는 그가 가장 그리워하는 사람이자 가장 두려워하는 존재였다. 이제 모든 것이 그녀에게 달려 있는 듯했다. 그녀로 인해 그의 현실이 바뀐다면 모든 게 끝장이었다. 정상적인 삶으로는 영영 돌아갈 수 없었다.

하지만 알론드라가 변함없이 같은 사람이라면 그 사진은 어떻게 설명할 것인가? 기가 막힐 정도로 얼굴만 닮은 사람인 걸까? 아니면 우연의 일치일까? 열에 들떠 어지러웠던 휴스턴 여행도 청취자들에게 들려줄 흥미진진한 이야깃거리에 불과한 걸까? 너무 큰 기대는 하지 말자, 그는 스스로에게 다짐했다.

그는 차문을 잠그고 집으로 향했다.

해답을 찾아서.

53장

대면

집에 들어온 호아킨은 발밑의 단단한 마룻바닥이 갑자기 꺼지기라도 할 것처럼 조심조심 걸었다. 그는 들고 있는 작은 가방이 사라질까봐, 와락 열릴까봐, 그래서 사진이 쏟아져 바이러스처럼 모든 것을 감염시킬까봐 꽉 움켜쥐었다. 알론드라가 침실에서 나와 두 팔로 그의 목을 끌어안았다. 평소에 잘 안 하던 행동이었다. 둘 다 아무 말도 하지 않았다. 알론드라는 계속 그를 껴안고만 있었다. 호아킨은 뻣뻣하던 그녀의 등 근육의 긴장이 풀어지는 것을 느꼈다. 그들은 기쁘게 겨워 열렬하게 키스했다. 절박하기까지 한 입맞춤이었다. 몇 분 동안 아무 말도 할 수가 없었다. 그들은 서로의 눈 속을 들여다보면서 조심스럽게 손끝으로 서로를 느꼈다. 살짝 건드리기만 해도 부서질 듯한 연약한 존재를 대하듯이. 알론드라는 마치 호아킨에게 벌어진 일을 아는 것만 같았다. 무슨 일을 겪었는지, 무슨 생각을 하는지 말할 필요가 없었다. 그녀는 그가 느끼는 불안과 공포의 깊이를 이해하는 것 같았다.

438

하지만 그런 모습에 호아킨은 오히려 두려움을 느꼈다. 알론드라는 정말로 콜레트일까? 그녀는 그를 환상적인 진실로부터 초라하고 기계적인 일상으로 끌어내릴 톨텍 여인일까? 그녀는 그를 이 현실 속에 가두는 빗장일까? 호아킨은 자신이 대답할 수 없다는 걸 알고 있었다. 알론드라에게 물어야 할까. 실토하라고 다그쳐야 할까. 확신이 서지 않았다. 모든 것을 최대한 조리 있게 설명하고 그 수수께끼 같은 일들의 의미를 알려달라고 부탁하거나 애원해야 했다. 자신의 현실인식이 올바른지 확인해달라고 해야 했다.

알론드라는 언제나 다정하게 반겨주었다. 하지만 오늘은 애정 표현이 과했다. 무언가가 살짝 일그러진 느낌이었다. 평정심을 잃는 법이 없던 여자가 지금은 몹시 흔들리고 있었다. 호아킨은 어떻게 이야기를 시작해야 할지 알 수가 없었다. 가슴속의 공허감 때문에 말이 나오지 않았다.

"다 잘될 거야." 알론드라가 긴 침묵을 깨고 말했다.

그녀의 말은 위안이 되지 않았다. 그것은 선언이었다. 한 군인이 던진 도전장. 그런데, 허공에 맴돌던 그녀의 말이 질문으로 바뀌었다.

"어떻게 된 거야?"

"아주 많은 일이 벌어졌어, 내가 이해할 수 없는 일들이."

"자꾸만 자기가 돌아오지 않을 거라는 생각이 들었어. 우리가 고칠 수 없는 무언가가 고장나버린 느낌이 들었거든."

그 말에 호아킨은 놀랐다.

"내가 돌아왔잖아. 무슨 일이 벌어지고 있는지, 나한테 무슨 일이 벌어지는지는 잘 모르겠지만, 어떻게든 그걸 멈추고 다시 되돌릴 방법이 반드시 있을 거야."

"설명해봐. 들을 준비 됐어."

"내 주위의 현실이 붕괴되고 있는 것 같아. 마치 과거와 현재와 미래가 한데 뒤엉켜 뫼비우스의 띠로 변하듯이."

그를 가장 큰 불안에 빠뜨린 가브리엘의 출현이나 기묘한 사막 여행에 대해서는 단 한 마디도 하지 않았다. 집에 돌아와서 그런지 너무 허무맹랑한 이야기처럼 들렸다.

"말도 안 돼."

"알아. 하지만 내 현실인식에 문제가 생긴 건 분명해. 어쩌면 너도."

호아킨은 가방을 열고 콜레트의 사진을 꺼내려다 말고 멈췄다. 두려움이 엄습해왔다. 이 사진을 정말로 보여줘도 될까? 무슨 일이 벌어지는 건 아닐까? 그 순간 그 어떤 일도 가능했다. 우주가 안으로 폭발하거나, 알론드라가 사라지거나, 시공時空에 균열이 생기거나.

"거기에 뭐가 들어 있는데?" 알론드라가 물었다.

"쓸데없는 옛 기억이야. 별것 아냐."

"보여줘."

"나중에."

"아니, 지금 보고 싶어. 우린 지금 단서와 표지를 찾고 있잖아."

"지금은 그냥 내버려두고 싶어."

"어째서? 뭐가 들어 있는데?"

"사진과 기념품 따위야." 문득 카세트테이프에 생각이 미쳤다. "대신 이 퍼즐의 다른 흥미로운 조각을 보여줄게."

호아킨은 주머니에서 테이프를 꺼냈다.

"카세트테이프잖아?"

"응. 〈고스트 라디오〉를 녹음한 건데 날짜가 1983년이야."

"그렇단 말이지……"

"전에 내가 말한 적 있지? 가브리엘과 함께 병원에서 지낼 때 들었던 방송에 영향을 받아서 우리 쇼를 시작하게 됐다고."

"이름이 같은 줄은 몰랐어. 그대로 가져온 거야?"

"그 이름이었는지는 기억나지 않아. 정확한 이름은 잊었어."

"옛날 라디오 방송을 녹음한 이 테이프가 왜 그렇게 중요한 건데?"

"이십 년 전 녹음했다는 방송에 우리가 나오거든."

"이십 년 전?"

호아킨은 윙클러를 찾아간 일을 설명했다.

"그만 흥분해버리는 바람에 더 자세히 조사할 기회를 놓쳤어. 그 자식이 얼빠진 놈인 건 분명하지만 나를 속일 이유는 전혀 없었어. 더구나 거기서 내가 들은 수십 개의 테이프를 전부 실수로 잘못 분류할 만큼 부주의하다는 건 말이 안 돼."

알론드라는 그런 일을 설명할 방법은 아주 많다고 주장했다. 기록보관소에서는 흔한 일이라는 것이었다. 그러면서 세계에서 가장 유명한 도서관에서조차 문서를 잘못 분류한 경우가 있다며 예를 들어 보였다.

그녀의 말을 참을성 있게 듣던 호아킨은 테이프에 녹음된 뉴스 이야기를 했다.

알론드라는 현기증에 비틀거리더니 의자 등받이를 붙잡고 여러 번 심호흡을 했다.

"뭔가 이상한 일이 벌어지고 있는 건 맞아. 하지만 자기도 알다시피 사람들은 종종 상상에 휩쓸려버리지. 지나치게 파고들어가서 오히려 혼란을 일으키고 일을 복잡하게 만드는 거야."

"가브리엘이 내 앞에 여러 번 나타났어. 내 두 눈으로 똑똑히 봤고, 지금 너랑 이야기하는 것처럼 대화도 나눴어. 마치 영혼의 전파를 타고 흘러나오는 녀석의 방송을 계속 듣는 것 같아. 내가 진짜 정신병자가 아니라면, 그 현상을 달리 설명할 길이 없어."

"꿈꾼 거 아냐?"

"가브리엘도 그렇게 말하더군. 하지만 그게 꿈이라면…… 그래, 그건 내가 평생 한 번도 겪어보지 못한 세상이야."

"가브리엘이 원하는 게 뭐야?"

"나도 몰라. 내가 지금껏 삶을 낭비했다면서, 나만 살고 자기는 죽은 게 부당하댔어."

호아킨은 자세한 이야기는 하고 싶지 않았다. 알론드라와 관련된 부분이 꺼림칙했다.

"가브리엘이 널 해치려 한다는 거야?"

"확실치는 않아. 모르겠어."

"너랑 얘기했다며? 그때 뭐 눈치채지 못했어?"

"전혀. 그 녀석이 너한테 조금 관심을 보이긴 했지만."

"무슨 소리야? 지금 농담하는 거야?"

"아니."

"마침내 내가 모든 고스걸의 꿈을 이뤘군. 죽은 사람에게 청혼을 받다니."

알론드라의 태도는 한결 여유로워 보였다. 호아킨은 결심했다.

"이상한 게 또 있어. 이 사진 좀 봐봐."

그는 가브리엘이 죽기 한두 시간 전에 찍은 사진을 꺼냈다. 호아킨 옆에 알론드라/콜레트가 서 있는 사진.

"오래전 그날 밤 우린 중요한 일을 도모했어. 그때 널 빼닮은 이 아가씨를 만났지."

호아킨은 잠시 망설이다가 사진을 보여주었다. 알론드라는 다시 미소짓고 있었다. 호아킨이 없는 동안 느꼈던 두려움과 근심이 서서히 옅어져가는 듯했다. 그녀는 사진을 받아들었다. 그런데 사진을 들여다보는 그녀의 표정은 바뀌었다. 모든 것이 무너져내린 듯한 표정이 되더니 눈에 눈물이 그렁그렁했다.

"놀랍도록 닮지 않았어?"

알론드라는 대답하지 않았다. 아무 말도 들리지 않는 듯 얼어붙어 있었다. 숨까지 헐떡이는 것 같았다. 호아킨은 벌떡 일어나 그녀에게 다가갔다. 알론드라는 평소보다 훨씬 더 창백하고 맥박이 약했으며, 눈은 허옇게 뒤집혀 있었다. 호아킨은 그녀의 이름을 부르면서 살짝 흔들어보았다. 알론드라의 손에서 폴라로이드 사진이 떨어졌다. 호아킨은 그녀 앞에 무릎을 꿇고 바닥에서 사진을 집어들었다. 긴 세월이 무색할 만큼 선명한 사진 속의 알론드라/콜레트는 눈이 뒤집힌 채 라디오 방송국 바닥에 쓰러져 있었다. 죽은 것처럼 보였다.

하지만 고스걸 차림이 아니었다. 고대 중앙아메리카의 의복을 입고 있었다. 톨텍 사제의 복장.

호아킨은 알론드라를 소파에 눕히고 생각을 해보려고 애썼다. 일 초 일 초가 지날수록 그녀의 생명이 빠져나가는 것 같았다. 그가 내민 사진이 그녀 죽음의 증거였다면 당연한 일이었다. 그는 911에 전화를 걸었다. 그때 거실 창가에 서 있는 가브리엘이 보였다.

"시간 낭비야. 구급대원이나 의사는 지금 그녀에게 도움이 안 돼."

호아킨은 부서져라 수화기를 내려놓고 소리쳤다.

"대체 무슨 짓을 한 거야, 이 개자식!"

그는 덤빌 기세로 유령에게 다가갔다.

"난 아무 짓도 안 했어. 아직도 뭘 모르는군."

"알론드라는 내버려둬! 나한테는 무슨 짓을 해도 상관없지만, 알론드라는 내버려둬."

"그런 게 아냐, 호아킨. 넌 이 상황을 이해해야 돼. 나는 알론드라나 너, 어느 누구도 해칠 수가 없어. 재미있는 쇼를 꾸밀 수 있는 게 내가 할 수 있는 전부야. 쉽게 속는 자들에게 장난을 치는 거지. 흥미롭고, 비극적이고, 무시무시한 것은 보여줄 수 있어. 하지만 이 세상의 일에 관여하지는 못해. 이제 곧 내가 있는 세상으로 올 알론드라에게는 무슨 짓을 할진 모르겠지만."

"알론드라는 어떻게 된 거야? 네가 나한테 준 사진을 보더니 쓰러졌어. 전부 네놈이 꾸민 짓이야!"

"넌 내가 준 사진을 봤어. 알론드라는 다른 사진을 본 거고."

"그게 무슨 사진인데?"

"종종 관찰자 자신의 존재가 현상에 영향을 끼치지."

"뭐라고?"

"관찰자 효과라는 거야. 슈뢰딩거의 고양이* 알아? 누군가가 봐주기 전까지 그 고양이는 살아 있는 것도 아니고 죽은 것도 아냐. 네가 이해할 만한 말로 바꾸면, 누군가가 들어주기 전까지 전파는 존재하지 않아."

---

* 오스트리아의 물리학자 슈뢰딩거가 세운 양자역학 이론. 밀폐된 상자 속에 독극물과 함께 넣어둔 고양이의 생존 여부는 상자를 열어서 관찰하느냐에 따라 결정된다는 것. 즉, 관찰 행위가 결과에 영향을 미친다는 이론이다.

"알론드라가 죽어가는 마당에 물리학 나부랭이나 지껄여대?"

"과학에 지대한 관심이 생겼거든. 흥미진진하다니까."

"내가 뭘 하면 돼? 알론드라를 살릴 수 있다면 뭐든 하겠어."

"말했잖아. 그런 게 아니라고. 이건 웨스 크레이븐*의 영화가 아냐. 난 반대편 세상 사람들에게 영향을 미칠 수 없어."

"거짓말하지 마. 나를 병원에서 탈출시켰잖아. 그게 산 자의 세상에 관여한 게 아니고 뭐야?"

가브리엘이 웃었다.

"내가 한 일이 아냐."

"그럼 누구 짓이지?"

"네 손에 달린 일이었어. 지금 이 일처럼."

호아킨은 알론드라에게 돌아왔다. 그녀의 몸은 차가웠다. 가브리엘을 돌아보았지만 그는 이미 사라져버리고 없었다. 호아킨은 가브리엘의 마지막 말을 곱씹어보았다. 그는 알론드라를 들어 품에 안으면서 계속 중얼거렸다. 내 손에 달려 있어. 그는 와트에게 전화했다.

"와트, 지금 당장 네 도움이 필요해. 우리 집으로 와줘. 알론드라한테 문제가 생겼어. 몹시 심각한 상태야. 서둘러. 현관문은 내가 준 열쇠로 열어."

와트가 무슨 일이냐고 묻기도 전에, 아예 입도 떼기 전에 호아킨은 전화를 끊었다. 한시가 급했다. 일 초도 낭비할 수가 없었다. 다시 911에 전화할 생각도 했지만, 소용없는 짓이라는 목소리가 마음속에서 들려왔다. 목소리는 말하고 있었다. 알론드라를 구할 수 있는 사람은 호

---

* 〈나이트메어〉〈스크림〉 등 공포영화를 만든 감독.

아킨 너 자신뿐이라고. 바로 그때 문득 샤먼의 아파트가 떠올랐다. 그리고 거기 펼쳐진 혼돈과 자신이 가브리엘과 함께 라디오 방송국에서 만들었던 허름한 사이비종교 제단의 형태가 묘하게 비슷하다는 생각이 들었다. 당시 멕시코 매스컴은 그 제단을 '마약에 찌든 악마'의 상징이라고 명명한 바 있었다. 마침내 호아킨은 목사의 집에서 느낀 이상한 기분의 정체를 깨달았다. 그는 차 열쇠를 움켜쥐고 달리기 시작했다.

그가 탄 차는 다른 차들을 무시한 채 인도로 달리고 일방통행로를 역주행하면서 미친 듯이 달렸다. 사고가 날지 모른다는 생각은 눈곱만큼도 하지 않았다. 불과 몇 분 뒤, 호아킨은 목사이자 쿠아테목인 J. 코르테스의 예배당 겸 아파트가 있는 거리에 다다랐다. 마치 자석에 끌려가듯 본능적으로 그곳을 찾아냈다. 그는 곧바로 주차한 다음 차에서 뛰쳐나와 아파트로 들어갔다. 층계는 끝이 없는 것 같았다. 그는 문을 두드렸다. 처음에는 머뭇거리다가 좀더 세게, 그리고 곧 필사적으로 쾅쾅 두드려댔다. 문을 열어주러 오는 사람은 없었지만 안에서 목소리가 들려왔다. 문 손잡이를 돌려보았다. 잠겨 있지 않았다. 집 안은 호아킨이 기억하는 모습 그대로였지만, J. 코르테스의 시신이 있던 흔적은 전혀 없었다. 라디오가 켜져 있었다. 토론 방송에서 누군가가 맹렬히 욕설을 쏟아내고 있었다. 어지럽게 널린 온갖 잡동사니를 유심히 살펴보던 호아킨은 점점 확신이 섰다. 가브리엘이 제단을 세울 때 사용한 물건들과 같았다. 하지만 어떻게 배열했는지는 기억나지 않았다.

〈고스트 라디오〉는 라디오쇼가 아냐. 절대 아니지. 〈고스트 라디오〉는 기계야.

가브리엘의 말이 머릿속에서 메아리쳤다. 지난 십팔 년간 벌어진 모든 일의 불씨였던 기계.

그런데 그걸 어떻게 만들었더라? 어떻게 작동시켰더라?

질문이 머릿속을 맴돌고 있는데, 맞은편에 놓인 시디 플레이어가 켜지더니 스피커에서 데드 케네디스의 〈킬 더 푸어〉가 요란하게 터져나왔다.

그 자리에 선 채로 가사를 듣고 있던 호아킨은 그 노래를 톨텍족의 진군가로 볼 수도 있음을 깨달았다. 제국의 힘으로 약자를 죽여라. 거짓된 고귀함을 무기로 그들을 죽여라. 그들을 죽이고 문명을 이룩하라. 기계의 세상을 만들어라.

시디 플레이어 쪽으로 달려간 그는 시디 케이스를 찾아낸 다음, 부클릿을 뽑아 뚫어져라 들여다보았다. 노랫말에 단서가 있을 것 같았다.

능률과 진보는 또다시 우리의 것
이제 우리에게 중성자탄이 있으니
멋지고 빠르게 깨끗이 쓸어버리자
남은 적을 쓸어버리고
소중한 땅도 차지하자
전장에서는 광인, 집에서는 정상인

새로운 세상에 햇빛이 쏟아지고
이제 복지세는 없다
꼴사나운 빈민굴이 섬광 속에 사라지고
실직자 수백만이 쫓겨났지만
적어도 우리에겐 놀 곳이 더 많아졌지

온 세상이 약자를 죽이러 간다 오늘 밤

죽여 죽여 죽여 죽여 약자를 죽여, 오늘 밤

샴페인의 거품을 보라
범죄가 사라져서
모두가 자유롭다
삶은 꿈이라오, 당신에게, 미스 릴리 화이트
오늘 텔레비전에 제인 폰다가 나와
괜찮다고 지껄였지 자유주의자들에게
그러니 쫙 빼입고 밤새 춤추자

죽여 죽여 죽여 죽여 약자를 죽여, 오늘 밤

호아킨은 노랫말을 오랫동안 응시했다. 단서는 보이지 않았다. 그는
집 안을 휘젓고 다니면서 다 미친 짓이라고 고래고래 소리쳤다. 다시
노랫말을 봤다. 오랫동안 뚫어져라 봤다. 그러자 문득 단서가 눈에 띄
었다. 1연과 2연의 첫 글자들. 소매를 걷어 올리고 문신을 보았다. 그
래, 똑같아. 문신의 형태는 첫 글자들의 배열 순서와 같았다.
　하지만 어떤 물건이 어떤 글자에 해당되지?
　1연의 1행('능률과 진보는 또다시 우리의 것')을 유심히 보고 거기
에 어울리는 물건이 있는지 집 안을 둘러보았다. 그러는 동안 가브리
엘이 만든 제단의 강렬한 형상이 그의 머릿속에서 춤을 추었다. 그때
책 밑에 깔린 신문이 보였다.

신문의 헤드라인은 다음과 같았다. 능률과 진보의 성공 신화 인터미디어. 누렇게 바랜 신문을 끄집어내 바닥에 내려놓았다.

이번에는 2행. '이제 우리에게 중성자탄이 있으니.'

"폭탄, 폭탄."

주위의 물건을 살펴보면서 그는 중얼거렸다.

아, 저거야. 장난감 로켓을 집어 신문 아래 놓았다. 두 물건이 빛나기 시작했다. 빛줄기들이 뻗어나와 두 물건을 이어주었다. 제대로 배열한 것이다.

다음은 3행. '멋지고 빠르고quick 깨끗이clean 쓸어버리자.'

이건 쉬웠다. 퀵클린 병 하나를 집어 로켓 아래 놓았다.

밖에서 번개가 번쩍였다. 평범한 번개가 아니었다. 불그레한 빛이었다.

4행. '남은 적excess enemy을 쓸어버리고.'

음…… 남은 적…… 남은 적. 알쏭달쏭했다. 골치 아픈 수수께끼였다.

'남은'이 뭘 뜻하는 걸까? 과잉. 잉여. 너무 많음. 이미 충분히 갖고 있는 것. 또다른 적. 또다른 원수. 너무 많은 적수.

호아킨은 이마를 문질렀다.

진홍빛 섬광이 번쩍이자 방 전체가 빨갛게 물들었다.

그는 탁자에 놓인 상자에서 알파벳 블록 하나를 집어들었다. 그걸 위로 던졌다 받으면서 이 알쏭달쏭한 행의 수수께끼를 풀려고 계속 생각했다. 창가로 다가가 블록을 창턱에 내려놓고 밖을 내다보았다.

산발적으로 번쩍이는 핏빛 번개 때문에 붉게 물든 세상은 계속 변하고 있었다. 기이한 비가 현실의 구조를 쓸어가버리는 것 같았다. 건물들의 간판은 다른 간판으로 바뀌고, 거리의 모양은 변했다.

비에 젖지 않으려고 신문을 쓰고 거리를 달려가는 어느 가족이 보였다. 트럭 한 대가 달려가면서 물을 튀겼다. 트럭이 지나가자 그 가족은 사라지고 없었다. 아버지만 남아 있었다. 풀이 죽은 외로운 사내는 폭우를 맞으면서 터벅터벅 걸어갔다.

강한 바람이 그를 때리자 다른 가족이 나타났다. 아까 그의 아내는 짙은 갈색 머리였는데 이번 아내는 금발이었다. 두 아들은 이제 세 딸로 바뀌어 있었다.

호아킨은 그 이상한 광경을 이해할 수 없어서 고개를 저었다. 지난 스물네 시간은 기묘한 일로 가득했지만, 방금 본 광경은 전혀 다른 차원의 것이었다. 불안과 쾌감이 동시에 밀려들었다.

그는 자신이 알던 세상에서 무시무시하고 무한한 가능성의 세계로 넘어온 것이다.

창턱에 놓아둔 알파벳 블록을 물끄러미 바라보았다. 밝은 색 페인트로 칠한 'E'가 어린아이의 눈망울처럼 그를 올려다보고 있었다. 마음이 차분해지고 정신이 한 곳으로 집중되었다. 갑자기 건물이, 어쩌면 온 세상이 흔들렸다. 호아킨은 맞은편 벽으로 날아갔다. 그가 탁자에 부딪치자 블록들이 바닥으로 쏟아졌다. 중심을 잡을 수가 없었다. 그때 블록 하나에 눈길이 쏠렸다. 'E'였다. 다시 창턱을 보니 나머지 'E'가 그대로 있었다. 아이디어가 떠올랐다. 무릎을 꿇고 두 개씩 있는 블록을 찾아보았다. 'N'과 'M'이었다. 4행의 마지막 두 단어는 속임수였다. '남은 적'이 아니라 '남는 N, M, E'였다.*

---

*적(enemy)과 알파벳 N, M, E는 발음이 같다.

450

그는 그 블록들을 집어 퀵클린 병 아래 놓았다.

이제 다음 행. '소중한 땅도 차지하자.'

이건 쉬웠다. 부동산 회사 팸플릿을 집어 알파벳 블록 아래 놓았다.

이번에는 1연의 마지막 행. '전장에서는 광인, 집에서는 정상인.'

"집이라."

그는 나직이 중얼거리면서 인형의 집을 집어 팸플릿 아래 놓았다.

한 줄로 늘어선 물건들은 아름다운 하늘색 빛을 내뿜었다. 1연은 완성되었다.

이제 2연의 1행. '새로운 세상에 햇빛이 쏟아지고.'

주위를 둘러보자 필요한 물건이 금세 눈에 띄었다. 아스텍 태양석의 모조품. 돌 위에는 태양신 토나티우를 기리는 신비로운 그림과 달력이 기묘하게 뒤섞여 있었다. 그는 태양석을 집어 바닥에 놓았다.

건물이 다시 흔들리더니 번개가 창문으로 들어와 바닥으로 빨려들어가 사라졌다. 호아킨은 비틀거리면서도 무슨 일인지 이해하려고 애썼다.

발밑에서 바닥이 갈라지기 시작했다. 갈라진 틈으로 거대한 진홍색 빛기둥이 솟구쳤다. 틈은 천천히 넓어졌다. 호아킨은 구석으로 물러났다. 곧 바닥 전체는 사라지고 그 자리에 눈부신 빛이 들어찼다.

빛이 너무 강렬해서 그는 눈을 감았다. 하지만 눈꺼풀을 뚫고 들어온 빛이 망막을 지나 뇌까지 퍼지면서 엄청난 고통이 느껴졌다. 호아킨이 비명을 지르자 등 뒤의 벽이 무너졌다. 그리고 그는 계속, 끊임없이 추락했다.

몇 초 뒤 빛이 흩어지자 호아킨은 조심스레 눈을 떴다. 발밑은 밀림이었다. 초록이 우거진 태고의 풍경은 끝이 없었다. 땅이 점점 가까워지자 울창한 수풀 사이로 도시가 보였다. 피라미드와 신전, 거대한 돌 광장으로 이루어진 도시였다. 중앙아메리카의 도시. 톨텍의 도시.

그를 맞이하려고 도시가 위로 솟아오르자 이제는 세세한 부분까지 보였다. 수많은 군중이 몰려드는 중앙 광장에서 커다란 물체가 연청색으로 빛나고 있었다. 땅에서 30미터 높이에 이르자 하강 속도는 느려졌고 호아킨은 광장 가장자리에 사뿐히 내려앉았다.

그는 군중을 헤치고 파란 빛이 뿜어져나오는 가운데로 나아갔다. 마침내 가운데에 다다랐다. 파란 빛 사이로 화려한 옷을 입은 사람들이 거대한 기계를 만드는 모습이 보였다. 그들이 번쩍이는 금속 물체들을 붙이는 동안 군중은 갈채를 보냈다.

잠시 후 호아킨은 이상한 것을 보았다. 톨텍 사제들과 기계 장치가 그대로 보이는 가운데 그 광경 위로 그와 가브리엘이 그 옛날 축축한 라디오 방송국에서 제단을 세우는 모습이 겹쳐 보였다. 그리고 거기에 방금 떠나온 방의 바닥에 배열되어 있던 빛나는 물건들이 훨씬 더 흐릿하게 겹쳐졌다.

갑자기 그는 방으로 돌아와 있었다. 호아킨은 재빨리 나머지 배열을 마무리했다. 낡은 동전('이제 복지세는 없다'). 손전등('꼴사나운 빈민굴이 섬광 속에 사라지고'). 거품기wire whisk('실직자 수백만이 쫓겨나서whisked'). 아이들이 노는 그림이 있는 엽서('이제는 우리의 놀이터가 커졌다'). 그리고 시디 그 자체('온 세상이 약자를 죽이러 간다 오늘 밤').

방 전체가 빛에 휩싸이자 호아킨은 자신의 몸이 사라지는 것을 느꼈다.

와트 옆에 앉아 있는 알론드라는 방금 잠에서 깬 듯 눈을 비비면서 빙그레 웃었다. 호아킨은 다가갔지만 그들을 몇 센티미터 앞에 두고 멈춰야 했다. 더 나아갈 수가 없었다. 알론드라를 만질 수가 없었다. 그들의 이야기도 들리지 않았고, 자신이 그들에게 보이지도 않는 것 같았다. 그는 동물원 뱀 우리의 유리벽이나 쇼윈도 같은 것에 가로막혀 있었다. 호아킨은 가만히 서서 이 모든 것을 전부 받아들였다. 모든 것이 완벽하게 정상이었지만 한 가지만은 아니었다. 호아킨은 이계로 건너가 있었다.

54장

이계

혼란스럽고 어리둥절했다. 호아킨은 산 자의 세계를 에워싸고 끊임없이 변하는 복도와 통로로 이루어진 복잡한 미로 속을 헤맸다. 그는 기묘하게 익숙하면서도 완전히 낯선 세상인 이곳에서 빠져나가는 출구를 찾고 있었다. 물 한 방울 없는 수족관을 들여다보는 기분이었다. 이쪽으로 건너온 자들은 저쪽 세계 사람들의 공적인 순간과 사적인 순간을 모두 훔쳐볼 수 있지만 소리는 들을 수 없다. 그리고 가브리엘이 말한 대로 온갖 라디오 신호의 불협화음이 느껴졌다. 듣던 방송을 끊고 다른 방송으로 옮겨가려면 살짝 움직이기만 하면 됐다. 보이기만 하고 듣지는 못하는 이 기묘한 절반의 고독을 받아들이고, 끊임없이 변화하는 폐쇄 공간에서 살기로 마음먹기란 쉽지 않았다. 다른 모든 것을 포기한 호아킨에게 남은 유일한 위안은 〈고스트 라디오〉의 형체 없는 전파를 통해 언제나 알론드라의 목소리를 들을 수 있으리라는 것이었다.

영원과도 같은 시간 동안 라디오 청취자와 방송 스태프 모두를 사로잡은 목소리는 마침내 침묵으로 잦아들었다. 진행자가 잠시 동안의 데드 에어를 깨고 말했다.

　"가브리엘, 정말이지 당신이 들려준 이야기에 우리 모두 정신없이 빠져들었어요. 고맙습니다. 안타깝게도 시간이 거의 다 됐군요. 자, 청취자 여러분, 다른 사람의 에너지를 빨아먹는 뱀파이어인 라디오 진행자가 자신의 존재를 한 여인의 목숨과 맞바꿔 죽음의 순환고리를 끊은 이야기의 여운이 아직 귓가에 남아 있는 지금, 이만 작별인사 드리겠습니다. 밤늦도록 잠 못 드는 모든 분, 그리고 이제 막 일어나 이 방송을 듣기 시작한 모든 분께 고맙다는 말씀 드리고 싶습니다. 내일도 자정부터 새벽 다섯시까지 함께해주세요. 그리고 곧 아침 뉴스가 방송되니 채널 고정해주시기 바랍니다. 즐거운 하루 보내세요."

55장

방송이 끝난 뒤

알론드라는 마이크를 끄고 의자 등받이에 기대면서 와트에게 지친 미소를 보냈다. 방송국 어딘가에서는 이미 방송을 시작한 아침 뉴스 팀이 바쁜 CEO와과 패스트푸드 식당의 요리사, 오늘도 평범한 하루를 시작한 주부들에게 정보를 제공하고 있었다. 알론드라와 와트가 매일 아침 함께 나누는 경험이었지만, 그들이 느끼는 것은 언제나 같았다. 그것은 엄청난 짐에서 해방되는 환희였다. 절벽을 기어올라가 마침내 짐을 내려놓는 셰르파의 기쁨, 주인이 야영하려고 텐트를 치는 동안 짐을 벗고 느긋하게 풀을 뜯는 말의 여유로움. 심지어 무서운 이야기에 두려움이 가시지 않는 밤에도 방송장비를 끄는 마지막 몇 분은 짜릿한 안도감을 주었다.

　　방송을 혼자 진행하는 것은 확실히 피곤했다. 그나마 와트가 제 몫을 톡톡히 해주어서 천만다행이었다. 알론드라는 그가 어디서 음향 기술을 연마했는지 늘 궁금했다. 와트의 믹싱 솜씨 덕분에 매일 밤 전화

460

를 걸어오는 십여 명의 청취자가 마치 알론드라와 함께 스튜디오에 앉아 있는 것처럼 들렸다. 진정 달인이었다.

"정말 굉장한 밤이었지?" 알론드라가 말했다.

"맞아. 드물게 흥미진진한 방송이었어."

"나라면 디제이가 주인공인 괴담은 상상도 못 했을 거야." 그녀는 조금 웃더니 혼잣말을 하듯 중얼거렸다. "앞으로는 나도 내 주변에서 벌어지는 일을 유심히 관찰해야겠어. 괴담의 주인공이라는 사실을 깨닫지 못하고 사는지도 모르잖아."

와트가 그녀를 장난기 어린 곁눈질로 바라보았다. 기분이 좋을 때면 나오는 버릇이었다.

"침실 문을 꼭 닫고 자는 게 좋을걸. 방송 초반에 전화한 여자의 말이 사실이라면, '허벅지 애무하는 악마'가 너를 쫓아갈지도 모르니까."

기분 좋은 농담은 아니지만 알론드라는 너그럽게 웃어주었다. 그녀는 소지품을 챙기고 문 쪽으로 가다 말고 고개를 돌렸다.

"지금 뭐랬어?"

믹싱 장비 밑의 케이블을 점검하느라 몸이 구부리고 있던 와트가 상체를 들다가 머리를 부딪칠 뻔했다. "응? 내가 언제?"

"방금 무슨 말 하지 않았어?"

"아니. 그런 적 없는데."

알론드라는 그를 이상하다는 듯이 바라보았다. 살갗에 소름이 돋았다. 멀리서 남자가 읊조리는 듯한 목소리를 들은 것 같았다.

"네 마음 어두운 구석에서 날 기억해줘."

와트의 목소리 같지는 않았다. 너무 이상한 느낌이 들었다. 무언가를 까맣게 잊은 것 같았지만, 혀끝을 맴돌기만 할 뿐 말이 되어 입밖으로 나오지 않았다.

와트가 그녀를 빤히 바라보았다. 그도 무언가를 느낀 게 틀림없었다. 잠시 그 둘은 자기 내면으로 들어가 미지의 무언가를, 어쩌면 결코 알 수 없을 것을 찾아 헤맸다.

"괜찮아?" 마침내 알론드라가 물었다.

"응. 데자뷔였겠지."

알론드라는 문 손잡이를 잡은 채 천천히 고개를 끄덕였다. 누구의 말에 동의한 것인지는 그녀 자신도 모른 채로.

"오늘 밤에 보자."

와트가 윙크했다. "그 악마가 나를 못 잊었나봐."

생각에 잠긴 채 문 밖으로 나간 알론드라는 복도를 따라 걸어갔다. 느리지만 결연하게, 강물을 거슬러 헤엄쳐가듯이.

옮긴이 **이원경**

경희대 국어국문학과를 졸업하고 번역가의 길로 들어섰다. 주로 소설과 인문교양서를 번역하면서
틈틈이 어린이책도 번역하고 있다. 『모든 것이 중요해지는 순간』 『마스터 앤드 커맨더』 『바이킹』
『위철리 가의 여인』 『엔드하우스의 비극』 『사라지는 동물의 역사』 『우리의 영웅 머시』 『뿌지직!』 등
을 우리말로 옮겼다.

문학동네 블랙펜 클럽
고스트 라디오

초판 인쇄 2009년 12월 15일 | 초판 발행 2010년 1월 5일

지은이 레오폴도 가우트 | 옮긴이 이원경 | 펴낸이 강병선
기획 김지연 박여영 | 책임편집 홍지은 김지연 | 저작권 김미정 한문숙
마케팅 장으뜸 정민호 한민아 정소영 | 제작 안정숙 서동관 김애진

펴낸곳 (주)문학동네
출판등록 1993년 10월 22일 제406-2003-000045호
주소 413-756 경기도 파주시 교하읍 문발리 파주출판도시 513-8
전자우편 editor@munhak.com | 대표전화 031) 955-8888 | 팩스 031) 955-8855
문의전화 031) 955-8890(마케팅) 031) 955-8863(편집)
문학동네카페 http://cafe.naver.com/mhdn

ISBN 978-89-546-0955-5 03840

www.munhak.com